Indomptable Thea

Du même auteur
aux Éditions J'ai lu

La rose d'Espagne, *J'ai lu* 2732
Le Lys et la Rose, *J'ai lu* 2830
Le quiproquo de minuit, *J'ai lu* 2930
Au-delà du pardon, *J'ai lu* 2957
L'appel de la passion, *J'ai lu* 3056
Lady Vixen, *J'ai lu* 3143
Sous le sceau d'amour, *J'ai lu* 3287
Cœur à prendre, *J'ai lu* 5556
Coup de poker, *J'ai lu* 6453

À deux excellentes amies :
Pauline Brumley, qui illumine mes journées,
Et à Marlène Bauer qui depuis des années répond avec patience à mes questions et m'a inscrite à Weight Watchers, ce qui vaut bien dix dédicaces !
Enfin, comme toujours, à l'amour de ma vie, Howard.

Prologue

Cheltenham, Angleterre, 1788

Il était 2 heures du matin. La pleine lune brillait sur le domaine de lord Garrett. Il n'y avait pas âme qui vive, si ce n'est deux jeunes filles courant à toute vitesse. L'une d'elles, Thea, âgée de dix-sept ans à peine, était la sœur de lord Garrett.

Thea rit nerveusement lorsqu'elle parvint avec Maggie, sa servante, sous le couvert des grands arbres qui marquaient la limite du domaine. Le projet de fuite n'était pas d'elle. Lord Randall l'avait conçu et Thea, emportée par la naïveté de sa jeunesse et l'élan de son premier amour, l'avait trouvé excellent. De fait, chaque mot sortant de la bouche de lord Randall n'était pour elle que sagesse. Elle avait simplement apporté une modification de dernière minute au projet en mettant Maggie dans le secret. La jeune fille était destinée à rester attachée à son service, et Thea, qui la connaissait depuis sa naissance, savait qu'elle la soutiendrait dans cette entreprise décisive.

Maggie Brown n'avait guère qu'un an de plus que Thea. Quand celle-ci lui avait parlé de ses intentions, Maggie avait été bouleversée. Il était tellement romantique que Mlle Thea et lord Randall s'enfuient ensemble, défiant la famille ! Maggie regrettait tant que lord Garrett et Mme Northrop, sa mère et celle de Thea, fussent à ce point hostiles au beau lord Randall. C'était pourtant lord Garrett qui avait présenté lord Randall à la famille, puis qui avait invité le bel aristocrate à séjourner au manoir des Garrett au cours de l'été.

Quelques heures plus tôt, Thea, désespérée, avait juré à Maggie qu'elle mourrait si elle n'épousait pas lord Randall. Quelle idée de lui demander d'attendre la fin de la prochaine saison à Londres pour annoncer son intention d'épouser lord Randall ! C'était dans plusieurs mois ! Quant aux objections au mariage de ses parents, elles ne tenaient pas debout ! Thea leur avait tenu tête, son petit menton pointé en avant. Quelle importance si lord Randall était beaucoup plus âgé qu'elle, ou si sa fortune était beaucoup plus modeste que la sienne, ou sa réputation celle d'un coureur impénitent ? Tout le monde sait que les débauchés font les meilleurs maris !

« Lord Garrett ne fait que me contrarier, avait déclaré Thea tout net, en jetant à Maggie des affaires à emporter. Et maman, pareil. Pourtant, quand elle a épousé papa, elle avait à peine un an de plus que moi aujourd'hui, n'est-ce pas ? Et papa était un des coureurs de jupons les plus effrénés de l'époque ! Et il avait près de vingt ans de plus qu'elle ! » Elle ne voyait pas pourquoi ne pas épouser un homme qui apprécie les plaisirs de la chair. Sa mère en avait épousé un, et même deux avec M. Northrop. Entre-temps, son père avait trouvé la mort en sautant d'une falaise dans les Cornouailles avec ses chevaux et son cabriolet, à la suite d'un pari d'ivrogne. À peine deux ans plus tard, sa mère s'était mariée avec Northrop qui avait quinze ans de plus qu'elle et une réputation à faire frémir. Bref, ayant elle-même épousé deux hommes beaucoup plus vieux, comment pouvait-elle refuser à Thea de s'abandonner aux élans de son cœur ? Elle épouserait lord Randall et nul ne l'en empêcherait : ni sa mère, ni lord Garrett, ni qui que ce soit !

Tandis que les jeunes filles remplissaient à la hâte leurs bagages en vue de leur départ pour Gretna Green, Thea ne cessa de louer lord Randall. Maggie se disait que lord Randall était un modèle de vertu. Enfin, presque.

Maggie était à la fois flattée et un peu inquiète de voir sa vie bouleversée par un événement d'une telle importance. Jamais elle n'avait été mêlée à quoi que ce soit de semblable et elle acquiesçait à tous les arguments de

Thea. Tout d'abord, lord Randall était beau, ensuite c'était un homme épatant, même lord Garrett en convenait. Il avait des relations et une jolie fortune. Certes, comme l'avait avoué Thea, lord Randall avait brûlé la chandelle par les deux bouts, et même fait scandale. Mais il avait juré qu'il s'assagirait dès lors que Thea serait sa femme. D'ailleurs, avait précisé Thea avec désinvolture, les gentlemen peuvent faire ce qu'ils veulent. À ce propos, lord Garrett lui-même était connu pour fréquenter les cercles de jeux et avoir un faible pour la dive bouteille. Et n'entretenait-il pas une maîtresse à Londres ? Thea n'était pas censée être au courant, mais sa jeune demi-sœur Edwina avait la fâcheuse habitude d'écouter aux portes et avait entendu sa mère réprimander Tom à propos d'une actrice qu'il entretenait. Pourquoi Tom s'opposait-il à ce qu'elle épouse un ami qui se conduisait de la même façon que lui ?

Maggie avait accepté de suivre sa jeune maîtresse sans hésiter. Mais à présent qu'elles avaient quitté la maison et couraient à leur rendez-vous avec lord Randall, la jeune fille fut saisie d'appréhension. Tout en suivant Mlle Thea à travers bois, elle repensa au fait que lord Randall était beaucoup plus âgé que sa maîtresse. Trente-trois ans ! C'était beaucoup plus que le frère de Thea, lord Garrett, qui avait eu vingt et un ans en août. Si les ragots disaient vrai, lord Randall était un joueur invétéré : il faisait partie de cette fine équipe que lord Garrett fréquentait beaucoup depuis quelque temps. D'ailleurs, cela ne plaisait guère à Mme Northrop ! Et son fils unique, suivant les traces de son regretté père, devenait chaque jour plus irresponsable.

« Mais tout cela est sans importance, se dit Maggie avec fermeté. Tout le monde sait que lord Randall est tombé amoureux de Mlle Thea au premier regard. Quant à Mlle Thea... » Maggie soupira de bonheur. Mlle Thea avait immédiatement partagé ce sentiment. Bien sûr, Maggie se demandait à quel point lord Randall était un parti souhaitable pour une jeune fille innocente comme sa maîtresse et la cour qu'il lui faisait était si discrète que c'est à peine s'ils s'apercevaient de temps en temps... Quoi qu'il en soit, ce n'était pas à une servante de juger leur comportement. Et de là à trahir Mlle Thea... cela était impossible ! Elle n'oserait plus jamais se regarder en face.

De toutes les réserves qui tourmentaient Maggie, pas une n'effleura Thea. Elle avait trop hâte de rejoindre lord Randall. Elle était amoureuse et certaine que lord Randall – ou Hawley, comme il lui avait demandé de l'appeler – était l'homme de ses rêves. Avec ses yeux gris, son épaisse chevelure noire, sa taille haute et ses larges épaules, il séduisait toutes les jeunes filles, pour Thea cela ne faisait pas de doute. Dire qu'elle avait la chance d'être celle qu'il avait choisi d'épouser ! Une ombre passa sur son visage espiègle. « Malheureusement, songea-t-elle, selon Tom, Hawley a jeté son dévolu sur moi pour ma fortune. » Cette pique lancée par son frère resta un moment dans ses pensées.

Soudain, Thea et Maggie sortirent des bois. À l'endroit précis où ils avaient convenu de se retrouver, un cabriolet et deux chevaux les attendaient. Lord Randall, imposant dans son long manteau, faisait les cent pas. Il reconnut sous le capuchon de la cape en velours violet Thea.

Il la souleva dans ses bras et l'embrassa avec passion.

— Chérie ! s'exclama-t-il. Enfin vous voilà. Je craignais que le courage ne vous manque au dernier moment.

Troublée par ce baiser et vaguement intimidée, Thea leva les yeux vers lui.

— Rien n'aurait pu m'arrêter, déclara-t-elle d'une voix douce. Je vous avais promis que je viendrais.

— Je sais, mais j'avais quand même quelque appréhension. Je ne vous en aurais pas voulu si vous aviez donné raison à votre famille et déclaré que je ne suis pas digne de vous.

Baissant les yeux, il poursuivit vaillamment.

— Je voudrais vous renvoyer. Je me comporte en goujat égoïste en vous arrachant à ce que vous connaissez et à ceux que vous aimez.

— Ne dites pas ça ! protesta Thea. Vous êtes tout ce

que je désire. Après notre mariage, quand ils verront quel merveilleux mari vous êtes pour moi, maman et Tom changeront d'avis, vous verrez.

Ce moment de doute passé, il sourit de manière si charmante que Thea en fut émerveillée.

— Vous devez avoir raison. Mais partons tout de suite, avant qu'on ne s'aperçoive de votre absence.

Il aida Thea à monter dans le cabriolet et s'apprêtait à la rejoindre quand il s'aperçut de la présence de Maggie. Il fronça les sourcils, affichant sa contrariété.

— D'où sort-elle ? Je vous avais dit de ne mettre personne dans le secret. Personne !

— C'est Maggie, expliqua Thea en rougissant légèrement. Je sais que nous sommes fiancés, mais il ne serait pas convenable que je fasse le trajet jusqu'en Écosse seule avec vous. Il faut respecter la bienséance.

— Et où suggérez-vous, demanda-t-il froidement, que je l'installe ? Vous voyez bien que je n'ai qu'un cabriolet.

Thea sursauta. Jamais il ne lui avait parlé sur ce ton. Comment réagir ? Elle décida de lui répondre d'un ton léger.

— On se débrouillera. Maggie n'a qu'à se serrer contre moi, nous ne sommes pas bien grosses toutes les deux.

— Je vois.

Il se tourna vers Maggie en bougonnant.

— Comme ma future femme t'a demandé de la suivre, monte. Et la prochaine fois que vous choisirez de bouleverser mes projets, dit-il en se tournant vers Thea, je vous saurai gré de ne pas me mettre devant le fait accompli.

Il se tut et ne fit pas un geste pour aider Maggie, qui se hissa tant bien que mal dans le cabriolet et s'installa à côté de Thea, tâchant de se faire aussi petite que possible.

Le silence se poursuivit tandis qu'ils entreprenaient leur voyage au clair de lune. La colère de lord Garrett allait être terrible et lord Randall, désireux de mettre autant de distance que possible entre eux, menait son attelage à bonne allure. L'expression de son visage n'invitait pas à la conversation et Thea trouva ses façons peu encourageantes. Un vague malaise l'envahissait. Quant à Maggie, elle se souvenait de ce que le personnel racontait, chaque fois que quelqu'un se heurtait à lord Randall. Lâchement, elle aurait souhaité que Mlle Thea ne lui ait pas proposé de partager cette aventure.

*
* *

Le manoir des Garrett était situé non loin de la ville de Cheltenham dans le Gloucester, à près de 90 miles au nord-ouest de Londres. Quant à leur destination, Gretna Green, elle se trouvait sur la frontière entre l'Écosse et l'Angleterre. Le voyage allait durer plusieurs jours, quand bien même lord Randall changeait ses chevaux à chaque relais. Il espérait être très loin lorsque lord Garrett et Mme Northrop s'apercevraient de l'absence de Thea.

Tout allait bien jusqu'à ce qu'au milieu de la matinée un cheval perde un fer et se mette à boiter. Lord Randall, une fois remis de la présence de Maggie, distrayait joyeusement les deux jeunes filles avec une histoire assez osée dont le héros était Prinny, fils aîné et héritier du roi George III. Quand l'incident survint, il étouffa un juron, arrêta l'attelage et inspecta rapidement les deux bêtes. Il manquait bien un fer, ils ne pourraient donc continuer à vitesse soutenue qu'une fois le fer remplacé, voire le cheval.

L'endroit étant désert, lord Randall laissa les deux jeunes filles dans le cabriolet et, monté à cru sur le cheval valide, il se rendit au village le plus proche. Il leur fallut deux bonnes heures avant de se remettre en route. De nouveau, l'humeur de lord Randall virait à l'aigre. Les tentatives de Thea pour ranimer la conversation se heurtèrent à un silence glacial ou à des répliques cinglantes.

En fin d'après-midi, Thea suggéra un arrêt au prochain relais de poste pour qu'elles puissent se dégourdir les jambes et peut-être prendre une collation. Cela lui attira un regard menaçant qui la stupéfia.

— Vous semblez avoir oublié qu'il est urgent d'atteindre notre destination avant que votre frère ne nous rattrape. Je ne vais pas renoncer à mes projets sous prétexte que vous avez envie d'une citronnade.

Ils passèrent donc le relais sans changer les chevaux et lord Randall était si renfrogné que Thea garda ses protestations pour elle.

Tandis que l'auberge disparaissait derrière eux dans un nuage de poussière, Thea réalisait que son futur mari savait se montrer charmant tant que tout allait bien, mais au moindre pépin… Elle risqua un regard vers lui : son beau visage, même de profil, était maussade. Elle ne l'avait jamais vu ainsi. Sans doute était-il fort contrarié. La perte du fer avait coûté cher et il leur fallait absolument atteindre Gretna Green avec une bonne avance sur Tom. Néanmoins, elle se dit qu'il ne devrait pas se montrer si peu aimable. Elle était peinée de voir Maggie si fatiguée ; un arrêt s'imposait, ne serait-ce que par égard pour elle.

Cela faisait quatorze heures qu'ils étaient en route. Un arrêt d'une demi-heure n'entraînerait pas un gros retard, d'autant que leur seule halte n'avait duré que le temps de changer les chevaux. Thea devait veiller à ce que Maggie ne soit pas maltraitée, elle tenait à cette tradition familiale. Chez les Garrett, on se montrait prévenant vis-à-vis du personnel et, depuis sa naissance, on avait inculqué à Thea le devoir d'assurer le bien-être de ses servantes et, de façon générale, de toute personne ne jouissant pas d'une position sociale aussi élevée que la sienne. Thea était follement amoureuse mais elle n'était pas aveugle, et le mépris affiché par lord Randall la rendait songeuse.

Un peu plus tard, Hawley finit par se montrer désolé.

— Je suis navré, je n'aurais pas dû vous parler aussi sèchement. Dans ma hâte d'échapper à votre frère, j'ai écarté toute autre considération.

Il lui adressa un sourire charmant.

— Nous allons nous arrêter au prochain relais de poste : vous et votre servante pourrez boire toute la citronnade que vous voudrez.

Il baissa le ton et continua.

— Me pardonnerez-vous ma conduite ? J'ai tellement hâte que nous soyons mariés. Je jure que cela ne se reproduira pas.

Ces paroles mirent du baume au cœur de Thea. En somme, il était brusque et colérique, et surtout terriblement inquiet que Tom ne les sépare.

Elle acquiesça.

— Mais attention, précisa-t-elle d'un ton mutin, il faut que ce soit le prochain relais.

— C'est promis.

Hawley tint parole. Pendant que Thea et Maggie se restauraient dans une salle privée mise à leur disposition, il commanda un panier de provisions à emporter.

Quelques minutes plus tard, ils reprenaient leur chemin revigorés. Les miles se succédaient à bonne allure et, au fur et à mesure que la distance augmentait, Hawley se détendait. Il allait rattraper le retard provoqué par la perte du fer en voyageant toute la nuit. Pour un début de mois de novembre, il faisait presque beau et, grâce à la pleine lune, le trajet était tout fait envisageable. Il sourit. Il y avait encore du chemin à faire, mais désormais c'était comme si Thea était sa femme.

À peine cette pensée lui avait-elle traversé l'esprit qu'il y eut un craquement sec : le cabriolet s'arrêta brusquement tandis que la roue droite s'échappait sur la route. Les chevaux se cabrèrent et le véhicule faillit se renverser. Thea et Maggie s'accrochèrent l'une à l'autre, pendant que lord Randall tâchait de reprendre le contrôle des bêtes.

Il réussit à les calmer et sauta à terre pour constater les dégâts. Le moyeu avait cassé. Hawley lâcha un juron. Il n'avait aucune chance de trouver un forgeron capable de remettre la roue en place à une heure pareille. Il revint vers Thea.

— C'est grave ? demanda-t-elle, inquiète.

— Ça ne pourrait être pire, grogna-t-il.

Et il n'y avait âme qui vive sur la route. Il soupira.

— Le village le plus proche est à plusieurs miles. Il doit certainement y avoir un relais de poste. Je vais devoir vous laisser seules de nouveau, ma chère, pour aller chercher de l'aide. La nuit tombera peut-être avant mon retour. Aurez-vous peur si je vous laisse ici ?

— Non, répondit Thea. Ne vous faites pas de souci pour nous.

Il les aida à descendre du véhicule brinquebalant et déplia une couverture de voyage sur le bas-côté pour qu'elles puissent s'asseoir, puis il détela les chevaux rapidement. Il attacha l'un d'eux à un arbre et enfourcha l'autre. Voyant Thea et Maggie assises sur la couverture, il hésita. Il avait beau ne pas se soucier beaucoup des autres, il répugnait à laisser deux jeunes femmes sans défense seules sur une route déserte.

— J'irai beaucoup plus vite seul, dit-il pour s'excuser.

— C'est évident ! acquiesça Thea. Allez, partez. Nous sommes des campagnardes, la nuit ne nous fait pas peur. Nous n'aurons même pas froid grâce à nos gros manteaux.

Elle étouffa un bâillement. Elle manquait de sommeil.

— À votre retour, vous nous trouverez certainement endormies.

*

* *

Hawley revint avec une charrette louée dans une ferme. Son humeur n'était pas fameuse et la vue de Thea et de Maggie pelotonnées l'une contre l'autre sur la couverture ne le dérida pas. Quand il avait atteint enfin le village, il avait appris que le cabriolet ne pourrait être réparé que le lendemain matin. Leur tentative de fugue risquait d'échouer, car lord Garrett serait sur leurs talons. Cette série de retards malencontreux ne lui laissait pas le choix : il fallait qu'il empêche lord Garrett de s'opposer à son mariage à tout prix.

Ils se rendirent à la petite auberge à cheval. Si Thea remarqua que lord Randall gardait le silence, elle ne dit rien. Elle avait faim et sommeil et n'aspirait qu'à une bonne nuit de repos. Cet enlèvement était épuisant et s'avérait peu romantique, pensa-t-elle.

Thea n'avait guère songé à ce qui se passerait à l'auberge, mais elle s'inquiéta quand elle s'aperçut que Maggie ne partagerait pas sa chambre. Troublée, elle s'en ouvrit à lord Randall.

— Maggie peut coucher dans le même lit que moi, cela ne me dérange pas.

— Mais moi, si ! rétorqua Hawley avec un sourire. Je ne veux pas que l'on dise que ma femme en est réduite à dormir avec des domestiques. Vous êtes à ma charge désormais, ma chère, et j'entends assumer mes responsabilités.

Thea était touchée, mais curieusement mal à l'aise. Il lui sourit de nouveau et caressa sa joue.

— Allez vous coucher, ma chère, je m'occupe de tout.

— Et Tom ?

Le sourire de Hawley se figea.

— J'ai la situation en main.

Thea vérifia l'installation de Maggie ; elle partageait la chambre confortable de la fille de l'aubergiste. Thea monta se coucher, rassurée. Vêtue d'une chemise en coton et tirant jusqu'au menton ses couvertures pour se protéger du froid de novembre, elle se sentait comme une petite fille.

Malgré la fatigue, elle eut du mal à trouver le sommeil. Hawley avait parfois une attitude qui la perturbait. Tom et sa mère l'avaient tous deux mise en garde contre lui, lui disant qu'il n'était pas le charmant prétendant qu'elle croyait. Et sa mère l'avait suppliée de ne pas se laisser séduire par son air raffiné et son beau visage. Pleine de remords, elle pensa que les siens allaient être furieux quand ils s'apercevraient qu'elle les avait défiés. Ils se trompaient certainement à propos de Hawley. Thea restait certaine qu'il serait un mari merveilleux.

Au bruit de la porte qui s'ouvrait, elle s'assit en sursaut, les yeux écarquillés. Mais elle eut un soupir de soulagement quand elle reconnut Hawley.

— Comme c'est gentil de venir voir si je suis bien installée avant d'aller vous coucher ! Comme vous voyez, tout va bien.

Hawley ne répondit pas et s'avança au milieu de la pièce pour poser la bougie qu'il tenait à la main sur une tablette en chêne.

— Est-ce que votre chambre est loin de la mienne ? demanda Thea.

— Pas exactement, bafouilla-t-il.

Il jeta son manteau sur un fauteuil.

Thea s'aperçut qu'il empestait l'alcool et que son élocution était pâteuse. Elle avait parfois surpris son frère tard dans la nuit, ivre, et savait donc que les messieurs, sous l'emprise de la boisson, se comportent de façon déconcertante. En tout cas, elle n'avait guère envie de la compagnie de lord Randall dans un état pareil.

— Que... bégaya-t-elle, que voulez-vous dire ? Et que faites-vous ?

Il avait ôté ses bottes et se débarrassait de sa chemise.

— Quoi ? mais rien, mon chou.

Il la fixa et Thea sentit sa bouche se sécher.

— Ma chambre n'est pas loin, puisque c'est ici même.

— Ici ! s'écria-t-elle. Vous n'y songez pas ! Nous ne sommes pas mariés.

— Je sais, acquiesça-t-il. J'aurais préféré que cela se déroule différemment, mais notre retard rend certaines choses nécessaires.

— Lesquelles ? demanda-t-elle.

— Nous allons nous marier, n'est-ce pas, mon amour ? expliqua-t-il avec douceur.

Thea acquiesça avec prudence. Il poursuivit.

— Il ne fait aucun doute qu'au matin votre frère sera là. Nous devons le mettre devant le fait accompli.

Elle comprit ce que Hawley sous-entendait et fronça les sourcils, effrayée. Elle était encore pure ; elle savait qu'une fois mariée, Hawley partagerait son lit, mais n'avait guère songé à cet aspect du mariage. Née et élevée à la campagne, elle n'était pas innocente, mais de là à faire ça ainsi... De toute façon, pas avant le mariage !

— Vous voulez dire faire l'amour ? demanda-t-elle d'une petite voix.

Hawley acquiesça. Il s'assit au bord du lit et prit une main de Thea dans la sienne. Lui embrassant le bout des doigts, il insista :

— C'était prévu, mon amour. Simplement, nous anticipons de quelques jours.

Thea n'était pas convaincue, il le lisait dans ses yeux. Il se pencha vers elle et se fit plus pressant.

— Thea, c'est le seul moyen. Votre frère sera là dès l'aube. Vous savez qu'il vous arrachera à moi.

Thea n'osait pas croiser le regard de lord Randall. La panique lui nouait l'estomac. L'aventure romantique prenait une tournure sordide. Elle s'aperçut avec horreur qu'elle voulait retrouver sa mère. Soudain, elle prit conscience qu'elle ne connaissait rien de ce bellâtre qui s'approchait de plus en plus près et lui embrassait les poignets. Rien ne l'avait préparée à la réalité : ni les rendez-vous à la dérobée dans la roseraie du manoir des Garrett, ni les lettres enflammées qu'il glissait furtivement dans ses mains tremblantes, ni les regards embrasés qu'ils échangeaient en compagnie d'autres personnes.

Elle devait bien reconnaître qu'elle avait été flattée que cet homme beau et courtois ait daigné la remarquer et lui déclare sa flamme. La réprobation de sa mère et de Tom n'avait fait que renforcer sa détermination à s'enfuir avec lord Randall, pour leur prouver qu'ils avaient tort, qu'elle était assez grande pour prendre ses décisions seule et n'était plus une enfant. Mais à présent...

Thea déglutit et scruta la pièce. Tout était propre et bien rangé, mais c'était un endroit froid et inconnu. Aucun rapport avec le boudoir de satin et de soie dont elle avait rêvé pour sa nuit de noces...

Assaillie par des pensées contradictoires, elle leva les yeux vers Hawley.

— Pourquoi ne pas faire juste semblant ? Le simple fait que je sois seule avec vous suffit à perdre ma réputation. Tom voudra que vous m'épousiez afin de me rendre mon honneur.

— Vous ne voulez pas faire l'amour avec moi ?

Elle baissa les yeux. La façon dont il la regardait… Elle se sentait toute nue et avait peur.

— Je ne sais pas, balbutia-t-elle. Je croyais mais je ne sais plus.

Hawley pinça les lèvres. C'était bien ce qu'il craignait, c'était justement pour cela qu'il l'avait entraînée aussi loin. Il n'avait pas voulu lui laisser le temps de réfléchir.

— Il est trop tard pour changer d'avis, trancha-t-il. Et je ne laisserai pas votre damné frère vous arracher à moi ; ce mariage comporte trop d'enjeux pour moi.

La panique la saisit, elle secoua sa main pour échapper à la poigne de Hawley. Hors d'haleine, elle le supplia :

— Laissez-moi partir. Quittez cette chambre, tout de suite ! Nous en reparlerons demain.

— Pas question !

Il tendit les mains vers elle et Thea lutta pour échapper à son étreinte.

— Non, s'il vous plaît ! cria-t-elle, laissez-moi partir.

— Non ! Tu seras à moi, tu vas devenir ma femme.

Dorlotée depuis sa naissance, protégée et innocente comme seule peut l'être la fille d'une puissante famille aristocrate, Thea perdit pied. Elle n'avait qu'un désir : se réveiller dans son lit au manoir des Garrett et constater que tout n'était qu'un affreux cauchemar. Hélas, cela était bien réel, comme les actes de lord Randall allaient le prouver.

Ignorant les efforts désespérés de Thea pour lui échapper, il la plaqua sur le lit et écrasa sa bouche contre la sienne. Le goût de ses douces lèvres et les soubresauts de son corps svelte et mince l'excitèrent davantage. Il déchira la fine chemise de coton sous laquelle elle était entièrement nue.

Quittant sa bouche, il regarda ses petits seins. Au spectacle de ces douces courbes féminines, sa respiration devint haletante. Saisissant un sein, il se mit à le sucer et à en mordiller le bout.

Terrifiée, Thea ne comprenait pas ce qui lui arrivait. Essuyant ses larmes, elle tenta de repousser Hawley.

— Oh, s'il vous plaît ! Laissez-moi... si vous m'aimez, ne me forcez pas.

Il la regarda et sourit.

— Bien sûr que je t'aime. Et si toi tu m'aimais, tu ne me refuserais pas ce que je désire le plus ardemment.

Elle ravala un sanglot.

— Je ne sais pas si je vous aime, reconnut-elle. Je le croyais, mais vous me faites peur.

— Ça ne fait rien, il est trop tard pour changer d'avis, murmura-t-il tandis que ses mains parcouraient le corps de la jeune fille avec une impudence qui la choquait.

Haletante, elle se tortillait pour se soustraire à cet assaut et il ne fut pas surpris de voir qu'elle rougissait. Quelle innocence !

— Tu as honte, mon chou ? Il ne faut pas. Quand j'en aurai fini avec toi, tu seras débarrassée de toute honte, au plus profond de toi.

Il se trompait. Quand les lueurs de l'aurore filtrèrent dans la petite chambre, Thea était sûre d'une chose désormais : elle n'avait jamais haï et elle ne haïrait jamais personne comme elle haïssait lord Randall.

Tout au long de la nuit, il l'avait violée plusieurs fois, ignorant ses supplications. Uniquement soucieux de ses besoins et de ses désirs, il avait pris d'elle ce qu'il désirait et fait d'elle ce qu'il voulait. Quant aux états d'âme de Thea, il ne s'en était pas préoccupé.

Quand il se leva, il fit une petite toilette avec l'eau fournie par l'aubergiste puis s'habilla et sortit. Thea se dissimula sous les lambeaux sanglants de sa chemise et resta recroquevillée. Elle ne pleura pas, tant sa douleur était au-delà des larmes, depuis que cet homme s'était introduit de force en elle.

Maggie entra timidement dans la chambre sans se donner la peine de frapper. Dans la petite auberge, personne n'ignorait ce qui venait de se passer car les cloisons étaient minces et lord Randall n'avait pu étouffer les supplications et les cris de Thea. Maggie avait eu un mauvais pressentiment quand lord Randall l'avait éloignée de sa maîtresse ; mais elle ne mesura l'horreur de la situation qu'au matin, dans la cuisine, en surprenant une conversation entre l'aubergiste et sa femme.

Comme elle dormait à l'arrière du bâtiment, Maggie n'avait pas entendu crier Thea ; en revanche, l'aubergiste et sa femme n'avaient rien manqué. Ils étaient braves mais il était impensable qu'ils interviennent quand un noble profitait d'une servante, consentante ou non. Ils ignoraient la qualité de Thea.

Maggie, horrifiée, avait entendu la femme indignée annoncer à son mari.

— Je refuse de les héberger une deuxième nuit. Il y a des établissements pour ça, et je me fiche que ce soit un gentilhomme. Je ne veux pas de ça chez moi, quel que soit le prix qu'il paie. C'est une honte, ce qu'il a fait. Je ne veux pas savoir ce qu'il t'a raconté : c'est comme s'il avait violé cette pauvre enfant. Elle est si jeune... Comment sa famille a-t-elle pu la laisser partir avec lui ?

— Arrête, Bessie, avait rétorqué le gros aubergiste. Il m'a dit que c'était une simple dispute d'amoureux et que la fille va bien. Ce n'est pas à nous de lui demander des comptes.

Bessie avait eu un reniflement dégoûté. Elle avait aperçu le visage décomposé de Maggie et avait interrompu la discussion.

Oubliant son petit-déjeuner, Maggie s'était précipitée dans la chambre de Thea. Les draps étaient tachés de sang et elle gisait, livide et décomposée.

Sans un mot, Maggie aida Thea à se laver et à s'habiller. Gentiment, l'aubergiste avait fait monter un grand seau d'eau chaude et des serviettes. Quand elles sortirent de la pièce, Maggie était consternée. Mlle Thea, toujours souriante, babillait sans cesse et cette jeune fille décomposée et blême n'offrait nulle ressemblance avec sa maîtresse.

Thea était désormais une fille perdue. On allait l'obliger à épouser le monstre qui avait abusé d'elle. Elle n'avait pas le choix. Et en plus, tout était sa faute.

Au petit-déjeuner, Thea ne parvint pas à avaler une bouchée. Après plusieurs minutes de silence, Hawley engagea la conversation.

— Allons, mon chou, ne fais pas cette tête. Tu étais vierge, mais tu verras, tu finiras par aimer ce que nous avons fait.

Et il lui sourit.

— En tout cas, moi, j'ai aimé.

Thea le foudroya du regard.

— Ne m'appelez pas mon chou.

— Et toi, répondit-il accusant le coup, ne me parle pas sur ce ton.

— Ah bon ? demanda Thea dont la pugnacité se réveillait. Figurez-vous, milord, que je ferai très exactement ce qui me plaît. Au demeurant, que pouvez-vous me faire à présent ? Me violer à nouveau ? Car c'est bien de cela qu'il s'est agi toute la nuit ?

— Appelle ça comme tu veux, gronda-t-il en se levant de table et en jetant sa serviette par terre. J'ai tout bonnement fait ce qu'il fallait pour que ton frère ne puisse nous séparer.

— Mais fallait-il que vous vous y délectiez à ce point, milord ? demanda-t-elle avec une douceur feinte. Fallait-il que vous vous complaisiez autant dans ma résistance ?

— Tu es surmenée, répondit-il, glacial. Je te suggère de rester ici et de recouvrer ton bon sens, tandis que je fais changer la roue du cabriolet.

Il allait ouvrir la porte quand on entendit un groupe de cavaliers arriver à bride abattue. Il se tourna vers Thea.

— C'est sûrement ton frère.

Cela mit fin à la bravade de Thea. Que Tom la trouve là avec lui, qu'il sache ce qui était arrivé cette nuit, qu'il croise son regard alors qu'il l'avait mise en garde contre lord Randall, c'était le summum de la honte et de l'humiliation.

La porte s'ouvrit brusquement. Lord Garrett apparut et se rua vers Hawley. Mais quand il aperçut Thea si désespérée, il se précipita vers elle. Mettant un genou à terre, il prit dans ses mains les mains froides de sa sœur.

— Bonjour. Quelle poursuite tu nous as fait faire ! Maintenant que nous t'avons trouvée, rentrons. Maman est folle d'inquiétude.

À ces tendres paroles, les larmes montèrent aux yeux de Thea.

— Oh ! Tom, s'écria-t-elle. Comme j'ai été méchante ! Surtout, ne fais aucun reproche à Maggie. Elle n'y est pour rien, je l'ai obligée à me suivre.

Thea étouffa un sanglot.

— Laisse-moi ici, je suis une fille perdue. Maman ne voudra plus accorder un regard à la pécheresse que je suis. Tu ne voudras plus m'avoir à tes côtés. Ni personne, d'ailleurs. Je ne rentrerai pas à la maison.

— Chut ! coupa-t-il en écartant avec douceur une mèche de cheveux qui barrait le visage de sa sœur. Comment peux-tu dire une chose pareille ? Rien au monde ne saurait changer notre amour pour toi.

Deux autres gentilshommes firent irruption dans la pièce. Thea fut encore plus pétrifiée quand elle reconnut son oncle maternel, le baron Hazlett, accompagné de son fils aîné, John. Celui-ci avait un an de plus qu'elle, jour pour jour, et ils étaient très proches. Le fait que John et son père soient mis dans le secret de Thea ne faisait qu'aggraver sa hontc.

Lord Hazlett referma la porte. John et lui croisèrent les bras et gardèrent le silence.

Une main consolatrice sur Thea, lord Garrett s'adressa à son oncle et à son cousin.

— Nous devons nous procurer une voiture pour elle et Maggie.

Jusque-là, lord Randall avait gardé le silence. Brusquement, il se racla la gorge et fit un pas vers lord Garrett.

— C'est inutile. Thea va devenir ma femme et c'est à moi de m'en occuper désormais.

Tom bondit sur ses pieds et, du revers de la main, administra un soufflet à Hawley.

— Non ! rétorqua-t-il sans hausser le ton, mais avec détermination. Vous allez quitter cette pièce, heureux que je ne vous aie pas tué comme un chien.

Hawley serra les mâchoires, cherchant visiblement à se maîtriser.

— Au nom de notre amitié, répondit-il d'une voix dure, je ne tiendrai pas compte de ce geste, mais il est trop tard. En effet, nous avons consommé le mariage par anticipation hier soir. Il n'y a donc...

Tom interrompit Hawley d'un coup de poing en plein visage.

— Ferme-la ! gronda Tom tandis que Hawley, la lèvre éclatée, vacillait sous la violence du coup. Nous rentrons à la maison et ramenons Thea à sa mère. Tu n'imagines quand même pas que nous allons l'abandonner à ta merci ? J'ai honte de t'avoir compté parmi mes amis, et surtout d'avoir eu l'inconscience de t'introduire dans ma famille. Tout cela est ma faute, et j'en concevrai du remords jusqu'à mon dernier soupir.

— Oh non, Tom ! protesta Thea. Tu n'as aucun reproche à te faire. J'ai été folle et sotte ; j'aurais tellement dû vous écouter, maman et toi.

— Non, c'est moi qui suis à blâmer. Il est criminel de ma part, sachant ce que je sais de lui, de vous avoir présentés et surtout de l'avoir invité à séjourner au manoir.

Il jeta à lord Randall un regard cinglant.

— J'ai cru en son amitié. Je me suis trompé et tu paies mon inconscience.

— Ça suffit à présent, coupa Hawley. Ni vous ni personne n'y pouvez rien : Thea sera ma femme.

— Non, riposta lord Hazlett. Nous, sa famille, avons déjà décidé que cette histoire n'irait pas plus loin. Thea rentre à la maison avec nous, et vous, allez au diable.

Hawley eut l'air abasourdi. Pas un instant il n'avait envisagé cette éventualité.

— Donc, répondit-il, incrédule, sachant qu'elle a été seule avec moi pendant plus de vingt-quatre heures, sachant que nous nous sommes unis charnellement, vous persistez à vouloir étouffer le scandale ?

Lord Hazlett acquiesça sans souffler mot mais ses yeux n'exprimaient qu'aversion et condamnation. Hawley ricana.

— Ça, par exemple ! Cette fille a perdu sa virginité et vous avez l'intention de le cacher ? Et que direz-vous, railla-t-il, au futur prétendant ? Qu'elle est pratiquement intacte ?

Il parlait encore quand Tom lui sauta à la gorge. Enfonçant ses doigts dans le cou de Hawley, il gronda :

— Silence ! Plus un mot ! Je t'interdis désormais de parler de Thea. Compris ? Si tu prononces son nom, je te tue.

Hawley était fou de rage. C'en était trop car, sans la fortune de Thea, il courait droit à la banqueroute et tous ses plans et projets s'effondraient.

Hawley se défit de l'étreinte de Tom et, posément, le gifla.

— Désignez vos témoins !

Les yeux de Tom lançaient des éclairs.

— Avec joie !

— Tom, tu es fou ? intervint lord Hazlett. Nous n'avons pas besoin d'un duel, nous devons éviter tout scandale.

À contrecœur, Tom acquiesça, puis regarda Hawley.

— Pour moi, la réputation de Thea est plus précieuse que le plaisir de vous embrocher, milord. Pardonnez-moi de refuser votre défi.

Ses projets piétinés, son honneur bafoué et son avenir ruiné, Hawley n'avait plus rien à perdre. Il voulait en découdre et il n'avait pas besoin de chercher loin pour trouver un adversaire.

— Lâche, avec ça ? lança-t-il d'un air mauvais.

Tom blêmit.

— Lâche ? Tu oses me traiter de lâche ? Toi qui t'en prends aux jeunes filles innocentes ?

Lord Randall observait les ongles de sa main.

— Mais comment appelle-t-on un homme qui se dérobe face à un défi ?

— J'accepte ton défi, répondit Tom en serrant les poings, à condition que tu prennes mon cousin comme témoin ; le mien sera mon oncle et le combat aura lieu ici et maintenant.

— Tu as le choix des armes, répondit Hawley en souriant. L'épée ?

— L'épée !

En dépit des protestations suppliantes des deux autres, ils ne se laissèrent pas convaincre de renoncer. En quelques instants, on fixa les règles et on délimita les camps au milieu de la pièce; on poussa les meubles contre les murs pour faire de la place aux duellistes. Thea, malgré les appels de ses proches, refusa de bouger.

Elle était livide.

— Qu'est-ce que cela peut faire à présent? demanda-t-elle. Je sais que vous essayez de me protéger, mais il est trop tard. Il faut que je reste. Il le faut.

Renonçant à la faire changer d'avis, Tom haussa les épaules et se tourna vers son adversaire, debout au milieu de l'espace dégagé. Les pointes de leurs épées se touchèrent.

— En garde!

Les deux hommes s'étaient débarrassés de leurs vestes. Le combat fut rapide et brutal. D'emblée, Hawley prouva son intention de vaincre par un furieux assaut qui mit Tom en difficulté. Ils ferraillaient furieusement, le tintement des lames emplissait la petite pièce.

Les deux hommes étaient de même taille mais Hawley était plus musclé et avait beaucoup plus d'expérience. Dix fois, le cœur manqua à Thea tant il semblait évident que Tom allait succomber aux attaques de Hawley. À chaque botte que poussait Hawley, Tom reculait, juste capable d'esquiver la lame de son adversaire.

Acculée contre le mur, Thea observait en silence, terrifiée par la violence qu'elle avait provoquée; son oncle la tenait par l'épaule pour la réconforter.

Le rythme du combat évolua; la dextérité de Tom était remarquable, il parait chaque assaut de Hawley. Celui-ci commença à reculer et un sourire sinistre apparut sur le visage de Tom. Son épée sifflait de plus en plus près de son ennemi, il parvint même à tromper sa garde et Hawley se retrouva avec une longue estafilade sur l'épaule.

Le sang écarlate tranchait déjà sur la blancheur de la chemise de Hawley: il était stupéfait que Tom soit parvenu à le toucher. Tout essoufflé, Tom recula à contrecœur, baissant son épée.

— C'est le premier sang. Sommes-nous quittes ?

— Jamais ! hurla Hawley.

Et il bondit vers Tom pour le frapper au cœur.

Thea hurla, mais Tom contra prestement et le combat reprit. Il s'agissait d'un duel à mort. Tom ne faiblissait pas et fit reculer Hawley au fond de la pièce. Celui-ci trébucha contre la table que l'on avait poussée le long du mur. Les deux combattants étaient au corps à corps, épées bloquées l'une contre l'autre. Quand les deux armes se libérèrent, Tom se fendit pour porter le coup final. Mais de sa main libre, Hawley trouva soudain la théière encore chaude du petit-déjeuner et, avec un juron, l'éleva et en jeta le contenu au visage de Tom.

Aveuglé, il tituba en arrière et baissa sa garde. Lord Hazlett et John eurent un haut-le-corps devant ce geste déshonorant de Hawley. Mais avant qu'ils n'aient eu le temps de s'interposer, Hawley plongea son arme dans la poitrine de Tom, qui gémit et tomba sur un genou, la main sur le torse. Du sang coula entre ses doigts.

Thea s'arracha aux bras de lord Hazlett. Mais il était trop tard : Hawley frappa une deuxième fois. Tom se pencha encore, tête basse, luttant contre les vagues noires qui déferlaient sur lui.

— Meurs, maudit gamin prétentieux ! vociféra Hawley.

Tom leva la tête, réunit ses dernières forces et, d'un coup précis, planta son épée dans le cœur de Hawley.

Un instant, celui-ci eut l'air surpris comme s'il ne parvenait pas à croire ce qui lui arrivait, puis il tomba raide mort sur le plancher.

Thea traversa la pièce comme une flèche et courut vers Tom qui s'effondra dans ses bras. Sa tête se posa sur les genoux de sa sœur, ses yeux se fermèrent ; Thea, muette d'horreur, regardait la tache de sang s'élargir rapidement sur la chemise de son frère.

— Oh, Tom ! Ne meurs pas, je t'en supplie. Tout est ma faute. Il ne faut pas que tu meures, il ne faut pas !

Tom battit des cils, il vit Thea pleurer. Glissant un doigt sur la joue noyée de larmes de la jeune femme, il dit d'une voix mourante :

— Ne pleure pas, chère sœurette. Ce n'est pas ta faute, c'est la mienne.

Un spasme violent le secoua et il murmura :

— Pas ta faute, la mienne.

Puis ses yeux se fermèrent et il ne bougea plus.

Elle le tenait contre elle et ses larmes coulaient sans qu'elle s'en aperçoive. Rongée de douleur, elle se balançait d'avant en arrière, serrant contre son sein la dépouille de Tom, oubliant que le corps de l'homme qu'elle devait épouser ne gisait qu'à quelques mètres.

Finalement, lord Hazlett parvint à arracher le frère et la sœur. Fermement soutenue par John, elle tituba vers la porte, d'où l'aubergiste et sa femme tâchaient de voir ce qui se passait à l'intérieur. Sur le seuil, elle se retourna, saisie de remords, pour voir une dernière fois le corps de son frère. Presque par hasard, son regard se posa sur le cadavre de Hawley. La haine l'envahit. Plus jamais, se jura-t-elle, quoi qu'il arrive, elle ne croirait les promesses ni les serments d'un homme.

1

Londres, 1798

Patrick Blackburne, sifflotant un air guilleret, monta deux à deux les marches du perron de la maison qu'il louait sur Hamilton Place. Par cette belle matinée de septembre, il revenait d'une vente chez Tattersall's. Il était assez satisfait car il y avait acquis une jument alezane qui avait retenu son attention.

La vie avait eu pour Patrick toutes les bontés. La nature lui avait donné la beauté physique et ses ancêtres une fortune qui lui permettait de vivre où il le désirait et comme il le souhaitait. De l'autre côté de l'Atlantique, il possédait une vaste plantation et un beau manoir dans la région de Natchez, dans le territoire du Mississippi. Son père, un riche Anglais de bonne naissance, avait accumulé une fortune respectable. Sa mère, de meilleure lignée encore que son père, était apparentée avec une bonne moitié de l'aristocratie anglaise et détenait en son nom propre une vaste fortune. Le père de Patrick était mort quinze ans plus tôt et Patrick avait hérité à l'âge relativement jeune de vingt-trois ans. Le moment venu, en fils unique, la fortune de sa mère lui échoirait également.

Certes, il avait été abandonné à l'âge de douze ans par sa mère, Alice, qui ne supportait pas le cadre champêtre de Willowdale, la plantation Blackburne dans la région de Natchez. Seule lui convenait l'Angleterre, et Londres plus précisément. Robert, son mari, père de Patrick, l'avait aidée à faire ses bagages avec soulagement et pour rien au monde il ne lui aurait fait changer d'avis.

Leur union résultait d'un mariage arrangé. Ils avaient été d'emblée indifférents l'un à l'autre, puis en quelques mois cette indifférence s'était muée en une véritable haine. Quand Patrick vint au monde, neuf mois après les noces, le foyer de ses parents était un véritable camp retranché.

Patrick était l'enjeu de batailles aussi fréquentes que violentes. Cela lui avait peu donné le goût du mariage et, à trente-huit ans, il n'avait pas la moindre intention de s'attacher à qui que ce soit.

La véhémence avec laquelle sa mère rejetait Natchez et tout ce qui s'y rattachait avait fait souffrir Patrick dès l'enfance. Il aimait en effet sa confortable et élégante maison, belle demeure de trois étages. Aujourd'hui encore, il aimait se promener dans les vastes étendues sauvages qui entouraient la plantation. Il n'avait jamais bien compris pourquoi sa mère haïssait tout ce qui lui rappelait Natchez. L'attitude de sa mère le surprenait toujours autant, mais il s'était fait une raison et acceptait ce mépris, toutefois les commentaires acrimonieux de cette dernière continuaient à lui causer un pincement au cœur.

Patrick reconnaissait que ses parents n'étaient en rien faits l'un pour l'autre. Une fois débarrassé de sa femme, Robert goûta définitivement la paix et profita des années qui lui restaient ; il ne revint jamais en Angleterre de crainte d'y rencontrer son épouse. Quant à Alice, elle était très heureuse en Angleterre. On ne reconnaissait plus la malheureuse qui hantait les corridors de Willowdale. Ses relations avec Patrick étaient un peu distantes, parce qu'elle ne l'avait guère vu grandir et qu'il préférait passer la plupart de son temps à Willowdale. Toutefois, chaque fois qu'il venait en Angleterre, elle l'accueillait avec affection, et il était heureux de la voir.

Ce matin-là, en rentrant chez lui, sa mère était bien la dernière personne qu'il avait en tête. Posant son chapeau à bords étroits sur un guéridon du vestibule, il fronça les sourcils en y trouvant une enveloppe à son nom de l'écriture de sa mère.

Tiens, se demanda-t-il, encore un bal auquel elle me demande de l'escorter ? Depuis son arrivée en Angleterre deux semaines plus tôt, il avait déjà accompagné sa mère à une soirée, l'avait conduite plusieurs fois à Hyde Park dans son cabriolet, et avait même subi un dîner de famille avec l'homme qu'elle avait épousé depuis un an à peine, le baron Henry Caldecott, dixième du nom. Bref, il s'était conduit en fils modèle. Quand le laisserait-elle vivre en paix ?

Il ouvrit la lettre en soupirant et, en la lisant, sa mine s'assombrit. Elle voulait le voir l'après-midi même ; c'était urgent.

Ses yeux gris s'assombrirent et il gagna son bureau, perplexe. Pourquoi sa mère voulait-elle le voir toutes affaires cessantes ? Lorsqu'il l'avait emmenée à Hyde Park moins de deux jours plus tôt, elle s'était montrée détendue et insouciante. Son souci devait être le choix de sa robe pour le bal de lady Hilliard, jeudi soir.

Prenant place derrière son imposant bureau d'acajou, il se mit en devoir de répondre à sa mère et rédigea un autre billet, pour décommander son ami Adam Paxton avec lequel il avait convenu d'assister à un match au Lord's Cricket Ground, rue St. John Wood. Bien sûr, il y avait entre eux un pari amical sur les résultats.

À 14 heures, conformément à ce que sa mère lui avait demandé, il se trouvait sur le perron de la maison Caldecott, sur Manchester Square ; il était vêtu de pantalons gris pâle, d'une jaquette couleur prune, d'un gilet anthracite brodé de façon extravagante et d'une chemise à jabot fermée par une cravate. Il entra, confia son chapeau au maître d'hôtel, Grimes, et traversa la grande entrée jusqu'au salon de devant.

Sa mère était assise sur un canapé, sa jupe bouffante bleu pâle effleurait le sol. Il y avait devant elle un plateau d'argent. Au moment où Patrick entra, elle s'exclama :

— Ah, juste à l'heure. Je me demandais si Grimes ne m'avait pas porté le thé trop tôt.

Patrick et sa mère ne se ressemblaient guère, sauf par leur haute taille, leurs cheveux noirs et leurs yeux gris. Leurs traits étaient très différents car Patrick, au désespoir de sa mère, était tout le portrait de son père. C'était même pour elle un choc chaque fois qu'elle le voyait : la mâchoire et le menton proéminents, le nez hardi et les sourcils fièrement dessinés lui rappelaient tant son premier mari qu'elle redoutait un instant qu'il ne la traîne de force jusqu'à sa maudite plantation.

Patrick embrassa la joue poudrée de sa mère, puis s'assit face à elle. Étendant ses longues jambes, il la regarda verser le thé et lui tendre une tasse.

— Tu te demandes, commença-t-elle en remuant le sucre et le citron dans sa tasse, pourquoi j'ai souhaité te voir.

Patrick acquiesça sans mot dire. Sa mère était aussi majestueuse que d'habitude, ses cheveux coiffés avec art, bouclés et attachés élégamment au-dessus de sa tête ; ses tempes argentées étant un des rares indices trahissant son âge, car pour une personne ayant fêté son cinquante-neuvième anniversaire au mois de juin, lady Caldecott était fort bien conservée. Sa peau pâle et impeccable était à peine ridée ; son menton avait peut-être un peu plus de volume que dans sa jeunesse et un fin réseau de rides se dessinait au pli de ses paupières. Pourtant, c'était une femme superbe qui avait encore fière allure, avec une silhouette svelte et bien dessinée ; Patrick n'avait pas été surpris quand lord Caldecott avait demandé sa main. Ce qui l'avait étonné, en revanche, c'est que sa mère, veuve depuis tant d'années, ait accepté cette proposition en dépit du bilan désastreux de sa première expérience matrimoniale. De façon plus stupéfiante encore, cette union avait tout l'air d'un mariage d'amour, à en croire l'affection que se témoignaient ouvertement lord et lady Caldecott. En vérité, ce second mariage laissait Patrick perplexe. Comment pouvait-on, après s'être dégagé une fois d'un poids si lourd, s'unir à nouveau délibérément ?

Observant sa mère, il songea qu'il ne l'avait jamais vue si fatiguée. Il se dit alors qu'elle voulait peut-être s'ouvrir à lui de quelque chose de grave. Il laissa passer plusieurs minutes, mais elle ne disait mot, absorbée par le liquide de sa tasse.

— Mère, finit-il par demander, qu'y a-t-il ? Vous vouliez me voir d'urgence.

Elle se contraignit à sourire et reposa sa tasse.

— C'est urgent, reconnut-elle, mais maintenant que tu es là, je ne sais par où commencer.

— Par le début, peut-être ?

Elle fit la moue. À l'évidence, elle ne savait comment se lancer, en tout cas elle qui était si directe ne se comportait pas comme à l'accoutumée. Plusieurs minutes s'écoulèrent de nouveau et lady Caldecott gardait toujours le silence.

— Peut-être, suggéra Patrick, ne souhaitez-vous plus me voir ?

Elle eut un geste de dénégation.

— Non ! Tu es le seul vers qui je puisse me tourner. Mais je trouve bien… humiliant de devoir expliquer comment j'ai pu me retrouver dans une situation pareille.

Elle avait un air si pitoyable que Patrick eut un sursaut d'inquiétude.

— Je suis votre fils, dit-il de façon solennelle. Il n'y a pas de honte à m'avouer quoi que soit, n'est-ce pas ?

Leurs regards gris se croisèrent et sa mère lui répondit :

— C'est là que tu te trompes. Nous avons parfois été loin l'un de l'autre... si bien que j'hésite à t'avouer quelque chose qui pourrait diminuer l'estime que tu as pour moi.

Soucieux, Patrick se pencha vers elle.

— Mère, dites-moi ! Je suis sûr que ce n'est pas si grave.

— Tu as probablement raison, dit-elle à regret. C'est-à-dire que je…

Elle se tut, se mordit la lèvre, puis prit soudain son élan.

— Il faut que je t'apprenne quelque chose qui s'est passé il y a plus de vingt ans, la première fois que j'ai quitté ton père pour rentrer en Angleterre.

Elle hésita et rougit. Puis elle s'éclaircit la voix avant de poursuivre :

— J'étais encore jeune et j'ai commis l'erreur de tomber follement amoureuse d'un autre homme, un homme marié de haut rang.

Elle n'arrivait pas à regarder son fils.

— Nous eûmes une liaison. Le fait que nous étions tous deux mariés et qu'il faisait partie de la cour nous contraignait au secret le plus absolu. J'aurais tout perdu si l'affaire s'était ébruitée et lui aurait été banni, on ne l'aurait plus jamais admis en présence du roi.

Elle fit la moue.

— George III n'était pas tendre avec les personnes adultères. Cela te choque-t-il ?

Patrick, ne sachant au juste ce qu'il ressentait, haussa les épaules. Il était effectivement stupéfait d'apprendre que sa mère avait eu une liaison, mais cela ne le choquait pas. C'était un homme du monde et il n'ignorait pas les folies que les gens commettent au nom de l'amour, raison de plus pour éviter le mariage.

— Je dirais plutôt que je suis surpris. Mais pourquoi me racontez-vous cela ?

— Parce que, répondit Alice après avoir pris une profonde inspiration, on me fait des menaces à ce sujet.

— Avec quoi ? demanda Patrick en fronçant les sourcils. Vous venez de me dire que cette histoire date de vingt ans. Qui s'en soucierait maintenant ? Votre ancien amant ?

— Non, répondit-elle, il est mort il y a bien dix ans. Je lui avais écrit des lettres, des lettres passionnées. Notre liaison, précisa-t-elle avec lassitude, fut courte mais fougueuse. Et quand elle se termina, j'ai compris que je ne me comportais guère mieux que bien des écervelées de Covent Garden. Je me suis donc empressée d'y mettre un point final. J'ai dit à cet homme que je ne souhaitais plus le voir. Il l'a bien pris car il avait été un mari modèle jusqu'à ce que j'entre dans sa vie. Je suis sûre que notre aventure lui a causé beaucoup d'angoisse et une véritable crise de conscience. C'était un homme d'honneur et quand j'évoque cette période, je me dis que notre passion le transportait autant qu'elle l'horrifiait. Notre rupture a dû secrètement le soulager. En tout cas, dès lors que nous nous sommes séparés, je n'ai plus songé à ces lettres et, surtout, je n'aurais jamais imaginé qu'on chercherait à m'extorquer de l'argent en échange de leur restitution vingt ans plus tard.

Patrick restait impassible mais une foule d'idées se bousculaient dans son esprit. À la lumière de cette confession, il voyait sa mère sous un nouveau jour. Il l'avait connue malheureuse quand il était enfant, puis digne mère de famille, et voilà qu'il découvrait une femme, avec ses besoins et ses désirs. Il avait du mal à l'imaginer vivant une liaison illégitime et passionnée. Pourtant, il croyait sa mère lorsqu'elle disait que quelqu'un la faisait chanter pour cette raison. La colère l'envahit : il n'allait pas tolérer une chose pareille.

— Comment vous a-t-on contactée ? demanda-t-il, ému de la voir si triste et si fragile.

Jamais il n'avait vu, ni cru, sa mère vulnérable.

— Un billet m'attendait, répondit Alice, quand je suis rentrée à la maison après notre promenade au parc lundi. Je n'ai pas reconnu l'écriture, mais le contenu fait allusion à ma liaison et aux lettres. Et on y fait mention de l'argent qu'il me faut payer en échange de leur restitution. C'est fort bien tourné. Rien n'est dit de façon explicite mais l'auteur veut me faire payer son silence.

— Combien veut-il et quand ? demanda Patrick.

— J'ai déjà effectué le premier paiement, avoua Alice. Le maitre chanteur savait qu'Henry et moi serions à la réception de Mme Pennington le soir même. Il m'a dit de mettre mille livres dans mon réticule et de le laisser avec mon châle à mon arrivée. En partant, l'argent avait disparu. Comme promis, il y avait une de mes lettres… juste pour prouver qu'elles sont bien en sa possession. Je l'ai brûlée dès que je me suis retrouvée seule.

— Il n'est pas stupide. Il y a foule à ces réceptions, des gens entrent et sortent en permanence. N'importe qui a pu se glisser dans le vestiaire et prendre l'argent. Mais, enchaîna Patrick, il ne vous a rendu qu'une lettre. Il est évident que cela peut continuer indéfiniment.

— J'avais espéré que le fait de satisfaire cette demande lui suffirait. Je sais, j'ai été sotte. Voici ce que j'ai reçu ce matin.

Un billet était posé sur la table à côté du plateau à thé. Elle le prit et le donna à Patrick, qui s'empressa de le parcourir.

— Deux mille livres cette fois, constata-t-il gravement. Est-ce que vous pouvez supporter ces sottises ? Moi, pas.

— Ce n'est pas un problème d'argent ; cela peut le devenir si les demandes se succèdent et que le montant double à chaque fois.

— Est-ce que vous en avez parlé à lord Caldecott ?

Elle baissa les yeux.

— Non, reconnut-elle après un long silence.

Comme Patrick continuait à la fixer, elle se leva avec nervosité et fit quelques pas dans la pièce. Puis elle revint vers lui et affirma avec fougue :

— J'aime Henry de tout mon cœur et il m'aime aussi. Il me croit parfaite. Je sais que tu as du mal à le croire, continua-t-elle avec insistance, mais c'est le cas.

Son sourire s'éteignit, et l'expression vulnérable qui troublait Patrick lui revint :

— Personne ne m'a jamais aimée comme Henry. Personne, pas même cet amant de jadis, ne s'est soucié de moi de façon aussi sincère que lui. Je ferais n'importe quoi pour éviter qu'il n'apprenne cette regrettable faute de mon passé. Cela est ridicule, je sais, mais je veux qu'Henry garde de moi une image intacte.

— Dans ce cas, conclut tranquillement Patrick, je n'ai qu'à retrouver votre maître chanteur pour lui faire rendre gorge, n'est-ce pas ?

Revenant à son canapé, elle se pencha vers lui, toujours inquiète.

— Tu pourrais retrouver qui est derrière tout ça, à l'insu d'Henry ?

— Ne vous inquiétez pas à propos de mon estimé beau-père, rétorqua sèchement Patrick. Nous ne fréquentons pas les mêmes cercles et il est peu probable que la façon dont je défendrai vos intérêts vienne à sa connaissance.

— J'aurais souhaité, répondit Alice, retrouvant son aigreur habituelle, que tu n'aies jamais fréquenté ces milieux qui ont ta préférence.

— Oui, bien sûr. Mais le jour est venu où mes camarades de débauche vont enfin me servir à quelque chose.

— Tu ne comptes pas mettre d'autres personnes dans la confidence ? demanda-t-elle, la main sur la gorge.

Patrick la regarda et elle se détendit. Avec un sourire d'excuse, elle continua :

— Non, où avais-je la tête ? J'ai été sotte de poser la question, pardonne-moi !

Il hocha la tête, relut le billet et fronça les sourcils.

— On dirait que, pour le moment, nous pouvons considérer qu'il vous prend pour une proie facile. Je suppose que la demande de versement de lundi était un simple essai pour savoir si vous mordriez à l'hameçon. Maintenant, vous pouvez vous attendre à recevoir d'autres billets de ce genre.

— Je suis de ton avis, et c'est pour ça que je t'ai demandé de passer. C'est incroyable, à mon âge, de me faire chanter pour quelque chose de si ancien. C'est ridicule !

— Avez-vous la moindre idée de l'identité du maître chanteur ?

— Aucune. Le destinataire des lettres est mort, cela fait bien dix ans. Il n'a pas laissé d'héritier direct. À sa mort, son frère a hérité du titre et de tout le reste. Ce frère, d'ailleurs, est également mort, il y a cinq ou six ans. Aujourd'hui, c'est le fils aîné de ce frère qui détient le titre.

— Après tout ce que vous m'avez dit, vous ne croyez pas que vous pourriez me confier le nom de votre amant ? demanda Patrick avec douceur.

— C'était, révéla Alice avec une grimace, lord Embry, comte de Childress, sixième du nom. Je pense que tu connais son neveu, celui que l'on appelle aujourd'hui lord Embry.

— Certes ! confirma Patrick. Et, bien qu'il soit connu pour faire les quatre cents coups dans toute la ville, je ne le vois pas en maître chanteur.

— C'est incroyable que son oncle n'ait pas détruit mes lettres après la fin de notre liaison.

— Peut-être n'a-t-il pas vécu votre séparation aussi sereinement que vous le croyez.

— C'est possible, concéda-t-elle d'un air maussade. Mais comme nous devons supposer qu'il a gardé mes lettres, pourquoi est-ce qu'on me fait chanter pour les récupérer ?

— L'hypothèse la plus simple, c'est qu'elles viennent de tomber dans de nouvelles mains. Embry est souvent en délicatesse avec la loi, mais il ne saurait s'abaisser à faire chanter la mère d'un ami et il est bel et bien mon ami. En outre, à moins que la fortune de sa famille diminue de façon spectaculaire, il n'a pas besoin d'argent. Et je ne vois pas Nigel fourrageant dans les greniers de Childress Hall. C'est l'un des rares endroits où ces lettres ont pu rester cachées jusqu'à ce jour sans que personne ne les découvre.

— Je suppose que tu as raison, soupira Alice. Mais j'ai du mal à admettre qu'au bout de vingt ans, elles soient ressorties de nulle part.

Soudain, Patrick eut une idée.

— Et sa femme ? Elle ne serait pas tombée dessus ?

— Non, répondit Alice. Elle est morte six mois après la fin de notre liaison. À moins que… il s'est remarié quelques années plus tard. Quel était le nom de la jeune femme ? Ah, j'y suis : Levina Ellsworth.

— Vous pensez qu'elle a conservé les lettres ?

— Cela me paraît peu vraisemblable ; il n'y a pas une once de méchanceté ni de malveillance chez Levina. Si elle avait identifié ces lettres, elle me les aurait sans doute remises.

— Et si elle ne connaissait pas leur existence ? Si elles étaient dans une vieille malle rapportée de Childress Hall après la mort de son mari ? Je suppose qu'après sa mort, elle a déménagé à Dower House.

— Je n'en sais rien, reconnut Alice. Après notre séparation, je n'ai pas cherché à savoir ce qu'il devenait ; je voulais oublier, faire comme si je n'avais jamais eu cette crise d'extravagance et de folie. La seule raison pour laquelle je me souviens de Levina, c'est que je la connaissais et la plaignais. Elle était sans fortune, sans véritable beauté ; sa famille la traitait comme une bonne. La rapacité de ses frères et sœurs m'a toujours frappée. Ils faisaient passer leurs besoins en premier. Ce dont je me souviens le mieux chez Levina, c'est de son naturel étonnamment doux. Quand j'ai lu l'annonce de son mariage avec Embry, cela m'a fait plaisir qu'à son âge elle ait trouvé un aussi beau parti.

— Vous pensez qu'elle vit encore ?

— Elle devrait. Elle a une dizaine d'années de plus que moi, donc c'est tout à fait possible.

— Je vais commencer par me renseigner sur Levina, annonça Patrick en se levant. Nous devons supposer que Levina détenait les lettres à son insu, et qu'elle les a fait suivre à chacun de ses déménagements. Un jour, pour quelque raison, quelqu'un est tombé dessus. Avec un peu de chance, elles sont à Dower House, à Childress. Je peux facilement demander à Nigel de me faire inviter pour une visite.

— Et cette récente demande, qu'en fais-je ? s'enquit sa mère.

— Nous devons payer, mais je pense que c'est à moi d'effectuer la livraison.

— Tu crois que c'est raisonnable ? Cela ne risque pas de contrarier le maître chanteur ?

— Croyez-moi, rétorqua Patrick avec un sourire dur, j'ai fermement l'intention de contrarier ce monsieur, et ça ne s'arrêtera pas là !

Il vérifia l'adresse à laquelle sa mère était censée déposer l'argent le soir même.

— Vous êtes attendue à 22 heures, n'est-ce pas ? Curzon Street… belle adresse pour un maître chanteur, vous ne trouvez pas ?

— En effet, confirma sa mère. Si tant est que quelqu'un y habite…

— Sauf, précisa Patrick en se levant, si votre maître chanteur est un imbécile ou qu'il a un fameux toupet.

Ce serait folie de sa part de vous faire venir chez lui. Autant vous donner directement sa carte de visite !

Il traversa la pièce, se pencha et embrassa sa mère sur la joue.

— Je perdrais mon temps en vous disant de ne pas vous en faire ? Que je m'occupe de tout ?

— Raison de plus pour me faire du souci, répondit Alice avec un sourire piteux. Tu feras attention ? Nous ne savons rien de cet individu, il est sans doute dangereux. Je ne pourrais survivre s'il t'arrive quelque chose à cause de ma folie.

— Par rapport aux risques que j'ai courus pour de simples paris, s'esclaffa Patrick, c'est une plaisanterie. Ne vous inquiétez pas, maman, conclut-il en l'embrassant une dernière fois.

Ayant pris congé de sa mère, Patrick alla directement en voiture à Curzon Street. Il ne fut pas surpris de constater que la maison était vide. C'était un bel hôtel particulier de style géorgien qui ressemblait à plusieurs maisons du quartier mais, quand il frappa, il n'y eut aucune réaction. Patrick eut une brève conversation avec un monsieur bien mis qui descendait les marches de la maison voisine et qui lui apprit que l'immeuble était confié à un notaire, qui tentait de le louer depuis six mois. Le précédent propriétaire était mort un an plus tôt et l'héritière, une demoiselle entre deux âges, n'avait pas envie de vivre à Londres.

Ayant obtenu le nom du notaire – maître Beaton – et son adresse, Patrick remercia son interlocuteur et fila chez l'homme de loi. Reçu par le clerc de maître Beaton, il lui expliqua qu'il cherchait une maison à louer et obtint de visiter celle qui l'intéressait. L'intérieur était spacieux et bien agencé, mais il y avait cette désagréable odeur d'humidité d'une maison fermée depuis longtemps. À la faible lumière qui filtrait à travers les volets, les meubles couverts de poussière ressemblaient à des fantômes. La visite des trois niveaux ne donna à Patrick aucun indice quant aux faits et gestes du maître chanteur. Ayant promis au clerc de maître Beaton de le tenir au courant, Patrick rentra chez lui.

Il s'assit à son bureau et, les pieds croisés sur le plateau d'acajou, réfléchit un bon moment. Aucune solution ne lui vint. Une seule certitude le rongeait : il ne pouvait rien faire de constructif avant ce soir. En attendant, il pouvait tout de même voir son ami Nigel, lord Embry, sans doute une bonne source d'information puisque Levina était sa tante par alliance.

Patrick prévint son maître d'hôtel de ne pas l'attendre, coiffa son chapeau et quitta de nouveau Hamilton Place. La chance voulut qu'il tombe sur lord Embry au premier endroit où il le chercha, au Embry House sur Albemarle Street. Lord Embry était en train de monter dans son cabriolet quand Patrick arriva. Toujours aimable et sympathique, Nigel insista pour que Patrick gare son véhicule et l'accompagne à Hyde Park.

Les nouvelles qu'il obtint de lord Embry confirmèrent ses soupçons. Levina était morte au mois de janvier et ses biens avaient échu à ses neveux et nièces. Nigel n'avait jamais vu meute d'individus plus rapaces et grippe-sous.

Ayant appris ce qu'il voulait, Patrick n'avait qu'à se caler sur son siège et profiter de la promenade en écoutant d'une oreille distraite le gai bavardage de lord Embry. À cette heure du jour, le parc était encombré par une foule de membres de la haute société, tous fort bien mis et conduisant des véhicules des plus élégants. Comme Embry les connaissait tous et que Patrick était bien introduit, leur progression était lente car ils s'arrêtaient fréquemment pour parler à l'un ou saluer l'autre.

À un moment donné, ils stoppèrent pour échanger quelques plaisanteries avec de vieux amis ; Patrick entendit un véhicule approcher à vive allure. Une seconde plus tard surgissait un phaéton, très haut sur roues, tiré par deux pur-sang noirs.

Le cocher, tout de rouge vêtu, fendit la foule sans ralentir. Patrick tenta d'apercevoir l'audacieux qui fonçait à pareille allure en un endroit si encombré. Stupeur, c'était une femme ! Il entrevit tout juste son visage, et une épaisse chevelure brune et bouclée sous un chapeau penché d'un air provocant, ses yeux sombres et immenses, sa bouche rouge et rieuse.

— Qui diable, demanda-t-il, est ce garçon manqué ?

— Ah, tu n'as pas encore été présenté à la célèbre Thea Garrett !

— Tu ne connais pas Thea ? s'exclama le gentleman appuyé contre le cabriolet de lord Embry. Par le Ciel, mon ami ! Mais on ne parle que d'elle dans toute l'Angleterre. Et ça fait dix ans que ça dure... Depuis cette sale histoire entre Randall et le frère de Thea, lord Garrett. Ne me dis pas que tu as oublié ?

— Mais non bien sûr, répondit lentement Patrick. Voilà que cela me revient. La jeune fille a été déflorée et, quand son frère les a surpris, il s'est battu avec Hawley. Ils sont morts tous les deux, n'est-ce pas ?

— Tout ce qu'il y a de plus morts ! Quel affreux scandale... La famille a essayé de tout étouffer mais il n'y eut pas moyen. Pensez-vous, deux pairs d'Angleterre tués en duel ! Naturellement, la raison du duel s'est ébruitée. Pendant deux semaines, on n'a parlé que de ça.

— C'est incroyable que tu ne l'aies pas encore rencontrée, observa Nigel. Peut-être que tes voyages en Angleterre n'ont jamais coïncidé avec ses séjours à Londres. Il faut dire qu'elle n'était pas à Londres pendant les années qui ont suivi le scandale, elle est restée à la campagne avec sa mère et sa demi-sœur, Edwina.

Un autre de ces messieurs intervint.

— C'est une honte que ce scandale ait gâché les chances de mariage de la petite sœur. Si j'ai bonne mémoire, elle est charmante. Pauvre gosse ! C'est bien elle qui a fini par épouser un goujat il y a quatre ou cinq ans ?

— Alfred Hirst, confirma Nigel. Une vraie calamité. Mais il a suffisamment de parents dans la haute société pour avoir ses entrées dans certains cercles.

Patrick se moquait bien d'Edwina Hirst. En revanche, l'audacieuse conductrice à la bouche vermeille avait retenu son attention, et il ramena Nigel sur le sujet.

— Mais qu'est-ce qui pousse Mlle Garrett à traverser Hyde Park à cette allure, au risque d'écrabouiller la crème de la haute société ? Elle ne sait pas se tenir ?

— Ah, mais c'est notre Thea ! s'exclama Nigel en riant. Elle a une triste réputation et elle en a fait un atout. Elle est fière comme le diable en personne. Elle se fiche éperdument d'être acceptée ou pas, elle va son chemin et seuls les plus tatillons lui refusent leur porte. En outre, elle est apparentée avec tant de membres de la haute société – avec une fortune à l'avenant – que, scandale ou pas, elle est invitée partout. Bien sûr, les portes se refermeraient si l'on apprenait qu'un monsieur perdait la tête au point d'épouser cette jeune femme.

— Mais n'est-ce pas lord Gale qui, l'an dernier, nourrissait de tendres sentiments à son égard ? demanda l'un des hommes. Il a juré que s'il ne l'épousait pas, il resterait garçon.

— Oui, confirma Nigel, ça a bardé. Sa famille a eu un mal fou à l'expédier à la campagne.

— Mais pourquoi, demanda Patrick, un gentilhomme de ce rang épouserait-il pareille coquine ?

— Attends seulement de faire la connaissance de Thea, répondit Nigel avec un sourire d'une suffisance exaspérante.

— Je n'ai nul désir de rencontrer cette jeune femme.

— On parie ? insista Nigel dont les yeux bleus brillaient.

— Qu'est-ce à dire ?

— Avant ton départ de Londres pour l'hiver, tu auras changé d'avis.

— Tu perds ton temps. Mon avis est irrévocable.

— Alors, ce pari ?

Patrick sourit, amusé.

— Eh bien soit ! Si tu veux gaspiller ton argent, je parie. Mais je te garantis que je n'ai aucune envie de faire la connaissance de Thea Garrett !

2

Thea, toute à la conduite de son véhicule, ne se doutait pas qu'elle faisait l'objet de conversations dans le groupe qu'elle venait de traverser. Peu lui importait d'ailleurs. Elle savait que certains se plaignaient qu'elle traverse à pareille vitesse cette partie du parc mais, là aussi, cela lui était totalement indifférent. Pourquoi s'en soucier ? Elle était la tristement célèbre Thea Garrett et, quoi qu'elle fasse, les gens en parleraient. Que le bel inconnu aux yeux gris fasse les yeux ronds à sa guise !

L'esprit ailleurs, elle confia les rênes de ses chevaux et son phaéton au palefrenier et entra dans la maison qu'elle avait achetée sur Grosvenor Square quatre ans plus tôt, juste après la mort de sa mère. Elle salua d'un signe de tête son maître d'hôtel, Tillman, et tout en retirant ses gants, traversa le vestibule pour monter se changer. Tillman toussota poliment pour attirer l'attention de sa maîtresse, car un billet était arrivé pendant son absence. Elle fit la moue et prit l'enveloppe sur le plateau d'argent.

Elle reconnut tout de suite l'auteur du griffonnage et son regard devint dur.

— L'a-t-il déposé lui-même ou l'a-t-il fait porter ?

— Il est venu en personne. Conformément à vos ordres, précisa-t-il, gêné, je ne l'ai pas admis à l'intérieur. Cela me navre de traiter ainsi un membre de la famille.

Comme Tillman était entré au service des Garrett avant la naissance de Thea, elle lui laissait une grande liberté de parole, ce qu'il considérait comme un droit, car son dévouement à la maison n'était plus à prouver.

Haussant un fin sourcil, elle murmura :

— Je n'ai pas souvenir d'avoir vu le nom de Hirst sur l'arbre généalogique de la famille Garrett. Est-ce que je me trompe ?

Tillman se dressa autant que le lui permettait sa courte taille et rectifia d'un air compassé.

— Membre par alliance, je ne vous apprends rien.

— Eh bien, maugréea Thea, vous pouvez le considérer comme un membre de la famille si vous le voulez, mais pas moi. Et ne laissez en aucun cas cette vermine entrer sous mon toit, même accompagné d'Edwina ! continua-t-elle par-dessus son épaule en montant l'escalier.

— Mademoiselle Thea ! objecta-t-il, suffoqué, ne me dites pas que vous refusez à votre sœur l'accès à votre porte.

— C'est ma demi-sœur, continua Thea en montant toujours. Et je n'ai pas dit que ma porte lui était fermée, seulement à son mari.

Dès qu'elle fut dans sa chambre, Thea jeta ses gants sur sa coiffeuse et lança à la volée son petit chapeau écarlate, qui atterrit sur le lit. Elle s'assit avec plus de hâte que de grâce dans un fauteuil, déchira l'enveloppe et lut le billet.

C'était, davantage qu'une demande de prêt, un ordre de paiement. L'effronterie du mari de sa sœur était incroyable. Ayant dilapidé sa propre fortune en quatre ans de mariage, il avait ouvert de larges brèches dans celle d'Edwina. C'était pour Thea une satisfaction bien amère que d'avoir identifié Alfred Hirst comme un coureur de dot dès qu'elle l'avait rencontré, six ans auparavant. Edwina avait à l'époque dix-huit ans. Thea avait supplié sa cadette de ne pas épouser Hirst, d'attendre d'avoir un peu grandi ; mais Edwina, aussi ingénue qu'amoureuse de ce bel homme raffiné, ne voulut rien entendre. Elle avait rétorqué avec insouciance que Thea voyait des fantômes là où il n'y en avait pas. Que tous les beaux hommes d'âge mûr n'étaient pas de la même veine que lord Randall. Thea était simplement jalouse ! Et elle l'avait toujours été, selon Edwina, parce que maman avait épousé papa et les avait laissés, Tom et elle, élever par les Garrett.

Thea avait perdu son père à l'âge de trois ans. Elle n'avait guère de souvenir précis de lui, tout ce qu'elle savait venait des autres. Sa mère avait épousé Northrop un an plus tard, et Edwina était née l'année suivante. À cinq ans, beaucoup auraient conçu de la jalousie, mais pas Thea. C'était une enfant bienveillante qui ne jugeait pas les adultes. En outre, elle était émerveillée par le bébé : dès l'instant où elle regarda ce petit chérubin aux yeux bleus, elle eut le sentiment de devoir le protéger. Sa mère l'encouragea dans cette voie, souhaitant que les deux sœurs se lient et, au fil des ans, le dévouement de Thea pour Edwina se renforça au lieu de se dissiper. Il n'y avait donc jamais eu entre elles la moindre jalousie : Thea avait fort bien vécu le fait que leur mère les confie, Tom et elle, à leurs oncle et tante qu'elle adorait. Elle n'avait en revanche guère d'affection pour le second mari de sa mère.

Northrop était un célibataire endurci et avait annoncé d'emblée qu'il ne tolérerait pas d'avoir à sa charge les enfants d'un autre. Tom et Thea, qui vivaient déjà chez leur oncle et leur tante, avaient de l'aversion pour lui, et il le leur rendait bien. N'importe quel nigaud aurait compris que la situation risquait de devenir intolérable. Par conséquent, après de nombreuses larmes et tergiversations, la nouvelle Mme Northrop avait accepté que Tom et Thea résident au manoir des Garrett ; ils y seraient élevés par le jeune frère de leur père et sa femme. Mme Northrop n'était pas une mère indigne, elle avait simplement du bon sens.

Tom et Thea n'eurent guère de contacts avec Edwina avant la mort de Northrop, lorsqu'on apprit qu'il était criblé de dettes. Mme Northrop était désespérément pauvre. Elle dut accepter, comme Edwina alors âgée de onze ans, l'offre généreuse que lui firent ses anciens beaux-parents de venir vivre au manoir des Garrett. Mme Northrop avait de la chance que les Garrett soient si bons car sa seule ressource était désormais une petite rente au nom d'Edwina, qui devait être versée au moment de son mariage ou quand elle atteindrait l'âge de vingt et un ans.

La situation familiale étant compliquée, Thea se sentait d'autant plus responsable de sa jeune sœur.

À la mort de Tom et lors du scandale qui s'ensuivit, les deux sœurs se rapprochèrent encore. Puis, quand Edwina fut en âge de jauger une situation matérielle, elle comprit la différence de fortune qu'il y avait entre Thea et elle, et ses sentiments changèrent. L'année qui suivit la mort de Mme Northrop, durant son séjour à Londres, Edwina commença à jalouser sa sœur. Et quand ses rêves de devenir la femme la plus courtisée de Londres s'effondrèrent, elle accusa Thea. Lorsque Hirst voulut la séduire, Thea chercha à la mettre en garde, mais elle ne fit que renforcer la détermination d'Edwina à l'épouser. Un abîme s'était creusé entre les deux sœurs. Thea regrettait sa mère, dont Edwina aurait tant eu besoin; elle pleura d'autant plus sa perte.

À la mort de Mme Northrop, Edwina et Thea résidaient à Dower House, dans le domaine des Garrett. Thea y était heureuse et, si sa mère avait vécu, elle y serait sans doute restée. Mais la famille considéra comme impensable que Thea et Edwina, qui n'avaient alors que vingt-deux et dix-sept ans, habitent seules. Thea protesta, se jugeant parfaitement capable de tenir sa maison, mais lord Garrett ne céda pas. Une cousine éloignée fut pressentie pour vivre avec les deux jeunes femmes.

Elle s'appelait Modesty Bradford; elle vivait confortablement à Londres grâce à une petite rente lorsque lord Garrett prit contact avec elle. Elle s'entendit à merveille avec Thea et Edwina mais tenta en vain de s'adapter à la vie rurale. Cette grande femme fine et énergique de quarante-deux ans supporta pendant neuf mois la vie dans le cadre champêtre, avant de convaincre Thea qu'elle ne pouvait ni ne devait rester indéfiniment enterrée dans ce trou. Il lui fallait voir le monde, à commencer par Londres. Thea résista, mais Modesty réussit à la convaincre en lui demandant de penser à Edwina. Avant la mort de sa mère, on avait prévu pour elle un séjour à Londres pour ses dix-huit ans. Thea allait-elle refuser à sa sœur toute mondanité alors qu'elle était au faîte de sa beauté? Le moment n'était-il pas venu de trouver pour Edwina un bon parti, même si ce n'était pas une perle rare ?

Thea finit par reconnaître qu'il fallait déménager à Londres. Lord Garrett aurait été enchanté de les loger, mais Thea préféra avoir sa maison à elle et comme sa fortune le lui permettait, personne ne put l'en empêcher. Un an jour pour jour après la mort de Mme Northrop, Thea achetait, avec l'accord de lord Garrett, une maison sur Grosvenor Square. Elle s'y installa avec Modesty et Edwina. Une fois la période du deuil achevée, Modesty et Thea se mirent à préparer les débuts mondains d'Edwina pour le printemps suivant.

Au souvenir de cette période qui remontait à quatre ans, Thea posa avec une grimace le billet de Hirst. L'aventure avait été à la fois passionnante, douloureuse, et humiliante. Mais pour Thea, toutes les rumeurs du vieux scandale avaient resurgi. Elle ne pouvait se montrer en public sans que les ragots fusent. Elle faillit repartir à la campagne, sans les encouragements de Modesty qui l'aidèrent à tenir bon. Après une soirée particulièrement éprouvante, elle avait affronté la question.

— Est-ce que tu vas quitter la ville tête basse à cause de gens que tu ne connais pas et qui ne te connaissent pas ? Je pensais, ma fille, que tu avais davantage de caractère. Ils n'ont aucun pouvoir sur toi, toi seule peux leur permettre de te rendre la vie insupportable. Qu'est-ce que cela peut faire que lady Bowden te regarde de haut, en te désignant de son long nez pointu ? Qu'est-ce que cela peut faire si Mme Rowland te sépare brutalement de son laideron de fille en pleine soirée comme si tu avais la peste ? Est-ce que tu vas les laisser t'empoisonner l'existence ? Des amis, tu en as, des amis titrés, et une vaste famille qui te soutient. Pourquoi te soucier de ces mesquineries ? Ton seul tort fut d'être jeune et imprudente, et de t'être laissé séduire par une canaille, un vaurien.

Les yeux pleins de larmes, Thea regardait les traits ingrats de Modesty.

— C'est moi qui ai tué Tom !

— Dieu du Ciel, non ! Ce n'est pas toi, c'est Randall qui a tué Tom, rétorqua Modesty en la bousculant sans ménagement. Et c'est pour Tom que tu ne dois pas laisser ces gens te détruire. Pour Tom, ressaisis-toi et tiens-leur tête. Comme disait mon père : « Envoie-les au diable, ma fille ! »

C'est ce que Thea entreprit de faire, avec l'appui de Modesty ; elle éprouva de la fierté et du plaisir à faire baisser les yeux des vieilles douairières collet monté et de leurs filles non moins dédaigneuses. Cela ne fut pas facile mais, en sept ans, elle apprit à s'endurcir et à rester sourde aux ragots colportés dans son sillage.

Edwina en revanche avait été très atteinte par ces médisances et ces regards sournois. Jeune et gâtée, Edwina pensait qu'avec son physique de séraphin, ses boucles dorées et ses yeux bleu saphir, elle allait conquérir tous les cœurs et se voyait bientôt fiancée à un riche pair d'Angleterre. Ce fut donc une cruelle déception quand elle comprit que les jeunes hommes importants étaient ravis de danser et de flirter avec elle, mais qu'aucun ne souhaitait inscrire dans son arbre généalogique la sœur de Thea Garrett – même si elle était sa demi-sœur. Et puis, sa fortune était un peu mince. Thea, grâce à son argent et à ses relations familiales, avait des chances de trouver tôt ou tard quelque lord nécessiteux qui ferait moins le difficile, mais la part d'Edwina était loin d'être aussi importante et elle n'avait pas de relations haut placées.

C'est alors que survint Alfred Hirst. Quand il manifesta clairement son intérêt pour elle, Edwina fut comblée de joie. Hirst, homme si raffiné, avait d'excellentes relations et une coquette fortune ; à l'entendre, il était à tu et à toi avec Prinny, prince de Galles. Edwina se prit à rêver de fréquenter la famille royale et fut bientôt persuadée que Hirst était l'homme qu'elle avait attendu toute sa vie.

Thea en était moins sûre. Certes, le fait que Hirst ait trente-cinq ans et qu'il appartienne au cercle de fêtards gravitant autour du prince de Galles ne plaidait pas en sa faveur. Prinny comptait parmi ses amis quelques libertins peu respectables, à la vie dissolue, dont tout le monde connaissait les excès. Thea procéda à une enquête discrète et prouva que Hirst, criblé de dettes, était à la recherche d'une riche héritière.

Edwina ne voulut rien entendre et l'épousa secrètement. Une fois l'affaire conclue, Thea tâcha d'étouffer ses propres souvenirs et de faire contre mauvaise fortune bon cœur, mais dans ses efforts pour dissuader Edwina d'épouser Hirst, elle en avait tant dit que leurs relations ne s'en relevèrent pas.

Thea reprit la lettre de Hirst et la relut en soupirant. Elle ne pouvait guère refuser de le voir en soirée ; elle verrait quelle nouvelle histoire il avait inventée pour lui extorquer de l'argent. Thea se leva et commença à se dévêtir. Plus d'une fois, elle avait déjà sorti Hirst et Edwina d'un mauvais pas. Il y avait à peine six mois que, pour la troisième fois en un an et demi, elle avait remboursé toutes leurs dettes. Elle leur avait alors proposé de les installer dans un endroit agréable à la campagne avec une petite rente, mais sa générosité avait été fort mal reçue.

— Très bien, leur avait-elle répondu, puisque vous refusez de quitter Londres, je crois qu'il faut en venir aux grands moyens. Voici la troisième fois que je rembourse vos dettes, les dettes de jeu de ton mari, Edwina, en déposant une forte somme à la banque. Je ne puis continuer, surtout si vous ne faites aucun effort pour vous en sortir.

— Tu pourrais, mais tu refuses ! avait accusé Edwina avec colère. Pourquoi es-tu si égoïste ? Tu as tant d'argent, tu n'as pas besoin de tout. Ce n'est pas la faute d'Alfred s'il a été malchanceux dernièrement. Cela ne te priverait pas de partager ta fortune avec moi. Maman l'aurait souhaité, tu le sais bien.

— Edwina a raison, avait renchéri le bel Alfred, non sans ironie. Je suis sûr que Mme Northrop aurait été consternée que vous refusiez d'aider votre sœur en difficulté.

— Je ne demande qu'à aider Edwina, avait répondu Thea avec son sourire le plus suave, mais c'est vous que je suis lasse de soutenir. Et comme vous avez la mainmise sur son argent, vous vous empresserez de jouer tout ce que je pourrais lui donner. À mon vif regret, je dois lui refuser mon aide.

Elle tourna le dos à son beau-frère et poursuivit à l'adresse d'Edwina :

— Et je le ferai, crois-moi. Plus jamais je ne rembourserai ses dettes de jeu.

Ce triste épisode avait eu lieu au printemps, juste avant que Thea ne parte passer l'été à la campagne. Cela faisait à peine quelques semaines qu'elle était rentrée à la capitale pour la « petite saison » et, jusqu'à ce jour, elle n'avait eu aucun contact direct avec Edwina ni Alfred. De nouveau, elle observa le billet. Serait-elle assez sotte pour accepter ou allait-elle déchirer ce papier et laisser Edwina prendre ses responsabilités ? Elle se mordit la lèvre. Non, c'était impossible. Si sa famille ne l'avait pas soutenue dix ans plus tôt, alors qu'elle en avait désespérément besoin, que serait-elle devenue ? Elle ne pouvait délaisser Edwina, et par conséquent son détestable beau-frère.

Comme chaque fois qu'elle songeait à l'homme qu'Edwina avait épousé, Thea se sentait en proie aux remords. Sans la honte qui pesait sur Thea, Edwina aurait trouvé le parti auquel son cœur aspirait, c'était certain. Thea devait reconnaître que c'était sa faute si Edwina était la femme d'un individu de l'acabit de Hirst. Elle n'avait donc pas le choix ; il fallait qu'elle le voie et tâche de négocier un minimum de sécurité pour Edwina, comme leur mère l'avait toujours voulu.

Thea fut soucieuse pendant le dîner et Modesty le remarqua. Elle attendit sans rien dire jusqu'à ce qu'elles fussent assises dans le salon qui donnait sur la rue, Thea lisait vaguement un roman de Minerva Press.

Posant son ouvrage de broderie, Modesty l'interrompit :

— Qu'y a-t-il, ma chère ? Tu n'étais guère loquace à table, et tu regardes d'un air méchant ce pauvre livre qui ne t'a rien fait.

Thea la contempla avec affection. Elle n'osait pas imaginer ce que serait sa vie sans Modesty. Elle devait beaucoup à cette grande femme maigre et grisonnante, qui ne la laissait jamais bouder ni esquiver une difficulté.

— Je n'ai rien contre ce livre, expliqua Thea. C'est à cause d'Alfred. Il m'a laissé un billet cet après-midi et veut me voir ce soir.

Modesty pinça ses lèvres minces.

— Je suppose qu'il veut de l'argent ?

— Son billet ne le dit pas, mais je ne vois pas d'autre raison pour laquelle il souhaiterait me rencontrer.

— Tu vas y aller ?

— Je crois que je n'ai pas le choix, soupira Thea. Si je n'y vais pas, Edwina en subira les conséquences, c'est certain.

— À mon avis, tu te fais trop de souci pour sa petite personne. Toute jeune déjà, elle savait ce qu'elle faisait. N'aie pas peur, elle retombera toujours sur ses pieds.

— Tu as toujours trouvé que c'était une enfant gâtée, constata Thea en faisant la grimace. Ce n'est pas faux, mais je suis incapable de rester sans rien faire. Après tout, c'est à cause de moi qu'elle a épousé cet individu. Ah ! Si j'avais été moins bête ! Si je n'avais pas succombé au charme de ce coureur de Hawley Randall !

— Et si tu n'arrêtes pas de t'apitoyer sur toi-même et de te reprocher des faits qui remontent à dix ans, c'est à lui que tu donneras le dernier mot, rétorqua Modesty sans détour.

Il n'y avait pas de méchanceté dans ses yeux bleus, mais Thea fut outrée.

— Je ne m'apitoie pas sur moi-même, s'écria-t-elle. Car enfin, j'ai tout ce que je veux : une maison, un patrimoine, des amis chers et une famille qui m'aime. Que demander de plus ? En revanche, je suis à blâmer pour ce qui s'est passé. Sans ma faute...

— En voilà assez ! trancha Modesty. Je sais que le remords te tourmente mais ce n'était pas entièrement ta faute. Tu as été dépassée par la situation. Randall a profité de ta jeunesse et de ton innocence et, si ton frère est mort, c'est à la suite d'un tragique concours de circonstances, et non par ta faute ! Il a librement décidé de se battre en duel avec Randall et tu n'aurais pas pu les arrêter, même si tu avais essayé. Tu ne crois pas avoir payé assez cher ta jeunesse et ton inconscience ?

— Et mon obstination, renchérit Thea avec un sourire en biais. Et mon entêtement, et ma témérité.

— Oui, convint Modesty en lui rendant son sourire, mais tu n'es pas la seule. Des tas de gens sont comme ça.

— Oui, et on peut voir où cela m'a conduite, n'est-ce pas ? continua Thea en riant.

— On peut l'espérer. Mais je crains que cela ne dure pas, justement parce que tu es si imprudente et si obstinée.

Riant de nouveau, Thea se leva et alla s'asseoir à côté de Modesty sur le canapé. Elle la prit dans ses bras et lui glissa à l'oreille :

— Merci, j'avais besoin de ces paroles !

— Assurément, confirma Modesty. Et pour Hirst, que vas-tu faire ?

— Je ne sais pas. On va voir ce qu'il veut. Ou plutôt, précisa-t-elle avec une petite moue, combien il veut.

Thea consulta l'horloge dorée sur le manteau de la cheminée.

— Il faut que je fasse avancer la voiture, sinon je vais rater mon rendez-vous.

— Tu y vas seule ? demanda Modesty en fronçant les sourcils.

— Tu oublies, rappela Thea, que j'ai vingt-sept ans et que ma timidité adolescente est loin, Randall m'en a débarrassée ! Tout Londres connaît mes excentricités et ma mauvaise réputation : qui s'opposerait à ce que j'aille voir mon beau-frère ? L'adresse est respectable et je ne m'attarderai pas. Je vais prendre la voiture et serai chaperonnée par le cocher et un palefrenier. Je te promets de ne pas faire de scandale.

Mais une fois en voiture, Thea ne se sentit pas aussi sûre d'elle qu'elle l'avait prétendu. Elle fit arrêter le cocher à l'adresse inscrite sur le billet, passa la tête par la fenêtre et observa la rue dans les deux sens. L'endroit semblait convenable mais elle se demanda pourquoi Hirst lui avait donné rendez-vous ici et non dans leur coquette maison de Bolton Street. Voulait-il la voir à l'insu d'Edwina ?

Mal à l'aise à cette idée, Thea ordonna au cocher de continuer. Elle se cala sur les coussins de velours bleu et réfléchit. Avait-elle peur de rencontrer Hirst ? Sinon, pourquoi n'était-elle pas descendue de voiture pour frapper à la porte ? Elle n'avait pas la moindre confiance en Alfred Hirst !

Regrettant de ne pas avoir pris le billet avec elle pour le relire, elle resta perplexe plusieurs minutes alors que la voiture roulait bon train. Que faire ? Rentrer chez elle l'oreille basse ? En aucun cas ! Donc, il ne lui restait qu'une chose à faire.

Elle donna quelques coups secs sur la cloison la séparant du cocher et lui ordonna de faire demi-tour et de stationner le long de l'autre trottoir, à quelques portes de l'endroit où elle se rendait. Le palefrenier l'aida à descendre et elle s'enveloppa de son lourd manteau de velours violet, et arrangea le capuchon sur sa tête. Elle n'avait pas l'intention de se cacher, mais ne voulait pas trop se montrer non plus.

Elle traversa la rue et s'arrêta au pied du perron ; c'était une forte bâtisse d'époque géorgienne ; des deux côtés de la large porte d'entrée, des bougies vacillaient sur des candélabres. L'endroit semblait désert et il n'y avait de lumière à aucune fenêtre. Pourtant, l'adresse était exacte, c'était bien le même numéro.

Relevant son manteau d'une main ferme, elle monta les marches et frappa d'un coup sec à la porte, le cœur battant. Au bout de quelques secondes, comme rien ne se passait, elle frappa de nouveau. En vain. Elle était sur le point de s'en aller, convaincue que Hirst lui avait joué un mauvais tour, quand la porte s'ouvrit brusquement.

— Ah, Thea ! J'espérais que ce serait vous, lui dit aimablement Alfred Hirst. Donnez-vous la peine d'entrer. Pardonnez-moi de vous avoir fait attendre, mais j'étais occupé à l'arrière.

Thea observa son beau-frère avec circonspection. Il souriait largement, ce qui dessinait de jolies pattes-d'oie autour de ses superbes yeux bleus ; ses lèvres minces étaient roses et son visage exprimait une politesse accueillante.

Thea se laissa introduire à contrecœur à l'intérieur. Il l'entraîna vers l'arrière de la maison, mais elle s'arrêta sur place et demanda :

— Qu'est-ce que cela signifie ? Pourquoi fait-il si sombre ? Où sont les domestiques ?

— Que vous êtes méfiante, ma chère belle-sœur, s'esclaffa Alfred. Vous n'avez rien à craindre de moi. Cet endroit appartient à un de mes amis ; je lui ai dit rechercher un endroit tranquille pour recevoir une dame et il m'a répondu connaître ce qu'il me fallait. Les pièces sont vides car la maison appartient à un de ses parents qui vit à la campagne et n'a aucun goût pour la vie citadine.

Thea demeura clouée sur place, son cœur battait la chamade ; son imposant beau-frère, Alfred, était juste derrière elle. Pivotant sur ses talons, elle lui demanda :

— Quelle est donc cette question que vous ne pouviez me poser dans votre propre maison ? Ni en un lieu public ?

De nouveau il ricana, ce qui fit serrer les mâchoires de Thea. Elle ignorait si c'était de la peur ou de la répugnance.

— Ne me dites pas que vous avez peur de moi ! dit-il, incrédule. Allons, Thea, vous n'avez rien à craindre. Nous sommes alliés. Et nous partageons le même souci, rendre Edwina heureuse, n'est-ce pas ?

— Jusque-là, je suis d'accord, reconnut-elle. Le problème est que nous n'avons pas du tout la même conception de la façon de la rendre heureuse.

Il rit et, de nouveau, l'invita à avancer.

— Ce n'est peut-être pas si grave, vous verrez. Venez donc jusqu'au bureau, il y a du feu dans la cheminée, il y a même des bougies, si c'est cela qui vous intéresse. Regardez la lumière sous la porte ! On sera bien mieux qu'ici debout dans le noir.

Sans un mot, Thea s'avança, poussa la porte et entra dans une pièce charmante. Elle était éclairée par deux candélabres d'argent, il y avait d'innombrables livres aux reliures rouges, bleu marine et vertes aux murs et les fauteuils étaient confortables, couverts de chintz jaune. Sur le bureau d'acajou au fond de la pièce, il y avait du papier, une plume et une bouteille d'encre. Un feu crépitait dans l'âtre et la lueur dorée des flammes se reflétait sur les lames d'une paire de ciseaux posée au bord du bureau.

Un peu détendue, Thea resta au milieu de la pièce et regarda Alfred se verser un cognac : un plateau avec des verres et des alcools était posé sur un long coffre, contre un mur.

Le verre à la main, il se retourna vers elle et murmura :

— Vous ne vous asseyez pas ?

— Je préfère rester debout. Alors, pourquoi vouliez-vous me voir ? Vous avez besoin d'argent ?

— Eh bien oui, ma chère, confirma-t-il avec un sourire, nullement déconcerté.

— Je vous ai déjà expliqué ma position, et je n'ai pas changé d'avis.

— Oh, je sais. Mais j'ai une proposition à vous faire : est-ce que cela vous intéresse ?

Elle avait toujours sur la tête son capuchon de velours violet et ses grands yeux lui mangeaient le visage tant elle était livide.

— Je ne puis imaginer qu'une proposition de votre part me semble acceptable, mais dites-moi de quoi il s'agit.

— Qu'est-ce que vous diriez, si en échange de, disons, une certaine somme d'argent, je promettais de partir et de ne plus jamais vous ennuyer, ni vous ni Edwina ?

— Vous voulez que je vous paie pour vous séparer d'elle ? Mais je croyais que vous l'aimiez. N'est-ce pas ce que vous avez toujours dit ? Que c'était elle que votre cœur voulait, que vous l'adoriez ?

— Au début, peut-être ! concéda-t-il en haussant les épaules. Mais la passion ne dure pas et je crois qu'à présent, il vaudrait mieux pour elle que nous nous séparions.

— Vous oseriez lui briser le cœur ? s'exclama Thea, incrédule. L'abandonner, l'exposer à tous les ragots ?

— Mais qu'est-ce que vous souhaitez, à la fin ? demanda-t-il alors que le rouge lui montait au visage. Vous préférez que nous restions ensemble et que nous allions en prison pour dettes ? Car c'est bien ce qui va se passer si vous ne desserrez pas les cordons de la bourse.

— Ah, vous êtes ignoble ! explosa Thea. Je me demande même pourquoi je suis venue !

Et elle se sauva, souhaitant mettre le plus de distance possible entre Hirst et elle. Il la rattrapa à la porte et l'empoigna par le bras.

— Il faut que vous m'écoutiez, gronda-t-il. Il me faut de l'argent. J'ai de lourdes dettes auprès de gens auxquels on ne peut échapper. Je n'ai pas le choix et si je dois abandonner ma femme pour payer mes créanciers, par le Ciel, je le ferai !

Thea s'arracha à son étreinte, son capuchon la découvrit et sa chevelure noire tomba en désordre devant son visage crispé de rage.

— Comment osez-vous ? Lâchez-moi !

Alfred recula d'un pas et leva les mains.

— Pardon, je me suis oublié. Mais il faut que vous m'écoutiez. Il me faut dix-sept mille livres pour la fin de la semaine, sans quoi, précisa-t-il avec un sourire sinistre, Edwina sera veuve. Est-ce que vous voulez avoir ma mort sur la conscience, par-dessus le marché ? Deux cadavres ne vous suffisent pas ?

— Dix-sept mille livres ? répéta Thea en ignorant ce coup bas, mais c'est une fortune !

Effectivement, un homme aisé vivait confortablement avec moins de quatre cents livres par an.

— Je sais. Le capital initial n'était qu'une fraction de cette somme, mais les usuriers demandent des intérêts exorbitants et peu à peu la somme a grossi.

Il s'assit dans un des confortables fauteuils et s'enfouit la tête dans les mains.

— Je n'en peux plus, je ne sais pas quoi faire. Il faut que vous m'aidiez. Si vous ne le faites pas pour moi, faites-le pour Edwina.

— Mais la dernière fois que j'ai épongé vos dettes, pourquoi ne m'avez-vous pas parlé de ça ? insista Thea. Vous n'avez quand même pas accumulé des dettes pareilles en moins de six mois ?

— Je croyais pouvoir me renflouer mais ces maudites cartes...

— Parce que vous avez joué pour tenter de récupérer vos pertes ?

— Qu'est-ce que vous croyez ? Vous m'avez dit que vous me coupiez les vivres. Il fallait bien que je trouve un moyen de m'en sortir.

— Mais vous n'avez jamais songé à vous arrêter de jouer, à mettre un peu d'argent de côté ?

Thea était vraiment horrifiée et cela s'entendait dans sa voix.

— Non, pour quoi faire ? L'une des raisons qui m'ont poussé à épouser Edwina est qu'elle est votre sœur ; sa fortune personnelle n'aurait pas suffi à me tenter, mais celle des Garrett... l'a rendue pratiquement irrésistible à mes yeux.

Écœurée et indécise, Thea gardait les yeux braqués sur lui. De guerre lasse, elle se dit qu'elle ne pouvait pas causer la mort du mari de sa sœur, même si Edwina, après tout, vivrait certainement mieux débarrassée de lui. Mais Edwina l'aimait et Thea voulait tout faire, dans toute la mesure de ses moyens, pour qu'elle soit heureuse.

L'offre d'Alfred de quitter Edwina moyennant suffisamment d'argent était tentante, mais Thea était incapable de conclure un marché pareil même dans l'intérêt à long terme d'Edwina. Il n'appartenait pas à Thea de prendre une telle décision.

— Si, finit-elle par dire lentement, je dis bien si, j'arrive à payer ces dix-sept mille livres, qu'est-ce qui me prouve que vous ne reviendrez pas me trouver dans quelques mois avec une autre histoire à dormir debout ?

Il sourit avec tout le charme dont il était capable.

— J'étais sûr que vous ne nous abandonneriez pas ! Edwina a de la chance d'avoir une sœur comme vous. En vérité, c'est vous que j'aurais dû épouser. Je me suis toujours dit que vous étiez plus intéressante qu'elle. Vous pensez que cela aurait pu marcher ?

Thea ne lui accordait qu'une partie de son attention. Un sentiment de malaise l'avait envahie. Il n'était pas uniquement lié à sa conversation, mais à autre chose. Elle avait des picotements dans la nuque et l'impression désagréable d'être observée.

Regardant autour d'elle, elle ne trouva aucune raison de s'alarmer. La pièce était agréable et la porte par laquelle ils étaient entrés, toujours entrebâillée, en revanche le hall était un trou noir. De nouveau, elle regarda autour d'elle et son regard retourna à la porte car le sentiment d'être espionnée persistait. Elle fut glacée à l'idée que dans le hall quelqu'un les surveillait.

Elle savait que c'était stupide et, même en écarquillant les yeux, elle ne vit rien qui justifiât son malaise. Envahie par cette étrange sensation qu'ils n'étaient pas seuls, elle tomba des nues quand Hirst se leva, vint jusqu'à elle et, mettant un genou en terre, lui prit une main.

Il y déposa un baiser et dit d'une voix rauque :

— Vous n'avez pas répondu à ma question : est-ce que vous ne pensez pas que j'aurais dû vous faire la cour à vous et non à la petite Edwina ? Si c'est le cas, je suis sûr que nous pouvons parvenir à un accord.

La signification de ces mots mit quelques instants avant de parvenir à son esprit, puis, dans sa hâte de partir, elle fit un bond qui manqua le renverser et marcha vers la porte du hall.

— Vous êtes fou ? hurla-t-elle, bouleversée, horrifiée et dégoûtée par ses paroles comme par ses façons. Vous êtes méprisable ! Je préférerais embrasser un lépreux plutôt que me laisser approcher par vous.

Il prit une expression menaçante.

— Peut-être allez-vous devoir changer d'avis, annonça-t-il en s'avançant vers elle.

Terrorisée comme elle ne l'avait pas été en dix ans,

Thea s'élança vers la porte, mais il la rattrapa par la taille, la fit tourner sur elle-même, la plaqua contre lui et se pencha pour l'embrasser.

Le souvenir de l'atroce nuit avec Hawley Randall resurgit à sa mémoire. Thea se débattit avec frénésie en le griffant. Comme Hawley, Hirst était plus grand et plus fort qu'elle, mais Thea n'était plus une timide vierge terrorisée ; elle avait peur mais sa colère était immense. Surmontant sa répugnance quand il plaqua ses lèvres sur les siennes et lui fourra sa langue dans la bouche, elle le griffa au bras et mordit avec fureur la langue qui la suffoquait.

Il se dégagea en rugissant et se heurta à une petite table à côté de la porte. Tandis qu'elle tentait de reprendre l'équilibre, sa main tomba sur une lourde statuette de marbre. Elle fléchit alors d'instinct les jambes pour mieux affronter Hirst sans lâcher la statuette.

Mais cette fois, lorsqu'il la reprit entre ses bras, Thea le frappa de toutes ses forces à la tempe. Il proféra une sorte de gloussement et s'effondra.

Thea respirait avec difficulté, son cœur cognait dans sa poitrine et elle vit qu'un mince filet de sang coulait de la plaie à la tête de Hirst. Il ne bougeait plus. Il gisait là et Thea, totalement pétrifiée, savait qu'elle avait frappé pour tuer ; la conscience de son meurtre l'envahit. Abasourdie, elle le considérait bouche bée, incapable de croire à ce qu'elle venait de faire. Elle l'avait tué. Dieu du Ciel ! Elle avait assassiné le mari de sa sœur.

3

Thea aurait été incapable de dire combien de temps elle était restée à regarder Hirst qui gisait sur le plancher. Enfin, son instinct de vie la fit bouger. Elle était horrifiée par ce qui venait de se passer, mais surtout complètement paniquée.

Elle avait toujours à la main la statuette de marbre quand elle entendit un bruit. La terreur l'envahit et, bouleversée comme elle l'était, elle ne pouvait pas identifier si le son venait du hall ou tout près d'elle. Elle était sûre d'avoir entendu quelque chose, un coup sourd, un halètement peut-être, mais était incapable de préciser quoi. La peur la galvanisa et elle se précipita dans le vestibule.

Ne songeant qu'à fuir, elle traversa la maison obscure et cria presque de soulagement quand sa main toucha le bouton de cristal de la porte d'entrée. Elle l'ouvrit précipitamment et fonça sur le perron, droit contre un homme qui en montait les marches.

Deux mains vigoureuses la prirent par les épaules et, étouffant un cri, Thea se trouva nez à nez avec le visage d'un inconnu. Ou presque. Elle l'avait aperçu une fois et, même dans l'état de grande agitation où elle se trouvait, elle le reconnut. C'était l'homme aux yeux gris entrevu à Hyde Park.

Elle resta quelques instants le visage levé vers lui, livide, le visage balayé par les lourdes mèches de sa chevelure noire. Puis elle eut un haut-le-corps, bafouilla quelque chose et s'échappa. Elle dévala l'escalier, sa cape sombre flottant derrière elle, et la statuette lui glissa des mains, tombant sur les marches avec un tintement clair.

Elle entendit l'homme l'appeler, mais prit ses jambes à son cou sans un regard pour la voiture tirée par deux chevaux fougueux qui approchait à vive allure. Sans mesurer le danger des chevaux près d'elle, elle courut vers sa propre voiture. Le palefrenier lui lança un regard stupéfait tandis qu'elle bondissait dans le véhicule et ordonnait :

— À la maison, tout de suite !

Le cocher obéit instantanément. Thea, en proie à une crise de tremblement frénétique, se laissa aller sur la banquette du véhicule dont chaque cahot la rassurait.

Elle enfouit sa tête dans ses mains. « Je l'ai tué, se dit-elle, à demi hystérique. J'ai tué le mari de ma sœur, je l'ai frappé, je l'ai assassiné ! »

*

* *

Patrick, sur le perron, n'était toujours pas revenu de sa surprise ; il restait tourné vers l'endroit où Thea avait disparu et se demandait si cet épisode n'était pas le fruit de son imagination. Puis il se secoua, certain de n'être pas sujet aux hallucinations. Les épaules de la jeune femme étaient chaudes et souples ; il n'oublierait jamais le choc qu'il avait éprouvé face à ce visage livide mais séduisant, à ces immenses yeux noirs et à cette bouche rouge.

Curieusement, il avait du mal à se remettre de ses émotions après l'inexprimable chaleur irradiée par le corps de cette jeune femme… et la terreur qu'il avait lue dans ses yeux. Pensif, il regarda la voiture garée le long du trottoir d'en face se joindre à la circulation. Naturellement, il avait reconnu Thea Garrett. Mais que faisait-elle dans la maison où il avait rendez-vous avec le maître chanteur de sa mère ? La pensée l'effleura que Thea était le maître chanteur, mais il l'écarta aussitôt. Il ne voyait pas quel lien il pouvait y avoir entre Thea et l'ancien amant de sa mère et, surtout, il ne pouvait imaginer une raison poussant Mlle Garrett à s'abaisser de la sorte... si ce n'est le jeu, à la rigueur.

La voiture de Thea disparut, Patrick mit provisoirement de côté le mystère Thea Garrett et se retourna vers la maison. Il observa un moment l'entrée béante et noire. Qu'est-ce qui avait mis la jeune femme en fuite ? Qu'allait-il devoir affronter lui-même ?

Il serra les mâchoires. « J'en connais un qui va avoir une surprise peu agréable ! » se dit-il. Il s'avança d'un pas décidé et s'arrêta quand son pied heurta quelque chose. Il se pencha et ramassa la statuette que Thea avait laissée tomber. De plus en plus curieux.

Le bibelot à la main, il franchit le seuil avec précaution et remarqua une lueur dans le noir. Il referma soigneusement la porte d'entrée derrière lui, et s'avança vers la lumière.

Avant d'entrer dans la pièce, il s'arrêta. N'entendant rien, il regarda à l'intérieur.

L'endroit était charmant, le feu crépitait dans l'âtre. Mais le regard de Patrick fut tout de suite attiré par le corps d'un homme gisant par terre, avec à la tête une vilaine blessure qui saignait. Patrick observa la statuette et ne fut pas surpris de voir une traînée de sang sur le socle.

Il observa cet homme. Il était sûr de l'avoir aperçu en ville. Ils avaient sans doute été présentés mais, sur le moment, le nom ne lui revint pas. Était-ce le maître chanteur de sa mère ? S'en prenait-il également à Thea Garrett ? C'était peu probable. D'après ce qu'il savait de la jeune femme, les gens connaissaient déjà tout d'elle. Et comme elle avait l'air de ne guère s'en soucier, on avait du mal à l'imaginer victime d'un chantage.

De nouveau, Patrick scruta la pièce. L'endroit était douillet. Était-ce une garçonnière ? Cyniquement, il trouvait cette hypothèse plausible. Mlle Garrett était venue rejoindre son amant, et ils s'étaient disputés, supposa-t-il avec un sourire désabusé. Cette dame devait être une maîtresse redoutable, à en juger par l'état du malheureux. Il posa la statuette et allait s'occuper du blessé quand il entendit les marches derrière lui grincer.

Patrick se figea et, tendant l'oreille, comprit qu'il y avait quelqu'un dans l'escalier. Il y eut un autre bruit et Patrick se précipita dans le hall.

— Halte ! Qui est là ?

Sans plus chercher à se dissimuler, la personne bondit sur le palier à l'étage. Patrick attrapa une bougie sur le candélabre le plus proche, et s'élança à la poursuite de l'intrus peu téméraire.

Arrivé à l'étage, Patrick fit une pause, réalisant qu'il n'était pas armé. Mais il n'avait pas le choix, il fallait qu'il sache qui était là. Si le blessé dans la bibliothèque n'était pas le maître chanteur, alors il s'agissait de lui.

La bougie à la main, Patrick tentait de voir quelque chose malgré l'obscurité du hall. Il distinguait tout juste les silhouettes sinistres des meubles et quelques portes donnant sur le hall.

Sans grand enthousiasme, il s'approcha de la porte la plus proche et, tenant la bougie à bout de bras, ouvrit doucement. La flamme vacillante lui montra que la pièce était bourrée de meubles plus ou moins protégés par des housses. Il les observa longuement, hésitant à les examiner un par un. Si les autres pièces étaient aussi remplies, il allait mettre un moment à tout fouiller.

Il décida de passer d'abord de pièce en pièce avant d'entamer une fouille en règle ; il allait refermer la porte quand son regard tomba sur une grande armoire en acajou contre le mur du fond. C'était le seul meuble de la pièce dont la housse gisait à terre. Patrick l'observa attentivement et se dit qu'il pouvait y avoir une personne à l'intérieur. Il chercha en vain une arme improvisée.

Il s'approcha de l'énorme armoire en grimaçant. Prêt à tout, tenant bien haut sa bougie, il ouvrit brusquement la porte droite du meuble. Avec un cri strident, une personne emmaillotée dans Dieu sait quoi jaillit de sa cachette, brandissant un lourd chandelier.

Il avait beau s'attendre à trouver quelqu'un, Patrick

faillit tomber à la renverse sous la violence de cet assaut. Il n'eut pas le temps de reprendre son équilibre que son assaillant sauta sur lui, et lui porta à la tête un coup violent avec le chandelier. Il tomba par terre, la bougie lui échappa et traversa la pièce en roulant sur le plancher.

*
* *

Quand il revint à lui, Patrick n'avait aucune idée de l'heure. Il s'étira et une douleur à la tête lui rappela tout de suite ce qui s'était passé.

Il ouvrit faiblement les yeux. La pièce baignait dans l'obscurité. Seule une lueur venait de la porte du rez-de-chaussée.

Il s'assit en gémissant tant la douleur au crâne était insupportable. Il se tâta la tête et jura quand ses doigts glissèrent sur du sang. Il sourit amèrement. Décidément, quelle soirée pour les messieurs imprudents ! Il se mit debout.

Il sortit sur le palier en hésitant et descendit. Il avançait prudemment, de crainte d'une autre embuscade, même si son agresseur devait être parti depuis longtemps. Il s'arrêta au pied de l'escalier et constata que rien n'avait changé, si ce n'est qu'à présent le blessé était étendu sur le seuil. Patrick s'approcha pour mieux voir et eut un choc : il était évident que l'homme était mort.

Il l'enjamba prudemment, puis perdit quelques précieuses minutes à fouiller la pièce à la recherche d'indices. En vain. Il n'y avait rien permettant d'identifier le corps et, le concernant, aucune piste conduisant à sa mère.

Après un dernier regard à la ronde, il se glissa hors de la maison. Il ne fallait pas risquer d'être vu et, avec la grâce de Dieu, il espérait que Thea Garrett ait été la seule à l'avoir aperçu.

*
* *

De son côté, Thea avait d'autres sujets d'inquiétude que l'inconnu aux yeux gris contre lequel elle s'était jetée. De retour chez elle, elle renvoya ses domestiques et monta dans sa chambre en proie à la plus vive agitation. Elle se débarrassa de sa cape et se mit à faire les cent pas. Repoussant ses boucles d'une main tremblante, elle était frénétique, terrifiée et consternée par ce qui venait de lui arriver.

Que faire, mon Dieu, que faire ? Avouer qu'elle avait assassiné le mari de sa sœur ? Elle frissonna. Elle était courageuse, mais pas à ce point, et tout en elle lui dictait de se taire.

Elle ferma les yeux, des larmes perlant entre ses paupières. Jamais l'intention de tuer ne l'avait effleurée. Elle avait beau mépriser son beau-frère, elle ne souhaitait pas sa mort. Qu'il parte, qu'il sorte de la vie d'Edwina ! Mais pas mort. Elle n'avait pas monté un plan pour l'assassiner. Mais qui la croirait ? Si elle révélait l'affaire, est-ce qu'on la comprendrait ? N'allait-on pas, au terme d'un procès public, la déclarer coupable et la pendre ?

Un frisson la secoua tout entière. La vérité pouvait-elle la sauver ?

Un coup discret à la porte interrompit ses pensées et, avant que Thea n'ait eu le temps de répondre, Modesty entra.

Au premier regard, elle s'élança vers Thea et prit entre les siennes ses mains glaciales.

— Qu'y a-t-il ? Qu'est-ce qui se passe ?

Thea n'aurait jamais envisagé de taire la vérité à Modesty. Celle-ci l'écouta sans dire un mot et, quand elle estima que Thea avait fini, insista pour la faire asseoir sur le lit.

— Tu sais ce qu'il te faut ? demanda-t-elle en tapotant la main de Thea. Une tasse de thé brûlant, généreusement coupée de cognac.

Modesty sonna la soubrette, puis revint s'asseoir sur le lit à côté de Thea complètement effondrée.

— Tu n'y es pour rien, tu sais. Il t'a attaquée et tu n'as pas eu le choix. Il est infiniment regrettable qu'il soit mort. Mais je l'ai toujours trouvé irréfléchi. Et tu vois que je ne croyais pas si bien dire. Se faire tuer par un stupide coup sur la tête ! C'est tout lui, écervelé jusqu'au bout.

— Je ne suis pas sûre qu'il avait conscience de me manquer d'égards, rétorqua sèchement Thea.

Modesty sourit, heureuse de voir le regard de la jeune femme reprendre vie.

— Là, tu te trompes. S'il avait tout calculé, il n'aurait pas pu te manquer davantage d'égards.

On frappa à la porte, Modesty alla commander le thé et le cognac, puis revint s'asseoir.

— Si je te dis de sortir tout ça de la tête, je sais que tu ne le feras pas. Néanmoins, il ne faut pas que tu perdes pied. Tu n'avais pas l'intention de le supprimer, c'est un accident. Affreux, bien sûr, mais un simple accident.

Thea voulut répondre, mais elle l'arrêta d'un geste du doigt.

— Surtout, tu n'as rien à gagner à raconter à quiconque ce qui s'est passé. Quand on découvrira le corps, tâche de te montrer stupéfaite, si tu as un peu de bon sens.

Modesty devint véhémente.

— Thea, des aveux ne changeraient rien. Ils ne le feraient pas revenir et anéantiraient ta vie. Si la vérité éclate, j'espère qu'on ne te pendra pas, mais il faut que tu sois consciente qu'un meurtre est passible de la peine de mort. Tout le monde connaît ton mépris pour lui, il y aura des gens pour croire que tu as prémédité de l'assassiner. Nous, nous te connaissons, mais cela ne change rien. Alfred Hirst ne mérite pas que tu démolisses ta vie pour la deuxième fois... encore moins que tu te fasses exécuter. Comprends bien cela. Et pense à Edwina ! Elle vient de perdre son mari, faut-il qu'elle perde sa sœur par-dessus le marché ? Faut-il qu'elle sache que c'est toi qui as tué son mari ? Plus que jamais, elle a besoin de toi maintenant. Chaque fois que tu seras tentée d'avouer, pense à elle. La vérité aurait des conséquences plus fâcheuses que ton silence.

— Mais c'est mal, de faire ça, bougonna Thea. C'est lâche ! Dieu du Ciel, je ne sais pas quoi faire. Je l'ai tué, c'est indéniable. Mais devant Dieu, insista-t-elle les yeux fermés et les poings serrés, ce n'était pas mon intention.

— Mais bien sûr, voyons ! Tu n'es pas une meurtrière ! Tu n'es pas sotte non plus et je te conjure de te taire, au moins jusqu'à la découverte du corps. Si ta conscience continue à te tourmenter, rien ne t'empêchera plus tard d'avouer. Mais pour le moment, réfléchis au scandale et au tort qu'un geste si spectaculaire causerait à toi-même et à toute ta famille.

— J'y ai songé, acquiesça Thea à bout. Je ne songe même qu'à ça. J'ai déjà fait scandale quand j'étais jeune et cela a coûté la vie à mon frère. Crois-moi, je préférerais mille fois que les événements de ce soir n'aient pas eu lieu. Mais il est trop tard, et je l'ai tué.

On frappa de nouveau à la porte. Modesty alla prendre le plateau, referma la porte derrière elle et revint le poser sur une table à côté d'elles. Elle prit la théière de porcelaine et emplit une tasse de thé fumant, puis ouvrit la carafe en cristal et ajouta une généreuse rasade de cognac avant de tendre la tasse à Thea.

— Bois cela. Tu te sentiras mieux.

Modesty avait raison. Au bout de quelques gorgées, Thea sentit s'apaiser le poids qui lui tordait l'estomac.

Thea se mordit la lèvre en voyant Modesty boire la même chose avec davantage de cognac encore. Elle sourit un peu en se disant qu'elle devait être encore plus inquiète qu'elle. Elle éprouvait de la tendresse pour cette cousine célibataire parfois sévère. Modesty l'appuierait quoi qu'il arrive et ne cesserait jamais de la comprendre, ni de l'aimer.

Les deux femmes burent un moment en silence, songeant à la mort d'Alfred Hirst, aucune ne tirant de conclusion définitive.

Thea se leva et alla reposer sa tasse sur le plateau.

— Je crois que, pour le moment, je ferai ce que tu me conseilles : je me tairai. Comme tu dis, je pourrai toujours avouer plus tard.

— Dieu soit loué ! soupira Modesty, soulagée. Je sais que tu as du plomb dans la cervelle.

— Pourquoi, demanda Thea en faisant la moue, le fait d'être raisonnable me donne-t-il l'impression d'être lâche ?

— Parce que tu n'es pas sotte ; tu sais que tu l'as tué, mais tu sais également que c'était par accident. Tu ne l'as pas prévu, encore moins prémédité. Souviens-toi que tu étais en état de légitime défense. Ce n'est donc pas ta faute, mais celle d'Alfred. Thea, tu as fait le bon choix, crois-moi ! L'aveu ne te mènerait à rien. Cela ne le ferait pas revenir. Cela ne changerait rien. Cela ne ferait que retomber la honte et le déshonneur sur toi et sur ta famille ; sans parler de ton éventuelle exécution... Edwina souffrira déjà suffisamment sans savoir que c'est toi qui as tué son mari. Personne ne doit le savoir. Je suppose, ajouta-t-elle calmement après une pause, que personne d'autre ne sait que tu étais là-bas ?

De nouveau, Thea accusa le coup.

— Malheureusement, dit-elle avec humeur, quelqu'un est au courant. Rappelle-toi l'homme contre lequel je me suis jetée en quittant la maison.

— Ah ! Je l'avais oublié celui-là. Tu es sûre qu'il t'a reconnue ?

— Il m'a bien regardée et, s'il ne sait pas encore qui je suis, cela ne tardera pas. D'autant qu'à mon avis, il fait partie de la haute société, car il était avec lord Embry et ses amis quand je l'ai aperçu dans le parc.

— Voyons... si nous partions sans tarder à la campagne et que nous y restions jusqu'au printemps, il t'aurait oubliée d'ici votre prochaine rencontre ?

— Pourquoi pas ? répondit Thea en haussant les épaules. Mais je suppose que Nigel lui a dit qui je suis, c'est une vraie pipelette. Avec la mort de Hirst, nous aurons la meilleure des excuses pour nous mettre au vert. Je suppose qu'Edwina ne voudra pas rester à Londres, ni fréquenter les bals pendant plusieurs mois.

— Voilà, nous tenons notre prétexte ! Demain à l'aube, je dirai au personnel de plier bagage : nous partons passer l'hiver à Halsted House.

Halsted House était un domaine en province que Thea avait acheté deux ans plus tôt. Modesty préférait de loin Londres mais, parfois, Thea était incapable de supporter le bruit et les encombrements et filait à la campagne. En outre, elle aimait Halsted car il se trouvait à quelques kilomètres du manoir des Garrett et, quand elle y descendait, ses promenades sur les trois cents acres de la propriété lui rappelaient les moments de son enfance. La suggestion de Modesty était donc tentante, mais un doute l'effleura.

— Ne faudrait-il pas attendre que la mort d'Alfred soit officielle avant de faire nos préparatifs ?

— Mais si, bien sûr ! s'excusa Modesty, un peu fâchée. Il y a des moments où je manque d'esprit. Écoute, nous ne pouvons rien décider ce soir ; attendons de recevoir la nouvelle avant de mettre nos projets à exécution.

Brusquement, on frappa à la porte et les deux femmes échangèrent un regard effrayé. Prenant une profonde inspiration, Thea lança :

— Oui, qu'y a-t-il ?

La porte s'ouvrit et le crâne chauve de Tillman apparut derrière la porte.

— Mademoiselle, je sais qu'il est tard, mais il y a un monsieur en bas qui tient absolument à vous voir. Je lui ai dit que vous ne receviez pas, mais il a insisté.

Il entra et tendit à Thea un billet plié.

— Il a dit que ceci vous intéresserait et attend votre réponse.

Thea parvint à rester impassible, mais à quel prix ! Elle prit le papier, l'ouvrit et le lut. Comme si de rien n'était, elle chiffonna le papier et répondit calmement :

— Dites à ce monsieur que je descends. Faites-le entrer dans le salon bleu. Et proposez-lui de se restaurer.

— Fort bien, mademoiselle, répondit Tillman, vexé. Mais si vous voulez mon avis…

— Je m'en passe, coupa Thea sans détour. Faites selon mes ordres.

Tillman se retira en bougonnant.

— C'est l'homme que j'ai bousculé en quittant la maison, dit Thea à Modesty. Il désire me parler.

— Tu veux le voir seule ? Est-ce que je viens avec toi ?

Thea réfléchit puis secoua la tête.

— Non, il vaut mieux que je le voie seule. Si je dois être dénoncée, condamnée et pendue, je ne veux pas te compromettre. Pour le moment, laissons-le croire qu'il n'y a que nous au courant.

Quelques minutes plus tard, Thea faisait son entrée dans le salon bleu, affichant toute la hauteur dont elle était capable. Rien ne prouvant qu'elle était sortie dans la soirée – ses domestiques lui étant tous dévoués et ne la trahissant jamais –, Thea avait décidé, pour le moment, de tout nier en bloc.

Ayant refermé la porte derrière elle, elle se tourna vers son grand visiteur aux yeux gris et l'entreprit d'un ton cassant.

— Que signifie cette intrusion ? Je me demande pour qui vous vous prenez ! Je ne tolérerai pas que vous harceliez mes domestiques, ni que vous vous imposiez chez moi de la sorte. J'ai bien envie de faire appel aux gardiens de la paix.

— Cela me paraît fort indiqué... répondit Patrick avec l'air de ne pas y toucher, après ce qui s'est passé ce soir à Curzon Street.

Thea faillit s'étrangler.

— Qu'entendez-vous par là ?

Patrick dut reconnaître qu'elle manquait de courtoisie mais pas de sang-froid. Dans toute autre circonstance, il aurait pris plaisir à polémiquer avec elle, mais pas ce soir. Pas maintenant.

— Vous le savez bien, répondit-il en la fixant avec insistance.

Thea se mordit la lèvre. Cet homme n'avait pas l'air de mentir, mais elle devait conserver la ligne de conduite pour laquelle elle avait opté. Elle releva la tête et continua sèchement.

— Il est fort tard. Même à une heure normale, je déteste les mauvaises plaisanteries ; vous abusez de ma patience et je vous invite à partir.

Ils étaient chacun à un bout de la pièce et Patrick ne la quittait pas du regard. Elle était grande, mais moins qu'il ne l'avait d'abord pensé et, pour une jeune femme au passé si chargé et à la réputation si lourde, elle semblait étrangement innocente et vulnérable. Il ne l'avait aperçue que deux fois, gardant l'image de ses yeux sombres et brillants et de sa douce bouche écarlate. Là, l'impression était à peu près la même, les yeux aussi sombres et irrésistibles et quant à la bouche… il fronça les sourcils. Il n'était pas venu pour marivauder mais, s'il était sincère avec lui-même, il devait reconnaître que son intérêt n'était pas exclusivement lié au cadavre de Curzon Street. Dès qu'il l'avait vue à Hyde Park, elle avait éveillé son intérêt, mais il refusait de le reconnaître. Il n'avait rien voulu savoir sur le moment et, sachant ce qu'il savait d'elle, s'attendait à rencontrer une femme machiavélique, prompte à le dégoûter. Au lieu de cela, il était face à une svelte créature au visage agréable. Et il devait bien admettre qu'elle était la femme la plus séduisante qu'il ait rencontrée depuis longtemps. À son grand désarroi, il s'aperçut que les grands yeux éloquents de Thea et sa silhouette le captivaient excessivement.

— Est-ce votre dernier mot ? lui demanda-t-il, les sourcils toujours froncés.

Elle garda le silence et il ajouta :

— Si vous persistez dans cette attitude, vous ne me laissez pas d'autre choix que de faire une déposition devant le juge.

Thea eut l'impression que son assurance se lézardait. Évitant son regard, elle fixait le dessin crème et bleu pâle du tapis.

Quel terrible dilemme ! Elle n'osait pas le laisser faire une déposition, mais elle avait peur d'admettre qu'elle avait des raisons de craindre sa démarche.

Patrick ne la quittait pas des yeux et se demandait si elle se rendait compte à quel point elle était attirante dans sa robe de soie rose toute simple, les épaules recouvertes par ses cheveux noirs et brillants. Il était venu, décidé à lui arracher la vérité par la brutalité s'il le fallait, mais il était désarmé. Il y avait un abîme entre l'image de courtisane intrigante au cœur de pierre et la vraie Thea Garrett dans sa fragile féminité.

— Je doute, soupira Patrick, que vous me croirez, mais je n'ai nulle intention de vous attirer des ennuis. Je désire simplement connaître la raison de votre présence là-bas, savoir ce qui s'est passé et obtenir l'identité du mort. Je fais le serment, insista-t-il d'une voix enjôleuse, que tout ce que vous me direz restera entre nous. Nous aurons peut-être besoin de nous entraider.

— Pourquoi vous ferais-je confiance ? Qu'est-ce qui vous pousse à m'aider ? Pour moi, vous n'êtes qu'un inconnu et je ne connais même pas votre nom.

Patrick eut un sourire qu'elle trouva singulièrement beau ; les commissures de ses paupières se froncèrent en pattes-d'oie, mais ses yeux gris restèrent trompeusement inexpressifs. Avec une courbette d'une grâce exquise, il murmura :

— Permettez-moi de me présenter. Je m'appelle Patrick Blackburne, je suis originaire du territoire du Mississippi, en Amérique.

— Cela ne me dit rien, marmonna Thea qui ne voulait pas céder à son charme.

Pour elle, les hommes les plus charmants étaient les plus sournois et les plus dangereux. Hawley Randall le lui avait enseigné dix ans plus tôt.

Patrick se redressa, le sourire aux lèvres.

— Peut-être le nom de lady Caldecott vous est-il plus familier ? C'est ma mère. Le baron est son deuxième mari.

— Bien sûr que je connais lady Caldecott, comme tout le monde, admit-elle faiblement.

Le cœur lui manquait. Grands dieux ! Lady Caldecott, une des dames les plus en vue de la haute société. Cet homme était son fils ! De tous les Londoniens sur qui elle aurait pu tomber ce soir à Curzon Street, se désespérait Thea, pourquoi fallait-il que ce soit lui ? S'il soufflait un mot à sa mère de sa présence ici ce soir, tout Londres serait au courant en quelques heures. Elle risquait la ruine, le scandale et peut-être même la vie.

Patrick haussa les sourcils.

— Alors ? Cela me rend-il plus digne de votre confiance ?

— Pas tellement, reconnut-elle. Je vous ai vu aujourd'hui en compagnie de lord Embry et cela signifie, je suppose, que vous êtes amis intimes. Mais lord Embry et ses camarades, poursuivit-elle d'un ton plus dur, sont une bande de coquins. Le fait d'être son ami ne vous grandit pas dans mon estime.

— Parce que vous croyez, riposta Patrick piqué, que votre réputation est sans tache ?

Le coup était bas, il s'en aperçut dès que les mots lui échappèrent.

Il traversa la pièce et lui prit la main.

— Pardonnez-moi ! Ce que je viens de dire était déplacé et peu galant.

Elle retira sa main et eut un sourire amer :

— Ne vous excusez pas, je connais ma réputation.

— Est-elle méritée ? demanda-t-il avec douceur.

— Peu importe, esquiva-t-elle en s'écartant de lui, consciente soudain de l'extraordinaire présence physique de ce beau brun au visage superbe.

Depuis Hawley Randall, les hommes n'éveillaient chez elle que circonspection ou indifférence. Mais quelque chose chez ce grand Américain l'attirait inexplicablement, et elle en était à la fois déconcertée et méfiante.

Une fois qu'elle eut pris ses distances, elle le regarda, troublée.

— Cette conversation ne nous mène à rien. Quelle que soit la pureté de vos intentions, je n'ai rien à vous dire. Je vous suggère de vous retirer.

Patrick la dévisagea en silence, déçu de n'avoir pas su gagner sa confiance. Après tout, elle ne le connaissait pas, mais il devait obtenir son aide. Le maître chanteur de sa mère se servait de l'adresse de Curzon Street où Thea était allée et où un homme avait été assassiné. Il ignorait si Thea ou le mort avaient quoi que ce soit à voir avec les malheurs de sa mère mais, pour le moment, elle était sa seule chance de découvrir l'identité de la personne qui extorquait de l'argent à sa mère.

Patrick se tira l'oreille avec un air d'ironie désabusée. Pour obtenir l'aide de Thea, il avait encore une carte en sa possession, mais il aurait préféré ne pas l'abattre tout de suite, d'autant qu'il n'était pas sûr de la façon dont elle réagirait. Cela pouvait faire pencher la balance en sa faveur ou, au contraire, permettre à Thea de s'échapper. Il continua à l'observer. À son petit menton entêté et à la forme de sa bouche, il était évident qu'elle n'allait pas bouger d'un centimètre. Sacrebleu !

Mal à l'aise de se sentir ainsi scrutée, Thea rompit le silence.

— Monsieur Blackburne, je ne voudrais pas me montrer désagréable mais je vous ai déjà prié à plusieurs reprises de vous retirer. Me ferez-vous à présent la grâce de décamper ? Cela nous évitera à tous les deux une scène gênante.

— Je souhaite de tout cœur que vous vous sortiez d'affaire mais je suis moi-même dans un beau pétrin ; vous pourriez m'aider, nous pourrions nous aider l'un l'autre.

— Je suis navrée, mais vos difficultés ne me concernent en rien, insista Thea avec raideur.

Elle avait grand-hâte qu'il parte et peur de ce qu'elle pourrait faire après son départ. Nie, nie, nie tout ! se rappela-t-elle. Mais Dieu – que c'est difficile !

Elle avait les nerfs en boule et l'épreuve de la nuit commençait à lui peser. Combien de temps réussirait-elle à garder son sang-froid, elle l'ignorait. Et voici que cet Américain séduisant lui offrait son aide : elle avait si peur qu'elle faillit accepter, mais une peur plus grande la retint. Le fait de confier son sort à un homme lui était devenu impossible depuis dix ans : la leçon enseignée par Hawley Randall avait porté. Pourtant cet homme touchait en elle une corde sensible... Il éveillait chez elle l'envie de se confier. Ce désir la choquait et la rendait vulnérable ; elle ne se reconnaissait pas. Elle hésitait, déchirée entre le désir de s'abandonner... et son contraire. La méfiance l'emporta. Elle voulait qu'il parte et chaque seconde supplémentaire augmentait le risque qu'elle abandonne toute prudence, que ses défenses craquent et qu'elle lui raconte tout. C'est ce qui la choquait plus que tout. En lui donnant cette arme, en lui confiant la vérité, elle aurait franchi une étape irréversible. Comme c'était tentant, surtout quand ses beaux yeux gris insistaient chaleureusement pour qu'elle le fasse !

Fuyant le regard de Patrick, elle se contraignit à répéter :

— S'il vous plaît, veuillez sortir.

Patrick pivota et s'arrêta devant elle. Doucement, il insista :

— Vous n'avez nulle raison au monde de me faire confiance, mais je vous adjure de le faire.

Elle croisa son regard. Malgré sa décision, elle était stupéfaite de sentir à quel point elle voulait le croire, lui dire ce qu'il désirait savoir, mais elle secoua la tête.

— Je suis navrée, bredouilla-t-elle, vous en demandez trop.

— Est-ce que cela changera quelque chose, insista-t-il avec douceur, si je vous dis que vous ne l'avez pas tué ?

4

Thea resta un instant bouche bée.

— Mais c'est faux ! lâcha-t-elle étourdiment. Il était mort, je vous assure. Mort quand je l'ai quitté.

Soudain, elle comprit ce qu'elle venait de dire et resta à le regarder, les yeux écarquillés d'horreur.

Patrick la prit par les épaules et secoua la tête.

— Non, vous ne l'avez pas tué, répéta-t-il, désabusé. Vous l'avez frappé assez fort pour qu'il ait un bon mal de tête à son réveil, mais vous ne l'avez pas tué.

— Êtes-vous sûr ? demanda-t-elle dans un souffle, partagée entre la terreur d'avoir si stupidement avoué et l'espoir insensé que cela soit vrai, qu'elle ne l'avait pas assassiné.

Il se tourna vers un canapé de velours bleu marine et, de sa voix la plus douce, suggéra :

— Pouvons-nous nous asseoir ? Nous en avons pour un moment.

Elle acquiesça, se laissa entraîner de l'autre côté de la pièce et s'assit à côté de lui sur le canapé.

— Dites-moi ! Dites-moi ce que vous savez.

— À votre avis, ne serait-il pas juste que vous parliez la première ? demanda Patrick d'un ton raisonnable. Par exemple, le nom de ce monsieur qui, à mon arrivée, gisait inconscient sur le sol ?

Un soulagement sans bornes l'envahit : elle n'avait pas tué Alfred ! Après les terreurs de la nuit, elle avait désespérément besoin que cet homme confirme sa déclaration. Elle se pencha vers lui, les yeux fixés sur son visage, et demanda de façon pressante :

— Vous voulez dire qu'il est vivant ? Que je ne l'ai pas assassiné ?

— Oui et non, répondit Patrick, énigmatique.

— Qu'insinuez-vous ? s'emporta Thea. Expliquez-vous ! Jouez-vous avec moi à un jeu pervers ?

— Non, grands dieux ! Ce que j'essaie de vous dire tout à fait sérieusement, c'est que ce monsieur était inconscient quand je l'ai vu la première fois.

Agacé par la façon dont il s'était fait rouler, il narra brièvement à Thea ses démêlés avec l'inconnu de l'escalier et la manière dont lui-même avait été assommé.

— Quand je suis revenu à moi, conclut-il d'un air piteux, je suis tant bien que mal redescendu au rez-de-chaussée. L'homme que vous avez assommé était toujours là, mais mort cette fois. Cependant, se hâta-t-il d'ajouter devant le haut-le-corps de Thea, non pas à cause de votre coup à la tête. Il avait une paire de grands ciseaux en travers de la gorge.

Thea sursauta, livide. Elle se rappelait les ciseaux qu'elle avait vus sur le bureau. Quelqu'un s'en était servi pour égorger Alfred. Était-ce la personne dont elle avait perçu la présence ? À cette idée, ses lèvres pâlirent encore plus.

— Quelqu'un d'autre l'a assassiné, hasarda-t-elle d'une voix mal assurée. Mais pourquoi ? Et qui ?

Patrick perçut le moment où l'identité éventuelle de l'assassin traversa l'esprit de Thea. Elle s'écarta et le dévisagea avec une horreur mêlée de suspicion.

— Non, rétorqua Patrick, ce n'est pas moi qui l'ai tué. Je ne sais même pas son nom et n'avais par conséquent pas la moindre raison de le tuer. Si c'était moi, pourquoi venir vous trouver ? Vous étiez convaincue de l'avoir assassiné, voilà qui me fournissait un alibi idéal. Pourquoi serais-je venu vous détromper ? Mais vous ne l'avez pas tué, je peux en témoigner si nécessaire. Moi non plus : j'en fais le serment. J'espère vous avoir ainsi soulagée ; ne croyez-vous pas qu'il est temps de me révéler son nom ?

Thea inclina la tête en se mordant la lèvre. Allait-elle oser lui faire confiance ? Il ne demandait pas grand-chose, juste le nom d'Alfred et il en savait déjà long : le plus grave était qu'il l'avait vue sortir de la maison de Curzon Street. Par sa faute, il savait qu'elle pensait avoir tué Alfred. Ce qu'il disait était logique, si c'était lui qui avait tué Alfred, il n'avait aucune raison de se renseigner sur son compte. Thea jugea donc ridicule de cacher à Patrick l'identité d'Alfred.

— Il s'appelle, bougonna-t-elle en soupirant, ou plutôt il s'appelait Alfred Hirst. C'était le mari de ma sœur.

— Ah, je vois ! Votre beau-frère ! Vous vouliez garder ça en famille, n'est-ce pas ?

Elle le regarda avec mépris et répliqua :

— Décidément, monsieur, vous avez l'esprit mal tourné. Je n'étais pas venue le voir pour quelque raison sordide, dans le style des hommes de votre acabit.

— Un à zéro, murmura Patrick avec un sourire ironique.

Thea faillit lui sourire, mais préféra ne pas relever sa phrase.

— J'avais une profonde aversion pour Alfred, continua-t-elle avec raideur. C'était un vulgaire coureur de dot. Mais de là à vouloir sa mort…

Elle se leva et poursuivit d'une voix faible :

— Il est fort tard. C'est très aimable à vous de m'avoir soulagée de mes craintes ; je croyais bel et bien l'avoir tué par accident. Mais nous n'avons, que je sache, rien d'autre à nous dire.

Patrick se cala confortablement contre les profonds coussins de velours bleu marine comme s'il se disposait à y passer la nuit.

— Ce n'est pas si simple, observa-t-il avec son accent aristocratique. On a assassiné votre beau-frère. Cela vous laisse indifférente ? Vous ne désirez pas connaître l'auteur du crime ? Ni son mobile ?

— On dirait que je me suis mal fait comprendre ! Je le détestais. Je n'ai jamais souhaité sa mort, mais je ne puis dire qu'elle me désole.

— Eh bien, en ce qui me concerne, je considère que les choses ne s'arrêtent pas là. Vous croyez vraiment que je vais courtoisement prendre congé et disparaître dans la nuit, alors que nous savons tous deux qu'un homme vient d'être assassiné ?

— Je ne puis aller signaler son décès, car cela m'exposerait à un interrogatoire des plus embarrassants.

— Certes, je comprends. Faire l'objet d'une enquête publique serait on ne peut plus désagréable, mais c'est ce qui vous attend, sauf si vous acceptez d'être honnête avec moi et m'aidez à découvrir ce qui s'est passé.

— Que voulez-vous dire ? demanda-t-elle d'un ton tranchant.

— Vous le savez fort bien, répliqua Patrick. Je me suis rendu là-bas ce soir pour des raisons précises, et certainement pas pour tomber sur un meurtre. Toutefois, comme le crime a eu lieu alors que j'étais inconscient au premier étage, j'en ressens quelque remords.

— Ce ne serait pas le cas si vous le connaissiez, bougonna Thea.

— Peut-être ; je ne l'ai pas identifié. Mais son nom ne m'est pas inconnu ; j'en garde le souvenir lors de mes précédents voyages en Angleterre. Sa réputation n'était pas fameuse, même parmi les pires coureurs.

— Et vous avez quand même du remords ?

— Ce n'est pas le mot exact, reconnut Patrick avec un sourire. Je trouve simplement insultant le fait qu'on l'ait tué sous mon nez. Et je suis farouchement décidé à savoir qui l'a fait et pourquoi. Pas vous ?

Thea baissa les yeux sous son regard irrésistible. Certes, elle voulait connaître la vérité mais, surtout, elle voulait tourner la page. Elle n'avait pas tué Alfred et elle aurait aimé pouvoir dire que cela ne la regardait pas. Mais c'était impossible. La question de l'identité de l'assassin d'Alfred la tourmenterait, et elle était suffisamment curieuse pour vouloir savoir le motif de l'assassinat, ne serait-ce que dans l'intérêt de sa sœur.

Mais elle ne se sentait pas tout à fait prête à coopérer avec le grand Américain assis sur son canapé.

— Et vous, pourquoi étiez-vous là ? Comment saurai-je que vous me dites la vérité ? Qu'est-ce qui me prouve que vous n'êtes pas en train de m'attirer dans quelque guet-apens ?

— Là, répondit Patrick avec une grimace, vous me tenez à la gorge : je ne puis répondre à ces questions car je suis dépositaire d'un secret qui ne m'appartient pas.

— Mais moi, je suis censée vous dire ce que je faisais là ? insista Thea, outrée.

— Je vous en serais très reconnaissant, répondit-il avec une lueur aguicheuse dans le regard.

— La belle affaire, répondit-elle d'un ton acerbe.

Mais elle ne put cacher un certain amusement et sa bouche généreuse faillit sourire.

En la voyant changer ainsi d'expression, Patrick eut l'impression de recevoir un coup. Ce n'était pas une beauté académique : elle avait la bouche trop grande, le nez un peu long, la mâchoire et le menton trop dessinés pour les canons de beauté. Patrick, en tout cas, était sûr de ne jamais avoir vu de personne aussi fascinante, ni rencontré de femme qui l'attire autant que cette jeune personne, en dépit de sa réputation scandaleuse. Il secoua la tête comme pour se soustraire à cet attrait hypnotique : le coup reçu sur le crâne lui aurait-il fait perdre la tête ?

— Vous ne vous sentez pas bien ? demanda Thea, un peu agacée par l'insistance de son regard.

— Eh bien… je… non, ça va ! bafouilla-t-il pour revenir au sujet. Je sais que vous n'avez pas confiance en moi – vous n'avez aucune raison, d'ailleurs –, mais que vous le vouliez ou non, nous sommes dans la même galère. Quelqu'un d'autre est au courant de notre présence dans cette maison ce soir. L'assassin travaillait-il avec Hirst ? Se sont-ils disputés ? Je n'en sais rien. En revanche, je sais que j'ai besoin de votre aide sans réserve. Ne pourrions-nous pas travailler ensemble sur cette affaire ?

Thea s'aperçut à nouveau que son visiteur était extrêmement attirant. Sa peau était beaucoup plus mate que celle des Londoniens, il portait ses cheveux noir de jais en queue-de-cheval sur la nuque, noués avec un ruban de soie noire. Ses traits étaient comme sculptés avec élégance, avec un grand front et des pommettes hautes, son nez était fin, sa bouche large et souriante. Elle reconnut malgré elle qu'il était très beau. Trop même, avec ce visage d'ange, ses larges épaules, sa vigueur éclatante et ses hanches fines. Elle tâchait de ne pas y penser car il était beaucoup trop séduisant. Il avait trop confiance en lui et trop de charme. Probablement indigne de confiance, songea-t-elle avec amertume. Elle sentait sa volonté faiblir, non à cause de sa virilité mais par peur, par fatigue et aussi parce qu'elle voyait de moins en moins de raisons de conserver son attitude de réserve. Trop de choses qu'il avait dites étaient vraies. Il était logique de travailler avec lui, même si elle n'avait pas confiance en lui.

Elle s'alanguit sur le canapé et demanda d'un ton las.

— Que voulez-vous savoir ?

— Pourquoi étiez-vous là ce soir ?

— Il m'a transmis un billet, commença-t-elle avec un soupir, me demandant de le rencontrer seul à seul. Il avait besoin d'argent, comme d'habitude. Il a dilapidé une partie de la fortune de ma sœur, et voulait une fois de plus que je le sorte d'affaire. D'emblée, j'ai su que c'était un coureur de dot mais ma sœur, Edwina, est restée sourde à mes mises en garde. Elle était convaincue d'être follement amoureuse de lui et elle ne pensait qu'à ce mariage.

— À vous entendre, on dirait que vous n'avez pas grande estime pour le mariage ni pour l'amour.

Elle lui décocha un regard sinistre qui jurait avec son visage angélique.

— Monsieur Blackburne, si vous connaissez ma réputation, vous savez que j'ai de bonnes raisons de me méfier des déclarations d'amour. Une fois, j'ai cru aux doux mots d'un vaurien charmeur. Il m'a séduite et mon frère en est mort. Quant au mariage, je suis sûre que certains fonctionnent, mais je n'en ai pas vu beaucoup. Le mariage d'Edwina et de Hirst n'était certainement pas un bon mariage. Elle y a cru, mais je sais que ce n'est plus le cas. Que de soirées n'ai-je pas passées avec ma sœur en larmes, déchirée qu'il l'ait une fois de plus trompée ! Autre faute impardonnable : il est joueur et prodigue et a pratiquement ruiné ma sœur, dont la fortune n'était pas immense mais suffisait à les faire vivre dans l'aisance en la gérant avec sérieux. Tous deux auraient pu mener une vie agréable et sans soucis.

Il acquiesça, stupéfait de sentir à quel point les mots de Thea le touchaient ; pire, il brûlait de la convaincre de changer d'avis à propos de l'amour et du mariage. Quelques mois plus tôt, il n'aurait pas hésité à porter un toast pour approuver l'attitude de Thea, il l'aurait applaudie de tout cœur. Mais il avait observé l'amour partagé entre son ami Tony Daggett et sa femme Arabella ; leur bonheur manifeste remettait en cause son éternelle aversion de l'hymen.

— Je vois ! répondit-il en écartant avec agacement ses pensées. Mais si ce n'est que d'argent qu'il avait besoin, pourquoi n'est-il pas tout bonnement venu vous trouver chez vous ? Cela m'aurait semblé plus logique.

— Il y a quelques mois, répondit-elle avec un petit sourire, je les ai tirés d'affaire et nous avons eu des mots malheureux. Depuis, nous ne nous parlions plus. J'ai également refusé à Hirst l'accès de ma maison ; il savait que j'aurais refusé de le voir.

— Vous ne l'auriez pas reçu chez vous, mais vous êtes allée le rencontrer clandestinement ?

Thea détourna les yeux. Comme la vie serait plus simple si, suivant sa première impulsion, elle avait tout bonnement mis à la poubelle le billet de Hirst.

— Je sais que cela peut sembler étrange, reconnut-elle à contrecœur, mais, sur le moment, j'ai jugé préférable de le voir pour savoir ce qu'il voulait. Je savais que si je ne le voyais pas, il continuerait à m'importuner et que cela deviendrait gênant. Cela peut paraître bête, mais j'ai souhaité le voir afin que l'on n'en parle plus.

— Et c'est tout ce qu'il voulait ? Juste de l'argent ? N'aurait-il pas eu plus de chance d'en obtenir en vous envoyant tout simplement sa femme ? Il me semble que vous vous entendez fort bien avec elle.

— Oh, que oui ! Il savait que je refuse rarement quelque chose à Edwina. Ce soir, il a même reconnu que l'une des raisons pour lesquelles il l'avait épousée, c'est qu'il aurait accès à sa fortune, mais aussi à la mienne par-dessus le marché. Dans une certaine mesure, il n'avait pas tort car depuis quelques années, j'ai dépensé pour eux des sommes énormes. Naturellement, à chaque fois, tous les deux juraient que c'était la dernière. Mais ils sont venus à bout de ma patience et, si douloureux cela soit-il, je savais que j'en viendrais à laisser Edwina supporter les conséquences de ses actes : c'était la seule façon pour qu'elle admette la vraie nature de Hirst. Cela vous semblera égoïste et dur, mais je n'en pouvais plus. Je ne pouvais le laisser dilapider ma fortune jusqu'au dernier sou et c'est ce qu'il aurait fait si j'avais eu la sottise de céder.

— A-t-il dit autre chose ? Est-ce qu'il s'est contenté de vous demander de l'argent ? Est-ce qu'il s'est dit en danger ?

— Oh, j'oubliais, avoua Thea en sursautant. Il a effectivement affirmé qu'il était en danger : s'il ne payait pas dix-sept mille livres sterling, Edwina serait veuve. Je crois qu'il s'agissait d'une dette ancienne. D'après ce qu'il m'a dit, il avait emprunté le capital initial à des prêteurs sur gages, et les intérêts ont fait boule de neige jusqu'à atteindre ce montant astronomique. Vous pensez que ce sont eux qui l'ont tué ?

— Je l'ignore, confessa Patrick. Mais j'hésite à le croire : les prêteurs sur gages travaillent pour gagner de l'argent, le fait de tuer Hirst n'arrangerait pas leurs affaires. Un passage à tabac, quelques fractures par-ci par-là, voilà qui ressemblerait davantage à leur tactique pour convaincre leurs débiteurs qu'ils seraient peu avisés de ne pas rembourser. Quant à tuer un client... je ne pense pas, mais tout est possible. Peut-être s'agissait-il de donner une leçon à des débiteurs qui, comme Hirst, avaient des retards de paiement.

Patrick n'était pas loin de croire que la mort de Hirst n'avait rien à voir avec le chantage que subissait sa mère. Ce serait une coïncidence, se dit-il sombrement, si Hirst avait choisi pour voir Thea le même endroit que le maître chanteur pour le rencontrer lui. Selon l'agent immobilier, la maison sur Curzon Street était à louer depuis des mois.

Peut-être que la moitié de Londres savait qu'elle était inoccupée et il n'était pas bien compliqué d'obtenir une clef. Peut-être était-ce un simple hasard s'ils s'étaient retrouvés à la même adresse ce soir. Pourtant, il ne croyait guère à ce genre de hasard. Mais si ce n'était pas pure coïncidence, cela voulait-il dire que Hirst était associé au maître chanteur ? Et que son associé l'avait assassiné ? Mais pourquoi ? Une dispute d'intérêt, peut-être.

Il observa Thea et fut frappé de la voir si vulnérable. Où était l'aventurière, la femme de mauvaise réputation ? Il lui venait des mots plus appropriés pour la décrire : éblouissante, fascinante, désirable ! Oui, reconnut-il tandis que ses yeux s'attardaient sur la bouche généreuse de Thea, désirable était le mot. Ô combien désirable !

Se sentant regardée, Thea leva les yeux et leurs regards se croisèrent. Elle ne put s'en détacher. Son cœur commença à battre à coups puissants et douloureux.

Une atmosphère presque électrique s'installa en quelques secondes. Thea fut stupéfaite des émotions puissantes qui l'envahirent. Horrifiée, elle se dit qu'il n'était pas question d'être attirée par cet homme. Après Hawley, elle s'était juré qu'elle ne se laisserait jamais submerger par ses sentiments. Pourtant, il y avait quelque chose chez Patrick Blackburne...

Elle se leva.

— Euh, comme je l'ai dit plus tôt, il est fort tard. La nuit porte conseil : revoyons-nous demain.

Patrick savait reconnaître une jeune coquette et il était évident que les sentiments qui surgissaient entre eux éveillaient chez Thea autant d'enthousiasme que l'apparition d'un horde de sauvages. Il se leva.

— Naturellement, vous avez raison. Mais tout ce qui s'est passé ce soir doit rester entre nous. Pourquoi ne pas nous faire présenter publiquement ?

— Oui, très bonne idée, acquiesça Thea avec soulagement.

Elle le trouva très grand et intimidant debout. Un peu tétanisée devant ce corps viril magnétique, elle souhaitait ardemment qu'il parte. Qu'il parte suffisamment loin pour qu'elle puisse mettre de l'ordre dans ses pensées en déroute.

— Fort bien, donc, répondit-il en s'inclinant avec une grâce exquise. Je vais prendre congé.

Patrick lui prit la main dans la simple intention de la baiser poliment mais, lorsque ses doigts se refermèrent sur ceux de Thea, il eut l'impression de recevoir une secousse, et quand il frôla sa main de ses lèvres, il sentit comme une brûlure.

Thea lui arracha presque sa main et, à en juger à l'expression tumultueuse de ses yeux noirs, Patrick sut qu'elle avait ressenti quelque chose de très semblable. Ils restèrent pantois face à face puis, comme sortant d'une transe, Patrick cligna des yeux.

— Bien le bonsoir ! Je serai très heureux de vous revoir.

Thea se contenta de hocher la tête, sûre qu'elle était d'ânonner des sottises si elle se risquait à parler. Une fois la porte refermée derrière lui, elle s'effondra sur le canapé, les yeux dans le vague.

Que s'était-il donc passé entre eux ? Comme prise de vertige, elle avait l'impression d'avoir été balayée par une tempête, ou éblouie par un éclair. Elle tressaillit, sa main la démangeait là où les lèvres de Patrick l'avaient effleurée. Elle dut reconnaître que cette sensation était aussi agréable qu'excitante mais redoutait au plus haut point que leur goût ne devînt un besoin pour elle.

Le bruit de la porte qui s'ouvrait lui fit tourner la tête. Elle sourit à Modesty qui entrait.

— Je suis restée à l'écart autant que j'ai pu mais, fit celle-ci en rougissant, j'avoue que j'ai regardé par-dessus la rampe quand il est ressorti. Je me suis conduite comme une bonne ! Quel bel homme, n'est-ce pas ? Qui est-ce ? Que voulait-il ?

Thea fit rapidement à Modesty le point de la situation. Les yeux brillants de soulagement, Modesty s'assit à côté de Thea en lui prenant la main.

— Oh, Dieu soit loué ! J'étais sûre que tu n'avais pas tué Hirst, mais tu en avais l'air si persuadé que je me suis laissée emporter dans ton sillage. Enfin, n'est-ce pas merveilleux ? Ce n'est pas toi qui l'as tué.

— Mais quelqu'un d'autre l'a fait, répliqua sèchement Thea.

— Oui, bien sûr, c'est infiniment dommage, mais cela ne nous ne regarde plus.

— C'est ce que je me suis d'abord dit, répondit Thea en faisant la moue. Mais M. Blackburne m'a convaincue que j'avais tort. Tu n'as pas envie de savoir qui a tué Hirst, ni pourquoi ?

Modesty soupira et eut un petit spasme de la lèvre.

— Je crois que si. Et je suppose, ne serait-ce que pour Edwina, que nous devons nous attacher à savoir la vérité. Cette mort va être dure pour elle, surtout dans ces circonstances, et si l'assassin n'est pas démasqué, elle ne pourra pas se consoler. Je pense même que ces questions vont nous harceler.

— Alors, tu ne crois pas que j'ai eu tort de vouloir aider M. Blackburne ?

— Non. Mais j'avoue que je ne vois pas ce que tu peux faire pour lui. Tu lui as déjà appris ce que tu savais, et on ne saurait en dire autant de sa part. Il n'a pas avoué quelles affaires l'avaient conduit là ce soir.

— Non, confirma Thea en secouant la tête.

— Dans ce cas, cela ne me semble pas une association très équilibrée, n'est-ce pas ? Peut-être que la prochaine fois que tu le rencontreras, il se montrera plus disert.

— Peut-être, concéda Thea en haussant les épaules et en bâillant.

— Allez, viens ! proposa Modesty en se levant. Au lit ! Le moins qu'on puisse dire, c'est que tu as eu une soirée éprouvante, et demain risque d'être pire, surtout quand Edwina aura appris la mort de Hirst.

— Je me demande si elle se tournera vers nous. Peut-être se montrera-t-elle plus hostile envers nous une fois Hirst mort que de son vivant. Peut-être même me reprochera-t-elle sa mort. Même si elle ignore le rôle que j'ai joué ce soir, j'ai peur qu'elle ne pense que, si je les avais aidés financièrement, il n'aurait pas été obligé d'aller à Curzon Street et que, par conséquent, il n'aurait pas été assassiné.

Tout en montant l'escalier, elle continua avec amertume :

— Ce qui serait parfaitement exact. Et si je ne leur avais pas dit que je leur coupais les vivres, il serait venu me voir, j'aurais fini par céder et je les aurais de nouveau sortis du pétrin. Ainsi, Alfred n'aurait pas été dans cette maison ce soir.

— Tu n'en sais rien, rétorqua Modesty d'un ton ferme. Alfred Hirst était cupide. Il aurait de nouveau essayé de t'extorquer de l'argent. Et qu'est-ce qui te fait dire, poursuivit-elle au moment où elles atteignaient l'étage, que tu étais la seule personne à laquelle il empruntait ?

— Oh ! Cela ne m'avait jamais effleurée, avoua Thea.

— Eh bien, ça aurait dû ! Et maintenant, va te coucher et cesse de te reprocher ce qui n'est en rien ta faute. Hirst était une crapule, rappela Modesty d'un ton ferme, et sa mort ne m'attriste en rien.

*
* *

Patrick non plus n'en concevait aucune tristesse : cette mort le laissait indifférent. Toutefois, elle ne simplifiait pas sa situation. Chose qu'il n'avait pas envisagée. En outre, Thea Garrett représentait indéniablement une complication supplémentaire.

Une fois chez lui, il renvoya son maître d'hôtel et monta vers les chambres. Il retira son manteau et se versa un verre de cognac. Il se mit à faire les cent pas dans sa chambre, sourcils froncés, se remémorant les derniers instants en compagnie de Thea Garrett.

Cela faisait longtemps qu'il n'avait pas rencontré de femme capable d'éveiller en lui les sentiments qu'il avait ressentis ce soir ; si tant est que cela lui soit déjà arrivé... Certaines de ces émotions, comme le désir, lui étaient familières. Après tout, c'était une jeune femme extrêmement séduisante, mais elle n'éveillait pas en lui que du désir, et c'est ce qui l'inquiétait. Il ressentait le besoin de la protéger et de la colère contre l'homme qui lui avait donné pareil préjugé sur l'amour. Les émotions que Thea suscitait en lui étaient difficiles à supporter mais ce qui le contrariait aussi était le fait qu'elle fasse irruption dans sa vie au milieu d'une histoire de meurtre peut-être liée au chantage visant sa mère.

Patrick avala une longue lampée de cognac pour se réconforter et réfléchit à ce qu'il allait dire à sa mère le lendemain. Probablement le moins possible. En tout cas, rien sur la part douteuse qu'il avait prise aux événements de la soirée. Et pas un mot de l'assassinat de Hirst, inutile de l'inquiéter. Assurément, il n'était pas prêt à parler de la présence de Thea Garrett. Là encore, inutile d'inquiéter sa mère qui s'affolerait si elle le soupçonnait d'être attiré par une jeune femme à la réputation scandaleuse.

Patrick ne savait lui-même que penser de cette réputation. Après avoir aperçu Thea à Hyde Park, il avait obtenu de Nigel les détails les plus sordides du passé de Thea et un certain nombre de ragots récents, comme le fait qu'elle se moquait complètement de ce que les gens disaient d'elle.

— Tu te souviens du vieux Rivers ? avait demandé Nigel en citant un infâme débauché à la fortune immense, célèbre pour sa façon de séduire les imprudentes.

Patrick voyait de qui il s'agissait.

— Elle le fit tellement tourner en bourrique qu'il finit par demander sa main en bonne et due forme. Elle lui a ri au nez, et l'a envoyé au diable. Un autre épisode singulier : lord Gale, qui n'était pas du tout du même genre, un jeune homme épatant, riche, beau et bon à marier. Je n'ai jamais entendu dire qu'elle ait jamais exercé ses charmes sur lui, mais il était totalement ensorcelé et incapable de se laisser éconduire. D'après certains ragots, elle a convaincu sa famille de lui faire quitter Londres. Je ne suis pas sûr d'y croire, mais c'est dans l'ordre du possible. Je crois qu'elle se délecte à donner des leçons aux libertins effrontés, elle les oblige à se retirer furtivement, tête basse.

— Eh bien, je ne puis que l'admirer pour sa tactique, avait répondu Patrick. Peu de gens oseraient se montrer dans les cercles mondains après le scandale qu'elle a subi ; non seulement elle se montre, mais elle se moque de ce que pensent les gens. Quant au fait de ridiculiser des dépravés notoires, qui oserait l'en blâmer ? Pas moi, en tout cas !

— Tu ferais bien de te méfier, avait ajouté Nigel ; elle a déjoué la prudence d'un certain nombre de célibataires particulièrement endurcis de ma connaissance. Prends garde à ne pas faire partie du nombre.

— Juste Ciel ! s'était exclamé Patrick, stupéfait. Tu ne crois pas que je vais succomber à ses charmes ?

— On ne sait jamais, mon ami. On ne sait jamais.

*
* *

Au souvenir des mots de Nigel, Patrick fronça les sourcils de plus belle ; arrachant Thea Garrett de ses pensées, il réfléchit à nouveau à ce qu'il allait dire à sa mère le lendemain matin. Ce sujet lui occupa l'esprit jusqu'à ce qu'il soit au lit. Puis, comme pour lui gâcher le reste de sa nuit, les traits ravissants de Thea envahirent son imagination. Agacé, il se mit à lui trouver des excuses tellement il désirait qu'elle soit ce dont elle avait l'air : une charmante demoiselle qu'il avait hâte de mieux connaître. Et de façon plus intime…

Le lendemain, sa visite à lady Caldecott se passa bien. Elle était déçue qu'il n'ait pas grand-chose à raconter et jugea étrange que le maître chanteur ne se soit pas présenté.

Patrick était assis face à elle, tiré à quatre épingles avec une veste bleu marine et des hauts-de-chausses jaunes d'une extrême finesse.

— Comme je vous l'ai dit, c'était peut-être un simple stratagème de sa part pour voir ce que vous feriez. Je ne l'ai pas vu mais je suis certain qu'il sait que je suis venu à votre place. Cela ne manquera pas de lui donner à réfléchir.

— Oui, c'est vrai ! acquiesça sa mère indécise et toujours inquiète. C'est certainement le cas. Tu ne penses pas que ta venue a pu l'irriter ?

— Tout est possible, convint Patrick en haussant les épaules. Je sais simplement qu'à part moi, il n'y avait personne dans la maison ; j'ai attendu près d'une heure après le rendez-vous et personne ne s'est présenté.

Patrick faisait intérieurement la grimace ; le fait de mentir à sa mère n'était pas facile. Dire qu'il n'y avait personne d'autre dans la maison était un mensonge caractérisé mais, se rappela-t-il pour apaiser sa conscience, il était tout à fait vrai qu'il avait attendu plus d'une heure. Ce qu'il n'avait pas précisé, c'était que pendant ce temps il était inconscient. Il se leva.

— Tant que vous n'aurez pas d'autres nouvelles de lui, il n'y a pas grand-chose à faire avec ce maître chanteur, si ce n'est approfondir les renseignements que j'ai obtenus de Nigel. Il m'a dit que sa tante Levina était morte en janvier et que la famille de cette tante, les Ellsworth, a mis la main sur ses papiers et ses effets personnels. C'est par eux que je vais commencer.

— Ellsworth ? demanda une voix. Est-ce que nous connaissons ces gens, ma chérie ?

Alice se raidit. Ayant croisé le regard de son fils, elle se tourna pour accueillir avec un sourire chaleureux le grand homme mince qui venait d'entrer discrètement dans la pièce. Lord Caldecott adressa un sourire bienveillant à son beau-fils et, s'installant avec nonchalance sur le canapé à côté de sa femme, observa :

— Je croyais connaître tous tes amis, mon amour, mais je ne me souviens pas d'avoir entendu ce nom. Il ne s'agit pas de cette famille envahissante dont ce pauvre lord Talbot a épousé une fille ? L'aînée, si ma mémoire est bonne. S'il s'agit de cette famille, je crois que l'un des fils a épousé la fille de lord Bettison, qui a des dettes de jeu.

Dans sa jeunesse, lord Caldecott avait été l'indiscutable arbitre des élégances ; cela se voyait encore à la façon exquise dont il disposait la dentelle à son col et à ses poignets, à la coupe irréprochable de sa veste bleu pâle et à la façon parfaite avec laquelle tombaient ses pantalons gris tourterelle. À la différence de beaucoup de ses amis, il avait toujours, à l'âge de soixante-deux ans, une chevelure argentée abondante qui ne devait rien à l'art du perruquier. Bref, c'était encore un bel homme.

Sous ses minces sourcils, il avait des yeux d'un bleu de glace et des traits aristocratiques. Lord Caldecott se décrivait volontiers comme un dandy écervelé, mais ceux qui le connaissaient n'étaient pas dupes.

Patrick savait que son beau-père avait une intelligence fine et son arrivée inopinée le mettait mal à l'aise. Il s'inclina avec un sourire.

— Bonjour, milord. Quel plaisir de vous voir !

Lord Caldecott semblait distrait.

— Oui, mais est-ce que nous ne vous avons pas vu en début de semaine, mon cher ?

— Mais enfin, as-tu quelque objection à ce que mon fils vienne fréquemment me rendre visite ? s'enquit Alice.

Lord Caldecott eut un sourire débonnaire et lui tapota la main.

— Bien sûr que non, mon amour. Tu sais bien que je ne te refuserais rien de ce qui peut te rendre heureuse. J'essayais simplement de me remémorer si c'était bien en début de semaine que j'avais vu ton fils.

Lord Caldecott porta à ses yeux le lorgnon qui pendait à son cou au bout d'un ruban de soie blanche. Regardant Patrick d'un air endormi, il demanda :

— Vous partiez, mon cher ? Vous alliez chez les… euh, Ellsworth ? Des amis de famille, peut-être ?

— Pas précisément, se hâta de préciser Alice avant d'enchaîner précipitamment sur Levina Ellsworth, qui avait épousé un Embry et qu'elle avait bien connue. Je viens d'apprendre qu'elle est morte et Patrick m'a dit que ce sont ses neveux et nièces Ellsworth qui ont hérité. N'est-ce pas, mon chéri ?

— Oui, précisément ! confirma Patrick en se demandant ce que son estimé beau-père avait surpris de leur conversation.

Il croisa le regard de lord Caldecott et ses yeux d'un bleu limpide le mirent mal à l'aise. En dépit de son air distrait, cet homme ne se laissait jamais berner. Était-il au courant pour le chantage ? Pourquoi n'en avait-il pas parlé à sa femme ? Avait-il lui-même des secrets ? Patrick sentit son regard se durcir. Pouvait-on imaginer Caldecott assez effronté et désespéré pour faire chanter sa propre femme ?

Patrick prit congé au bout de quelques minutes et décida qu'avant toute chose, il allait se renseigner discrètement sur la situation matérielle du mari de sa mère. Un dilemme le tourmentait. La dernière chose qu'il souhaitait était détruire le couple de sa mère, mais que ferait-il si ses soupçons venaient à désigner lord Caldecott ?

5

Thea eut une nuit agitée. En ce jeudi matin, elle s'éveilla fatiguée et apathique. Les événements de la veille au soir ne lui donnaient ni l'envie de bondir de son lit ni de se réjouir de la journée qui commençait. Elle finit par se lever et, après un petit-déjeuner léger à base de café et de toasts, elle descendit l'escalier au moment précis où la pendule du vestibule sonnait la demie. Elle consulta le cadran et sursauta en voyant qu'il était déjà 11 h 30.

Thea ne mit que quelques minutes à trouver Modesty qui mettait la dernière main à un bouquet de lys et de roses tardives. En apercevant Thea, elle lui dit :

— Voilà, ce sont sans doute les dernières jusqu'à l'an prochain. Leur parfum me manquera.

Thea lui adressa un sourire contraint et traversa la pièce jusqu'à une haute fenêtre étroite donnant sur la rue. Elle resta là plusieurs minutes sans vraiment voir chevaux et voitures qui passaient devant la maison à grand fracas.

Elle s'assit sur un des canapés recouverts de fine soie grège et regarda Modesty installée sur une chaise à dossier cannelé, à côté du canapé.

— Qu'allons-nous faire ? demanda Thea, troublée.

— Rien pour le moment, répondit Modesty. Tant que sa mort n'est pas annoncée, nous ne pouvons qu'attendre.

Thea se leva d'un bond et se mit à arpenter la pièce.

— Je n'ai jamais su attendre... surtout pour une chose pareille ! C'est comme attendre que le ciel te tombe sur la tête.

— Il ne faut pas dramatiser, ma chérie.

— Tu as raison, soupira Thea. Mais je me sens si impuissante. Je ne peux même pas aller trouver Edwina pour être là et la consoler quand elle apprendra qu'il est mort. Elle viendra nous voir, n'est-ce pas ? À ton avis, elle ne va pas craindre que je me détourne d'elle à un moment pareil ? Peut-être devrais-je lui envoyer un billet, pour dire que je souhaite mettre fin à cette brouille stupide ?

— En aucune façon ! répondit Modesty.

Voyant l'expression entêtée de Thea, elle se hâta de poursuivre :

— Tu ne vois pas à quel point cela aurait l'air louche ? Après des mois de brouille, tu lui écris brusquement le jour où elle apprend que son mari a été assassiné. Non, pas question !

— Oh, je sais bien que tu as raison, mais je ne puis supporter de rester à ne rien faire !

— Si tu n'avais rien fait au départ, rétorqua sèchement Modesty, tu ne serais pas dans cette situation.

— Tu as parfaitement raison, confirma Thea en faisant la grimace, et crois bien que cette pensée m'était venue.

— Alors, enchaîna Modesty avec une gaieté un peu forcée, nous allons au bal de lady Hilliard ce soir ? Nous avons répondu au carton d'invitation.

Thea était atterrée.

— Modesty ! Nous ne pouvons aller au bal alors qu'Edwina vient de perdre son mari !

— Mais nous ne sommes pas au courant, ma chère, rappela Modesty avec douceur. Jusque-là, il faut nous comporter normalement. Et notamment, aller à ce bal dont nous avons accepté l'invitation.

— Tu auras donc toujours raison ? demanda Thea mi-figue mi-raisin.

— Eh bien, je m'y efforce, répondit Modesty en souriant.

Thea finit par rire et tenta de changer de sujet. Elle y parvint assez bien et, à la voir, nul n'aurait cru qu'elle avait autre chose en tête que le bal de lady Hilliard. Mais intérieurement, elle était sur la défensive. Toute la journée, elle sursauta au moindre bruit et chaque fois que Tillman entrait, elle était convaincue qu'il venait lui annoncer l'arrivée d'Edwina, catastrophée par l'assassinat de son mari. Quand elle monta se changer pour le bal, elle avait la migraine et une boule douloureuse à l'estomac.

Pourquoi la nouvelle n'arrivait-elle pas ? Il était certain que désormais le corps de Hirst avait été découvert et qu'Edwina était au courant de la sinistre nouvelle. Est-ce que leur brouille était grave au point qu'elle ne vienne pas la voir ?

Inquiète, perdue et redoutant la soirée qui s'annonçait, Thea descendit au rez-de-chaussée, à peine consciente de sa beauté dans sa robe de soie jaune pâle, dont le bas s'ouvrait en forme de cloche. La fidèle Maggie Brown l'avait aidée à s'habiller. Cette robe avait de toutes petites manches bouffantes et le décolleté arrondi du corsage était orné d'une profusion de dentelle délicate. Maggie avait également coiffé Thea, réunissant ses boucles noires en un adorable petit chignon qui n'attendait que des mains d'homme pour être défait... Quelques mèches encadraient son ravissant visage. En la voyant si radieuse avec ses yeux noirs expressifs et sa bouche vermeille, nul ne pouvait deviner l'émoi intérieur qui l'animait.

Modesty était elle aussi fort élégante. Sa robe était beaucoup moins sophistiquée mais de bonne façon, dans une soie moirée aux couleurs vives. Elle avait drapé sur ses épaules un châle de soie noire et portait un collier de perles fines. Son épais chignon grisonnant était joliment serré dans une résille dorée qui descendait sur sa nuque. On voyait tout de suite en elle une femme mûre et aisée, qui s'habillait à la mode.

Le bal s'avéra aussi épouvantable que Thea le redoutait. Riant et parlant avec ses parents et amis, elle essayait de ne pas penser au corps de Hirst gisant sur le parquet de la maison de Curzon Street, ni à la douleur de sa sœur quand elle apprendrait sa mort. Pour Thea,

Hirst n'était qu'un misérable et elle ne le pleurerait pas, mais elle déplorait qu'il ait été tué. Edwina en revanche l'avait aimé, et le cœur de Thea se serrait à l'idée de la souffrance de sa sœur.

Le bal de lady Hilliard fut un succès retentissant. La somptueuse salle de bal avait été décorée de roses jaune pâle et de gardénias blancs cultivés dans les serres du domaine Hilliard et leur parfum embaumait toute la pièce. Les invités appartenaient à l'élite de la société ; leurs toilettes n'étaient qu'un flot de soie et satin somptueux. Les dames étaient radieuses dans leurs robes crème, bleu marine et rose pâle. Les messieurs portaient des cravates blanches soigneusement nouées et des habits queue-de-pie en soie brodée, de couleur bordeaux, bleu nuit et anthracite ; leurs pantalons moulants de couleur claire révélaient le galbe plus ou moins harmonieux de leurs jambes. L'orchestre jouait à ravir et les valets en livrée noire distribuaient les boissons sur d'immenses plateaux d'argent. Il y avait du jus de citron, du punch, du porto et un grand choix de vins ; des bouchées à la reine fourrées de crevettes, de volaille et de veau, force coupes en cristal remplies de sucreries et de délicates tartelettes à l'amande et au citron.

Thea était totalement insensible aux plaisirs des yeux, des oreilles et de l'odorat qui s'offraient à elle et ne se sentait pas mieux que si elle avait été sur un tas de fumier. Il était de son devoir de supporter cette soirée, et elle était décidée à tuer le temps jusqu'à l'heure où Modesty et elle pourraient enfin prendre congé.

En arrivant, Modesty aperçut plusieurs personnes de sa connaissance, des dames et des veuves d'âge mûr qui l'accueillirent avec enthousiasme ; elle s'installa avec elles. Pour Thea, il ne faisait aucun doute qu'elles allaient consacrer la soirée à échanger cancans et sourires, tout en observant le jeu de séduction des jeunes au milieu de leurs nombreux amis. Thea aussi avait des amis dont elle aimait la compagnie, et riait et bavardait volontiers avec plusieurs jeunes femmes fringantes et quelques veuves très raffinées.

En dépit du scandale survenu dix ans plus tôt, en dépit de toutes les rumeurs qui la suivaient, elle était désormais reçue dans la quasi-totalité des maisons de la haute société. Thea n'oubliait jamais tout à fait qu'elle devait son retour au sein du monde à sa famille qui, sans cesse, avait travaillé pour l'aider à recouvrer ses entrées. Heureusement qu'elle avait des liens de sang ou de mariage avec deux barons, une comtesse et un duc, et une jolie fortune personnelle : tous ces éléments lui garantissaient la possibilité d'une rédemption partielle.

Naturellement, elle était consciente de ne pas avoir été complètement absoute de ses crimes : certains, fort poliment, persistaient à éviter sa compagnie. On prenait soin d'écarter de sa présence des jeunes femmes innocentes et des jeunes hommes à marier. Au début, ces manœuvres la faisaient souffrir mais, à présent, elle s'en moquait. Les stratagèmes déployés par certains parents pour préserver l'innocence de leurs chers petits, pour leur éviter de s'exposer à son emprise funeste, avaient désormais pour seul effet de la faire sourire. À l'occasion, aiguillonnée par un petit démon espiègle, elle déployait ses charmes sur quelque héritier de cette société privilégiée. Mais sa conscience la remettait vite dans le droit chemin et elle apaisait les inquiétudes des parents en mettant fin aux tête-à-tête avant que le mal ne soit fait. Elle ne se montrait jamais cruelle à dessein.

Thea parvint finalement à passer une soirée plutôt agréable. Elle dansa avec son cousin John et ses amis, puis passa une partie de la soirée à rire avec quelques connaissances. Le bal était déjà bien avancé quand vint la trouver une amie un peu spéciale, lady Elizabeth Roland.

Lisbeth, comme lady Roland se faisait appeler, était veuve depuis plusieurs années, mais cela ne se voyait pas du tout. Âgée d'un an de plus que Thea, c'était une personne majestueuse aux yeux bleus rieurs et dotée d'une masse exubérante de cheveux dorés. Beaucoup de membres âgés et collet monté de la haute société considéraient lady Roland comme trop impétueuse, ce qui lui attira la sympathie immédiate de Thea. Elles passèrent ensemble des heures délicieuses à inventer les pires rosseries sur les personnages les plus en vue. D'autres fois, elles ridiculisaient les petites manies de ceux qui s'estimaient les arbitres des élégances. Toutes deux étaient téméraires et n'avaient guère de respect pour les conventions. Elles s'étaient donc trouvé instantanément une affinité naturelle : considérées comme originales, elles avaient suffisamment de relations grâce à leur famille et assez de fortune personnelle pour faire un joli pied de nez à ceux qui les jugeaient d'un œil désapprobateur.

Thea venait de dire bonsoir à John et à ses amis et envisageait de chercher Modesty pour se retirer quand Lisbeth survint.

Faisant fi des usages, Lisbeth portait une charmante robe d'une couleur émeraude éclatante. La jupe de soie était si moulante qu'elle collait à ses longues jambes et son corsage au décolleté vertigineux dévoilait une surface tentante de sa somptueuse gorge. Lisbeth n'avait aucun scrupule à choquer en société.

Ses yeux bleus étincelaient, ses cheveux dorés étaient tirés en arrière dans une cascade très étudiée de boucles ; un sourire moqueur pointait sur sa bouche pulpeuse tandis qu'elle accosta Thea. Elles se saluèrent et Lisbeth la dévisagea longuement.

Elle lui pinça affectueusement le menton et demanda :

— Qu'as-tu, ma chérie ? Tu as l'air littéralement harassée ce soir. Ne me dis pas que c'est ton maudit beau-frère qui t'a de nouveau causé des ennuis !

Thea faillit en tomber à la renverse et il lui fallut une extraordinaire présence d'esprit pour ne pas avouer à Lisbeth à quel point elle avait raison. Avec un sourire contraint, elle bougonna :

— Je crois que j'ai la migraine. J'allai justement demander à Modesty de me raccompagner. Est-ce que tu t'amuses ?

— Oui, sans doute. Je suis sûre que, grâce à cette robe, je suis parvenue à scandaliser au moins deux vieilles chouettes. Voilà qui leur fournira un sujet de conversation pendant des semaines.

Le regard intelligent de Lisbeth ne quittait pas le visage de Thea, elle finit par lui secouer le bras.

— Mais tu ne vas te débarrasser de moi si facilement. Je te connais trop. Quelque chose ne va pas, n'est-ce pas ?

— Non, rien, je t'assure, répondit Thea en souriant. Simplement, je ne me sens pas très bien ce soir. Il n'y a pas de quoi s'inquiéter.

— Je me demande bien pourquoi, mais je ne te crois pas !

— Parce que tu es d'un naturel méchant et soupçonneux, suggéra Thea avec une lueur d'amusement dans le regard.

— Il y a de ça ! acquiesça Lisbeth sans insister, avec un demi-sourire qui creusa dans ses joues d'adorables fossettes.

Changeant apparemment de sujet, Lisbeth parcourut du regard la salle de bal.

— Compliment à lady Hilliard d'avoir réuni tant de monde, alors que beaucoup de familles ne sont pas rentrées à Londres cet automne pour la petite saison. Est-ce que Modesty et toi restez à Londres ? Ou bien allez-vous hiberner à Halsted House ?

Remerciant mentalement Edwina pour le long deuil que la mort de Hirst allait exiger, Thea répondit :

— Nous allons probablement partir à Halsted House. Sans tarder, je dirais.

— Tu as changé d'avis ? Je croyais que tu comptais rester en ville jusqu'au 1er novembre ?

— Tu sais, avoua Thea en haussant les épaules, Londres commence à perdre de son charme à mes yeux. Je serai heureuse de retrouver la campagne.

Lisbeth répondit vaguement, puis son regard dansant se fixa soudain sur un point.

— Doux Jésus ! roucoula-t-elle. Je me demande qui est ce monsieur diaboliquement beau. Je ne crois pas l'avoir déjà aperçu.

Thea suivit le regard de Lisbeth et son cœur fit un bond dans sa poitrine quand elle reconnut Patrick Blackburne. Sa mère, lady Caldecott, était à ses côtés et ils se dirigeaient manifestement vers Lisbeth et elle.

Lady Caldecott n'afficha pas un enthousiasme débordant ; elle salua les deux jeunes femmes et lança avec raideur :

— Puis-je vous présenter mon fils, Patrick Blackburne ? Il vit en Amérique.

Les présentations faites, Thea salua intérieurement l'habileté de Patrick d'avoir choisi un endroit aussi public pour ce qui était censé être leur première rencontre. En outre, elle ne put s'empêcher d'admettre qu'il portait à merveille l'habit de soirée. Sa veste était en soie lie-de-vin, son visage très mat contrastant avec une cravate, discrètement nouée, d'un blanc éblouissant. Ses pantalons en soie grège moulaient à merveille ses longues jambes. Il avait effectivement, reconnut Thea à regret, des cuisses et des mollets superbes.

Lisbeth était assurément du même avis ; elle gardait le regard braqué sur lui d'un air si ouvertement appréciateur que cela prêtait à rire. Quand elle la vit le déshabiller ainsi de son regard bleu, Thea eut la surprise de ressentir un pincement de jalousie. Mal à l'aise, Thea s'empressa de sourire et demanda vivement :

— Alors, monsieur Blackburne, goûtez-vous votre séjour en Angleterre pour l'instant ?

Patrick répliqua avec gravité, non sans une étincelle moqueuse dans ses yeux gris :

— J'ai eu des moments que je qualifierais de... intéressants. Pas du tout ce à quoi je m'attendais.

— Et à quoi vous attendiez-vous ? gazouilla Lisbeth.

Patrick la regarda à son tour, amusé.

— Pas du tout à ce que j'ai trouvé.

Lady Caldecott devenait nerveuse ; elle repéra une de ses connaissances et en profita pour s'éloigner.

— Si vous voulez bien m'excuser, j'aperçois lady Blanchard et je souhaiterais m'entretenir avec elle quelques minutes.

C'est tout juste si Patrick s'aperçut du départ de sa mère tant ses yeux gris détaillaient de façon gourmande la toilette de Thea. Hier soir, il l'avait trouvée attirante, mais ce soir... Ce soir, elle était éblouissante dans sa robe de soie jaune. Elle provoquait chez lui un frisson bien différent d'un intérêt passager.

Lisbeth les regarda tour à tour et sourit en elle-même. *Eh bien, eh bien ? Qui l'eût cru ?* Elle ne savait pas exactement ce qui se passait mais il était évident à ses yeux qu'il y avait anguille sous roche. Quelles que fussent les pensées qui lui étaient venues à propos de l'intéressant M. Blackburne, elle les écarta promptement car elle ne chassait jamais sur les terres de ses amies. Et il était clair, pour la première fois depuis qu'elles se connaissaient, que Thea éprouvait pour ce monsieur quelque chose d'autre que son mépris habituel pour la gent masculine.

Estimant qu'elle était *de trop*, elle les salua poliment et s'éclipsa. Ni Thea ni Patrick ne semblèrent s'apercevoir de son départ.

Sans cesser de dévisager Thea, Patrick observa :

— Vous êtes très belle ce soir.

Il hésita puis changea de sujet.

— Vous n'avez rien entendu ? Puisque je vous vois ici, je suppose que rien n'a filtré.

Il l'entraîna vers le côté de la pièce et, une seconde plus tard, ils sortaient sur la terrasse. Il faisait plus frais dehors et le ciel était constellé d'étoiles. Quelques couples déambulaient dans les allées du petit jardin, éclairé de réverbères. La terrasse était relativement tranquille, et pratiquement déserte à l'exception de deux messieurs fumant le cigare à l'autre extrémité.

— Vos suppositions sont exactes, répondit Thea sur le ton de la confidence, troublée par la chaleur du bras de Patrick sur lequel elle avait posé la main. Il est possible que ma sœur ait été avertie et qu'elle ait décidé de ne rien me dire. Toutefois, j'ai du mal à croire qu'elle ne soit pas venue me trouver.

— Comme je ne connais pas cette jeune femme, je ne puis formuler d'hypothèse, soupira-t-il. Tant que la mort n'est pas annoncée, nous ne pouvons qu'attendre.

Thea se tourna vers lui.

— Vous croyez qu'une fois sa mort connue, nous apprendrons quelque chose de neuf?

Ils avaient cessé de marcher et se tenaient dans l'obscurité, au bout de la terrasse. Les fumeurs étaient rentrés et il n'y avait personne en vue. Les bruits et les rires du bal avaient beau leur parvenir par les portes-fenêtres grandes ouvertes, ils étaient totalement isolés et cela rendit brusquement Thea nerveuse. Le fait qu'elle trouvait Patrick si séduisant ne rendait la situation que plus troublante.

Sa nervosité n'échappa pas à Patrick. Un rien amusé, il continua:

— Je promets de ne pas vous harceler. Et si vous vous inquiétez de votre réputation, je vous assure que nous pouvons parfaitement bavarder tranquillement ici tous les deux, quelques minutes au moins.

Thea, qui rougit violemment, fut heureuse qu'il fît sombre.

— Peut-être serait-ce le cas pour une autre femme, vous oubliez que je suis la tristement célèbre Thea Garrett. Mais dites-moi: vous avez demandé à votre mère de nous présenter, n'est-ce pas? Et elle n'était pas très enthousiaste, n'est-il pas vrai?

Patrick sourit et ses dents blanches étincelèrent dans le noir.

— Effectivement, elle a mal pris ma demande. Mais comme elle a quasiment renoncé à me voir un jour marié, le fait que j'exprime un intérêt pour une jeune femme a emporté son adhésion.

Thea se remit à rougir. Elle demanda:

— Lui avez-vous dit que vous aviez « un intérêt » pour moi?

— Pas exactement. J'ai simplement précisé que je désirais savoir qui était cette ravissante créature en jaune. Le reste n'a pas posé de difficulté.

Thea savait pertinemment que Patrick avait dû justifier sa demande, mais ces faux-semblants lui firent tout de même un immense plaisir. Pensait-il réellement qu'elle était ravissante? Elle se morigéna intérieurement et remit ses pensées sur le droit chemin.

Patrick la stupéfia en lui soulevant le menton d'une main ferme. Scrutant son visage effrayé, il lui dit doucement:

— Et vous savez, c'est vrai que vous êtes ravissante, trop ravissante même pour avoir une vie sans histoire.

Elle leva les yeux vers lui, la poitrine soudain oppressée.

— Qu'est-ce que cela veut dire? réussit-elle à articuler, les yeux écarquillés.

Il pencha la tête et, contre les lèvres tremblantes de Thea, murmura:

— Cela signifie qu'aucun homme normalement constitué n'est capable de vous résister.

Et il l'embrassa. La douceur de sa bouche chaude contre ses lèvres la surprit; elle aurait voulu fondre dans tant de douceur. Sans hâte, sa bouche la taquinait, révélant des émotions et des sensations dont elle se souvenait à peine. Noyée dans la surprise du moment, seulement consciente de la pression séductrice de ses lèvres, elle s'aperçut à peine que les bras de Patrick se refermaient sur elle. Elle se retrouva bel et bien collée de la tête aux pieds contre son corps musclé avant de prendre conscience de plusieurs choses. D'abord, que son baiser se prolongeait; ensuite, qu'elle s'en délectait; et enfin, à en juger par la bosse qui saillait contre sa cuisse, que M. Blackburne était manifestement vivement excité.

Plus inouï encore, elle était elle-même émue comme elle ne l'avait pas été depuis très longtemps, peut-être même jamais.

Se souvenant brusquement où ce type de marivaudage l'avait déjà menée, Thea s'arracha violemment à son étreinte. Honteuse de sa propre faiblesse et furieuse contre elle-même, elle coupa d'un ton sec:

— Je n'apprécie pas cette tentative de séduction. C'est à cause de Nigel? C'est un pari entre vous?

Le souffle court, son membre viril tendu à l'extrême, Patrick mit quelques instants avant de revenir à la réalité. Furieux d'avoir ainsi perdu toute maîtrise de lui et piqué par les mots de Thea, il gronda :

— Nigel n'a rien à voir là-dedans, pas plus qu'un maudit pari ; je n'apprécie pas que vous m'accusiez d'être tombé si bas.

— Eh bien, rétorqua-t-elle avec un sourire cynique, vous ne seriez pas le premier à tenter de me séduire avec un pari à la clef !

Patrick, qui était peut-être innocent sur ce plan pour la première fois de sa vie, était outré.

— Je n'ai pas fait de pari sur la conduite des dames depuis ma folle jeunesse. J'ai grandi et je regrette désormais de l'avoir fait.

— Vraiment ?

Plusieurs paris d'assez mauvais goût acceptés dans le passé et, plus récemment, celui de sa présentation à Thea, lui revinrent à l'esprit. Il fit une grimace. Il ne pouvait même pas jurer qu'il n'avait jamais fait de pari la concernant.

Étouffant un gros mot, il bougonna :

— Les paris n'ont rien à voir avec ce qui vient de se passer entre nous. Je viens de vous dire que vous êtes trop ravissante pour mener une vie tranquille.

— Ah bon ? demanda Thea, incrédule. Est-ce ma faute ?

— Mais non, bien sûr ! Et puis zut à la fin ! Je voulais simplement dire que je vous trouve trop attirante pour vous résister. Cela ne se reproduira plus.

— Il ne manquerait plus que ça ! Surtout si nous devons travailler ensemble… conclut Thea avec sérénité.

Le fait que Patrick la trouve attirante apaisait son amour-propre mis à mal ; mais soudain elle se demanda s'il ne la manipulait pas avec des flatteries gratuites. Depuis quelques années, elle en avait entendu, des flagorneries chuchotées à son oreille par des messieurs peu scrupuleux ayant un penchant pour la chair fraîche. La leçon était apprise, elle ne l'oublierait pas de son vivant.

Au demeurant, en dépit des excellentes raisons qu'elle avait de douter de la sincérité de Patrick, elle voulait croire qu'il disait vrai. Ce désir-là était nouveau pour elle. Ce fait précis, comprit-elle, constituait un danger pour sa tranquillité.

Décidée à battre en retraite, Thea fit demi-tour et elle se dirigeait vers une porte-fenêtre quand un éclat de rire résonna dans le noir. Elle connaissait ce rire et elle s'arrêta sur place, pétrifiée.

Edwina? *Impossible! Même Edwina n'aurait pas l'effronterie d'aller au bal le jour de la mort de son mari!*

Pressant le pas, Thea se hâta d'entrer et s'arrêta de nouveau, incrédule, quand elle vit d'où venait tant de gaieté. C'était bel et bien Edwina, tout à fait délicieuse dans une robe de tulle et de soie, exactement du même bleu que ses yeux. Ses cheveux d'un blond doré étaient coiffés, selon la mode, en fines boucles et encadraient ses traits ravissants. Elle riait tout en se cachant coquettement derrière son éventail de soie peinte. C'était un enchantement de la regarder.

Il était manifeste, à voir l'expression du jeune homme à côté d'Edwina, qu'il était rien de moins qu'ensorcelé. Edwina plia son éventail d'une main experte et battit des cils en le regardant. Thea sentit gronder sa colère. La petite sotte! À quoi jouait-elle? Voulait-elle être mise en quarantaine par toute la haute société?

Thea s'avançait pour tirer Edwina hors du bal le plus vite possible, quand elle sentit une poigne de fer se refermer sur son bras.

— Ne bougez pas, ordonna Patrick.

— Comment donc? siffla Thea. C'est Edwina, la femme de Hirst. Sa veuve, je veux dire. Elle ne devrait pas être ici ce soir.

Il haussa les sourcils.

— Êtes-vous sûre qu'elle est au courant? Il est possible que le corps n'ait pas été découvert: y avez-vous réfléchi? Et si c'est le cas, comment allez-vous expliquer le fait que vous sachiez, hein?

Thea s'immobilisa sur place. Elle n'avait pas envisagé cette éventualité : c'était beaucoup plus probable que de voir Edwina défier la société entière et aller au bal avec insouciance alors que son mari était à peine froid. Une autre pensée terrible l'effleura.

Elle regarda Patrick et lui demanda, gênée :

— Vous pensez qu'il est toujours là-bas, par terre ? Que nous sommes les seuls à le savoir mort ?

— Non, il y a quelqu'un d'autre : l'assassin ! Vous avez oublié ?

— Comment le pourrais-je ? répondit Thea après avoir pris une profonde inspiration. On dirait que vous vous complaisez à me rappeler ce fait peu agréable.

Patrick la fit taire d'un sourire vainqueur.

— Non, ma chère, c'est en vous que je trouve grand plaisir, et non en votre beau-frère.

Troublée, Thea détourna le regard et croisa sans s'y attendre celui d'Edwina. Pendant une longue et éprouvante seconde, elle craignit que sa sœur ne la repousse mais, secouant ses bouclettes, Edwina s'avança vers elle.

Ses yeux bleus étaient pleins de ressentiment.

— Bonsoir, ma chère sœur, dit Edwina. Est-ce que le bal te plaît ?

Thea bougonna une réponse, tout ce qu'elle avait désiré dire à Edwina se réduisait dans son esprit en une bouillie incohérente. Heureusement, il fallait faire les présentations et, quand chacun connut les noms et qualités des autres, Thea avait recouvré ses esprits. Tout au moins elle l'espérait. Chaque fois qu'elle regardait Edwina, elle ne pouvait s'empêcher de penser à la dépouille d'Alfred gisant sur le parquet dans la maison de Curzon Street. Tout ce qu'elle réussissait à faire, c'était à ne pas laisser échapper l'horrible nouvelle.

Le monsieur qui tournait autour d'Edwina s'appelait lord Pennington ; ce timide jeune homme avait hérité dix-huit mois plus tôt du titre de son père. Thea le croisait depuis quelque temps dans des réunions mondaines mais, bien qu'on lui ait dit de qui il s'agissait, on ne le lui avait jamais présenté. Depuis sa visite à

Londres au printemps dernier, il était considéré comme un parti de premier choix. Il était riche, beau, fort bien élevé et avait une foule de relations. Sa timidité charmante allait conquérir à coup sûr le cœur des marieuses ; il n'y avait donc pas lieu de s'étonner que l'attrait évident qu'il avait pour Edwina Hirst leur attire toutes sortes de regards chargés d'orage.

Déplorant cette situation et le fait que la réputation d'Edwina pouvait très facilement être liée à la sienne, Thea songea d'abord à fuir en entraînant sa sœur. Mais quand elle commença à laisser entendre qu'il était tard, qu'elle envisageait de partir et invitait Edwina à l'accompagner, elle essuya un refus.

— Oh, non ! s'écria Edwina de sa jolie voix. Il est trop tôt.

Elle battit des cils à l'adresse de lord Pennington qui rougit.

— J'ai promis à lord Pennington la prochaine danse. Tu ne voudrais pas que je le laisse ainsi, n'est-ce pas ?

Pennington balbutia que ses désirs n'étaient rien à côté de ceux de sa sœur, mais Edwina le rappela à l'ordre d'un petit coup d'éventail.

— Petit sot ! Comme si j'allais me priver du plaisir de danser avec vous pour écouter mon dragon de sœur me faire la leçon... car c'est ce que tu te disposais à faire, n'est-ce pas ?

Thea fut frappée à son tour d'une crise de bégaiement, et Patrick lui sauva la mise ; s'étant fait une opinion de la délicieuse Mme Hirst, il jugea que Thea avait besoin de protection, et non la petite friponne aux yeux bleus.

— Je ne crois pas, dit-il lentement, avoir eu le plaisir de rencontrer votre mari, madame Hirst. Est-il là ce soir ?

Thea en resta bouche bée... puis grâce à un effort de volonté, elle réussit à refermer la bouche. Elle observa l'expression indifférente de Patrick, ne sachant si elle devait être choquée ou heureuse.

— Non, Alfred n'est pas là ce soir. Je dirais même qu'il n'est pas en ville. En fait, poursuivit-elle avec un sourire à lord Pennington, je n'attends pas son retour avant plusieurs jours. Il m'a dit hier matin que son absence durerait quelques semaines.

Elle prit un air de modestie affectée.

— Je me demande comment je vais me déplacer dans Londres sans un monsieur pour m'accompagner. En effet, je ne sors jamais, surtout le soir, sans une présence masculine. Une femme seule est à la merci de tant de choses épouvantables !

Lord Pennington faillit en tomber à la renverse, mais réussit à bégayer :

— Je serai très zo... très zo... très honoré de vous servir de cavalier jusqu'au retour de votre... de votre mari.

— Vraiment ? s'extasia Edwina. Mais comme c'est gentil à vous !

Elle se tourna vers Thea.

— Tu vois, j'ai même un vrai gentleman pour m'escorter. Tu n'as donc aucune raison de t'inquiéter pour moi.

Thea était démangée par un désir impérieux et peu charitable de la gifler mais elle se retint. Revenant au seul sujet qui l'intéressait, elle demanda :

— Hirst t'a-t-il dit où il allait ?

Edwina prit un air pensif.

— Le Devonshire ? Le Wiltshire ? Ou bien était-ce le Leicestershire ? Tu vois, j'ai oublié. Mais voyons, laisse-moi réfléchir. Ah, ça y est ! Avant de partir, hier, il m'a laissé un billet au cas où j'aurais besoin de le joindre ; il a marqué sa destination et le nom des gens chez lesquels il descendait. Tu veux que je le trouve et que je te le fasse savoir ?

Thea brûlait de dire oui, mais la prudence s'y opposait. Elle ne voulait surtout pas qu'Edwina commence à se poser des questions sur les raisons de cette curiosité soudaine concernant son mari, d'autant que Thea et Hirst étaient loin d'être en bons termes.

— Non, non ! C'est inutile, rétorqua faiblement Thea. Je me demandais seulement.

Comme elle ne pouvait rien attendre d'autre de cette conversation et qu'Edwina souhaitait manifestement se débarrasser d'elle, Thea et Patrick s'éloignèrent dans une autre direction. Toutefois, Thea fut troublée par le regard calculateur qu'Edwina jeta sur Patrick. Elle était mariée. Il était déjà déplorable qu'elle se comporte de façon si effrontée avec ce pauvre lord Pennington, elle n'allait pas tendre des pièges à Blackburne ?

— Eh bien, fit observer Patrick qui marchait à côté d'elle, voilà qui répond déjà à une question, n'est-ce pas ?

— Certes, soupira Thea. Mais cela me rend malade : dire qu'elle rit et s'amuse ici pensant que son mari est quelque part à la campagne, tandis qu'il gît dans une maison vide à quelques rues !

— C'est curieux que le corps n'ait pas encore été découvert, souffla Patrick en guidant Thea vers un endroit moins encombré. Je me souviens vaguement d'avoir entendu l'agent immobilier dire que quelqu'un allait jeter un coup d'œil tous les jours pour être sûr que tout allait bien ; ils redoutent les rats, les fenêtres cassées, les cambrioleurs, etc. Il est possible qu'ils sautent un jour de temps en temps, mais là… Je me demande si…

Et il se tut. Thea le prit à partie.

— Vous vous demandez quoi ?

— Je me demande s'il y est toujours.

Thea écarquilla les yeux. Inconsciente de la présence de la foule qui bavardait autour d'eux, elle se tourna vers lui et le pressa.

— Mais il doit y être ? Il n'a pas pu se lever ni partir.

— Non, mais quelqu'un a pu déplacer le cadavre.

— Dieu du Ciel ! Et pourquoi donc ?

— Pour que sa mort reste secrète.

Thea fut stupéfaite, puis d'un air décidé se mit à fendre la foule.

— Où allez-vous ? lui demanda Patrick qui la suivait de près.

— Trouver ma cousine, Mlle Bradford, aller avec elle prendre congé de lord et lady Hilliard et rentrer chez moi. Ensuite, j'irai à Curzon Street pour constater par moi-même ce qui s'y passe.

6

Oubliant l'endroit où ils se trouvaient, Patrick lui saisit le bras d'une poigne de fer.

— Êtes-vous folle ?

— Ah ! Patrick, cher ami, te voilà donc ! lança une voix traînante à l'accent familier.

Patrick gronda. Croisant le regard pétillant de Nigel, il bougonna :

— Eh oui, comme tu le vois, je suis ici.

Nigel porta son lorgnon à ses yeux et prit le temps d'observer tranquillement Thea.

— Accompagné de Mlle Garrett, on dirait.

Patrick maudit les infortunes du sort. De toutes les personnes qu'il était peu désireux de rencontrer en cet instant, son excellent ami Nigel Embry était la première. Non seulement Nigel n'allait pas manquer de le taquiner, mais c'était une véritable commère et avant minuit, la moitié de Londres saurait qu'il sortait avec Thea.

— Parfaitement, avec Mlle Garrett. Ma mère nous a présentés en début de soirée, confirma froidement Patrick.

— Ah, ah !

— Précisez votre pensée, suggéra Thea.

— Ma chère, intervint Patrick en souriant, j'en fais mon affaire.

Il défia son ami du regard.

— Mais rien, mon cher ! protesta Nigel avec une innocence touchante. Que vas-tu imaginer ?

Regardant par-dessus l'épaule de Patrick, il dit joyeusement :

— Voici Paxton. Je ne pense pas que vous connaissiez, continua-t-il en s'adressant à Thea, l'ami de Blackburne, Adam Paxton. Je serai très heureux de vous présenter.

Si Adam fut surpris de voir Thea Garrett en compagnie de Patrick, il ne le montra pas. Il avait une chevelure rousse qui brillait à la lumière des chandeliers de cristal ; il s'inclina poliment et fit les remarques appropriées. Il était aussi grand que Patrick ; une fois les présentations faites, son regard croisa le sien et Patrick sut, à l'étincelle qui passa dans ses yeux, qu'il allait essuyer une salve de plaisanteries dès qu'ils seraient en tête à tête.

La conversation à quatre se poursuivit un moment, puis Thea déclara :

— Eh bien, messieurs, si vous voulez bien m'excuser, je dois à présent rentrer.

Elle regarda Patrick et Paxton.

— J'ai été heureuse de vous rencontrer tous deux, peut-être nous reverrons-nous en ville.

Patrick s'avança avec l'intention de la raccompagner ; Thea lui sourit mais se défila.

— Oh, non, monsieur. Je ne saurais vous arracher à vos amis.

Son sourire prit une expression malicieuse.

— Je suis sûre que les sujets de conversation entre vous ne manquent pas. Bonsoir !

Pris de court, Patrick ne put qu'assister impuissant à son départ. Il la vit rejoindre une dame élégante d'un certain âge et, une seconde plus tard, elles allaient toutes les deux saluer les maîtres de maison.

— Je crois qu'il s'agit de sa cousine et dame de compagnie, Mlle Modesty Bradford, indiqua Nigel, suivant la direction du regard de Patrick. Sa famille s'est arrangée pour que Mlle Bradford vienne vivre avec Mlle Garrett et sa jeune demi-sœur Edwina Northrop à la mort de leur mère. Quand Edwina a épousé Alfred Hirst, Mlle Bradford est restée avec Mlle Garrett.

— Je sais, coupa Patrick avec un regard peu amène. Mais toi qui connais pratiquement tout le monde, est-ce que tu as connu... enfin, je veux dire, est-ce que tu connais Hirst ?

— Évidemment ! s'exclama Paxton. Bien sûr qu'il le connaît. Tout le monde le connaît. C'est un personnage un peu marginal dans notre groupe. Il veut se faire passer pour quelqu'un qui n'a peur de rien, mais il n'a pas le calibre d'un vrai sportif, qu'il s'agisse du jeu ou de chevaux. C'est un fainéant.

— Après son mariage avec la petite Northrop, ajouta Nigel, il a pas mal flambé. Il a joué, notamment, mais au-delà de ses moyens intellectuels et financiers. Je crois qu'il est la proie des usuriers. Dommage... d'ailleurs, je ne le vois pas. Je vois sa femme, en revanche. C'est la petite qui fait les yeux doux au jeune Pennington. Ça ne se fait pas.

— Pennington est un blanc-bec, enchaîna Paxton avec une ironie désabusée, il va se prendre au piège des yeux bleus innocents d'Edwina. Si vous voulez bien m'excuser, je vais me porter au secours de ce jeunot avant qu'il ne soit trop tard.

Patrick regarda Paxton fendre de son pas élégant la foule des danseurs.

— Pourquoi se sent-il obligé de porter secours à Pennington ?

Il faut dire que Paxton n'était pas connu pour sa philanthropie.

— Cousin éloigné. Quelque grand-tante ou grand-mère ou une vieille chouette de la famille lui a fait jurer de surveiller le garçon, expliqua Nigel, hilare. Il est distrayant d'observer un des débauchés les plus notoires de Londres pilotant un jeune innocent pour lui éviter les écueils.

— En tout cas, répondit Patrick d'un ton sec, si quelqu'un connaît les écueils, c'est bien Adam !

Il suivait subrepticement la progression de Thea dans la salle de bal. Accompagnée de Mlle Bradford, elle venait de prendre congé de lord et de lady Hilliard et se dirigeait vers le vestibule. Si Patrick arrivait à se débarrasser de Nigel, il pourrait rattraper les deux femmes avant que leur voiture ne soit avancée.

— Je crois que j'ai gagné mon pari, annonça Nigel avec un regard pétillant. Tu me dois cinq cents livres, mon pauvre vieux.

— Cinq cents ? Mais nous n'avions pas donné de chiffre.

— En effet, mon cher, convint Nigel en toussotant, mais cinq cents livres représentent un chiffre rond. Tu ne crois pas ? Toutefois, si cette somme n'est pas dans tes moyens…

— Charognard ! s'esclaffa Patrick. Tu les auras demain matin, tes cinq cents livres. Et à présent, si tu veux bien m'excuser…

*
* *

Thea était assez contente d'elle-même quand sa voiture la déposa, avec Modesty, chez elle. Elle s'était esquivée au nez et à la barbe de Patrick Blackburne et, dans quelques minutes, elle allait se rendre compte par elle-même de ce qui se passait dans la maison de Curzon Street. Donc, elle demanda à la voiture de l'attendre.

Modesty leva un sourcil interrogateur, mais ne dit rien avant d'être à l'intérieur.

— Pourquoi la voiture attend-elle ?

Thea eut un sourire et Modesty dut se contenter de poser des questions à propos de ce grand homme brun qui n'avait pas quitté Thea pendant la deuxième partie du bal. Alors qu'elle montait l'escalier et entrait dans la chambre de Thea, celle-ci la mit au courant et lui dit même qu'Edwina était là. Mais Modesty s'en moquait.

— Alors, c'est lui, Patrick Blackburne ?

Elle fixa Thea d'un regard perçant.

— Quand je l'ai regardé par-dessus la rampe l'autre soir, j'ai su qu'il était beau ; mais ce soir je me suis aperçue à quel point !

— Comme si cela avait un rapport avec le meurtre d'Alfred, coupa Thea avec humeur.

Elle sonna Maggie et, en attendant qu'elle arrive, se débarrassa de ses mules de satin.

— J'ai l'intention de retourner là-bas pour savoir si le corps d'Alfred y est encore.

— Par le Ciel, es-tu folle ? Si on te voit et qu'on te reconnaît, ce sera la catastrophe.

— J'ai l'intention de me déguiser. Personne ne me reconnaîtra. Ne t'en fais pas, je t'en supplie. J'ai un plan.

Modesty n'avait pas l'air convaincue mais, avant qu'elle puisse répliquer, Maggie se présenta.

Il s'était écoulé dix ans depuis la fameuse nuit où Maggie Brown et Thea avaient fait le mur avec insouciance pour courir rejoindre lord Randall ; depuis, Maggie n'avait guère changé. Ses yeux bruns étaient plus sages et plus perspicaces, sa silhouette un peu plus forte mais toujours solide et ses cheveux châtain clair étaient soigneusement coiffés en chignon, sur l'arrière de la tête.

Maggie à peine entrée, Thea lui demanda :

— Tu m'as bien dit que, en rangeant les greniers du manoir des Garrett au printemps, on a trouvé une vieille malle avec des affaires de Tom ?

Maggie se méfiait du regard flamboyant de sa maîtresse et de l'excitation qu'elle dégageait, aussi est-ce avec mauvaise grâce qu'elle lui répondit.

— Oui, c'est vrai. Je vous en avais parlé, ajouta-t-elle de façon peu respectueuse, mais c'est vous qui avez refusé que votre oncle jette ces vieilleries ; vous avez insisté pour que l'on apporte immédiatement la malle chez vous à Londres.

— Est-ce que je suis si dure à supporter, Maggie ? demanda Thea avec un sourire.

— Vous savez bien, mademoiselle, ce que je répondrai à ça. Mais parfois, quand vous avez une idée en tête, vous nous faites tourner en bourrique. J'espère que ce n'est pas le cas aujourd'hui.

Thea éclata de rire, confirmant les craintes de Maggie.

— Mademoiselle, quelle espièglerie allez-vous encore inventer ?

— Il n'y a pas de quoi t'inquiéter, répondit Thea en faisant la moue. Dis-moi où est cette malle maintenant.

Sachant qu'il était impossible de faire changer Thea d'idée quand elle était de cette humeur, Maggie haussa les épaules.

— En haut, au grenier ; vous avez refusé d'en faire l'inventaire quand elle est arrivée. Voulez-vous que je la fasse descendre ?

Thea acquiesça. Quelques minutes plus tard, les trois femmes étaient debout autour d'une malle en cuir. Thea semblait pétrifiée ; plusieurs minutes passèrent avant que Modesty n'intervienne avec douceur :

— Peut-être as-tu changé d'avis ?

Thea sursauta comme si elle s'éveillait d'un cauchemar et secoua la tête.

— Non, je n'ai pas le choix. Je dois aller me rendre compte par moi-même de ce qui se passe dans cette maison.

Elle prit une profonde inspiration, s'agenouilla devant la malle et dénoua avec soin les courroies. Elle croyait être prête à en découvrir le contenu mais ses yeux s'embuèrent dès qu'elle aperçut le gilet à pois et le chapeau à large bord qui allaient si bien à Tom et qu'il portait une semaine à peine avant sa mort. Thea sentit un sanglot lui monter à la gorge et se mordit les lèvres.

Elle procéda à la fouille avec des gestes doux, presque pieux. Il lui fallait un certain nombre de vêtements mais sa recherche était douloureuse car chaque chose évoquait des souvenirs de son frère. Les minutes passèrent et un calme étrange s'empara d'elle. Elle avait soudain l'impression que Tom était à côté d'elle ; elle l'entendait lui dire avec douceur que tout allait bien, qu'elle devait cultiver le souvenir de sa vie et non les circonstances de sa mort. Elle comprit qu'elle devait se détacher de ses reliques matérielles.

Toutefois, il n'était pas facile pour Thea de toucher les affaires de Tom : leur simple vue et les souvenirs qu'elles évoquaient étaient doux et amers. Elle finit par trouver ce qu'elle cherchait, referma le couvercle et, pensive, garda un moment les doigts posés dessus.

— Que faire de tout ça ? demanda-t-elle.

— Le dernier fils de mon frère, dit Maggie doucement, serait ravi d'avoir d'aussi beaux vêtements, malgré leur âge. Il sait coudre, il a l'intention de devenir tailleur ou valet de chambre. Il aimerait beaucoup les avoir.

— Fais-les-lui livrer, approuva Thea.

Le solide valet de pied vint enlever la malle et Maggie sortit ; Thea, avec l'aide réprobatrice de Modesty, entreprit immédiatement de quitter sa robe de bal pour s'habiller en homme.

— C'est de la folie, tu sais ! observa Modesty en nouant au cou de Thea une lavallière noire.

Les vêtements sentaient un peu le moisi, mais l'odeur de la lavande avec laquelle on les avait rangés flottait dans la pièce. Bien que soigneusement pliés et empilés, ils étaient chiffonnés et les faux plis du tissu étaient marqués. Mais comme Thea n'avait pas l'intention de se laisser examiner de près par quiconque, c'était sans importance.

Quand enfin elle se regarda dans sa psyché, elle n'était pas fâchée du résultat. Ces vêtements avaient dix ans ; ils étaient démodés, mais cela ferait l'affaire. Tom était mince et ses hauts-de-chausses d'équitation moulaient à merveille les jambes de Thea, y compris son ferme postérieur. La chemise de lin blanc était un peu large car Thea était plus svelte que son frère ; mais le gilet que Modesty avait soigneusement serré dans le dos cachait ce défaut. La veste avait un tombé un peu flou, mais était de taille à peu près parfaite. Thea avait hésité sur la façon de se chausser, puis décidé de mettre ses propres bottes d'équitation.

Dans la glace, Thea se donnait l'impression d'un jeune homme convenablement mis. Elle avait supprimé ses anglaises et impitoyablement tiré sa chevelure en arrière en queue-de-cheval. Elle retira la boucle démodée du chapeau bas à large bord que l'on avait posé au-dessus des vêtements dans la malle ; elle plaça ce couvre-chef sur sa tête et jugea le résultat satisfaisant.

Puis elle se tourna vers Modesty.

— Alors ?

— Ça va, répliqua-t-elle d'un air pincé, à condition de ne pas regarder de trop près.

— Je n'ai pas l'intention de me faire regarder de près par qui que ce soit. Je veux entrer dans cette maison et en ressortir le plus vite possible.

Thea avait une dernière chose à prendre. Elle descendit au rez-de-chaussée et alla dans la bibliothèque, Modesty sur ses talons. Elle ouvrit le tiroir du bas de l'imposant bureau d'acajou et en sortit un vieux pistolet de duel ayant appartenu à son père et à son frère.

Modesty écarquillait les yeux. Elle eut un haut-le-corps en apercevant l'arme que Thea examinait avec une calme aisance et chargeait.

— Thea ! s'écria-t-elle. Qu'as-tu en tête ? Si cette expédition est dangereuse au point qu'il te faille être armée, je refuse catégoriquement de m'associer de quelque façon à ton projet !

Thea lui sourit, une lueur de gaieté dans les yeux.

— Ce n'est pas dangereux en soi mais, comme disait Tom, qui s'y frotte s'y pique ! Si quelqu'un veut se frotter à moi ce soir, il se fera piquer.

Modesty regardait le pistolet avec appréhension.

— Est-ce que tu sais t'en servir, au moins ?

— Tom m'avait appris, il y a des années. Nous faisions des concours de tir quand nous nous ennuyions. Je pense que si je dois utiliser ce pistolet, je le ferai avec une précision honorable.

L'ayant enfoui dans la grande poche intérieure de sa veste, Thea redressa les épaules et se disposa à quitter la maison.

Modesty déplorait ce départ et fit une dernière tentative pour dissuader son entêtée cousine de mettre son projet à exécution. Elle suivit Thea dans le vestibule.

— Ne me dis pas que tu vas seule à pied jusqu'à Curzon Street à cette heure !

— Chère Modesty, s'esclaffa Thea, je ne ferai pour rien au monde pareille injure à ta sensibilité en me conduisant de manière aussi inconsidérée ! Rappelle-toi que la voiture m'attend !

— Je préférerais te voir sortir seule à pied en pleine nuit que mettre ce plan à exécution, protesta Modesty avec acrimonie.

— Cesse de te tracasser, ma chérie, coupa Thea en embrassant sa cousine. Je serai rentrée avant que tu ne t'aperçoives de mon départ.

Toutefois, quand la voiture s'arrêta à quelques maisons de sa destination, Thea se demanda si ce qu'elle faisait était vraiment raisonnable. Si elle était vue seule hors de chez elle et déguisée en homme à une heure pareille, elle serait définitivement perdue : tous les efforts déployés par sa famille n'y feraient rien. Les cancans se déchaîneraient. Ses oncles, tantes et innombrables cousins avaient déployé tous leurs efforts pour la réhabiliter et Thea ne voulait pour rien au monde réduire à néant tout cela. Le fait de créer un nouveau scandale constituait une façon odieuse de leur prouver sa reconnaissance.

Pourtant, il fallait qu'elle en ait le cœur net : le corps de Hirst était-il toujours là ? Quelqu'un l'avait-il déplacé ? Dans ce cas, qui était intervenu et pourquoi ?

Elle avait cédé à la facilité en croyant sans réserve Patrick Blackburne à propos des événements de cette fameuse nuit. Il fallait qu'elle se rende compte par elle-même ; plus elle attendrait, plus le doute la rongerait.

Cessant de tergiverser, elle bondit de la voiture. Elle ordonna au cocher d'attendre et parcourut d'un pas vif la distance qui la séparait de sa destination.

Contrairement à l'autre nuit, aucune lumière n'éclairait la porte d'entrée ; la main sur la poignée, Thea songea que la porte pouvait fort bien être verrouillée. Elle se réprimanda de ne pas avoir prévu cette éventualité, puis appuya sur la poignée et poussa.

La porte s'ouvrit. La seule source de lumière était celle des lumignons des rares réverbères de la rue : l'intérieur de la maison était obscur comme une grotte. Thea hésita, ne sachant si elle devait se réjouir ou s'effrayer du fait qu'elle ait ouvert si facilement. Tout ce noir ne la tentait guère.

Son hésitation fut levée quand une forte poigne la saisit par le revers de sa veste et l'attira brusquement à l'intérieur. Une main se posa fermement sur sa bouche, Thea sentit qu'un homme musclé la serrait étroitement contre lui.

D'un coup d'épaule, son ravisseur claqua la porte : elle était captive d'un inconnu dans une maison déserte dans le noir complet. Son cœur battait la chamade, la terreur la paralysait ; elle craignit un instant de se couvrir de ridicule en perdant connaissance.

Un petit rire la fit se raidir. En retirant la main qu'il avait posée sur la bouche de Thea, Patrick murmura :

— Je ne voulais pas vous faire peur, ma chère, mais il fallait que je vous fasse entrer car plus vous lambiniez sur le perron, plus il y avait de chances que quelqu'un vous remarque.

Thea lui décocha un coup de talon vengeur sur le pied.

— Lambiner ? Je ne lambinais pas ! insista-t-elle sans tenir compte du cri de Patrick. J'évaluais la situation.

— Pardonnez-moi, s'excusa Patrick qui avait du mal à rester sérieux, je me suis totalement trompé dans mon évaluation de la situation.

— Je suis ravie, répondit Thea, hérissée par l'hilarité contenue de Patrick, que vous la trouviez si drôle.

Ses battements de cœur ne se calmaient pas, mais ce n'était plus de la peur ; au contraire, elle était excitée par la présence de Patrick et s'en voulait. L'intérieur de la maison était plongé dans une obscurité totale et cela, joint à la certitude qu'ils étaient seuls, donnait une impression d'intimité que Thea trouvait agréablement troublante.

Elle demanda sèchement :

— Que faites-vous ici ? Je vous croyais encore au bal.

— J'en étais sûr, dit-il en posant sa main sur le bas du dos de Thea pour l'entraîner dans l'obscurité. Après m'être débarrassé de Nigel, j'ai pris congé des maîtres de maison et je suis venu aussi vite que j'ai pu. Vous ne croyiez pas que j'allais vous laisser vous amuser toute seule ?

Thea était à la fois agacée par cette envie de moquerie de Patrick et émue par le contact de sa main. Elle suggéra avec humeur :

— Ne pourrions-nous allumer une bougie ? On n'y voit pas plus loin que le bout de notre nez.

— Si, bien sûr, comme ça tout le quartier saura que nous sommes là... Mais je doute que ce soit votre intention, tâchons donc de trouver à tâtons le chemin de l'arrière de la maison.

Ce n'était pas bête. Maugréant, et suivie de près par Patrick, Thea s'avança avec prudence jusqu'à la pièce où elle avait laissé Hirst la dernière fois. La perspective de trébucher sur son cadavre lui soulevait le cœur et elle se sentit bien mieux quand ils parvinrent sains et saufs dans la pièce et que Patrick eut refermé la porte derrière eux.

Il alluma une bougie, la leva bien haut et regarda Thea : un sourire de plaisir se dessina sur ses lèvres en la voyant ainsi accoutrée. Les yeux de Patrick s'attardèrent sur les longues et jolies jambes de Thea, qui fut mi-flattée, mi-outrée de la petite lueur qui s'y alluma.

— Vous ne manquez pas d'imagination, je dois le reconnaître, conclut enfin Patrick en reposant le chandelier sur la table.

— Grand merci, répondit-elle non sans ironie.

Elle se tourna et fronça les sourcils : une chose était certaine, il ne restait aucune trace de Hirst, mort ou vif.

— Le corps n'est plus là ; Hirst était-il encore vivant ou bien avez-vous emporté sa dépouille ?

Patrick observait attentivement la pièce.

— Je n'avais aucune raison de déplacer le corps et il était mort, on ne peut plus mort.

Comme Thea semblait sceptique, il insista :

— Il était couché sur le dos juste devant le bureau, les ciseaux plongés dans la gorge.

Thea eut comme un malaise. Détournant le regard de l'endroit désigné par Patrick, elle répliqua :

— Quand je l'ai laissé, il gisait ici, devant le bureau.

— Je sais, confirma Patrick. C'est comme cela que je l'ai trouvé quand je suis entré. En revanche, quand je suis redescendu du premier étage, le corps était ici, devant le seuil. Votre beau-frère a dû reprendre connaissance, à l'évidence pendant que j'étais moi-même assommé à l'étage. Il a dû se battre avec son meurtrier. C'est la seule explication qui me vienne.

— Une explication qui vous arrange, n'est-ce pas ? demanda Thea en le scrutant à la lumière de l'unique bougie.

Patrick sourit, et quelque chose dans ce sourire fit sentir à Thea combien il était grand et fort et elle vulnérable. Il s'avança lentement vers elle, et elle dut prendre sur elle pour ne pas se sauver. Il s'arrêta à quelques centimètres d'elle et, d'un doigt, lui releva le menton.

Les yeux dans les yeux, il dit avec douceur :

— Ma chérie, vous ne devriez pas me contrarier. Je suis avec vous, vous savez.

Vexée et consciente de la façon dont ce semblant de caresse lui faisait battre le cœur, elle secoua la tête et demanda avec humeur :

— Comment le saurais-je ? Pourquoi me fierais-je à vous ?

Il sourit, une lumière s'alluma dans ses yeux.

— Posez-vous la question : si vous vous méfiez tant de moi, pourquoi êtes-vous ici, seule avec moi ? Pourquoi ne vous êtes-vous pas enfuie en criant dès que je vous ai lâchée ? Choisissez votre camp, ma chérie. Soit vous me faites confiance, soit non.

Son sourire s'évanouit et il retourna le visage de Thea face à lui.

— Alors, quel est votre choix ?

— Allez au diable ! Il faut bien que je vous fasse confiance ; je n'ai pas du tout le choix, répondit Thea avec un air rebelle.

— Vous avez tout à fait raison, répondit Patrick en la lâchant, prêt à se contenter de cette réponse peu amène. Ce point éclairci, réfléchissons à ce qui s'est passé ici la nuit dernière en ce qui concerne le corps de Hirst.

Pendant plusieurs minutes, ils fouillèrent la pièce, mais ne découvrirent aucun indice. Ils examinèrent même l'endroit où le corps de Hirst gisait, mais rien n'indiquait qu'un crime avait été commis là. Thea n'en était pas fâchée, car le fait de découvrir une tache de sang lui faisait horreur d'avance.

De façon peu féminine, elle s'affala dans un des fauteuils près du bureau.

— Ce que je n'arrive pas à comprendre, c'est l'intérêt de déplacer le corps. À quoi bon ? remarqua-t-elle, découragée.

Patrick, adossé au bord du bureau, la regardait en souriant, bras croisés.

— D'abord, cela empêche les autorités de découvrir le crime. Ensuite, en cachant le corps, l'assassin se donne le temps d'exécuter d'autres actes que la mort de Hirst a rendus impossibles.

— Peut-être, acquiesça Thea en haussant les épaules. Selon Edwina Hirst lui avait dit, et même écrit, qu'il resterait à la campagne quelques semaines. Elle n'est pas inquiète pour lui.

— Ce qui n'est pas plus mal... Jusqu'à preuve du contraire, il vaut peut-être mieux que le moins de personnes possible se posent des questions sur ce qui est arrivé à M. Hirst.

Thea frissonna.

— Je ne sais pas à quel point cela me plaît que nous soyons les seuls avec l'assassin au courant de sa mort.

Patrick acquiesça et Thea, debout d'un bond, se mit à arpenter nerveusement la pièce.

— Tout cela est quand même répugnant, n'est-ce pas ? Me direz-vous un jour pourquoi vous étiez ici hier soir ?

— Probablement, répondit-il avec un sourire. Mais pour le moment ce secret ne m'appartient pas. Il faudra donc que vous mettiez encore quelque temps votre curiosité au supplice.

— Bon, conclut Thea, nous avons perdu notre temps. Nous n'avons rien appris, si ce n'est que quelqu'un a enlevé le corps. Où l'ont-ils mis ? je me le demande. Ne faudrait-il pas fouiller la maison ?

— Avez-vous donc tellement envie de le trouver ?

— Non, répondit Thea en faisant la moue, mais je ne supporte pas de rester dans l'ignorance... aussi bien pour Edwina que pour moi. C'est insupportable de la voir vaquer gaiement à ses occupations habituelles, alors que sa vie a basculé. Elle a beau être jeune et inconsciente, elle l'aimait. Elle souffrira quand elle apprendra sa mort.

Patrick s'écarta du bureau et s'avança vers Thea. Il posa une main réconfortante sur son épaule.

— Ne vaut-il pas mieux la laisser vivre dans son monde pour le moment ? Le chagrin viendra bien assez tôt.

Thea acquiesça et leva les yeux vers lui.

— Qu'est-ce qu'on fait maintenant ?

— Votre idée de fouiller la maison, soupira Patrick, n'est pas mauvaise. Assurons-nous au moins que le corps n'est plus ici. Je vous propose de rester ici pendant que je fais rapidement le tour des lieux.

— Non, merci, rétorqua Thea. Je préfère trouver un cadavre en votre compagnie que rester seule dans cette pièce. C'est ici qu'il a été assassiné, je préfère ne pas y rester.

Patrick haussa les épaules et, protégeant de la main la flamme de la bougie, sortit. Thea le suivait de près, se sentant en sécurité avec lui... Sans pouvoir se l'expliquer, elle avait confiance en lui. Comme tu avais confiance en Hawley ? raillait en elle une petite voix. Elle se secoua avec irritation : elle ne se fiait pas à lui de la façon aveugle, totale et naïve dont elle s'était fiée à Hawley ! C'eût été fou de le faire. L'expérience qu'elle avait des hommes lui avait appris à se méfier ; tous les hommes ne sont pas de parfaits goujats – les membres de sa propre famille en étaient la preuve – mais beaucoup – voire la plupart – doivent être considérés d'un œil critique. Elle se fiait à Blackburne, mais demeurait vigilante.

Perdue dans ses pensées, Thea ne s'aperçut pas que Patrick s'était arrêté, se cogna lourdement contre lui et se rattrapa à lui pour ne pas tomber en arrière.

— Si vous voulez m'embrasser, suggéra-t-il en se retournant, ce serait plus agréable face à face.

— Je n'avais nulle intention de vous embrasser ! bredouilla-t-elle, troublée par l'incident et surtout par le sourire moqueur qui se dessinait sur ses lèvres.

— Dommage, murmura-t-il en se retournant. Grand dommage !

Pendant un moment, ils gardèrent le silence. Tous les volets du premier étage étaient clos. Ils rôdèrent donc dans tout l'étage à la lueur de la bougie, sans crainte d'être aperçus de l'extérieur. Mais leurs efforts furent vains. Les pièces étaient vides, sauf deux, dont celle où Patrick avait été attaqué. Ils passèrent là le plus clair de leur temps à vérifier que les housses des meubles ne cachaient pas de cadavre. Patrick vit que rien n'avait changé dans la pièce où on l'avait assommé ; la porte de l'armoire était toujours ouverte et la housse par terre, exactement au même endroit. Ils étaient tous deux convaincus qu'il était inutile de fouiller le deuxième étage mais, pour leur tranquillité d'esprit, ils le firent quand même. Les pièces étaient relativement petites, et vides.

Ils n'avaient certes pas envie de dénicher un cadavre, mais en redescendant au rez-de-chaussée, Thea avoua sa déception.

— Nous n'avons pas encore fouillé le rez-de-chaussée. Peut-être allons-nous enfin trouver le corps dans la cuisine, soigneusement accroché dans le garde-manger.

Thea le foudroya du regard.

— Vous ne trouvez pas que vous prenez cette affaire de façon un peu désinvolte ?

— Nullement, répondit-il d'un ton plus dur.

Heureusement que Thea savait qu'il était de son côté !

Pour ne pas montrer de lumière à l'extérieur, ils se déplaçaient au rez-de-chaussée avec les plus grandes précautions. Sachant ce qu'avait dit Patrick, Thea soupira de soulagement quand elle constata *de visu* que ni la cuisine ni le vaste garde-manger ne recelaient trace de la dépouille de Hirst.

La fouille du rez-de-chaussée leur prit du temps. Les étages supérieurs étaient pratiquement vides, mais ce n'était pas le cas de l'étage inférieur. Il y avait des meubles partout. Ils retirèrent avec précaution chaque housse de chaque meuble, craignant à tout instant de découvrir le corps de Hirst en décomposition. Thea souffla quand ils eurent fini cette corvée, car la perspective de trouver ce qu'elle cherchait lui soulevait l'estomac.

Ils revinrent dans la pièce où le meurtre avait eu lieu. Assise de nouveau devant le bureau, Thea était mi-déçue, mi-soulagée.

— Eh bien, nous savons au moins où ce corps ne se trouve pas.

De nouveau, Patrick vint s'appuyer contre le bureau.

— Oui, mais cela ne nous avance guère. Pour déplacer le corps, quelqu'un a pris des risques. Je crois que la chose la plus avisée aurait été de laisser le corps ici pour qu'il y soit découvert.

— Sauf si, comme vous l'avez dit tout à l'heure, il y a une raison de l'enlever et de le cacher.

Une terrible pensée lui vint.

— Et si on ne le découvre jamais, ce cadavre ?

— Hélas, répondit Patrick avec une grimace, cela se peut. Toutefois, il y a une chose que nous pouvons faire : allez voir votre sœur et demandez-lui où exactement Hirst a dit qu'il se rendait. Peut-être l'endroit qu'il a indiqué constituera-t-il un indice pour nous.

— Edwina va se demander pourquoi je m'intéresse tant à son mari...

Elle s'arrêta brusquement, à l'instant où Patrick lui faisait signe de se taire ; tous deux avaient distinctement entendu la porte d'entrée se refermer.

Ils se levèrent, regardant les portes. Patrick jeta un coup d'œil rapide dans la pièce, il repéra l'élégant paravent en soie à trois panneaux, dans un coin. Il prit le bras de Thea, souffla la bougie et la lui mit dans la main.

— Tenez-moi ça, s'il vous plaît.

La pièce était à présent dans une obscurité totale. Sans attendre la réponse de Thea, il la traîna de l'autre côté de la pièce et se glissa avec elle derrière le paravent. L'espace était exigu ; Thea avait le dos appuyé contre la solide charpente de Patrick qui la serrait dans ses bras contre lui.

— Pas un bruit, souffla-t-il.

Des pas avançaient directement vers la pièce où ils se trouvaient.

Les pas étaient lourds et assurés ; c'était un homme, et il savait exactement où il allait. Tout en l'écoutant venir, Thea était envahie par une question lancinante : était-ce l'assassin de Hirst ?

7

Quand la porte s'ouvrit, Thea se pelotonna plus près encore de Patrick. L'intimité de leur position ne la dérangeait pas car elle se sentait en sécurité. Elle serrait dans sa main la bougie éteinte et retenait son souffle, attendant que l'intrus, arrêté sur le seuil, bouge.

Il attendit là longtemps au goût de Thea, mais quelques secondes en réalité. Ils l'entendirent ensuite s'avancer dans la pièce après avoir fermé la porte derrière lui. Malgré la présence de Patrick, Thea ressentait une terrible appréhension en se disant que c'était peut-être un assassin. Le suspense était insupportable et elle faillit pousser un soupir de soulagement quand une faible lueur rompit l'obscurité de l'autre côté du paravent. L'homme avait sans doute allumé une des bougies qui se trouvaient sur la table près de la porte. De derrière le paravent, elle apercevait juste une faible lumière, mais ils ne pouvaient risquer de révéler leur présence en glissant la tête pour savoir qui était là.

À l'entendre, il était évident qu'il était familier des lieux. Il s'avança rapidement jusqu'au bureau, devant le paravent chinois derrière lequel Patrick et Thea se cachaient. Au dernier moment, il changea de direction et alla vers la bibliothèque qui doublait le mur le plus proche.

Patrick luttait pour rester attentif, malgré la proximité du corps svelte de Thea et notamment de ses fesses fermes appuyées contre le bas de son corps. Comme Thea, il savait pertinemment que la personne de l'autre côté du paravent était probablement le meurtrier de Hirst et, plus important à ses yeux, le maître chanteur de sa mère. Cherchant à oublier les formes troublantes de la jeune femme, il envisagea de quitter l'abri du paravent pour affronter l'intrus.

Plusieurs choses l'empêchèrent de le faire. Il se refusait à faire le moindre geste susceptible de mettre en danger Thea et il n'avait aucun moyen de connaître la façon dont l'inconnu réagirait à cette confrontation. Il était disposé à prendre des risques pour lui, mais pas pour Thea. En revanche, il n'arrivait pas à se résoudre à rester sans rien faire et voulait apprendre quelque chose sur le compte du mystérieux visiteur.

Il aperçut une mince fente dans le paravent, à la charnière de deux panneaux. Allait-il oser glisser un regard ? Thea avait dû penser la même chose car, à peine cette pensée avait-elle traversé son esprit qu'elle se pencha en avant et regarda par la fente.

Elle n'y voyait pas grand-chose, car son angle de vision était limité et ne distinguait d'ailleurs que les endroits éclairés par la bougie. Elle attendit en retenant son souffle, espérant que l'intrus entre dans son champ de vision.

Il était frustrant d'en voir si peu; au bout d'un moment, elle aperçut la manche d'une veste. L'inconnu tâtonnait derrière une rangée de livres, il les poussa de côté et quelques-uns tombèrent sur le plancher. Passant la main dans l'espace qu'il avait dégagé, il chercha à tâtons et, avec un grognement de satisfaction, sortit de sa cachette un petit paquet. Thea ne vit pas de façon précise ce qu'il tenait à la main, mais ce devait être la raison de sa venue car il fit demi-tour. Thea aperçut un instant un dos d'homme aux larges épaules qui se dirigeait vers la porte.

Elle ne s'éternisa pas en réflexions. Le mystérieux visiteur était peut-être l'assassin d'Alfred. Il était revenu chercher quelque chose d'important et, maintenant qu'il l'avait, il allait partir. Thea ne voyait aucune raison de ne pas l'affronter, surtout avec un pistolet chargé dans la poche.

Donnant la bougie à Patrick, elle sortit son arme et jaillit de derrière le paravent. Elle braqua le canon vers l'homme qui s'en allait et hurla :

— Halte ou je tire !

Au son de sa voix, l'inconnu se raidit et, du même geste, souffla sa bougie. La pièce fut plongée dans l'obscurité. Thea comprit qu'elle avait agi de façon un peu précipitée et que, dans le noir, elle n'avait aucune chance de toucher sa cible. Elle étouffa un solide juron.

Patrick en revanche lâcha une grossièreté, écarta Thea sans ménagement et se rua dans l'obscurité. Thea sentit le rouge lui monter aux oreilles, car il l'avait gratifiée au passage de « fille à la cervelle de moineau qui se prend pour un homme et fourre son nez là où il ne faut pas ».

Pendant quelques secondes, ce fut le chaos. L'intrus s'enfuit avec Patrick sur les talons, Thea suivant résolument à l'arrière. Le bruit de la galopade résonnait dans le vestibule, personne ne cherchant à étouffer ses pas.

La poursuite continua à l'arrière de la maison et Patrick comprit que sa proie espérait filer par l'entrée de service, près de la cuisine. Une fois dehors, il disparaîtrait facilement dans la ruelle.

Sans se soucier des obstacles, Patrick faillit dépasser son adversaire dans le noir. Mais il le ceintura et tous deux roulèrent à terre.

La lutte fut féroce, l'intrus se débattait sauvagement pour échapper à Patrick, mais celui-ci était tout aussi déterminé à le retenir. Ils roulèrent en se tordant, on entendait grognements et coups de poing.

Thea, qui talonnait Patrick de près, buta sur les deux combattants. Le pistolet lui échappa. Elle n'arrivait pas à distinguer le bout de son nez, mais elle se lança dans la mêlée avec une détermination féroce. Il fallait absolument qu'elle aide Patrick.

Les trois corps se tordaient brutalement dans le noir, quelques gémissements de douleur ponctuant l'impact des poings et des pieds. Après avoir encaissé un coup de genou dans la poitrine, une coupure à la lèvre et un coup de coude dans l'œil, Thea réussit à entourer des deux bras le cou de l'intrus, qu'elle serra de toutes ses forces. Il était beaucoup plus robuste qu'elle n'aurait pensé et, en dépit de ses efforts pour l'étouffer, il ne cessait de marteler

Patrick à coups de poing. Furieuse, Thea y alla d'un coup de dent sur l'oreille de l'individu. Celui-ci rugit et manqua basculer en arrière. Thea s'accrocha à lui et enfonça ses dents de toutes ses forces, tandis que de ses bras minces elle serrait convulsivement son cou musculeux, pesant de toutes ses forces pour le déséquilibrer.

Enfin, elle réussit et ils roulèrent de côté, l'assaillant par-dessus elle. Elle avait toujours les bras bloqués autour du cou de l'homme dont le poids l'écrasait contre le sol. Elle entendit Patrick se relever tant bien que mal et, lâchant l'oreille de l'homme, elle reprit suffisamment son souffle pour lancer son cri de victoire.

— Je le tiens ! Je le tiens !

— Mais non, bon sang ! gronda Patrick qui pesait sur elle de tout son poids. C'est moi que vous tenez, petite sotte !

Les choses se précipitèrent. L'intrus détala, Thea libéra le cou de Patrick et sa bouche dessina le O de la stupéfaction ; Patrick se dégaga. Une porte claqua dans le noir. Le silence revint. L'inconnu s'était échappé.

Patrick et Thea restèrent assis par terre dans l'obscurité, le silence se prolongeait. Cela devenait gênant... Thea jugea prudent de s'écarter nettement de Patrick et de se relever. Un moment après, elle l'entendit se mettre debout. Il ne disait rien et ce silence la hérissait.

— Hum... je croyais bien faire, finit-elle par bredouiller. Je l'ai confondu avec vous... Je pensais l'empêcher de vous faire mal.

Patrick alluma la bougie qu'il avait mise dans sa poche avant la poursuite. Ils se regardèrent à la faible lueur de la flamme. Tous deux portaient des marques de la bataille. L'affaire n'avait duré que quelques minutes, mais il y avait des dégâts. Thea se demanda tristement quelle était la part des coups qu'ils s'étaient infligés l'un à l'autre.

Mal à l'aise, elle regarda Patrick, qu'elle trouva grand et intimidant en train de la fixer au-dessus de la flamme. Il avait les cheveux en bataille, sa belle veste était de travers et sa cravate desserrée. En outre, il avait une vilaine balafre sur un œil et un hématome sur la joue. Il avait l'air peu recommandable et, songea-t-elle, très attachant. L'envie lui vint d'écarter d'une caresse les boucles noires qui lui tombaient sur le front et d'embrasser sa joue meurtrie.

Thea n'était guère en meilleur état. Ses vêtements étaient tout aussi en désordre ; une épaule de son habit était arrachée et le pan de sa chemise pendait. Ses cheveux étaient plus ou moins restés en queue-de-cheval, sauf quelques mèches bouclées qui encadraient son visage. Sa lèvre inférieure éclatée avait cessé de saigner, mais elle était enflée et, pour autant que Patrick pouvait en juger, elle allait avoir un superbe œil au beurre noir.

— Vraiment, je croyais bien faire, répéta-t-elle visiblement sur la défensive en voyant l'expression impassible de Patrick. Je croyais que j'étouffais l'intrus, non pas vous. J'ai pensé...

— Non, l'interrompit Patrick, écœuré. Vous n'avez rien pensé du tout, vous avez simplement jailli sans réfléchir du paravent en brandissant votre pistolet ; vous avez gâché toutes nos chances de le suivre ou de découvrir son identité. Tout cela pour rien.

— Je n'ai pas brandi le pistolet, protesta-t-elle en soutenant son regard.

— Ah, excusez-moi, j'ai dû me tromper. Dans ce cas, comment désigneriez-vous votre geste ?

Comprenant un peu tard qu'elle avait agi de façon irréfléchie et peu appropriée, Thea était prête à endosser la responsabilité du fiasco. C'était sa faute, elle le savait. Elle n'aurait pas dû se précipiter pour l'affronter. L'issue désastreuse de la soirée lui incombait totalement. Pétrie de remords, elle remarqua que Patrick était de méchante humeur. Il n'avait pas l'air particulièrement en colère, mais très déçu. Elle ne pouvait le lui reprocher. Elle reconnut à contrecœur qu'elle avait tout gâché. Mais avec les meilleures intentions du monde, songea-t-elle. Elle avait voulu se rendre utile et, si elle était tombée sur le bon combattant, ils l'auraient capturé.

Au demeurant, Patrick avait raison. Elle avait gâché l'occasion d'identifier discrètement l'intrus, et de voir où il allait. Elle observa un moment ses pieds, remplie de scrupules. Ah! se dit-elle avec amertume, si seulement elle apprenait à réfléchir avant de foncer. De nouveau, elle se risqua à le regarder en face et soupira. Comme elle aurait préféré qu'il l'injurie plutôt que de lui parler sur ce ton froid!

Patrick ne quittait pas des yeux le visage de Thea, sur lequel il lisait les émotions qui la bouleversaient. Il avait compris qu'elle regrettait tout ce qui s'était passé. Il espérait ne jamais revivre la peur qui l'avait tétanisé quand elle était sortie de leur cachette derrière le paravent. Et si l'intrus avait été armé? Et s'il s'était retourné comme l'éclair et lui avait tiré dessus? Il aurait pu la blesser grièvement ou la tuer. Il ne s'était jamais senti aussi impuissant ni aussi terrifié qu'à l'instant où il avait craint de la perdre.

À force d'observer Thea, un sourire naquit sur ses lèvres. Sa tenue était un véritable scandale: elle avait perdu son chapeau dans la bagarre, elle était déguisée en homme, son œil noircissait à vue d'œil et sa lèvre enflait. Bref, sa tenue et son allure étaient à la hauteur de sa réputation. Il s'était toujours considéré comme de bonne naissance: les agissements et l'aspect de Thea n'auraient dû éveiller que dégoût chez ce monsieur si bien né. Patrick secoua la tête. Le dégoût était bien le contraire de ce qu'il ressentait en la regardant. De l'estime pour son courage mal placé, oui. Envie de rire de cette situation, oui. Il y avait aussi une grande tendresse et puis, oh! le désir… c'était bien le désir qui bouillonnait en lui.

Conscient que le signe tangible de son trouble croissait rapidement et finirait par être visible, Patrick se détourna.

— Venez, ordonna-t-il. Nous n'avons aucune raison de nous attarder.

Thea n'eut besoin que d'une seconde pour ramasser son pistolet.

— Je sais que cela ne nous apprendra probablement rien, suggéra-t-elle sans trop y croire, mais ne devrions-nous pas examiner de plus près la bibliothèque avant de partir ? Vous ne l'avez pas vu faire, mais il a pris quelque chose derrière des livres. Qui sait s'il n'a pas laissé autre chose ?

L'examen attentif des étagères de la bibliothèque ne leur permit de découvrir que quelques crottes de souris et de la poussière. Thea était déçue. Amère, elle laissa Patrick l'entraîner hors de la pièce.

— J'avais espéré que nous trouverions au moins quelque chose, bredouilla-t-elle en approchant de la porte d'entrée.

— Je crois, rétorqua sèchement Patrick, que nous en avons assez trouvé pour ce soir.

Il ouvrit la porte et regarda attentivement dehors. À cette heure tardive, il n'y avait guère de circulation. Il poussa Thea hors de la maison et lui fit descendre les marches du perron. Quelques instants plus tard, ils montaient dans la voiture de Thea.

— Heureusement que vous avez quand même pensé à vous procurer un moyen de transport, observa-t-il sombrement en se calant sur les coussins en velours.

— Je ne suis pas complètement idiote, répliqua Thea d'un ton hautain, car elle était très vexée des bêtises qu'elle avait accumulées pendant la soirée.

Souriant dans le noir, Patrick murmura :

— En tout cas, c'était très courageux de votre part de vous être lancée à ma rescousse. Je vous remercie pour vos bonnes intentions.

— Ne me traitez pas avec condescendance, répondit Thea avec humeur. J'ai agi comme la pire des sottes, je le sais. Je n'avais pas l'intention de tout gâcher. Je voulais simplement l'empêcher de partir.

— Ne vous lamentez pas. D'autres occasions se présenteront.

— Vous croyez ? demanda-t-elle en se penchant pour distinguer l'expression de ses traits.

— Comme nous n'avons pas l'intention d'abandonner la partie, il est logique que, tôt ou tard, nous recroisions le chemin de ce mystérieux intrus. J'espère que, la prochaine fois, l'issue nous sera plus favorable.

— Je me demande ce qu'il y avait dans le petit paquet qu'il a récupéré derrière les livres, confia Thea. Ce n'était pas bien gros. C'était plat et plié, je crois. Des lettres, peut-être ?

Pour Patrick, il s'agissait sans doute des lettres de sa mère mais il n'était pas disposé à faire cette confidence à Thea. Il était suffisamment dangereux pour elle de venir enquêter sur le meurtre et la disparition de son beau-frère sans y ajouter le chantage. D'autant que cela n'avait rien à voir avec elle.

Patrick fronça les sourcils. Était-il bien sûr que les deux affaires soient totalement séparées ? Ne devait-il pas se demander dans quelle mesure l'assassinat d'Alfred Hirst était lié au chantage concernant sa mère ? L'endroit où Hirst était mort semblait indiquer que les deux affaires étaient liées. Était-ce une incroyable coïncidence ?

Patrick n'aimait guère les coïncidences. Mais alors, y avait-il deux maîtres chanteurs ? Hirst en était-il un ? Le rendez-vous de Hirst avec Thea ne concernait-il que des questions personnelles, des affaires que Hirst avait l'intention d'expédier longtemps avant l'arrivée attendue de lady Caldecott ? Et l'assassinat de Hirst, une dispute entre associés ?

Patrick fut tiré de ses réflexions par leur arrivée chez Thea. Quelques minutes plus tard, il était installé dans une charmante petite pièce décorée de couleurs crème, bleu et or, où la cousine de Thea, Modesty Bradford, attendait dans l'inquiétude son retour.

Modesty ne manifesta pas de surprise en les voyant débarquer à cette heure insensée, hagards et échevelés. Patrick eut l'impression qu'il en fallait beaucoup pour troubler Mlle Bradford. On fit les présentations ; le maître d'hôtel, chauve et réprobateur, servit des boissons. Patrick, à demi étendu sur un vaste canapé rembourré, prenait ses aises et avait déjà vidé la moitié du verre de cognac qu'il tenait à la main. Thea fit le récit de leurs aventures.

— Peste ! conclut Modesty, partagée entre l'envie et l'horreur, voilà qui nous entraîne plus loin que prévu. Je suppose que vous ne nous direz pas ce que vous faisiez là au départ ?

— En effet, confirma Patrick avec un léger sourire, c'est un secret qui ne m'appartient pas.

Modesty le regarda, pensive. D'instinct, il lui inspirait confiance et elle en connaissait sur son compte bien plus long qu'elle n'en avait dit. Le plus important, de son point de vue, c'était que pour la première fois elle voyait Thea supporter la compagnie d'un homme, à l'exception de ses parents proches, sans impatience ni mépris. Il était révélateur que Thea tolère l'intrusion de cet homme dans un problème de famille particulièrement intime. En outre, le comportement de Patrick était intéressant. Modesty se demanda si elle était la seule à s'étonner du fait que Patrick n'ait pas immédiatement signalé à la police l'assassinat de Hirst, mais ait choisi de s'imposer à Thea. Aux yeux de Modesty, le fait que Patrick ne semblait en rien repoussé par la réputation de Thea, ni par son comportement peu conventionnel était plus intrigant encore. Cette soirée en était d'ailleurs un bel exemple ! Modesty avait toujours considéré que seul un homme particulièrement perspicace était capable de passer sur les histoires scandaleuses de Thea et de voir son cœur et sa générosité. Patrick Blackburne était-il cet homme ? C'était possible et cette hypothèse plaisait à Modesty.

— Alors, qu'est-ce qu'on fait maintenant ? demanda Modesty en surveillant discrètement les échanges entre Thea et Patrick.

— Pas grand-chose, répondit Patrick en plongeant son regard dans son verre. La description de l'intrus par Thea ne nous fournit guère de pistes.

— Est-ce ma faute si je l'ai trouvé de corpulence moyenne ? S'il ne tenait qu'à moi, j'aurais observé un géant avec des cheveux roux.

Patrick rit et Modesty sourit.

Thea leur décocha à tous les deux un regard mécontent et se leva. Comme si elle était seule, elle commença à faire les cent pas pour libérer le trop-plein d'énergie qui bouillonnait en elle. Elle était superbe. Elle avait perdu son chapeau pendant la soirée et ôté sa veste déchirée. Elle avait remis les pans de sa chemise à l'intérieur de ses pantalons. Au premier coup d'œil, on l'aurait prise pour un adolescent, mais ce n'était qu'une impression.

Les yeux mi-clos, Patrick l'observait: le déguisement de Thea ne risquait pas de tromper un observateur un tant soit peu perspicace. Remerciant la providence pour l'obscurité et le calme, il laissa errer ses pensées vers des domaines osés quand son regard s'attarda sur l'agréable déhanchement de Thea. Sa chemise blanche était trop grande pour elle, mais elle n'empêchait pas Patrick de distinguer le profil bombé de sa poitrine quand elle allait et venait dans la pièce. Soudain, Patrick se sentit à l'étroit dans ses pantalons et, maudissant ses ardeurs viriles, changea résolument de sujet de réflexion.

— Êtes-vous certaine de n'avoir remarqué aucun indice qui nous permette d'identifier cet homme? demanda Patrick.

Thea haussa les épaules.

— Je vous l'ai dit, je n'ai vu que son bras quand il l'a tendu derrière les livres et son dos quand il s'est éloigné du paravent. Il s'agissait de vêtements de bonne qualité, pas d'un dandy, mais pas non plus d'un roturier. Sa veste était marron, couleur tabac, et bien coupée. Il portait des pantalons en peau de daim, maintenant que j'y pense, et des bottes. J'ai eu le sentiment très net qu'il faisait partie de l'aristocratie. Ses cheveux étaient noirs et bien coupés. Non pas noirs, châtain foncé plutôt.

Avec un soupir, elle se laissa tomber sur le canapé à côté de Modesty.

— Quant à la taille, je vous l'ai dit: il n'était ni grand ni petit. Et, vu de dos, il ne semblait ni gras ni maigre. Je suis sûre que nous pourrions le croiser dans la rue sans le remarquer.

— Vous pensez qu'il s'agit de la personne qui a assassiné Hirst ? s'enquit Modesty.

Ses deux interlocuteurs étaient aussi renfrognés l'un que l'autre. Patrick haussa les épaules. Thea fit une moue maussade. Et le silence retomba.

— Eh bien, poursuivit Modesty au bout d'un moment, puisqu'il n'y a rien de plus à faire ce soir, je vous souhaite bonne nuit à tous les deux.

Elle se leva et tendit la main à Patrick.

Celui-ci était déjà debout. Il se pencha avec grâce sur la main fine de Modesty et prit congé.

— Je vous quitte. Il est tard et je suis sûr que vous avez toutes les deux hâte de vous coucher.

— Ne soyez pas ridicule, rétorqua sans façon Modesty. Sachant ce qui s'est passé ce soir et ce que vous connaissez de nos affaires, j'ai le sentiment que vous faites partie de la famille. Ainsi, il n'y a pas de raison pour que vous partiez précipitamment. Je suis sûre que Thea et vous avez encore nombre de choses à vous dire. En général, j'hésite à laisser Thea seule en compagnie d'un homme de votre réputation.

Patrick avait l'air si mal à l'aise que Modesty rit, avant de poursuivre :

— Cher monsieur, on me considère peut-être comme une vieille fille, mais je n'ignore pas les us de certains membres de notre société, notamment les plus, je dirais… débauchés. Oui, je vous connais. Il faut que je vous avoue une chose : je ne vous ai jamais rencontré personnellement, mais j'ai fréquenté votre mère pendant des années. Elle m'a souvent parlé de vous, et même de vos escapades les moins recommandables.

Ne sachant s'il devait rire ou se fâcher, Patrick opta pour la première solution. Avec un rire irrésistible, il répondit à mi-voix :

— Et cela confirme ce que j'avais toujours soupçonné : ma mère possède bel et bien le réseau d'espions le plus efficace en ce bas monde !

— Elle a même des yeux derrière la tête en ce qui vous concerne, jeune homme ! pouffa Modesty.

L'entente était parfaite, Patrick l'accompagna jusqu'à la porte. Il referma et se retourna vers Thea. Elle était toujours sur le canapé, avait replié ses jambes sous son séant et regardait Patrick de ses yeux immenses.

Il ressentait en présence de Thea Garrett des émotions qu'il avait décidément du mal à qualifier et la regarda avec curiosité.

— Qu'est-ce qu'il y a ? demanda Thea d'un ton tranchant. Pourquoi me regardez-vous comme cela ? Je vous ai déjà dit que je n'ai pas fait exprès de vous attaquer.

— Je n'ai aucun doute là-dessus, répondit Patrick tandis qu'il revenait à son fauteuil à grandes enjambées.

Il s'assit, étendit ses jambes et fit le point.

— Nous sommes, je le crains, dans une impasse. Je doute que notre loustic revienne dans la maison de Curzon Street. Le cadavre de Hirst est Dieu sait où et, selon toutes les apparences, notre visiteur a pris ce qu'il était venu chercher. Je ne vois donc aucune raison pour qu'il revienne.

— Je me demande ce qu'il a pris, constata Thea. Si c'est l'assassin qui a lui-même caché le corps de Hirst, ce qui serait assez logique, pourquoi n'a-t-il pas pris son paquet en même temps ? Pourquoi prendre le risque de revenir ?

La question était pertinente mais Patrick n'avait pas la réponse. Il avait en revanche plusieurs hypothèses mais ne souhaitait s'ouvrir d'aucune à Thea. En réalité, il désirait qu'elle reste en dehors de tout cela alors que, vingt-quatre heures plus tôt, il souhaitait exactement le contraire. Il avait espéré que, grâce à Hirst, elle le conduirait au maître chanteur de sa mère. Désormais, cet espoir était faible dans le meilleur des cas, et nul dans le pire.

Ce soir, ils avaient constaté que le corps de Hirst avait été déplacé ; ils ne savaient pas où on l'avait mis, ni quand on le trouverait. Il est vrai qu'ils avaient bien failli attraper le mystérieux étranger venu prendre un non moins mystérieux paquet. Pour Patrick, ce paquet n'avait d'ailleurs rien de mystérieux : il était convaincu qu'il s'agissait des lettres de sa mère. Il enrageait de se dire que ces maudites lettres devaient être là depuis le début et que si la veille au soir il avait procédé à une fouille plus sérieuse, il aurait pu les remettre à sa mère. En revanche, il n'aurait eu aucune raison de poursuivre ses relations avec Thea.

Il ne quittait pas du regard son visage expressif et était contraint de reconnaître que, depuis vingt-quatre heures, beaucoup de choses avaient changé pour lui. La raison de ce changement venait de cette personne, à la fois exaspérante et enchanteresse, assise en face de lui.

Sa réputation ? Patrick la balayait d'un revers de main. Hawley Randall, songea Patrick avec mépris, avait joué un jeu trop dangereux à son goût. Dans ce milieu débauché auquel Hawley et Patrick appartenaient tous deux, il se considérait comme particulièrement téméraire et déchaîné, mais séduire une ingénue, même avec un mariage à la clef, ne l'avait jamais tenté. Cela le tentait encore moins depuis qu'il avait rencontré Thea. Il se surprenait à regretter de ne pas avoir lui-même donné la mort à Hawley. Pourtant, ce goût du sang ne lui ressemblait guère. Et c'était bien ça, songea-t-il avec un sombre sourire, qui le déroutait le plus : il n'avait jamais estimé qu'une femme vaille que l'on risque sa vie pour elle, et ne voilà-t-il pas qu'il se serait volontiers battu en duel pour la défendre, et contre un mort par-dessus le marché !

— Qu'est-ce qui vous fait sourire ? demanda Thea à brûle-pourpoint.

— Quelque chose que vous ne pouvez pas comprendre, et que je ne suis pas sûr de comprendre moi-même… Il se fait tard. La nuit porte conseil.

Il lui prit la main et la fit lever.

— Puis-je venir vous trouver demain ?

Un peu intimidée par leur proximité physique, Thea leva les yeux vers son visage.

— Si je dis non, demanda-t-elle, indiscrète, vous ne viendrez pas ?

— Qu'en pensez-vous ? répliqua-t-il avec un regard rieur.

— Je présume, répondit-elle avec aigreur, que vous n'en ferez qu'à votre tête.

— Ah, que c'est rare : une femme intelligente !

— En revanche, que c'est commun, un homme brutal, autoritaire et grossier ! osa Thea d'un ton acerbe, sans pouvoir retenir un début de sourire.

Plus tard, Patrick imputa son geste inconsidéré à l'heure tardive, aux pressions qu'il avait subies et surtout à cet irrésistible sourire : bref, il avait perdu la tête. Une attirance physique de plus en plus aiguë s'était manifestée entre eux toute la soirée et le baiser échangé au bal n'avait fait qu'attiser ce désir. Dans toute cette affaire Thea Garrett, bien des choses le laissaient perplexe, mais l'une d'elles était absolument claire : il avait envie d'elle. D'instinct, il serra plus fort sa main et l'attira dans ses bras. Il trouva ses lèvres et l'embrassa.

La bouche de Thea était douce et entrouverte de surprise, son corps souple et chaud écrasé contre celui de Patrick. Elle se sentit merveilleusement fine et féminine. Ses habits d'homme étaient quelque peu excitants, surtout quand une main de Patrick glissa vers le bas de son dos pour caresser ses fesses fermes couvertes seulement d'une mince peau de cuir bien tendue.

Un désir, violent et impérieux, s'empara de Thea. Impuissante à combattre les forces qui se déchaînaient en elle, elle n'offrit aucune résistance tandis que le baiser de Patrick se faisait plus insistant, plus profond. Thea tremblait sous le choc et, dans son excitation, l'idée même de s'échapper ne lui vint pas. Sans vergogne, elle savourait le goût de ce baiser, elle s'abandonnait aux exigences de Patrick, de sa bouche et de ses mains. Envahie par des émotions qu'elle ne pouvait maîtriser, elle resta docile et offerte, même quand elle s'aperçut de façon claire de l'excitation sensuelle de son cavalier.

Ensorcelé par la présence de cette femme dans ses bras, Patrick souleva Thea comme une plume et, sans interrompre son baiser, la porta jusqu'au canapé et l'y allongea lentement. Il s'agenouilla à côté d'elle et lui releva la tête. Ils se regardèrent.

Thea avait la bouche rouge et tuméfiée, ses grands yeux noirs dévisageaient le visage passionné de Patrick. Elle comprit que c'était ce qu'elle aurait dû ressentir avec Hawley. Loin d'être effrayée, elle n'était que dans l'attente de ce qui allait se passer. Pour la première fois de sa vie, elle désirait vraiment un homme. Ce qu'elle ressentait dans les bras de Patrick n'avait rien à voir avec le rêve romantique d'une jeune fille. Elle découvrait enfin avec un homme digne de son amour à quel point l'attrait physique peut être puissant. Elle lui frôla le contour des lèvres ; le plaisir la transperça quand Patrick, avec douceur, lui mordilla et lui suça le bout des doigts.

Le timide effleurement des doigts de Thea fit à Patrick un effet considérable ; sa bouche vorace voulait celle de la jeune femme, ses doigts fébriles déboutonnèrent en quelques instants la chemise d'homme qu'elle portait et l'écartèrent toute grande. Il cueillit dans sa main un sein menu et ce qui lui restait de raison s'évapora. Il fallait qu'il la possède, ou il allait devenir fou !

Au toucher de cette main sur sa poitrine, Thea eut un haut-le-corps et s'arc-bouta de plaisir. Elle n'avait jamais ressenti quelque chose d'aussi excitant ni d'aussi saisissant que les gestes d'amour de Patrick. Nullement décontenancée, elle en voulait davantage.

Un banal cliquetis de vaisselle dans le vestibule les ramena brusquement à la réalité. Le maître d'hôtel était juste derrière la porte et n'allait pas tarder à frapper. Leurs ébats s'éteignirent comme sous un jet d'eau glacé et, d'un seul élan, ils se séparèrent. Jurant en lui-même, Patrick remit brusquement Thea debout, lui reboutonna sa chemise et lui fourra sans façon les pans de sa chemise dans le pantalon. Dieu merci, songea-t-il avec une ferveur comme il n'en avait pas ressenti depuis des années, ils n'étaient pas allés plus loin. Patrick était un homme du monde et frémissait à la pensée de se faire ainsi surprendre en flagrant délit.

Il eut tout juste le temps de redresser son nœud de cravate, on frappa discrètement à la porte.

Toute déconcertée, Thea fut surprise de s'entendre répondre d'une voix normale tandis qu'elle se hâtait d'ouvrir la porte.

— Mlle Bradford a pensé que vous auriez peut-être besoin d'une boisson, expliqua Tillman debout sur le seuil avec un plateau d'argent chargé de pièces en porcelaine.

Sa mine renfrognée montrait qu'il se doutait de ce qui était en train de se passer à l'intérieur.

— Ce ne sera pas nécessaire, objecta Thea. M. Blackburne allait partir.

Elle jeta à Patrick un regard implorant pour qu'il accepte.

— En effet, confirma-t-il en s'avançant vers la porte devant laquelle Thea restait plantée.

Il prit dans la sienne la main tremblante de la jeune femme et la baisa.

— Je passerai demain.

Thea se contenta d'opiner de la tête, craignant d'être trahie par sa voix.

Quelques instants plus tard, Patrick, debout dans le froid de la nuit, se demandait s'il n'était pas tout de bon devenu fou. Comment expliquer autrement ce qui venait de lui arriver? Sans parler de ce qui avait failli s'ensuivre...

Secouant la tête au constat de sa folie, il descendit dans la rue. Il ne savait pas exactement ce qui se passait, mais une chose était sûre: il s'était follement entiché d'une femme de mauvaise réputation, Thea Garrett.

8

Thea et Patrick étaient encore enlacés sur le plancher de la maison de Curzon Street quand l'intrus, son paquet à la main, sortit mi-courant, mi-trébuchant. En proie à la panique, il s'élança dans les ruelles sinueuses qui longeaient l'arrière des maisons patriciennes avant de se rendre compte que ses assaillants ne le suivaient pas.

Hors d'haleine, il s'appuya contre un bâtiment et mit quelques minutes à reprendre ses esprits. Il espérait ne plus jamais avoir à revivre un moment de frayeur comme celui où il avait entendu la voix lui ordonnant de ne pas bouger. Il était déjà grave qu'une personne l'ait attendu, mais deux ! Qui était-ce ? Comment avaient-ils su qu'il passerait ce soir ? Cette dernière question trouverait sa réponse en temps voulu ; quant à la première, il pouvait en avoir tout de suite le cœur net, à condition de faire vite.

Il rejoignit Curzon Street et se hâta de prendre position presque en face de la maison. Il se cacha dans une allée étroite, entre deux belles maisons, et attendit, son paquet toujours à la main, les yeux braqués sur la porte d'entrée en face. La lumière des rares réverbères jetait par intermittence une lueur jaunâtre qui n'offrait guère que quelques lueurs de clarté dans la nuit. Il vit tout de suite qu'il ne parviendrait pas à reconnaître ses assaillants à pareille distance avec un éclairage si médiocre ; il se résigna donc à devoir les suivre quand ils sortiraient, à condition qu'ils soient encore là.

Ce n'était pas un brave, il était bien le premier à le reconnaître, et quand la porte de la maison d'en face s'ouvrit, il s'enfonça dans sa cachette. Alors il s'aperçut qu'il n'était pas seul dans l'allée.

En se reculant dans l'ombre, il heurta brutalement une autre personne. Les nerfs déjà soumis à rude épreuve, il étouffa un cri et s'écarta d'un bond. Malheureusement, la personne avait judicieusement placé sa botte en sorte de lui faire un croc-en-jambe et l'infortuné s'étala de tout son long. Il se cogna violemment la tête d'abord contre un mur de brique, puis sur les galets qui tenaient lieu de pavés dans l'allée. Il perdit connaissance. Le paquet lui échappa et tomba par terre à côté de lui.

— Allons bon, murmura l'homme qui l'avait fait tomber. J'espère que tu es seulement inconscient et pas mort.

Il se pencha sur sa victime et s'assura qu'il n'avait pas un meurtre sur la conscience, puis il l'enjamba. Deux silhouettes dévalaient le perron en face et se dirigeaient vers une voiture qui les attendait quelques portes plus loin.

Quand celle-ci passa devant lui, il se recula de nouveau dans l'allée et alluma une petite bougie qu'il avait sur lui. Remarquant le paquet, il le ramassa et l'examina, puis le mit dans la poche intérieure de son manteau. Il observa le visage de l'homme inconscient à la lumière de sa bougie, et le reconnut tout de suite.

« Ah ! se dit-il, cela fait toujours plaisir de voir des soupçons se confirmer ! » Il hésita un moment, peu désireux de laisser ce misérable dans une situation si vulnérable. Mais il ne désirait pas être là quand l'individu reprendrait connaissance car cela serait très embarrassant.

Il se redressa en soupirant.

— Je suis désolé, mon ami, mais il faut vraiment que je parte. J'espère que tu te réveilleras sans difficulté, sans autre séquelle qu'un bon mal de tête.

Il souffla sa bougie et, après avoir longuement observé la rue des deux côtés, sortit sans hésiter de sa cachette.

Ce n'est qu'un peu plus tard, alors qu'il se détendait devant une joyeuse flambée dans son bureau, buvant du cognac, qu'il se mit enfin en devoir d'examiner le paquet. Il l'ouvrit et y trouva une demi-douzaine de lettres écrites de la main d'une femme. En prenant connaissance des effusions passionnées de la première lettre, il haussa les sourcils. Très, très intéressant !

— Ça, par exemple ! murmura-t-il avec un sourire lorsqu'il vit la signature. Je sens que je vais bien m'amuser.

Il se leva, s'avança devant le vaste portrait à cadre doré d'un ancêtre et le fit pivoter ; un coffre se cachait dans le mur. Il prit une petite clef dans la poche de son gilet, ouvrit le coffre et déposa les lettres à l'intérieur. Il verrouilla le coffre, remit le tableau en place et retourna s'asseoir devant la cheminée.

Le regard perdu dans les flammes, pianotant des dix doigts devant lui, il réfléchit à la meilleure façon d'utiliser ces lettres.

*

* *

Le lendemain, une tempête s'abattit sur Londres de bon matin. Pour Thea, ce temps était le reflet de ses sentiments tumultueux. Elle prit un bain et s'habilla, mais son agitation ne la quitta pas. Heureusement, elle n'avait pas l'œil au beurre noir que Patrick craignait qu'elle garde à la suite de leur sortie nocturne. Elle arborait toutefois des cernes accentués qui pouvaient passer pour les traces d'une nuit agitée. Thea prit son petit-déjeuner avec Modesty. Mais tandis que sa cousine donnait ses instructions au cuisinier, Thea se retira dans la pièce où, avec Patrick, elle avait eu cet intermède passionné et inattendu. Regardant rêveusement les bourrasques de pluie dans la rue, Thea fronça les sourcils. Elle s'était juré de ne plus jamais succomber au charme d'un homme, et voilà qu'elle se trouvait à la veille d'*aimer* un homme dans lequel elle n'avait aucune raison d'avoir confiance. Elle soupira. Elle se dit en sursautant qu'elle n'avait pas non plus de raison de ne pas avoir confiance en lui. D'ailleurs, depuis qu'elle s'était attiré son mécontentement, que de fois aurait-il pu la mettre dans l'embarras ou lui causer grand tort et il ne l'avait pas fait. Mieux, il ne manifestait en aucune façon le désir de le faire. Elle ne savait que penser de lui.

Elle se détourna et fit quelques pas dans cette agréable pièce, oubliant le vacarme de la rue, l'esprit occupé par le troublant M. Patrick Blackburne. Elle ne se rendit pas compte que de longues minutes passèrent et sursauta quand la porte s'ouvrit brusquement. Edwina était là.

Thea se raidit. Sûre que le corps de Hirst avait enfin été découvert, elle se prépara à consoler la jeune veuve. Mais Edwina ne semblait en rien peinée ; elle avait même l'air particulièrement charmeuse, avec sa robe de mousseline bleue à la mode et ses anglaises dorées encadrant parfaitement son visage. Ce n'était donc pas le fait qu'elle soit veuve qui la conduisait ici. Quelle était la raison de sa visite ? Est-ce qu'elle avait enfin recouvré ses esprits et conclu qu'il était temps de mettre fin à leur brouille ? Thea restait dans l'expectative.

— Edwina ! Que fais-tu dehors, ma chérie, par un temps aussi épouvantable ?

— Il fallait que je te voie, lança Edwina hors d'haleine. Je me suis mal conduite hier soir ! Je suis venue te présenter mes excuses.

Elle sourit timidement.

— Oh, Thea ! Tu ne peux pas savoir à quel point tu m'as manqué. Ne nous disputons plus. J'étais si heureuse de te voir au bal... même si ça ne s'est pas vu. J'avais tellement peur que tu ne me rejettes. Tu ne l'as pas fait et je me suis conduite comme une petite idiote. S'il te plaît, ma chère sœur, ne me tiens pas rigueur de mes mauvaises manières d'hier soir. Je veux mettre un terme à cette stupide brouille entre nous.

Le cœur de Thea s'emplit de tendresse et elle tendit les bras à sa sœur.

— Oh, chère, chère Edwina ! Tu ne peux pas savoir combien j'ai espéré entendre ces mots dans ta bouche !

Edwina se jeta dans ses bras et, pendant de longues minutes, ce ne furent que larmes, excuses réciproques et, finalement, reniflements mêlés à des sourires. Tamponnant ses yeux avec un fin mouchoir de dentelle, Edwina se laissa tomber sur le canapé.

— Je suis heureuse que nous ayons mis fin à tout malentendu entre nous. Ces derniers mois ont été sinistres ! Plus de dix fois, j'ai failli venir te voir pour implorer ton pardon. Je me suis conduite comme une gamine. Pire, j'avais tort et je le savais... Mon amour-propre m'interdisait de reconnaître la vérité. J'ai enfin compris – j'aurais dû le comprendre depuis longtemps – que je n'aurais jamais dû épouser Alfred. Tu avais raison : tout ce que tu as dit est parfaitement vrai, mais je n'ai pu me résoudre à l'admettre... surtout devant toi !

Modesty se glissa dans la pièce à cet instant, mettant fin à ces confidences. Haussant les sourcils, elle dévisagea Edwina.

— Tiens ! dit-elle enfin. Tillman m'a dit que tu étais là avec Thea, mais j'ai voulu voir ça de mes propres yeux.

Elle traversa la pièce et embrassa Edwina, qui s'était levée en la voyant.

— Bienvenue, mon enfant. Voilà bien trop longtemps que nous ne t'avons pas reçue.

Edwina enlaça Modesty.

— Oh, ma cousine ! Comme tu m'as manqué ! Je disais justement à Thea combien j'ai été sotte. Est-ce que tu me pardonneras ?

— Bien sûr, enfant ! convint Modesty en lui tapotant la joue. Thea sera heureuse que toute ombre entre vous soit dissipée. Assieds-toi maintenant, je vais sonner Tillman pour quelques boissons.

Les dames s'installèrent et échangèrent des propos sans grande importance, jusqu'à ce que Tillman, ayant pris les ordres de Modesty, revienne avec un plateau d'argent croulant sous toutes sortes de biscuits et de petits gâteaux, ainsi qu'une grosse cafetière et une théière. Dès qu'il fut sorti, ces dames se servirent.

Modesty finit par se caler dans son fauteuil, tournant distraitement sa cuillère dans son café. La conversation en vint alors au sujet qui tenait vraiment à cœur à Modesty et à Thea. Modesty but une gorgée et demanda :

— Et où est ton vagabond de mari ? Ne me dis pas qu'il t'a abandonnée.

Thea, fébrilement agrippée à sa tasse de café, attendit la réponse d'Edwina.

— Il m'a dit qu'il se rendait chez des amis à Salisbury. Mais peut-être, précisa-t-elle en haussant les épaules, se cache-t-il chez une maîtresse en ville.

Modesty et Thea échangèrent un regard entendu. Posant sa tasse, Modesty demanda sans avoir l'air d'y toucher :

— Est-ce que par hasard il t'a donné le nom de ses amis ?

— Mais pourquoi cet intérêt soudain pour Alfred ? répondit Edwina. Thea m'a plus ou moins posé les mêmes questions hier soir. Est-ce que vous me cachez quelque chose ?

— Bien sûr que non, ma chère, la rassura Modesty. Je me demandais simplement s'il était descendu chez quelqu'un de mes relations. J'ai plusieurs amis à Salisbury : je ne serais pas surprise que nous ayons des connaissances communes.

Ses soupçons écartés, Edwina sourit de façon amère.

— Cela m'étonnerait qu'Alfred connaisse les mêmes personnes que toi. Thea m'avait mise en garde : ce n'est pas quelqu'un de très respectable, comme j'en ai eu de nombreuses preuves récemment. Le bal chez les Hilliard est la première réunion mondaine à laquelle j'aie été conviée depuis longtemps, chez une des personnes les plus en vue de la haute société. Cela fait tellement longtemps que je n'ai pas été invitée à une fête d'une telle classe que j'étais résolue à m'y rendre coûte que coûte ; j'y serais allée même si Alfred était mort !

Thea sursauta comme sous l'effet d'une piqûre, mais elle tenait sa tasse d'une poigne ferme et n'en renversa pas une goutte.

— Edwina ! Ne dis pas des horreurs pareilles !

— Je sais que c'est affreux, et cela n'aurait pas été très convenable ni très chrétien de ma part ! Mais je crois que je n'aurais pas pu m'en empêcher. Tu ne sais pas ce qu'ont été pour moi les derniers mois. Alfred et moi n'avons fait que nous disputer. Il m'a dit des choses atroces qui m'ont profondément blessée. Par moments, je l'ai haï. Pardonne-moi! Je n'avais pas l'intention de venir ici te raconter mes malheurs de façon si envahissante!

— Mais tu es tout excusée, s'empressa de répondre Thea, qui en voulait de plus en plus à Hirst. Tu es de la famille, et tes soucis sont les nôtres. Jamais nous ne t'abandonnerons. Songe à ce que je serais devenue si la famille m'avait tourné le dos. Toi, tu n'as pas causé de scandale, tu n'as pas provoqué la mort de quelqu'un que tu aimais; tu as simplement eu l'infortune d'être jeune et amoureuse d'un homme qui n'en était pas digne.

« Chère petite sotte! se disait Modesty assez crispée. Est-ce que Thea ne se rend pas compte que l'on pourrait dire la même chose d'elle? Thea pardonne à Edwina, mais elle n'arrive pas à se pardonner à elle-même. » Modesty retint ses commentaires et préféra demander:

— Qu'as-tu l'intention de faire, Edwina? Vas-tu le quitter? Allez-vous vivre séparés? Un divorce n'est pas facile à obtenir.

— Je n'en suis pas là, répondit Edwina. Ce matin, précisa-t-elle avec un sourire éblouissant, je voulais simplement refaire la paix avec vous.

— Eh bien, c'est fait! confirma Thea avec chaleur. N'en parlons plus: Modesty et moi sommes ravies que tu sois venue.

Modesty ne renchérit pas et se contenta de prendre sa tasse et d'en boire une gorgée.

La conversation se poursuivit à bâtons rompus, chacune allant de sujet en sujet à sa fantaisie. Après plus d'une heure, Edwina se leva.

— Il faut que j'y aille. J'ai promis à lord Pennington qu'il pourrait m'accompagner au musée cet après-midi.

— Au musée? s'esclaffa Thea en riant de bon cœur. Toi?

— J'ai décidé que le moment était venu de me cultiver, affirma Edwina avec hauteur, avant de pouffer comme une enfant. Je sais, je n'y crois pas moi-même.

Mais il m'a suppliée de l'accompagner et je ne pouvais le froisser en refusant, surtout après l'y avoir si vivement encouragé hier soir.

Elle vit l'expression de Thea et chercha à s'expliquer.

— Je sais. Je sais, c'est ma faute. Je n'aurais pas dû m'afficher de cette façon avec lui. Quelquefois, il est dur de bien se conduire, n'est-ce pas ?

Thea ne sut que répondre car sa propre escapade de la soirée précédente était bien plus grave qu'un innocent flirt avec un jeune homme impressionnable. Elle se contenta de hocher la tête.

— C'est bien vrai ! Ce sont parfois les choses que l'on désire le plus que l'on n'arrive pas à faire.

— Ce sont les règles de conduite qui donnent à la société sa structure, observa Modesty. Sans elles, tout ne serait que chaos.

— Selon moi, observa Edwina avec une étincelle dans le regard, le chaos pourrait s'avérer des plus intéressants.

Avant que Modesty n'ait le temps de répondre, Tillman frappa et entra.

— M. Patrick Blackburne est là, annonça-t-il avec aigreur.

— Eh bien, fais entrer, ordonna Modesty sans laisser à Thea le temps d'intervenir.

On ne sait jamais... Mieux valait ne pas laisser à Thea la moindre chance de repousser l'homme le plus fascinant qu'elle ait rencontré depuis longtemps.

Patrick entrait dans la pièce quelques secondes plus tard. Modesty eut la nette impression que, si Thea avait tenté de lui barrer sa porte, cela eût été en vain. Cet homme dégageait un magnétisme prouvant qu'il n'avait pas l'habitude de se voir refuser quoi que ce soit. Revenant à sa tasse de café, Modesty s'installa confortablement. La scène promettait d'être intéressante.

Après les salutations d'usage, on offrit à Patrick un café. Debout devant le petit feu qui brûlait dans l'âtre, il but son breuvage en devisant.

Il portait une veste cintrée bleu nuit qui lui allait à ravir et des pantalons moulants ; discrètement, Modesty observa les trois jeunes gens. Les manières aguicheuses d'Edwina lui firent plisser le front et elle aurait voulu donner des coups de pied à Thea ; elle restait plantée là et laissait sa jeune sœur dominer la conversation.

Malgré son comportement effronté, Edwina se demandait ce que Patrick faisait là. Elle savait, comme tout le monde, que sa demi-sœur évitait farouchement les hommes de son espèce. Si Blackburne avait été un homme d'âge mûr, un ami de la famille, elle ne se serait pas posé de questions. Mais Patrick était loin d'être d'âge mûr et, pour autant qu'elle sache, ce n'était pas une vieille connaissance. Qu'est-ce qui l'amenait ici ? Elle regardait Thea et Patrick, et ne savait que dire.

— Combien de temps, monsieur Blackburne, avez-vous l'intention de rester en Angleterre ? minauda Edwina avec son sourire le plus mutin. Je viens à peine de faire votre connaissance et cela me briserait le cœur de vous voir repartir dans ce pays de sauvages où vous habitez. Londres a tant de plaisirs à offrir ! Dites-moi que vous resterez encore quelques mois.

Patrick se tourna vers Thea, assise sur le canapé à côté d'Edwina. Le contraste entre les deux sœurs était frappant. Thea était grande, brune, mince et très tonique. Edwina était petite, blonde, potelée et, sans aucun doute, sensuelle. La façon dont elle inclinait sa tête, la moue de sa bouche et l'éclair lascif de ses yeux affirmaient qu'elle ne serait pas hostile à le connaître davantage, et même de façon fort intime.

Auparavant, il aurait réagi positivement à ces signaux préliminaires mais désormais, songea-t-il avec une sorte de regret, son chemin avait croisé celui de Thea Garrett. Patrick constata que la préférence marquée qu'il avait jusque-là pour les petites blondes s'était évaporée ; à présent, il avait jeté son dévolu sur les grandes brunes aux yeux sombres, et notamment une jeune passionnée pleine de vie à la réputation scandaleuse.

Il regarda Thea qui avait détourné le visage, et dit avec lenteur :

— Je ne sais pas quand je rentrerai chez moi. Tout dépend de la conclusion, disons, d'une affaire en cours.

Comme il observait Thea, il la vit se raidir et continua d'une voix plus douce.

— Mais j'ai une raison plus importante de différer mon retour à Natchez. J'ai découvert que Londres, comme vous dites, ne recèle pas seulement bien des plaisirs mais quelques trésors. J'envisage même de repartir avec l'un de ces trésors.

— Excellent, approuva Modesty, radieuse. Vous m'avez fait d'emblée l'impression de quelqu'un de bon sens. Et vos paroles viennent de le confirmer.

Patrick leva sa tasse en direction de Modesty comme s'il portait un toast.

— Et vous, chère madame, vous êtes trop futée pour ne pas avoir des ennuis un jour !

Ils échangèrent un sourire complice.

Edwina était agacée que Patrick ignore les efforts qu'elle faisait pour lui, et avait l'impression d'avoir raté le premier acte de la comédie en cours. Elle continua donc avec une gaieté forcée.

— Eh bien, je me réjouis que vous vous plaisiez à Londres.

— C'est vrai, confirma-t-il avec un sourire à l'intention de Thea, je m'y plais beaucoup.

Il était clair que Thea était l'objet de son intérêt ; Edwina fit la grimace et se leva.

— Bien, il faut que je m'en aille.

Elle ne put s'empêcher de faire une dernière tentative, avec un sourire chaleureux.

— J'ai ma voiture, peut-être puis-je vous déposer quelque part ?

— Je vous remercie de votre proposition, repartit Patrick, mais je dois la refuser. Merci mille fois.

Edwina embrassa poliment Thea et Modesty et, sans cacher son irritation, quitta la pièce.

— Je crains d'avoir fâché cette dame, observa Patrick à peine eut-elle fermé la porte.

— Cela ne lui fait pas de mal, le rassura Modesty. Elle a été gâtée toute sa vie. Il est temps qu'elle apprenne qu'on ne peut pas toujours avoir tout ce que l'on désire.

— Elle est très jeune, intervint Thea pour la défendre. Et il est vrai qu'on lui a tout passé parce qu'elle est si belle. Elle a tant de chaleur et de charme naturel que chacun cherche à lui plaire. Ce n'est pas sa faute si elle est un peu gâtée.

Modesty ne cacha pas son désaccord.

Quant à Patrick, il s'adressa à Thea avec un regard pétillant.

— Si vous le dites, ma chère, c'est que cela doit être vrai. En tout cas, je ne contesterai pas le fait qu'elle soit très belle et trop jeune pour être veuve.

Modesty posa un doigt sur sa bouche pour le faire taire et, au grand étonnement de Patrick, se leva et alla jusqu'à la porte. Elle l'ouvrit, sortit la tête et regarda dans le couloir des deux côtés.

Elle referma la porte et reprit sa place, puis expliqua :

— Un des travers les moins sympathiques d'Edwina, c'est son habitude d'écouter aux portes. Elle est terriblement indiscrète et n'hésite pas à coller son oreille à un trou de serrure quand ça lui chante. Hélas, cela n'est pas rare.

Thea aurait bien sûr voulu contredire Modesty, mais elle avait entièrement raison, elle se contenta donc de demander :

— Qu'est-ce qu'on fait maintenant ? Nous ne savons toujours pas où le corps de Hirst est caché ni pourquoi. Et ce qui s'est passé hier soir rend peu probable que nous puissions apprendre quoi que ce soit de neuf sur la maison de Curzon Street.

— C'est vrai, confirma Patrick.

Il avait beaucoup réfléchi aux événements et une chose lui paraissait évidente : il n'y avait plus de raison pour que Thea soit mêlée à cette histoire. Elle avait participé à l'affaire parce que Hirst y était impliqué. Maintenant qu'il était mort et que son corps avait disparu, le rôle de Thea était terminé. Patrick était certain qu'elle n'avait rien à voir avec le chantage de sa mère. En outre, certains auraient jugé que, pour Patrick, le temps était également venu de rompre tout lien avec Thea. Il sourit en lui-même : tous les liens ou presque. Car il avait la ferme conviction que le monde tournerait dans l'autre sens avant que les sentiments qui les attiraient l'un vers l'autre ne disparaissent. Il était toutefois contraint d'admettre qu'il devrait mettre en jeu des manœuvres hautement subtiles pour convaincre de cela cette ombrageuse jeune femme.

— Je vous avais proposé un tour à Hyde Park cet après-midi, poursuivit-il, mais hélas le temps ne le permet pas. Peut-être pourrai-je vous accompagner, Mlle Bradford et vous, au théâtre ce soir ? Avant de souper ensemble ?

Surprise, Thea fronça les sourcils.

— Mais en quoi cela nous aidera-t-il à retrouver le corps d'Alfred ? En quoi Hyde Park et le théâtre sont-ils liés à la mort de Hirst ?

Modesty leva les yeux au ciel. Elle avait beau savoir que Thea était intelligente, elle arrivait parfois à en douter. Cette petite se comportait comme une enfant avec les hommes ; il n'était pas étonnant que ce gredin de Hawley Randall l'ait si facilement convaincue de fuguer avec lui.

— Vous avez raison, reconnut Patrick, Hyde Park n'a rien à voir avec Hirst.

— Alors pourquoi sommes-nous censées accepter ? Ce qui nous incombe, c'est de découvrir qui a assassiné mon beau-frère, c'est tout. De surcroît, tout le monde sait que j'ai mauvaise réputation ; si l'on vous voit sortir avec moi, vous promener à Hyde Park en ma compagnie, les ragots vont aller bon train et les gens vont s'imaginer les pires choses. Je ne cherche pas à me montrer désagréable mais, dans votre intérêt, vous devriez éviter de vous montrer en ma compagnie.

Patrick soupira. Il se tourna vers Modesty pour lui demander :

— Pourrais-je rester un instant seul avec elle ?

— Mais certainement !

Et avant que Thea n'ait pu proférer un son, Modesty avait filé et refermé fermement la porte derrière elle.

Stupéfaite, Thea se tourna vers Patrick.

— Qu'avez-vous donc à me dire que vous ne puissiez prononcer devant elle ? Avez-vous perdu l'esprit tous les deux ?

Patrick fit un pas vers elle et la prit dans ses bras.

— Non, chérie, elle n'est pas folle, c'est moi qui le suis, fou de vous !

Et, l'étreignant plus fort, il posa vivement sa bouche sur la sienne.

Surprise par ces mots comme par ce geste, Thea s'abandonna à son étreinte et, à sa grande stupéfaction, eut l'impression que tous ses sens venaient à la vie. Un halo magique l'enveloppa. Elle se perdit dans la douce puissance de ce baiser, la sensation grisante de ces bras musclés qui la pressaient contre lui et la chaleur qui coulait dans ses veines.

Elle referma les bras autour du cou de Patrick et lui rendit son baiser, éperdue d'audace, et folle du plaisir que lui donnaient ses lèvres contre les siennes. Elle se pressa plus étroitement contre lui.

Le baiser dura une éternité et, quand il détacha enfin sa bouche de celle de Thea, elle était hors d'haleine et éblouie.

Il la dévisagea avec tendresse et murmura :

— Maintenant, vous comprenez ?

Le retour de Thea à la réalité fut brutal : tous ses vieux soupçons resurgirent. De nouveau sur la défensive, elle s'écarta afin de mettre une distance prudente entre eux.

— Est-ce que vous essayez de me séduire, comme Hawley ?

Patrick se retint de lâcher un juron : que ne donnerait-il pas pour s'expliquer deux minutes avec ce Hawley !

Le regard de ses yeux gris se durcit.

— Voilà ce que vous pensez de moi ? Que je suis comme Hawley ?

— Pas exactement, esquiva Thea en haussant les épaules. Mais que puis-je penser d'autre ? Vous connaissez ma réputation.

Elle rougit et ajouta :

— En général, les hommes ont deux raisons de rechercher ma compagnie, soit ils veulent gagner un pari, soit tester leurs capacités de séduction.

Bouillant de rage contre la gent masculine dans sa totalité, Patrick fut pris d'une furieuse envie d'écraser son poing contre le mur. Est-ce qu'un jour Thea parviendrait à surmonter sa méfiance ? Méfiance justifiée, certes, d'ailleurs certains souvenirs de ses propres actes lui revenaient en mémoire. À l'évidence, la cour qu'il faisait à Thea s'annonçait difficile : il allait devoir faire preuve de tact.

— Peut-être, rétorqua-t-il avec douceur, ai-je d'autres motivations. Y avez-vous songé ?

Thea, sourcils froncés, se demandait quel autre motif pouvait l'animer. Mais bien sûr, conclut-elle toute triste. Elle aurait dû y penser tout de suite. *Il voulait faire d'elle sa maîtresse !* La première réaction qui lui vint à l'esprit fut de le gifler et de le chasser de la pièce. Mais elle hésita. Serait-ce donc si terrible de devenir la maîtresse de Patrick ? Après tout, elle était déjà une fille perdue ; aucun homme comme il faut ne lui proposerait jamais quoi que ce soit, sauf ce que Patrick avait apparemment à l'esprit. D'autres hommes avaient déjà fait allusion à ce genre de liaison ; elle les avait vivement envoyés promener, mais Patrick avait un je-ne-sais-quoi qu'elle trouvait irrésistible...

Elle reconnut étonnée qu'elle avait envie d'être dans ses bras, d'apprendre avec lui toutes ces choses intimes que jamais Hawley ne lui avait enseignées... Allait-elle prendre le risque ? Risquer le scandale si leur liaison était découverte ? Non, elle ne pouvait faire subir cela à sa famille de nouveau. Mais cette fois, insistait une petite voix sournoise, ce ne serait pas pareil. Elle n'était plus une vierge ingénue fuguant pour épouser l'homme qu'elle croyait aimer. Elle avait mûri et sa réputation était déjà ternie. Elle avait désormais plus de liberté, de latitude ; et elle ne doutait pas que Patrick soit capable d'organiser leurs rencontres de façon très, très discrète...

Elle leva timidement les yeux vers lui.

— Vous voulez que je devienne votre maîtresse, n'est-ce pas ?

De nouveau, Patrick étouffa un juron et, offrant un visage impassible, il retourna la question.

— Et vous, c'est cela que vous voulez, devenir ma maîtresse ?

Face à une question aussi directe, Thea hésita : sa réponse pouvait changer sa vie pour toujours. Le bon sens suggérait de lui renvoyer sa proposition en pleine figure. Mais deux choses en empêchaient Thea : sa propre nature impétueuse et l'envie qu'elle avait de connaître pleinement les plaisirs qu'il désirait lui faire découvrir. Sans se donner le temps de réfléchir ni de changer d'avis, elle répondit tout à trac :

— Oui... si vous me voulez !

Il lui tourna le dos, les poings serrés. Le regard perdu dans le feu de la cheminée, il se demanda s'il allait l'éclairer sur ses intentions, mais était-ce opportun ? Elle était tellement consciente de sa souillure irrémédiable que, s'il commettait l'erreur de faire une proposition plus honorable, comme c'était son intention, elle refuserait. Et elle lui interdirait de la revoir, pour son bien à lui, naturellement.

Le spectacle des flammes dansant dans l'âtre dissipa lentement sa colère. Elle acceptait au moins de devenir sa maîtresse et il était fort peu probable qu'elle accepte une autre proposition de sa part. S'il cherchait à forcer les choses et exigeait qu'elle l'épouse, elle l'éconduirait : c'était certain. Sûre d'agir dans l'intérêt de Patrick, elle le fuirait de façon définitive, ce qui ne lui faciliterait pas les choses pour faire sa cour.

Elle était désireuse de devenir sa maîtresse, statut que n'importe quelle femme de sa classe n'aurait évoqué qu'avec une horreur outragée, mais il la croyait capable de changer d'avis très vite. Les dangers liés au fait d'être sa maîtresse lui apparaîtraient sans tarder : peut-être même dès qu'il aurait quitté la pièce et qu'elle aurait quelques instants de réflexion. Mais en revanche, ne pouvait-il pas tirer avantage de ce moment de faiblesse ? Il désirait l'épouser mais, si son idée à elle était différente, ne pouvait-il pas différer la décision jusqu'au moment où tout serait en place ?

Il se retourna vers elle et donna son accord d'une voix douce.

— Je vous veux, chérie, plus que vous ne croyez.

Il s'avança jusqu'à elle, lui prit la main et la baisa.

— Ce sera un honneur pour moi.

Thea reprit son souffle, écarta son indécision et, à sa surprise, ressentit une pointe de déception. C'était exactement cela qu'elle souhaitait, se dit-elle fermement.

— Quand ? demanda-t-elle avec simplicité.

Patrick la dévisagea d'un air impassible. Il se demandait si elle savait à quel point il mettait entre ses mains son sort, son avenir. Jurant de ne jamais laisser à Thea l'occasion de regretter sa décision, il la reprit dans ses bras.

— Très bientôt, promit-il tout contre sa bouche. Vous serez à moi dès que j'aurai pris mes dispositions.

9

Quelques minutes plus tard, Patrick sortit tout songeur de chez Thea. Il n'avait pas fait de projet précis concernant ce qu'elle croyait être leur nouvelle relation. Néanmoins, leur conversation obligeait Patrick à agir vite.

Écartant ces pensées de son esprit, il se mit à réfléchir à la façon d'identifier le maître chanteur de sa mère. Une seule idée lui vint, celle d'aller voir le notaire chargé de la maison de Curzon Street. Revenir sur les lieux ne servirait à rien, mais peut-être apprendrait-il quelque chose chez maître Beaton.

En effet, la maison n'était plus à vendre car la propriétaire, une vieille fille vivant en province, Mlle Martha Ellsworth, avait décidé d'en faire don à son neveu Thomas.

— S'agit-il, demanda Patrick, de ce Thomas Ellsworth dont la tante, lady Levina Embry, est morte cette année ?

— Tiens, tiens ! s'exclama maître Beaton très surpris. Mais bien sûr ! Mon Dieu, que le monde est petit ! Ne me dites pas que vous connaissez ce jeune homme ?

— Je ne le connais pas, répondit Patrick, souriant. Disons que j'ai simplement entendu parler de lui. Il a épousé la fille de lord Bettison, je crois.

— Oui, c'est bien lui, en effet.

Ayant pris congé de maître Beaton, Patrick passa voir sa mère. Il eut la chance de la trouver seule chez elle.

Après l'avoir saluée, il lui apprit ce qu'il avait découvert chez maître Beaton. Assis dans un fauteuil couvert de satin rose, il insista auprès de lady Caldecott.

— Réfléchissez bien, maman. Vous m'avez parlé des frères et sœurs de Levina ; y a-t-il parmi eux une célibataire entre deux âges vivant à la campagne ? Une certaine Martha Ellsworth ?

Perplexe, lady Caldecott secoua la tête.

— Je ne pense pas. Je suis à peu près sûre que ce n'est pas elle : ses deux sœurs s'appellent Anne et Cecilia et j'ai oublié leurs noms de mariage. C'était Levina la célibataire de la famille, jusqu'à son mariage avec lord Embry. Mais attends ! Laisse-moi réfléchir. Il me semble qu'il y a quelque chose… Ah, j'y suis ! Le frère de Levina, c'est-à-dire le père de Thomas, a épousé une cousine également du nom d'Ellsworth ; ce doit être elle qui a une sœur célibataire.

Patrick dévisageait sa mère, admiratif.

— Je me demande s'il y a un arbre généalogique absent de votre tête !

— Bien sûr que si, rétorqua lady Caldecott, amusée. Je n'ai aucune mémoire pour les dynasties des gens du commun.

Patrick éclata de rire, se leva, s'approcha et déposa un léger baiser sur la douce joue parfumée de sa mère.

— Je ne sais que faire de ce nouveau renseignement. Mais ne vous inquiétez pas à propos de votre maître chanteur, et tenez-moi au courant s'il formule de nouvelles exigences.

Il repartait quelques minutes plus tard. En sortant de chez sa mère, il se demanda quelle serait sa prochaine démarche.

Il jugea que son entretien avec M. Ellsworth pouvait attendre et consacra donc l'après-midi à s'occuper activement de ses propres affaires. Il dîna ensuite avec ses amis, lord Embry et Adam Paxton, dans leur taverne préférée sur Gerrard Street. Ce n'est qu'au dernier verre de porto qu'il aborda la question de Thomas Ellsworth.

— Est-ce que vous connaissez l'un ou l'autre l'endroit où je puis trouver Thomas Ellsworth ? demanda Patrick en posant son verre.

— On dirait, fit remarquer Nigel en l'observant, que tu t'intéresses brusquement beaucoup à la famille Ellsworth. N'est-ce pas à leur propos que tu m'as questionné l'autre jour ?

— Oui, je le confesse, répondit Patrick sans se démonter. Mais je ne m'intéresse pas tant à cette famille en général qu'à Thomas en particulier.

— Et pourquoi donc ? ajouta Adam.

— Eh bien, disons par curiosité naturelle, esquiva Patrick dont les yeux avaient l'air faussement endormi.

— Comme tu voudras, rétorqua lord Embry, mais je n'aime pas ça. Je n'aime guère non plus Ellsworth et son cousin Hirst. Belle paire de coquins de la pire espèce ! J'ai entendu jaser à leur propos, il paraît qu'ils s'entendent comme larrons en foire. Je ne veux rien avoir à faire avec eux. Surtout Ellsworth, c'est un butor. Ce ne sont pas des gens bien, même s'il a épousé cette fille pauvre, la fille Bettison. Ce n'est pas notre milieu.

Lord Embry désigna Patrick d'un doigt menaçant, avant d'ajouter :

— Cela me déplaît que tu t'intéresses à ces individus. Tu mijotes quelque chose, mon ami.

Sans se formaliser de sa dernière phrase, Patrick haussa les sourcils.

— Qu'est-ce que tu entends par « pas de notre milieu » ? Dieu sait que nous nous sommes payé une tranche de beuveries et de débauche et, pour la moitié de Londres, notamment ma mère, nous avons une réputation exécrable. Et n'oublie pas que la tante de Thomas Ellsworth avait le sang assez bleu pour épouser quelqu'un de ta parenté.

— Je n'ai pas dit que les Ellsworth ne comptaient pas quelques personnes de bonne naissance. Je parle de Thomas et de son cousin Hirst ; quoi qu'ils fassent, ils ne sont pas de notre milieu.

— À mon avis, interrompit Adam, Nigel veut dire qu'Ellsworth et Hirst n'ont pas le niveau. Toutefois, certaines branches de leurs familles ont des relations respectables. Il est vrai aussi que Hirst a épousé la petite

Northrop et qu'Ellsworth a épousé une aristocrate. Mais chacun sait que Hirst s'est marié contre l'avis de la famille, et que Bettison a offert la main de sa fille à Ellsworth contre l'annulation d'une dette, un gros pari que Bettison avait perdu. En l'occurrence, la jeune femme avait peu de chances de trouver un meilleur parti et Bettison avait hâte de s'en débarrasser. Mieux, le bruit court qu'Ellsworth et Hirst ont introduit des jeunes hommes sans expérience, tout frais arrivés de la campagne, dans un des lieux de perdition les moins recommandables de Pall Mall. Nous sommes joueurs et nous courons les femmes, mon ami, mais pervertir des jeunes qui ne reconnaissent pas leur droite de leur gauche, cela ne nous ressemble pas.

— J'en conviens, concéda Patrick sans laisser voir sa surprise d'entendre parler d'Hirst. Thomas Ellsworth n'a pas l'air d'un individu bien recommandable mais je suis en affaires avec lui.

— Tu n'auras pas besoin d'aller le chercher bien loin, maugréa Nigel qui connaissait depuis longtemps cette expression obstinée chez Patrick. C'est à quelques rues d'ici.

— Merci, répondit Patrick dont les yeux riaient. Et maintenant, messieurs, si vous voulez bien m'excuser, il faut que j'aille rendre visite à l'exécrable Ellsworth.

Écartant la question d'un éventuel lien entre Ellsworth et Hirst, Patrick trouva l'adresse sans grand effort. Le bâtiment était imposant et, malgré l'éclairage médiocre des réverbères, c'était une belle bâtisse, mais déserte. Aucune lueur ne filtrait à travers les volets clos. Patrick s'approcha et constata que le heurtoir avait été déposé : il était donc certain que la famille n'habitait pas là.

Patrick frappa quand même et, au bout d'un moment, il entendit bouger derrière la solide porte de chêne. Il cogna à nouveau avec sa canne et, une seconde plus tard, la porte s'entrouvrit en grinçant.

Un individu décharné, d'âge indéfinissable, se présenta avec une petite chandelle à la main.

— Qu'est-ce que vous voulez ? La famille est à la campagne.

Patrick se montra d'une civilité exquise et apprit que Thomas Ellsworth était parti le matin même à l'improviste pour sa propriété de campagne d'Apple Hill.

— Il a prévenu qu'il ne reviendrait en ville qu'au printemps.

Patrick lui glissa quelques pièces et remercia l'homme de l'avoir renseigné. Il soupçonnait Thomas Ellsworth d'être le maître chanteur de sa mère et, en tout cas, il était sûr qu'il était la personne avec qui il s'était bagarré la veille au soir. Il redescendit les marches du perron en se demandant si c'était également Ellsworth qui avait assassiné Hirst. C'était dans l'ordre du possible. Perdu dans ses conjectures, il faillit bousculer un monsieur d'un certain embonpoint qui montait les marches en courant.

— Pardonnez-moi, monsieur, s'excusa-t-il. Je pensais à autre chose, je ne vous ai pas vu. Surtout qu'on ne dise pas que Yates n'a pas d'éducation. Désolé de vous avoir bousculé de la sorte.

Patrick constata que son interlocuteur avait un visage rubicond et de joyeux yeux bleus. Yates, qui était-ce donc ? Sa présence avait-elle un rapport avec l'assassinat de Hirst et le chantage de sa mère ? Patrick accepta ses excuses et s'éloigna... lentement, car il était curieux de savoir la suite. Il entendit ainsi la conversation de ce monsieur avec le maussade domestique.

— Je sais que Tom est à la campagne, s'exclama le nouveau venu quand le domestique eut enfin rouvert. Mais il ne verrait pas d'inconvénient à ce que j'entre pour lui laisser un mot qu'il trouvera à son retour. Pousse-toi, vieux débris, laisse-moi passer si tu sais où sont ton intérêt et celui de ton maître.

Intéressant, ce genre de menace voilée, se dit Patrick. Il se promit de demander à Nigel s'il connaissait un certain Yates. Il s'éloigna, pensif.

Les événements se succédaient. Ce brusque départ d'Ellsworth à la campagne était louche. Le fait qu'Ellsworth et Hirst soient associés dans cet infâme trafic d'argent soutiré à de jeunes ignorants constituait la pièce manquante du puzzle. Ellsworth et Hirst étaient-ils également associés dans le chantage dont était victime sa mère ? Il inclinait à le penser. Et le meurtre de Hirst ? S'étaient-ils disputés, puis battus, avant qu'Ellsworth ne tue Hirst ? C'était compatible avec ce qu'il savait. La disparition du cadavre de Hirst le tourmentait. En effet, il semblait logique de cacher ce crime si Hirst avait été tué par Ellsworth, mais celui-ci devait savoir que Patrick avait vu le cadavre. Dans ce cas, pourquoi le faire disparaître ? Ellsworth ne pouvait deviner que Patrick avait ses propres raisons de ne pas signaler le meurtre. Rentrant chez lui, il ne parvint pas à tirer de conclusion. Cette situation était inextricable ; il ne pouvait ni s'en débarrasser ni penser à autre chose.

Abordant le problème sous un autre angle, il se demanda pourquoi Ellsworth, convaincu que c'était lui, était revenu sur les lieux chercher le paquet que Thea lui avait vu prendre la veille au soir. Pourquoi ne pas l'avoir emporté en même temps que le cadavre de Hirst ? Chaque hypothèse soulevait de nouvelles questions.

*

* *

Le samedi après-midi, Thea tournait en rond dans son salon : elle voyait l'avenir de manière moins pessimiste. Comme Patrick l'avait prévu, elle s'interrogeait sur l'idée de devenir sa maîtresse et estimait que plusieurs pièges l'attendaient. Toute la journée, elle avait tenté en vain de ne pas y penser.

Quand Patrick viendrait la chercher pour leur première rencontre, elle serait contrainte de mentir à Modesty et en concevait déjà des remords. Modesty lui faisait confiance, et elle comptait abuser d'elle. Plus encore, elle s'accusait de la dette qu'elle avait contractée vis-à-vis de sa famille. Sans son soutien, elle n'aurait jamais triomphé du scandale qui l'avait atteinte de plein fouet il y a dix ans. Le fait qu'elle soit désormais acceptée par la plupart de la haute société était dû à sa famille qui l'avait soutenue sans réserve. Accepter de devenir la maîtresse de Patrick était une folie, qui lui faisait emprunter le chemin conduisant à nouveau au scandale. Quelle sotte ! Une fois de plus, elle se laissait hypnotiser par un beau parleur ! Quand donc retiendrait-elle la leçon ?

Seule dans le petit salon, elle avait l'air très renfrogné quand Modesty entra.

Elle remarqua le visage soucieux de Thea et s'assit dans un fauteuil.

— J'espère que ce n'est pas à cause de moi que tu fais cette tête.

— Non, c'est purement de ma faute, la rassura Thea. Je me conduis parfois comme une écervelée.

— Vraiment ?

— De nouveau, j'ai perdu tout bon sens à cause de quelques baisers à la sauvette échangés avec un bel homme musclé. Tu crois qu'Hawley me servirait de leçon ? Je suis une sotte.

— Je vois. Et maintenant ? Tu as changé d'avis à propos des baisers à la sauvette et des bras musclés ?

Thea observa sa cousine. Elle n'était pas laide et, sans être d'une beauté fracassante, avait dû être charmante dans sa jeunesse.

— Est-ce que tu n'as jamais eu envie d'embrasser un homme ? demanda Thea.

— Oh, que si ! Et je l'ai fait ! répondit Modesty avec une étincelle dans les yeux. Quand j'avais vingt ans, j'ai connu un garçon que j'ai embrassé plus d'une fois et pas seulement à la sauvette. Nous voulions nous marier mais il est mort, et tout s'est terminé pour moi.

— Et alors ? insista Thea, navrée. Plus jamais un homme ne t'a fait battre le cœur ?

— Eh non, confirma Modesty avec un sourire. J'ai eu plusieurs prétendants sérieux mais, avec le temps qu'il m'a fallu pour me consoler, je m'étais habituée à mon indépendance. Alors, tant pis pour le mariage...

Thea se laissa glisser sur le sol à côté du fauteuil de Modesty. Sa robe vert tendre s'étala en corolle autour d'elle et elle posa la tête sur les genoux de Modesty. Celle-ci caressa avec douceur son épaisse chevelure noire.

— Qu'y a-t-il, mon poussin ? Qu'est-ce qui te tourmente ainsi ?

Thea leva de grands yeux tristes.

— Oh, Modesty ! J'ai tellement de soucis. Figure-toi que j'ai accepté de devenir sa maîtresse.

Modesty n'avait pas besoin de demander de qui Thea parlait. Sans interrompre sa caresse, elle lui demanda :

— C'est ce que tu souhaites ? Devenir sa maîtresse ?

— Je ne sais pas, avoua Thea. Je sais seulement que, quand je suis avec lui, le monde ne me semble soudain plus très passionnant. Et quand il m'embrasse, je ne pense à rien d'autre : c'est tellement merveilleux d'être dans ses bras.

— Et ton cœur, que te dit-il ?

— Je ne sais pas, répéta Thea stupéfaite. Je...

Modesty se pencha et, levant le menton de Thea, lui demanda :

— L'aimes-tu ?

— Oh, Modesty ! répondit Thea en ravalant un sanglot. J'ai peur que oui.

Incapable de supporter la bonté du regard de Modesty, elle enfouit son visage dans la robe de sa cousine et continua :

— Que faire ? J'ai peur de suivre les élans de mon cœur : tu sais où cela m'a conduite la dernière fois. Je ne veux pas être de nouveau la honte de la famille. Mais lui, je le désire !

— Et la seule solution est que tu deviennes sa maîtresse ?

— Je n'en vois pas d'autre, s'excusa Thea d'une petite voix. Tout le monde sait que je suis une fille perdue. Jamais un monsieur convenable ne voudra m'épouser.

— En es-tu si sûre ? Peut-être n'as-tu pas laissé sa chance à M. Blackburne. Peut-être éprouve-t-il les mêmes sentiments que toi. Y as-tu réfléchi ?

— Arrête de dire des bêtises ! Même s'il m'aimait, je ne l'épouserais pas. Je ne veux pas faire la honte d'une personne que j'aime. S'il faisait l'erreur de m'épouser, à supposer même qu'il le souhaite, il ne tarderait pas à me haïr. Je suis une femme perdue : tout le monde le sait ! Ma réputation me poursuivra toute ma vie et, à la longue, mon mari en viendrait nécessairement à me mépriser et à regretter de s'être fourvoyé. Si je soupçonnais Pat... M. Blackburne je veux dire, d'éprouver à mon endroit des sentiments, ce serait mon devoir de le repousser et de le dégoûter de moi. Ou encore de le chasser et de refuser de le voir de quelque façon que ce soit. C'est le seul moyen de lui éviter de commettre une épouvantable erreur. Non, conclut Thea avec un soupir, le mariage n'est pas pour moi.

Modesty la regarda un long moment sans mot dire.

— En es-tu si sûre ? répéta-t-elle.

— Absolument ! confirma Thea d'un ton sans réplique. Je ne veux pas faire de nouveau le malheur de quelqu'un. J'ai déjà tué Tom, j'ai apporté la honte sur notre famille, et le mariage catastrophique d'Edwina est de ma faute. Si je n'avais pas... Je me refuse de jeter à nouveau l'opprobre sur notre famille. C'est pourquoi il faut que je lui écrive pour lui annoncer que j'ai changé d'avis et ne puis devenir sa maîtresse.

Thea monta écrire un billet à Patrick et Modesty resta plusieurs minutes les yeux dans le vide. L'idée lui vint d'un plan pas tout à fait honorable. Elle l'étudia sous tous les angles, soupira et se dit que la fin justifiait les moyens. Il y avait des risques mais Modesty n'avait pas le choix : Thea semblait déterminée. Elle continuait à se punir à cause de son passé et s'obstinait à refuser le mariage malgré la qualité de son prétendant et les élans de son cœur. En fait, elle aurait pu accepter une union totalement aberrante à seule fin de montrer à tout le monde qu'elle ne méritait pas mieux.

Sa décision prise, Modesty se leva et monta elle aussi écrire un billet à M. Blackburne... et à plusieurs autres destinataires. Un peu plus tard, elle remit toutes les enveloppes entre les mains de Tillman et lui donna l'ordre formel de les faire remettre dans les plus brefs délais.

Si Patrick fut surpris de recevoir en ce samedi après-midi deux billets en provenance de Grosvenor Square, il cacha bien son jeu. Il lut d'abord le billet de Thea et fut plus soulagé que surpris de la voir se dédire. Comme il le soupçonnait, elle était capable de faire un pied de nez à l'ensemble de la société et aimait ça. Mais elle n'était pas prête à adopter une règle de conduite des plus contraignantes. Elle approchait de la limite, sans la dépasser. Sa bien-aimée, se dit Patrick avec un sourire, était peut-être plus rangée qu'elle ne le croyait elle-même.

Il reposa le mot de Thea et ouvrit la missive de Modesty. Au fil de sa lecture, son intérêt grandit : les idées de Modesty allaient loin ! Son plan était tentant et, il fallait bien le reconnaître, était peut-être le seul moyen d'obtenir la main de Thea. Mais, Seigneur ! Quelle allait être sa fureur ! Et il ne pourrait le lui reprocher. Allait-il oser le faire ?

Il passa la quasi-totalité de l'après-midi à ruminer la situation. Le plan de Modesty était-il si différent du sien ? Assurément, la situation était délicate. Il relut encore le billet de Modesty, le cœur serré. S'il commettait la sottise de demander sa main à Thea, elle refuserait tout net, il n'en avait jamais douté et l'avis de Modesty le lui confirmait. Thea renonçait maintenant à devenir sa maîtresse ; dès lors, elle se montrerait insaisissable et accueillerait avec les pires soupçons toute tentative de lui faire la cour, même la plus discrète. Cette petite chérie aux yeux sombres ne facilitait décidément la vie de personne, se dit-il en soupirant.

Dépité, il rédigea sa réponse à Modesty. Elle tenait en un mot, un refus.

Quand Modesty en prit connaissance, elle se dit que, décidément, Patrick Blackburne se comportait trop honorablement pour quelqu'un qui souffre d'une triste réputation et dont les intérêts sont en jeu. Modesty s'assit pour rédiger un nouveau billet. Elle le remit à Tillman avec les mêmes instructions que le précédent, et attendit la réponse avec impatience. Elle ne tarda pas à venir, et cette fois était la bonne.

Ayant répondu à Modesty pour la deuxième fois, Patrick reprit sa plume à l'adresse de Thea : bien que déçu par sa décision, il la comprenait parfaitement. Il espérait qu'elle l'autoriserait tout de même à passer la voir et à l'escorter en ville de temps en temps. Thea se hâta de répondre que, dès lors que leurs relations se bornaient à une amitié platonique, elle goûterait avec plaisir sa compagnie.

Le lundi matin, Patrick retrouva le sourire en lisant le petit mot très convenable de Thea. Si elle s'imaginait que leurs sentiments se limiteraient à de l'amitié, elle se faisait des illusions ! Et si elle espérait empêcher Patrick de la toucher, elle était folle !

Écartant un moment Thea de ses pensées, Patrick revint à Ellsworth. Une chose était certaine, il fallait qu'il aille lui rendre visite dans le Surrey.

Consultant la liste de ses rendez-vous, il constata qu'il ne pouvait partir avant mercredi ou jeudi, car il avait une obligation à laquelle il ne pouvait se soustraire : un dîner chez sa mère le mardi soir et elle avait particulièrement insisté pour qu'il y soit.

Un moment, il envisagea de partir dans l'heure et de revenir le lendemain soir pour le dîner de lady Caldecott. Mais il consulta la pendule et le ciel et renonça. Il était presque midi et la pluie n'avait pas cessé de tomber de la matinée. Se lancer sur des routes boueuses sous une pluie battante n'était pas son passe-temps favori, Ellsworth attendrait.

Tout en lui le poussait à se rendre chez son ensorceleuse aux yeux sombres, mais il se fit violence pour ne pas céder. Thea avait besoin de temps pour appliquer leurs nouveaux accords. Elle dominait toutes ses pensées et, si l'issue de l'affaire avait été moins douloureusement incertaine, il aurait trouvé la situation amusante. Lui, avec sa réputation de débauché endurci, se comportait vis-à-vis d'elle comme le moins expérimenté, amoureux pour la première fois.

Amoureux ? se demanda Patrick stupéfait. Lentement, un sourire se dessina sur ses lèvres. Mais oui, bon Dieu !

Et la personne qui avait réussi à susciter ce sentiment n'était autre que la tristement célèbre Thea Garrett. Patrick éclata de rire tout seul. Ils formaient une belle paire tous les deux, le coureur de jupons et la femme à scandale. Quel couple ! Patrick avait hâte que Tony et Arabella fassent la connaissance de Thea. Il était sûr qu'ils seraient charmés.

*

* *

En venant dîner chez sa mère, Patrick ne s'attendait pas à une soirée passionnante. Résigné à s'ennuyer, il arriva néanmoins assez tôt pour la mettre au courant de ses dernières découvertes avant l'arrivée des invités.

Lady Caldecott était majestueuse. Sa chevelure était constellée de perles et de diamants, et sa robe de satin bleu nuit discrètement ornée de paillettes ; c'était une véritable aristocrate, cela se voyait.

Elle reçut brièvement son fils dans son boudoir. Patrick lui dit tout ce qu'il savait et lui expliqua son intention d'aller trouver Ellsworth dès que possible.

— Tu penses que c'est lui qui me fait chanter ? lui demanda lady Caldecott, inquiète.

— Soit lui, soit son associé.

— Nous n'avons pas reçu de demande de paiement. Est-ce qu'on ne pourrait pas laisser les choses en l'état ? Je ne veux pas te mettre en danger. Tu es mon fils unique. Je n'ai jamais été très démonstrative, ni laissé parler mon cœur, mais je t'aime, mon fils. S'il t'arrivait quelque chose…

Sa voix se brisa, mais elle parvint à sourire.

— Plus je vieillis, plus je deviens sentimentale.

Il n'y avait pas si longtemps, Patrick ne connaissait de sa mère que le côté « grande dame ». Récemment, il avait commencé à entrevoir, sous les apparences mondaines, une véritable femme. Grâce au maître chanteur, il avait passé davantage de temps en tête-à-tête avec elle qu'il ne l'avait fait depuis longtemps. Il avait découvert en elle une nature chaleureuse. À présent, il savait qu'elle avait été amoureuse à la folie et il la regardait d'un œil nouveau. La vulnérabilité dont elle avait fait preuve face au maître chanteur et l'aide qu'elle avait demandée à son fils avaient éveillé un instinct de protection, et ouvert un coin de son cœur qu'il croyait fermé à sa mère.

Touché par cette phrase, Patrick embrassa la joue de lady Caldecott.

— Il doit s'agir d'un trait familial, répondit-il, car au fil des années, des choses que je tenais pour dérisoires deviennent fondamentales et, parmi elles, l'affection que vous me portez. Je vous aime, maman, et vais tâcher de ne pas me faire de mal.

L'inquiétude de sa mère n'était pas dissipée, mais il se prit à rire.

— Vous me connaissez, maman. J'ai livré pas mal de duels et commis nombre de fredaines, mais il ne m'est jamais rien arrivé. Comme vous le disiez vous-même : le diable protège les siens ! Ne vous inquiétez pas pour moi.

— Je me demande pourquoi, observa-t-elle sèchement, mais tu m'inquiètes plus que tu ne me rassures.

— Ne vous en faites pas, maman, insista-t-il en l'embrassant de nouveau. Tout va bien se passer, je vous le jure. Maintenant, descendons accueillir nos invités, si vous voulez bien.

Patrick s'était préparé à une soirée ennuyeuse et quelle ne fut pas sa surprise de voir que Modesty et Thea étaient au nombre des invités triés sur le volet par lady Caldecott. Patrick était en train de subir un long monologue du vieux lord Markley, vitupérant contre l'insolence des jeunes d'aujourd'hui, quand son regard fut attiré par une tache de couleur vive.

Regardant à l'autre bout du vaste salon, son cœur fit un bond dans sa poitrine : Thea, ravissante dans une robe de soie amarante, saluait lord et lady Caldecott. Modesty et Thea étaient accompagnées par un couple âgé que Patrick ne reconnaissait pas. À en juger à leurs sourires et à leur conversation animée, il était évident que Modesty et sa mère étaient plus que de simples connaissances ; Modesty y avait d'ailleurs fait allusion. Lady Caldecott salua également le grand et bel homme et sa petite épouse replète avec chaleur. Soudain, Patrick eut très envie de savoir de qui il s'agissait.

Laissant lord Markley à ses jérémiades, Patrick s'approcha du groupe, près des doubles portes de la salle de réception.

Patrick s'inclina courtoisement pour accueillir Thea et Modesty, et attendit que sa mère le présente à l'autre couple.

— Ah, tu ne connais pas lord et lady Garrett, n'est-ce pas, chéri ? demanda lady Caldecott avec un sourire. Je vais te les présenter. Ce sont l'oncle et la tante de Mlle Garrett, ils arrivent de province pour un séjour à Londres. Nous nous connaissons depuis des années, ils comptent parmi mes amis les plus chers.

On fit les présentations, et Patrick comprit tout de suite, en voyant l'oncle de Thea, à qui elle devait ses grands yeux sombres si expressifs. Lord Garrett avait pratiquement les mêmes yeux et une façon de vous regarder qui rappela tout de suite Thea à Patrick.

— C'est pour moi un plaisir de faire votre connaissance à tous les deux, affirma Patrick en s'inclinant sur la petite main de lady Garrett. J'espère que votre séjour sera agréable.

— Nous aussi ! répondit gentiment lady Garrett avec un sourire chaleureux. Il nous tardait beaucoup de vous rencontrer ; votre maman nous a souvent parlé de vous mais, à chacun de vos passages à Londres, nous devions être à la campagne.

— Cela fait des mois que nous ne nous sommes pas vus, continua sa mère à l'adresse de Patrick, et nous avons mille choses à échanger. Pendant que nous rattrapons le temps perdu, pourquoi ne fais-tu pas le tour de nos invités pour présenter Mlle Garrett ? Je crois que peu de nos invités la connaissent.

Patrick fut enthousiasmé par la trouvaille de sa mère car il cherchait un moyen pour entraîner Thea avec lui.

— J'en serai ravi, répondit-il en donnant le bras à Thea.

Et ils filèrent. Les cinq personnes d'âge mûr devisèrent un moment, puis lord et lady Garrett furent hélés par un vieil ami et s'écartèrent pour se joindre à lui.

Libres d'observer Thea et Patrick, Modesty et lady Caldecott s'en donnèrent à cœur joie. Lord Caldecott ne fut pas en reste.

Comme les dames ne disaient mot, il l'interrogea :

— Euh, ma chérie… Tu crois que c'est prudent ?

Lady Caldecott était songeuse ; lorsqu'elle était mariée, cela ne l'avait pas empêchée d'avoir une liaison. Avec cet adultère sur la conscience, comment pouvait-elle reprocher à Thea son passé ? Si sa propre aventure avait éclaté au grand jour, le scandale l'aurait autant affectée que Thea. Comment se permettrait-elle de lancer la pierre ?

— Peu importe si c'est raisonnable ou pas. Cela fait plus de dix ans que j'espère marier Patrick, rétorqua lady Caldecott, et Mlle Garrett n'est pas seulement la première femme qu'il ait jamais eu envie d'épouser, c'est la seule.

Une certaine nostalgie s'empara d'elle.

— La seule chose qui compte, c'est que Patrick soit heureux ; si elle fait son bonheur, je n'en demande pas plus. En outre, Thea est apparentée à l'une de mes meilleures amies : comment pourrais-je m'opposer à pareille union ? Peut-être n'est-ce pas le parti dont j'avais rêvé pour lui, mais va savoir s'il est lui-même le parti dont la famille de cette jeune femme avait rêvé pour elle !

— Bien, oui, tout cela est exact, acquiesça lord Caldecott. Mais son passé ? Est-ce qu'il ne te dérange pas ?

Hérissée d'avoir à défendre Thea, Modesty intervint sèchement.

— Sa famille et sa fortune sont plus que respectables. Quant au scandale, il remonte à dix ans. D'ailleurs, elle n'a rien fait de mal : elle a juste cru les belles paroles d'un vaurien et vous feriez bien de ne pas perdre de vue le fait que votre beau-fils n'est pas un ange. Je sais que c'est votre fils, Alice, et je ne voudrais en aucune façon vous froisser, vous le savez bien. La moitié de ce que je sais vient de vous : vous serez la première à reconnaître que vous ne me l'avez jamais décrit comme quelqu'un d'angélique.

— Certes, certes ! confirma lady Caldecott amusée. J'ai beau être sa mère, je suis la première à le reconnaître. Il s'est montré indomptable et obstiné dans ses bêtises. Son comportement m'a souvent plongée dans le désespoir et, au fil des années, ce qui me tourmentait le plus était son aversion pour le mariage, ou le risque qu'il s'engage avec une personne qui ne lui convienne pas.

Son regard se posa sur le jeune couple ; Patrick présentait Thea à lord Markley. Lady Caldecott retrouva le sourire.

— Et Thea lui convient. À merveille, je dirais !

*

* *

Ayant présenté Thea aux invités de sa mère comme elle l'en avait chargé, Patrick décida qu'il pouvait enfin penser à lui. Au moment même où il allait enlever Thea au nez des quelques personnes les plus pointilleuses de la haute société, Thea s'arrêta brusquement et s'exclama :

— Oncle Hazlett, comme c'est merveilleux !

Entraînant Patrick dans son sillage, elle se dirigea vers un petit personnage fort élégant, vêtu d'un superbe habit bleu nuit de bonne coupe. Il bavardait avec lord Garrett. Thea se jeta à son cou et l'embrassa vivement.

— Bonsoir, mon oncle ! Je ne m'attendais pas à vous voir ici.

— Et pourquoi pas ? répondit lord Hazlett avec un sourire affectueux. Lord Caldecott et moi-même nous connaissons depuis des années. Tu n'es pas la seule, ma chérie, capable de créer un remue-ménage en société. Comment vas-tu depuis quelques semaines ?

Soufflant la réponse à Thea, Patrick s'inclina poliment devant lord Hazlett.

— Bonsoir, milord. Comment allez-vous aujourd'hui ?

Patrick connaissait un peu lord Hazlett et fut surpris

d'apprendre qu'il s'agissait de l'oncle maternel de Thea. En fait, sa surprise n'était pas fondée : la noblesse anglaise avait un pouvoir immense mais représentait un très faible pourcentage de la population du pays.

On annonça le dîner et Patrick dut renoncer à s'entretenir seul à seul avec Thea. Bon, se dit-il un peu dépité, c'est peut-être mieux ainsi. Elle gardait ses distances et, s'il brusquait les choses, elle filerait se réfugier vers Modesty ou un de ses oncles. Il soupira. Il fallait se montrer circonspect. Hélas, la patience n'était pas son fort.

Patrick aurait été réconforté de savoir combien il coûtait également à Thea de tenir ses distances. Chaque fois qu'elle le regardait, elle sentait son cœur s'emballer de la façon la plus inconvenante. Qu'il était grand et beau ! Et charmant ! Comment avait-elle pu se montrer assez sotte pour refuser de devenir sa maîtresse ? Une hésitation lui vint. Patrick avait-il vraiment désiré faire d'elle sa maîtresse ? Après tout, il avait essuyé son refus sans un mot de protestation. S'il l'avait vraiment désirée, il n'aurait pas renoncé si facilement et aurait au moins tenté de la faire changer d'avis.

Elle était en train de l'observer, perplexe, quand il la regarda. Confuse de se laisser surprendre, elle rougit de manière charmante. Il en profita pour lui adresser un sourire si chaleureux, si adorable que Thea sentit son cœur bondir. Quelle sotte ! Comment avait-elle pu refuser les délices de l'amour avec Patrick !

Patrick nourrissait des pensées du même ordre alors que son regard s'attardait sur Thea, ses joues qui avaient rosi et ses épaules blanches mises en valeur par sa jolie robe. Elle avait tout ce qu'il pouvait désirer, et surtout un corps qui éveillait chez lui un désir brutal. Il soupira. Non, vraiment, la patience n'était pas au nombre de ses vertus !

Le dîner fut interminable. Les cinquante invités siégeaient à la même table. C'était ce que lady Caldecott appelait une réunion d'amis intimes et Patrick se demandait ce qu'elle entendait par dîner d'apparat.

La mère de Patrick trônait en bout de table et, quand elle se leva à la fin du repas, il faillit s'impatienter. Le dîner avait été d'un ennui mortel et à présent que les dames allaient se réunir à l'écart, il serait privé du spectacle de Thea qui avait mangé en face de lui. Il était tenu de boire au moins un verre de porto avec les hommes avant de quitter la salle à manger.

Le sourire aux lèvres, lady Caldecott fit tinter son verre de cristal avec quelques coups légers de cuillère. Quand tout le monde la regarda, elle déclara :

— J'ai une nouvelle à vous annoncer, une chose qui me rend particulièrement heureuse et dont je désespérais qu'elle arrive un jour.

Elle adressa un sourire éclatant à Patrick, brusquement saisi d'un affreux soupçon. Il coula un bref regard à Modesty, dont la contenance lui glaça le sang. Ô Seigneur ! Un complot !

— J'ai le plaisir de vous annoncer les fiançailles de mon cher fils, Patrick, avec la très charmante Mlle Thea Garrett. L'événement a déjà été communiqué au *Times*, qui publiera la nouvelle dans son édition de demain. Certains estimeront ce mariage précipité, mais beaucoup de nos amis et de nos connaissances vont quitter la ville pour l'hiver et il n'y a aucune raison de le différer. Et n'oubliez pas que mon fils se doit à sa plantation d'Amérique, ce qui limite la durée de son séjour en Angleterre. Je crois qu'il compte repartir dans quelques semaines avec sa femme. Grâce à une dispense spéciale, ils se marieront samedi prochain.

Elle fit le tour de la table du regard avec un sourire satisfait, sans s'attarder sur l'expression figée de Patrick, ni sur Thea totalement pétrifiée.

— Vous êtes tous invités. Lord et lady Garrett nous ont déjà donné leur accord pour que le mariage et la réception aient lieu ici. C'est merveilleux ! conclut lady Caldecott, radieuse.

10

Dès qu'elle fut seule avec son fiancé, Thea explosa.

— Je n'ai jamais rencontré quelqu'un d'aussi sournois, perfide et vil que vous ! Comment ai-je pu vous faire confiance ? Vous avez menti à tout le monde, même à votre propre mère. Comment osez-vous ! Avec Hawley Randall, je croyais avoir rencontré la bête la plus malfaisante qui soit, mais vous…

Les mots lui manquèrent et elle ferma la bouche avec une brusquerie qui fit tressaillir Patrick. Dans l'obscurité de la voiture qui les raccompagnait chez Thea, Patrick distinguait mal les traits de sa future femme, mais il n'avait aucun doute quant à ses états d'âme. Il fit la grimace car il n'avait pas lieu de les lui reprocher. Sa mère et Modesty les avaient tous les deux complètement piégés ; il se savait innocent des fautes que sa fiancée lui imputait dans sa colère, mais il avait peu de chances de la convaincre.

Elle avait au moins eu le bon goût d'attendre qu'ils soient seuls pour exprimer sa rage et il lui en était reconnaissant. Elle n'avait pas non plus démenti en public l'annonce faite par sa mère. Il désirait épouser Thea et avait l'intention de le faire. S'il aurait préféré organiser l'affaire à sa façon, il ne lui déplaisait pas de profiter de la situation telle qu'elle se présentait. Sa mère et Modesty lui avaient tendu un piège incroyable, mais il n'avait guère envie de s'en échapper. Du moment qu'il partageait cette prison avec la femme aux yeux noirs qui possédait son cœur.

— Vous êtes ignoble, reprit Thea, infâme et sans scrupules ; je ne vous épouserai jamais ! Quand bien même vous seriez le dernier homme vivant sur cette terre ! Quand bien même…

— Mais si, vous m'épouserez, rétorqua Patrick à voix basse, en la soulevant de son siège face à lui.

— Lâchez-moi ! protesta Thea, soufflée, en se débattant pour lui échapper. Pour qui vous prenez-vous ? Espèce de fripouille !

Elle était indignée, mais Patrick la posa sans effort sur ses genoux. Il comprenait parfaitement Thea, mais, qu'ils le veuillent ou non, ils s'étaient fait prendre au piège par deux conspiratrices admirables. Colère et fureur n'y changeraient rien, il fallait que Thea vive tout cela au mieux. Ils allaient se marier, et pas plus tard que samedi.

Tout en contrant les efforts qu'elle faisait pour se dégager, il lui demanda :

— Est-ce que vous me croirez si je vous affirme que je ne suis pour rien dans tout ça ? J'ai été aussi surpris que vous par l'annonce de ma mère. Croirez-vous que ma mère et Modesty se sont concertées pour nous duper tous les deux ? Je suis aussi innocent que vous !

— Non ! s'écria Thea en le foudroyant du regard. Et vous êtes à blâmer pour imputer cela à deux femmes merveilleuses que j'adore.

Patrick soupira. Il savait qu'elle ne le croirait pas, mais il fallait bien essayer.

— Que voulez-vous que je fasse, chérie ? demanda-t-il. Dois-je écrire au *Times* et leur apprendre que l'annonce est une erreur ? Que ma mère a menti ? Qu'ils doivent publier un démenti ? Ça vous plairait ? Je crois que cela déchaînera un torrent de ragots bien pis que la nouvelle de nos fiançailles. Vous aimez tant que cela faire jaser ?

Thea, outrée, sursauta.

— Que c'est méchant de dire ça ! Bien sûr que je n'ai pas envie d'être l'objet de ragots. Après tout ce que j'ai subi, vous croyez que j'aime faire parler de moi ?

— Oui, de vous, ma chérie. De vous seulement ! insista Patrick en souriant.

Thea le défia du regard : elle ne croyait pas un mot de ce qu'il disait. En revanche, elle était totalement paralysée par sa proximité physique et s'en maudissait. Elle aurait voulu le trouver aussi ignoble et répugnant qu'elle le prétendait, mais c'était loin d'être le cas. Elle ressentait leur intimité passagère dans ses moindres détails, et cela la troublait profondément. Elle percevait nettement la fermeté des cuisses de Patrick sous ses fesses, ses bras qui la tenaient solidement prisonnière et sa bouche à quelques centimètres de la sienne. Oh, cette bouche, le souvenir de leur contact, les sensations exquises qu'elles lui avaient données… Elle ne savait que penser, animée de sentiments si contradictoires. Pour l'instant, elle le haïssait ! Il l'avait trompée, dupée. Il avait entraîné sa pauvre mère et cette chère Modesty dans un complot visant à concrétiser ses abominables desseins… et il leur en imputait la responsabilité, par-dessus le marché !

Elle leva le menton d'un air impérieux.

— Pourquoi vous croirais-je ? Je sais que vous ne voulez pas m'épouser, vous vouliez faire de moi votre maîtresse.

Frappée par une nouvelle idée, elle manqua s'étouffer.

— Vous avez fait cela parce que j'ai refusé de devenir votre maîtresse ! Vous vous êtes vengé ! Voilà la raison de cette mise en scène. Quand j'ai changé d'avis, que j'ai refusé de me fourrer dans vos griffes, vous vous êtes vengé en m'obligeant à vous épouser.

Patrick avait du mal à garder son sérieux. Il n'y avait que Thea pour préférer le statut de maîtresse à celui d'épouse !

— Vous êtes sûre que vous n'avez pas envie de réfléchir un peu ? demanda-t-il d'un ton taquin. En général, les femmes aiment bien qu'on les demande en mariage.

Thea croisa les bras sur sa poitrine.

— Si j'ai bonne mémoire, ce n'est pas ma main que vous m'avez demandée.

— Fort bien. Dans ce cas…

Il baissa la tête et effleura de ses lèvres la bouche de Thea.

— Mademoiselle Garrett, voulez-vous me faire le grand honneur de devenir ma femme ?

Au contact de ses lèvres, le cœur de Thea lui manqua. Mais elle n'allait pas se laisser distraire par un délicieux baiser. S'écartant de lui, elle répondit avec délectation :

— Pour rien au monde !

— Vous me fendez le cœur, chérie ! protesta Patrick. Mais je crois que vous n'avez pas le choix : même si l'on pouvait faire jurer le silence à tous les invités de ma mère ce soir, il ne faut pas oublier cette maudite annonce dans le *Times*.

Thea, interdite, le dévisagea en silence, l'esprit en déroute. Après tout, était-ce si grave de l'épouser ? Au fond de son cœur, elle connaissait la réponse à cette question : elle était furieusement attirée par lui. Mais cela ne changeait rien au fait que, d'une part, elle n'avait pas confiance en lui et que, d'autre part, elle ne comprenait pas ses motivations. Le fait que quelqu'un comme Patrick Blackburne éprouve véritablement le désir de l'épouser ne lui avait pas effleuré l'esprit. Elle n'avait jamais oublié qu'elle était une femme perdue et qu'elle avait provoqué la mort de son frère. Elle ne savait donc comment juger Patrick. La fâcheuse réputation dont elle était accablée ne semblait pas le détourner d'elle... Pas plus que ses excentricités, comme leur visite à Curzon Street, ne l'avaient dégoûté d'elle. Mais alors, était-ce sa mauvaise réputation qui l'attirait ? Est-ce qu'il se servait d'elle pour braver la société ? Pensait-il que son passé chargé ferait d'elle une femme complaisante, acceptant toutes ses fredaines ?

Vaguement nauséeuse, Thea regarda par la fenêtre de la voiture. Elle n'aimait pas le cours de ses pensées, mais ne savait à quoi se raccrocher. Tout en elle se rebellait à l'idée qu'il soit si blasé, si perfide, mais elle ne pouvait nier qu'il l'avait bel et bien attirée dans le mariage par la ruse, quelles que soient ses motivations.

Soudain, c'en fut trop pour Thea. Elle était tiraillée par ses émotions : son cœur l'entraînait dans un sens et son expérience dans l'autre. Il y avait deux choses auxquelles elle ne pouvait échapper : il l'attirait d'une façon aussi irrésistible qu'incompréhensible, par ailleurs leur sort était scellé depuis que lady Caldecott avait fait cette déclaration en présence des membres les plus influents de la haute société, sans parler de cette maudite annonce dans le *Times*. Ainsi, malgré sa colère et son ressentiment, elle épouserait Patrick Blackburne.

— Je ne puis réfuter ce que vous venez de dire, répondit-elle sombrement. Ma famille a l'air enchanté de ce mariage, et je ferais beaucoup pour leur plaire, jusqu'à vous épouser.

— Bah, répondit Patrick, honteux de la jubilation qui l'envahissait, du moment que vous m'épousez !

Elle serait sa femme, il la séduirait et exigerait qu'elle l'aime. Une fois son cœur conquis, il déposerait le sien à ses pieds. Plein d'espoir à l'idée de la bataille qu'il livrerait pour gagner son amour, il l'attira contre lui et l'embrassa à pleine bouche. Il l'embrassa avec toute la voracité qu'il refoulait depuis un moment, avec toute la force du désir qui le brûlait.

Thea se raidit sous son étreinte. Elle n'était pas d'humeur à l'embrasser mais son corps et son cœur étaient d'un tout autre avis. Tandis que son baiser devenait plus profond, le désir surgit en elle, puis s'épanouit et toute idée de résister s'évapora. Elle l'aimait, tout misérable qu'il fût ! Avec un soupir, elle referma ses bras autour de la nuque de Patrick et, lui rendant son baiser, se pressa contre lui.

Sans se soucier de faire tanguer la voiture, alors qu'ils approchaient de la maison, Patrick embrassa sa fiancée avec une passion de plus en plus brûlante.

D'une main fébrile, il lui effleura un sein, puis laissa glisser sa main plus bas. Il fouilla un instant les plis des jupes de soie et poussa un petit cri de plaisir quand sa main glissant sous le tissu toucha enfin la peau nue de sa jambe. Prise de vertige et sidérée, Thea s'agrippait à lui, frissonnant de la tête aux pieds sous la caresse de cette main chaude. Lorsqu'il lui saisit la cuisse et en pétrit avec douceur le galbe, il arracha à Thea une exclamation de bien-être. Jamais elle n'avait éprouvé pareille sensation. Elle désirait plus que tout qu'il continue son exploration. Et il le fit : ses doigts agiles finirent par atteindre la toison.

— Tes jambes, chérie, écarte-les. Laisse-moi te toucher, supplia Patrick dans un souffle.

Ivre de sensations, Thea obéit. Comment aurait-elle refusé ? Tout en elle voulait que ces instants magiques se prolongent. Âme et corps vibraient d'un même désir. La caresse de Patrick, tandis qu'il écartait et effleurait la chair délicate cachée sous les boucles, ne faisait qu'attiser son désir. Il allait la rendre folle, se dit-elle, tandis qu'elle haletait et se tordait sous ses caresses de plus en plus osées. Soudain, quand un doigt de Patrick se glissa à l'intérieur d'elle, elle faillit crier. Les ardeurs les plus primitives et les plus impérieuses bouillonnaient en elle.

Elle voulait être plus près encore de Patrick. Tremblante et maladroite, elle multipliait ses baisers.

Patrick était prisonnier de ses émotions tout autant que Thea et il gémit sous l'effet de ses gestes provocants. Il ne désirait rien de plus que de s'unir à elle, mais, ô douleur, il savait que le temps manquait.

Il faillit s'abandonner. Il faillit allonger Thea sur le siège, libérer sa virilité prisonnière et s'épancher entre les douces cuisses de Thea. Mais il ne le fit pas. Quelque chose en lui d'encore raisonnable refusait que leurs premiers rapports fussent bâclés sur le siège d'une voiture. Non seulement il ne voulait pas que la première fois se déroule dans ces circonstances mais en outre il voulait avoir le temps de donner à Thea tout son plaisir et de lui enseigner toutes les joies que peuvent partager un homme et une femme.

Cette pensée lui avait à peine traversé l'esprit que la voiture s'arrêta. Refoulant son envie de crier sa frustration, Patrick retira à regret sa main de sous les jupes de Thea et l'assit bien droite sur le siège en face du sien.

— Je crains qu'il ne nous faille différer notre plaisir. Tu es chez toi.

Thea le regarda d'un air absent. Le corps toujours en feu, le désir provoqué par Patrick envahissait toutes ses pensées. Elle mit un moment à revenir à la réalité et, quand elle le fit, elle fut pétrie de honte. Avant que Patrick n'ait le temps de prévenir son geste, elle fut soudain prise de panique. Pour lui échapper, elle se précipita sur la porte et l'ouvrit violemment, puis sauta à terre. Quand Patrick fit mine de la suivre, elle l'arrêta d'un geste impérieux.

— Ne bouge pas, ordonna-t-elle d'une voix étranglée. Je ne veux pas de toi, laisse-moi tranquille.

— Voilà qui ne sera pas facile, répondit-il un peu ébranlé. Tu ne crois pas ? Nous sommes fiancés, nous allons nous marier.

Thea, dépassée par la situation, ravala un sanglot.

— Laisse-moi tranquille, répéta-t-elle et, saisissant sa jupe pourpre, elle gravit le perron quatre à quatre et disparut.

Étouffant un juron, Patrick s'adossa contre le siège de la voiture. Il ouvrit la fenêtre de communication intérieure et ordonna au cocher :

— Au White's !

S'étant fait déposer à l'entrée du club, Patrick monta jusqu'au perron et entra. Il était membre du White's depuis que son père l'avait inscrit, il y avait de cela très longtemps. D'après les habitudes de Patrick et de ses amis, on était encore en début de soirée ; Patrick ne fut donc pas surpris de trouver lord Embry, Adam Paxton et une demi-douzaine de leurs connaissances réunis autour d'une table de jeu.

Patrick resta en retrait plusieurs minutes avant d'attirer le regard de lord Embry. Il lui fit signe qu'il souhaitait le voir en particulier et attendit qu'il puisse le rejoindre. Paxton surprit leur manège et, d'un signe, Patrick l'appela également. Quelques instants plus tard, Paxton posait à son tour ses cartes et quittait la table.

Entouré de ses deux amis, Patrick se dirigea vers un coin tranquille. Ils s'assirent et se firent servir des verres de porto par un serveur en pantalon court de couleur noire.

— J'ai une nouvelle à vous annoncer, attaqua Patrick. Après cela, j'ai l'intention de me saouler méthodiquement. Vous me tiendrez compagnie ?

— Certes, je serai ravi de profiter de l'occasion, répondit Nigel. Cela fait bien trois jours que cela ne m'est pas arrivé.

Adam sourit et leva son verre vers Patrick.

— Cela me semble une façon fort agréable de passer la soirée.

Patrick avala une bonne lampée de porto et, se tournant vers ses amis, dit :

— Je veux que vous soyez parmi les premiers avertis : je vais me marier. L'annonce paraîtra dans le *Times* demain matin. Le mariage aura lieu samedi après-midi, chez ma mère.

Embry et Paxton tombaient des nues, ce qui fit sourire Patrick.

— Vous serez heureux d'apprendre que ma future femme n'est autre que Thea Garrett.

Patrick sourit de nouveau en observant le sursaut de Nigel et le regard ahuri de Paxton.

Ses deux amis ne l'auraient pas regardé autrement s'il lui avait soudain poussé des cornes et qu'il s'était mis à cracher du feu.

— Dans ces circonstances, il n'est pas interdit de présenter des félicitations, vous savez, murmura-t-il.

— Par Dieu ! bafouilla Nigel. Tu es devenu fou ? Je t'avais mis en garde à son sujet. Tu ne m'as pas écouté ?

Patrick changea d'expression pour éviter à ses amis d'aller trop loin.

— Tu ferais bien de ne pas perdre de vue, mon ami, que tu parles de la personne que j'ai l'intention d'épouser… Est-ce que je me suis fait comprendre ?

Nigel blêmit. Il se considérait comme doté d'un certain courage mais il fallait être téméraire pour envisager de défier Patrick en duel. En effet, il était aussi adroit au pistolet qu'à l'épée.

Paxton se racla la gorge.

— Euh… comment est-ce arrivé ? Je n'ai pas souvenir que tu aies… fait la cour à cette personne.

Patrick retrouva le sourire et but une gorgée de porto.

jamais entendu d'idée aussi grotesque ! Un
ussi distingué que Patrick Blackburne ne
s à des choses pareilles. En outre, est-ce que
emble pas une mesure bien extrême face à
minime ?
ne que tu as raison, reconnut Thea. Mais tu
s qu'il s'est montré d'une fourberie inquali-
sant passer cette annonce par sa mère sans
er mon avis ! Il s'est montré plus que cava-
!
e, suggéra Modesty en rougissant brusque-
il pas voulu risquer un refus de ta part...
é par toutes sortes de mauvaises raisons,
'est peut-être dit que la seule façon d'obtenir
onsistait à ne pas te laisser le choix.
hea continua à interroger Modesty.
avis, ce qu'il a fait est honorable ?
écidément mal à l'aise, s'éclaircit la gorge.
alifierais pas ce geste d'honorable mais,
n'est pas déshonorant non plus. Oui, on
c'était cavalier.
n hussard, oui ! renchérit sèchement Thea.
ressasser ça, ma chérie, conclut Modesty
t la main. Réfléchis : samedi après-midi,
des plus beaux partis de Londres. Nous
de décisions et de dispositions à prendre.
ire une robe de mariage immédiatement.
convaincre notre couturier préféré de
tres clients en attente pendant quelques
pas passionnant ? Tu vas te marier !
son humeur sinistre et de sa méfiance
tivations de Patrick, Thea commençait à
ée par l'enthousiasme de Modesty. Une
ion s'emparait d'elle. Elle allait se marier !
lackburne ! Et cette union ne comportait
onvénients, reconnut-elle rêveuse en évo-
e éblouissant de Patrick et les moments
dans la voiture.

— Cela a pourtant été le cas, crois-moi. Et je suis le premier à reconnaître que je l'ai courtisée de façon peu orthodoxe. Mais j'ai pris son cœur et ai l'intention de l'épouser.

— Tu ne serais pas amoureux de cette petite ? hasarda Nigel avec un regard aigu.

— Je crains bien que si, répondit Patrick.

— Est-ce un mariage d'amour ? demanda Paxton qui n'arrivait pas à en croire ses oreilles.

— Absolument ! confirma Patrick. Toutefois, à cette minute, il est probable que cette jeune personne préfère me porter en terre plutôt que m'accompagner à l'autel.

— Tu vois ! s'exclama Nigel. Je t'avais averti.

Au regard que Patrick lui lança, il referma vivement la bouche.

— Mariage samedi, as-tu dit ? continua Paxton. Dans ce cas, je suggère que nous nous rendions dans un établissement moins respectable pour nous y enivrer de la façon la plus répugnante.

— C'était exactement ce que je comptais faire, acquiesça Patrick.

*
* *

Pendant que Patrick et ses amis étaient au White's, Thea se déshabillait dans sa chambre avec l'aide de Maggie ; non qu'elle en ait vraiment besoin mais elle aurait vexé Maggie en l'éconduisant. Elle supportait donc que sa fidèle servante fasse un certain nombre de choses qu'elle aurait pu faire seule. Maggie remarqua que Thea était tendue et peu loquace. Quand Thea, vêtue d'une fine chemise de nuit de batiste, fut enfin au lit, calée sur ses coussins, Maggie hésita à la quitter. Debout à côté du lit, elle lui demanda :

— Est-ce que je puis vous porter quelque chose, mademoiselle ? Une boisson chaude, peut-être ?

— Non, merci, Maggie, répondit Thea. Ça ira. Va te coucher.

Maggie hésitait, et Thea la congédia d'un signe de la main. Une fois Maggie sortie, Thea s'assit dans son lit, réfléchissant à son sort. À cause des circonstances de la mort de Hawley et de Tom, elle avait acquis la certitude que jamais elle ne connaîtrait l'amour. Pendant des jours et des jours d'angoisse, elle s'était juré de ne jamais refaire confiance à de belles paroles. Sachant qu'elle était désormais une fille perdue, elle se résigna à rester célibataire toute sa vie. En tout cas, elle s'ôta de l'esprit qu'un parti convenable se présenterait un jour. Elle soupira. Pour le moment, elle ne pouvait dire que Patrick voulait l'épouser; il se vengeait du fait qu'elle ait refusé de devenir sa maîtresse.

Cette façon de voir les choses n'était pas si bizarre qu'il pourrait sembler: il y a des gens, elle en connaissait, qui se donnent un mal fou pour se venger du moindre manque d'égards. Il n'était pas impossible que Patrick en fasse partie.

Certes, il n'avait jamais manifesté la moindre mesquinerie mais on ne sait jamais, elle le connaissait peu. Elle soupira de nouveau, maussade. Non, elle ne le connaissait guère, mais elle le trouvait éminemment attirant.

Elle savait que Modesty était rentrée car, quelques minutes plus tôt, elle avait entendu la porte de sa chambre s'ouvrir et se refermer discrètement. Quand la soirée chez les Caldecott s'était terminée, Thea avait appris que lord et lady Garrett s'étaient débrouillés pour raccompagner Modesty chez elle dans leur voiture. Il était peu probable que Modesty n'ait pas envie de discuter des événements de la soirée et Thea se prépara à recevoir sa visite.

Elle ne l'attendit pas longtemps. On frappa discrètement à la porte et elle entra, vêtue d'un somptueux déshabillé en soie ambre et dentelle sur sa chemise de nuit.

Modesty referma la porte derrière elle et vint s'asseoir au bord du lit.

— J'espérais que tu ne dormirais pas. Cela m'a fait plaisir de voir la lumière sous ta porte. Alors, mon poussin, continua-t-elle en serrant entre les siennes la main

de Thea, ce fut une soirée f
ce pas?
Thea sourit faiblement.
— Certes, certes! Est-ce
que moi?
Modesty baissa les yeux.
— Pas vraiment, reconn
dent que M. Blackburne ét
— Son intention, Modes
de moi sa maîtresse, et no
— Si c'était le cas, à qu
ce soir?
— Je l'ignore, répondit
ce que je sais, c'est que j'
le discours de lady Cald
jamais parlé de mariage.
j'étais la seule à tout ign
Modesty feignit la stu
— Thea! Comment
pareille? Tu crois que je
serions à de telles mano
rait à te contraindre à
veux pas? Je te le dis to
tion bien troublante. V
pas épouser M. Blackb
— Mais si! concéda
— Alors, quoi? insis
il y a quelques jours à
Tes sentiments ont-ils
Thea ne savait plus
— Non, je l'aime. C
qu'à un moment il ait
l'instant d'après, sans
fasse annoncer que n
un terrible scandale,
l'épouse. Tu crois q
société ou par venge
nir sa maîtresse?
Modesty la coupa

— Je n'a
monsieur
s'abaisse pa
cela ne te s
une offense
— J'imag
reconnaîtra
fiable en fa
me demand
lier, cynique
— Peut-êt
ment, n'a-t-
refus motiv
bien sûr! Il s
ce mariage c
Perplexe,
— Et à to
Modesty, c
— Je ne q
après tout, i
peut dire que
— Digne d'
— Arrête d
en lui tapota
tu épouses u
avons des tas
Il faut faire fa
Nous devons
mettre ses au
jours. N'est-ce
En dépit de
quant aux mo
se sentir gag
étrange excitat
Avec Patrick B
pas que des in
quant le souri
passés avec lui

Le lendemain matin, quand Thea s'éveilla, tout le monde avait lu dans la presse l'annonce de ses noces imminentes et venait lui rendre visite. Elle avait à peine fini son petit-déjeuner et s'installait avec Modesty dans le petit salon pour discuter de leur organisation que les visiteurs commencèrent à affluer. À sa grande stupéfaction, Thea s'aperçut qu'elle était heureuse de l'approbation des personnes de son milieu. On lui faisait fête, on la cajolait, on s'exclamait à son sujet ! Le fait d'occuper brusquement une position en vue la laissait perplexe. Parmi les premiers à se présenter, il y avait de vraies amies, comme lady Roland, très excitée par la nouvelle, et des membres de sa famille comme lord et lady Garrett, lord Hazlett et son fils John. Thea ne doutait pas que la famille se soit déplacée pour prouver à l'opinion tout entière que la précipitation de ce mariage n'avait rien dont il faille s'étonner. Thea, la gorge nouée, se jura d'être exemplaire afin de ne pas embarrasser ses proches.

Le fait que la haute société lui ait pardonné ses histoires passées fut manifeste quand lady Jersey, maîtresse en titre du prince de Galles et une des clientes d'Almack, entra dans la pièce. Elle vint s'asseoir sur le canapé à côté de Thea, tout sucre tout miel.

— Chère, très chère Thea ! C'est merveilleux ce qui vous arrive ! Quelle n'a pas été ma joie en lisant l'annonce ce matin ! Quel dommage que ce charmant polisson de Patrick ait résolu de vous arracher si tôt à nous ! Il ne vous laisse même pas le temps de préparer convenablement ce mariage. N'est-ce pas romantique ?

Thea acquiesça d'un signe de tête et échangea un regard amusé avec Lisbeth, assise en face d'elle dans le petit salon encombré. La pièce bourdonnait : aux premiers arrivés s'étaient jointes des dizaines de dames qui papillonnaient, de fringantes mères de famille habillées à la dernière mode, de jeunes coquettes maniérées chaperonnées par leurs redoutables mamans. Il y avait même les amis de Patrick, lord Embry et Adam Paxton, venus présenter leurs félicitations. Thea remarqua la grimace de Nigel quand une jeune femme éclata d'un rire particulièrement sonore tout près de son oreille ; Paxton, de son côté, avait une mine légèrement verdâtre. Thea comprit que les deux amis avaient dû aider son fiancé à enterrer sa vie de garçon la veille au soir. Elle formula le vœu que Patrick souffre d'une migraine insupportable.

Tillman, secondé par un valet recruté au pied levé, s'activait au service des boissons comme s'il s'agissait de son travail habituel. L'impassibilité condescendante du maître d'hôtel prouvait à Thea qu'il appréciait cette activité.

Prenant une gorgée de café, Thea observait la pièce d'un œil surpris : elle n'arrivait pas à se convaincre qu'elle était au centre de ce tourbillon de bienveillance rayonnante. Naturellement, elle savait que son fiancé soulevait beaucoup de curiosité et d'émotion ; il y avait en outre le fait que ce fameux fiancé soit le fils d'un des plus grands noms de l'aristocratie, lady Caldecott.

Surveillant les réactions des personnes présentes lorsque lady Caldecott arriva, une demi-heure plus tard, Thea se retint de sourire. Avançant majestueusement dans la pièce, avec son élégante robe bleu marine froufroutant sur ses chevilles, lady Caldecott adressa à la ronde un sourire de satisfaction. Avec le charme hautain d'une souveraine saluant ses sujets, elle fit un signe de tête à tel ou tel et vint s'installer à côté de Thea. Elle l'embrassa chaleureusement sur la joue, et lui souffla :

— Très chère enfant ! Alors, comment supportez-vous toute cette sollicitude ?

— Je ne reviens pas de ma surprise, avoua Thea en souriant. Ils ont tous l'air de m'aimer.

Lady Caldecott gloussa et, après un regard circulaire dans la pièce, ajouta avec douceur :

— Il ne manquerait plus que ça, qu'ils ne vous aiment pas ! Ils auraient affaire à moi !

— Savez-vous, observa Thea en pouffant, que votre fils a parfois des expressions qui sont exactement les vôtres ?

— Comme tu es charmante de me dire cela, répliqua lady Caldecott ravie. Alors, dis-moi, as-tu décidé avec Modesty qui va faire ta robe ?

Modesty et Lisbeth approchèrent et il s'ensuivit une discussion animée comparant les couturiers les plus célèbres de Londres.

— Je n'ai pas la chance d'avoir de fille, expliqua lady Caldecott en tapotant la main de Thea. J'espère que tu m'autoriseras à te guider là-dessus. Et permets-moi de t'offrir cette robe: cela me fait tant plaisir!

Thea ne se souvint pas par la suite de la façon dont la chose s'était déroulée, mais elle accepta docilement la proposition de lady Caldecott qui, ayant obtenu ce pour quoi elle était venue, se leva.

— Laisse-moi m'occuper de tout, ma chère enfant.

La foule se dispersa progressivement, et les arrivants se firent rares. Quand les derniers se retirèrent, Lisbeth, Modesty et Thea se laissèrent tomber sur leurs sièges, épuisées.

C'est alors qu'Edwina fit irruption dans la pièce.

Elle entra d'un pas vif, de l'orage dans les yeux, et jeta sur les genoux de Thea le numéro du *Times* en demandant sans préambule:

— C'est vrai? Tu épouses Patrick Blackburne?

Modesty et Lisbeth échangèrent un regard entendu et se redressèrent. Déconcertée par l'arrivée fracassante de sa sœur, Thea n'avait pas le choix:

— Oui, c'est vrai. Je l'épouse samedi.

— Espèce d'hypocrite! repartit Edwina, outrée. Tu me colles avec cette nullité de Hirst et toi, tu rafles un homme riche qui a des relations!

— En voilà assez, Edwina! coupa Modesty. Personne ne t'a obligée à épouser Hirst. C'est toi qui y as absolument tenu, en dépit des objurgations de Thea. Tu devrais te réjouir de la bonne fortune de ta sœur.

Edwina se laissa tomber dans le fauteuil le plus proche avec une moue boudeuse.

— Je suis heureuse pour Thea, mentit-elle avec effronterie. Mais ce n'est pas juste que ce soit Thea qui fasse le beau mariage de la famille. J'ai toujours voulu épouser quelqu'un comme lui, et c'est le scandale abominable provoqué par Thea qui m'en a empêchée.

Edwina fit bouffer ses boucles blondes avant de poursuivre :

— Tout le monde a toujours dit que je suis beaucoup plus jolie qu'elle et, de surcroît, je n'ai pas sa réputation.

Edwina frappait fort et juste et le petit nuage sur lequel planait Thea s'évanouit. Elle avait toujours eu du mal à comprendre et à excuser la vanité d'Edwina qu'elle se reprochait, d'ailleurs. Elle avait contribué à gâter sa petite sœur quand elle était jeune et adorable. On disait souvent d'Edwina Hirst que c'était une enfant gâtée, obstinée et égoïste.

Lisbeth ne s'en laissa pas conter. Une lueur de défi dans les yeux, elle passa à la contre-attaque.

— Ta beauté ? L'habit ne fait pas le moine. Quant à ta réputation ? Je ne suis pas sûre qu'elle soit sans tache.

— Qu'entends-tu par là ? releva Edwina. Qui parle de moi ? Est-ce qu'on répand des bruits ?

— Pas que je sache, répondit Lisbeth avec insouciance. Mais à ta place, mon chou, je prendrais soin de ne pas mériter une réputation d'enfant gâtée ou de femme qui trompe son mari, et je ne parle pas de lord Pennington.

— Comment oses-tu dire une chose pareille ? s'exclama Edwina en se levant d'un bond.

Elle se retourna vers Thea, agressive.

— Et tu laisses dire des choses pareilles ?

D'instinct, Thea était toujours prête à consoler Edwina. Cependant, elle avait beau excuser le comportement infantile et arrogant de sa sœur, elle n'était pas aveugle. C'était difficile à reconnaître, mais il y avait du vrai dans les mots de Lisbeth.

— Ne me mêle pas à ça, la supplia Thea qui souhaitait pour une fois voir Edwina se défendre toute seule. Tu me l'as dit assez souvent : tu es une adulte, une femme mariée et en âge de prendre tes propres décisions. Si les remarques de Lisbeth te blessent, arrange-toi avec elle.

Edwina fit une vilaine grimace : elle n'aurait pas été plus surprise si Thea lui avait craché dessus. Modesty détourna le visage en se mordant la lèvre, et l'apparition de fossettes sur ses joues trahissait son envie de rire.

— Bien dit, ma chère, approuva Lisbeth. Je me demandais combien de temps tu continuerais à supporter ses bouffonneries.

Edwina sursauta. Elle les regarda tour à tour toutes les trois et, constatant qu'aucune ne se rangerait de son côté, se leva brusquement.

— Bien ! Dans ce cas, je n'ai aucune raison de m'attarder !

Elle se dirigea vers la porte et quitta la pièce en coup de vent.

Thea tenta de se lever mais Modesty la fit rasseoir d'une main ferme.

— Laisse ! Tout ce que tu as dit est vrai. Il est temps qu'elle apprenne à maîtriser ses paroles et à peser l'effet de ses actes. Cela fait trop longtemps qu'elle se prend pour le nombril du monde.

— Je sais, s'excusa Thea, et c'est ma faute. Je ne veux pas être trop dure avec elle.

— Ce n'est plus une enfant, insista Lisbeth. Et tu ne lui rends pas service en la choyant à l'excès.

Lisbeth se leva et pinça affectueusement la joue de Thea.

— Sois heureuse, ma chérie, tu le mérites. Cela me fera plaisir de danser à ton mariage, samedi.

Après le départ de Lisbeth, la pièce sembla soudain bien calme.

— Cette matinée valait la peine, observa Modesty, mais je suis heureuse d'être un peu tranquille.

— Je ne devrais pas le dire, renchérit Thea en souriant, mais moi aussi.

Tillman frappa et entra. Il portait sur un plateau d'argent un amoncellement de cartes de visite et de petits mots.

— Mademoiselle désire-t-elle prendre connaissance de cela maintenant ou dois-je les lui présenter plus tard ?

Thea préféra le faire tout de suite et Tillman se retira. Les deux femmes s'attelèrent au plaisir fort agréable de lire les messages et de passer en revue les triomphes de la matinée.

Au milieu de la pile, Thea trouva le billet. Le sourire aux lèvres, elle l'ouvrit et commença à le lire. Elle eut un hoquet de stupéfaction, qui fit lever les yeux à Modesty.

Blême et décomposée, Thea tendit la note à Modesty qui en prit rapidement connaissance, en se pinçant les lèvres.

« Je sais ce que vous avez fait, j'ai des preuves. Si vous voulez que je me taise, suivez ponctuellement les instructions ci-dessous. Ne parlez à personne. Si vous vous rendez Bow Street, je le saurai et je prendrai mes dispositions. Si qui que ce soit s'oppose aux mesures que j'ai décidées, je vous dénonce.

« Un fiacre noir attendra cet après-midi à l'entrée de Hyde Park, trente minutes après 5 heures. Ce fiacre sera vide. Le cocher n'est pas au courant. Mettez neuf mille livres sterling en petites coupures dans une sacoche que vous laisserez sur le siège de la voiture. Et n'essayez pas de la suivre : sinon, gare ! »

11

Lady Caldecott rentra chez elle tard dans l'après-midi, après une journée chargée, satisfaite de ce qu'elle avait fait depuis le matin pour Patrick et Thea. En sortant de chez Thea, elle était allée en priorité voir sa couturière préférée. Elle était restée deux heures à discuter dans ce petit magasin discret mais, en sortant, elle était certaine que samedi après-midi, la mariée serait ravissante… et que la robe serait prête à temps. Ensuite, elle était passée chez une demi-douzaine de dames parmi les plus influentes de la ville, afin d'obtenir d'elles, avec une politesse raffinée, leur appui sans réserve à l'union de Patrick et Thea. Bref, une journée bien remplie.

De retour chez elle, elle commanda un plateau de thé et s'installa confortablement dans son salon bleu, prête à passer agréablement la fin de l'après-midi et à préparer les réjouissances du samedi. Les lords Garrett et Hazlett avaient exprimé le désir de s'occuper de tout pour les noces, mais lady Caldecott les avait poliment éconduits. Elle allait diriger les opérations. Et quand lady Caldecott laissait entendre, serait-ce avec une douceur exquise, qu'elle avait des projets en tête, les gens raisonnables s'empressaient de prendre ses désirs pour des ordres.

Le maître d'hôtel entra et, avec le plateau d'argent, présenta à sa maîtresse les cartes de visite et mots arrivés pendant son absence. Puisant dans la pile, elle commença à passer en revue les noms des plus grandes familles du royaume et ses derniers doutes se dissipèrent : le pari que Modesty et elle avaient engagé était gagné. Ce mariage se ferait peut-être avec une précipitation peu orthodoxe, mais elle allait veiller à ce que ce soit un franc succès.

Elle venait de prendre une gorgée de thé et s'apprêtait à écarter le tas de papier pour le reprendre plus tard quand son œil fut attiré par une feuille pliée. Elle la prit, brisa le sceau et la lut.

« J'ai les lettres. Elles sont passionnantes. Si vous désirez les récupérer, portez samedi la parure de perles des Caldecott au mariage de votre fils. Si en revanche vous portez les rubis des Blackburne, je saurai à quoi m'en tenir… et je prendrai mes dispositions à cet effet. »

Tremblante, lady Caldecott relut ces phrases une douzaine de fois. Sa première réaction fut d'écrire à Patrick pour lui demander de venir, mais elle hésita. Son fils se mariait dans moins de quatre jours et elle ne souhaitait pas l'accabler dans un moment pareil.

Déjà qu'avec Modesty elle les avait pris au piège – dans l'intérêt du jeune couple, bien sûr –, il était impensable de causer un souci supplémentaire à Patrick. Elle ne pouvait supporter l'idée de l'inquiéter. Elle mettrait donc la parure de perles, et advienne que pourra ! Elle aurait toujours le temps après le mariage d'expliquer à Patrick ce qu'elle avait fait. De toute façon, elle avait prévu de porter les perles, car les rubis des Blackburne auraient juré avec la robe qu'elle avait choisie.

Lord Caldecott entra, très élégant dans son habit anthracite et son pantalon noir. Sa chevelure argentée coiffée en arrière dégageait son front aristocratique, et ses yeux bleus se posèrent tendrement sur sa femme. En le voyant, lady Caldecott sentit son cœur battre plus vite. Elle ne se savait pas capable d'aimer de façon si profonde et intense auparavant ; les puissantes émotions que cet homme suscitait dans son cœur la surprenaient. Plus étonnant encore, il semblait ressentir à son égard exactement les mêmes sentiments.

Elle avait toujours plaisir à le voir mais, à cet instant précis, elle trouva sa présence particulièrement réconfortante. En compagnie de son mari, elle pouvait provisoirement écarter soucis et craintes, oublier qu'elle avait un maître chanteur à ses trousses et que son fils adoré allait prendre des risques pour le démasquer. Plusieurs journées chargées l'attendaient et elle était bien décidée à ne pas laisser l'angoisse les ronger, son fils et elle.

— Alors, ma chérie ? commença lord Caldecott en se penchant pour l'embrasser. Tu es ravissante cet après-midi, et tu m'as l'air particulièrement fière de toi.

Il s'assit à côté d'elle et elle lui versa une tasse de thé qu'il goûta.

— J'ai l'impression que ton amie Modesty et toi-même méritez des compliments. Tu sais, je ne pensais pas que cela marcherait, mais on dirait que le risque a payé. Où que j'aille aujourd'hui, on ne parle que des noces imminentes de ton fils. J'ai fait de mon mieux, dans mes différents clubs, pour étouffer toute interprétation fantaisiste concernant l'annonce et la rapidité de ce mariage.

Lady Caldecott le regardait avec adoration, pleine de reconnaissance.

— Je savais que tu le ferais, répondit-elle avec un regard enjôleur.

— Tu me connais, ma douce ! rappela-t-il en lui prenant le poignet. C'est dans cette petite main que se trouvent les clefs de mon bonheur. Tu sais que je ne te refuserai jamais quoi que ce soit ; n'oublie pas que je ferai toujours mon possible pour veiller sur toi et te rendre heureuse. Même si je dois tromper des gens à la ronde à propos du mariage soudain de ton fils.

— Tu es si bon pour moi, soupira lady Caldecott émue, en posant la tête sur l'épaule de son mari.

Il l'embrassa.

— Tu possèdes tout ce dont j'ai toujours rêvé chez une femme.

Lord et lady Caldecott étaient encore en train de prendre le thé quand, quelques minutes plus tard, Patrick frappa.

— Bonjour, dit-il en traversant la pièce pour se placer devant la cheminée. J'espère que vous allez bien tous les deux.

Lord Caldecott répondit par une formule de politesse, posa sa tasse et sa soucoupe et se leva.

— Après la soirée d'hier, je suis sûr que vous avez des tas de choses à dire à votre mère : je vous laisse donc.

— Quel lâche tu fais ! murmura lady Caldecott le nez dans sa tasse.

— La prudence, ma chérie, est mère de la sûreté.

Lord Caldecott se retira. Patrick, le bras posé sur le manteau de la cheminée en marbre blanc, refusa de prendre une boisson ; sa mère se tourna vers lui avec un air de défi.

— Alors ? demanda-t-elle. Tu m'en veux beaucoup ?

— Pourquoi vous en voudrais-je, répondit Patrick avec un sourire un peu caustique, alors que vous me donnez ce que je désire par-dessus tout : la main de Thea.

Lady Caldecott ne savait à quoi s'en tenir car le visage de Patrick était aussi énigmatique que ses paroles. Elle avait toujours du mal à le comprendre et craignant sa colère, elle observa :

— Je dois dire que tu prends les choses mieux que je n'aurais cru.

— Et vous, ma chère maman, vous avez une sacrée chance que votre complot avec Modesty ne se soit pas retourné contre vous. Qu'auriez-vous fait si Thea ou moi nous étions levés pour démentir votre annonce ?

— Nous comptions effectivement sur l'effet de surprise… et sur les sentiments qui, d'après nous, vous animent. Cela a marché, n'est-ce pas ?

— À merveille ! confirma Patrick avec un large sourire. Moi-même, je n'aurais pu mieux organiser les choses. Mais ne me faites pas revivre une telle épreuve. La prochaine fois, vous risquez une surprise désagréable.

— Oui, je m'en rends bien compte. Si l'affaire avait été moins urgente ou moins importante, je n'en serais pas arrivée là. Tu sais bien que c'est pour ton bien. Quand Modesty m'a écrit pour m'expliquer la situation, nous n'avons pas trouvé d'autre issue pour Thea et toi. Me pardonneras-tu de m'être comportée comme une mère en adoration devant son fils ?

— Vous avez fait un sans-faute, reconnut-il, et je ne vous en veux pas. Je dirais même, si je ne me retenais pas, que je vous suis reconnaissant. Mais je le répète : à l'avenir, quelles que soient l'urgence ou la nécessité, ne vous mêlez plus de mes affaires.

— Non, bien sûr ! acquiesça lady Caldecott avec humilité. Tu sais, cette pensée ne me viendra jamais à l'esprit.

— Et ne cherchez pas à m'amadouer, insista Patrick en éclatant de rire, avec vos regards enjôleurs. Et ne me dites pas que vous avez également tout prévu pour notre lune de miel !

— C'est-à-dire que, commença lady Caldecott avec une insouciance suspecte, avec si peu de temps et tout ce qui vous manque...

*
* *

Tandis que Patrick bavardait avec sa mère, Modesty s'évertuait à empêcher Thea de faire ce qu'elle considérait comme une bêtise. Malgré tous ses arguments et toutes ses supplications, Thea refusait de mettre Patrick au courant des menaces qu'elle avait reçues. Butée, le regard fixe, elle était catégorique.

— Je refuse de le mêler à ça, lui ou qui que ce soit d'autre d'ailleurs. J'ai rencontré Hirst seule et c'est de là que tout est parti. C'est donc à moi de me sortir de là ou d'en payer les conséquences. Il faut que tu me comprennes !

— Je comprends surtout que tu as le chic pour te culpabiliser, rétorqua Modesty d'un ton cassant. Qu'est-ce qui te fait dire qu'il s'agit de Hirst ? Son nom n'est même pas cité. D'ailleurs, d'après Patrick qui était présent ce soir-là, ce n'est pas toi qui as tué Hirst. Tu l'as frappé, donc assommé, mais tu ne l'as pas tué. Pourquoi te soucier de ce que raconte ce billet ?

— Parce que l'auteur de ce mot est manifestement celui qui a caché le corps de Hirst.

— Et après ? En quoi cela te concerne-t-il ? Au moins, sa mort sera rendue publique.

Thea sembla ébranlée, Modesty chercha à pousser son avantage.

— Si le maître chanteur entend présenter la dépouille aux autorités, tant mieux ! Ce sera dur pour Edwina mais il faudra bien qu'elle apprenne un jour la mort et l'assassinat de son mari. Et il vaudrait mieux qu'elle ne l'apprenne pas dans trop longtemps, n'est-ce pas ? Est-il juste qu'Edwina continue de croire son mari en visite chez des amis quelque part à la campagne, alors que nous savons que c'est faux ?

Manifestement, Thea était touchée par les arguments de Modesty.

— Le billet dit : « J'ai des preuves », objecta-t-elle hésitante. Et si cette personne était véritablement en possession de preuves me compromettant dans la mort de Hirst ?

— Thea, soupira Modesty, écoute-toi parler ! Ce n'est pas toi qui as assassiné Hirst, ni caché son corps. Pourquoi devenir le jouet de cet individu ? Si tu commets l'imprudence de céder à ses exigences, il t'en demandera toujours plus, sois-en consciente ! Tu n'as pas le sang de Hirst sur les mains, ne te soucie pas de l'opinion d'un lâche profiteur !

Thea commençait à se rallier à l'opinion de Modesty. Elle avait une autre raison de faiblir : l'idée que tous ses ennuis découlaient du fait qu'elle était allée trouver Hirst seule. Allait-elle aggraver la situation ? Cela la laissait pensive. Il fallait que la personne la connaisse bien pour la savoir capable de se comporter de nouveau de façon si imprudente !

Thea fit quelques pas dans la pièce, les poings serrés et le menton levé dans une attitude de défi. Elle détestait se faire manipuler. C'était déjà beaucoup que Patrick le fasse, pas question de laisser un inconnu la guider comme une marionnette !

— Tu as gagné, dit-elle enfin à Modesty. Je ne vais pas tenir compte de ce billet.

— Bravo, ma chérie ! s'écria Modesty de bon cœur. Je suis sûre que c'est le bon choix.

Thea n'en était pas complètement convaincue mais elle était décidée pour l'instant à céder à l'insistance de Modesty.

Toutes les deux étaient fatiguées par les émotions de la veille et la procession de visiteurs de la matinée, et avaient envie de passer l'après-midi tranquilles. Ce projet vola en éclats quand, un moment plus tard, Patrick fit irruption.

Ayant dispensé Tillman de l'annoncer, Patrick surgit dans la pièce où les deux dames étaient assises. Thea se dit qu'il était décidément beaucoup trop beau et sûr de lui pour être honnête. Après les événements de la veille au soir, chez sa mère et dans la voiture, il aurait pu avoir la pudeur de se montrer un peu gêné. Mais pensez-vous ! Il entra dans le salon de Thea en terrain conquis, comme si elle devait être absolument ravie de le voir. Cela dit, c'était le cas et l'émoi lui provoqua une chaleur au creux du ventre, mais cela n'avait rien à voir avec la situation !

Il commença par saluer Modesty et par échanger quelques phrases avec elle, puis il se tourna vers Thea qui occupait près de la fenêtre un fauteuil rembourré. Il lui fit un baisemain sur le poignet, puis lui déclara d'un air taquin :

— Je suis sûr que tu as bien dormi, chérie.

— Et pourquoi pas ? demanda-t-elle.

— Eh bien, en général, les jeunes filles qui se fiancent sont assez excitées, expliqua-t-il avec un sourire.

En dépit des efforts de Thea pour se libérer, il lui tenait toujours la main ; elle lui lança un regard furieux, auquel il répondit par un sourire. Le cœur de Thea, sans la moindre discipline, se mit à battre la chamade.

Elle ne savait à quoi s'attendre mais redoutait de le revoir après leur brusque séparation la veille au soir. Pourtant, à son attitude, les craintes de Thea n'étaient pas fondées, car il était exaspérant. De nouveau, elle tenta d'arracher sa main, mais il tint bon sans cesser d'afficher un air moqueur.

Elle leva les yeux vers son beau visage sombre et sa bouche souriante et sentit une onde de désir lui parcourir l'échine. Elle se remémora alors l'interlude passionné dans la voiture. Les gestes intimes qu'il avait eus la veille au soir ne quittaient guère son esprit et elle prit conscience avec horreur qu'elle désirait ardemment qu'il recommence sans tarder.

Furieuse de sa propre faiblesse, elle serra les dents.

— Je ne sais pas si tu es au courant, mais je ne suis plus une jeune fille. Tu ne peux avoir oublié que, jadis, j'ai été à deux doigts de me marier.

— Je veux bien me chamailler avec toi sur la question de l'âge, quant au reste…

Patrick porta à ses lèvres la main de Thea et lui mordilla un doigt, ce qui la fit vibrer de la tête aux pieds.

— Le fait d'avoir été à deux doigts de se marier avec un autre homme n'a rien à voir avec le fait d'être à deux doigts de se marier avec moi.

Il déposa un baiser au bout de ses doigts tremblants.

— N'oublie pas cela, ma chérie !

L'indignation la saisit mais elle se contenta d'arracher sa main et de dire avec raideur :

— Avec l'annonce parue ce matin dans le *Times*, je t'assure que ce n'est pas facile de l'oublier.

— Parfait ! Comme cela, je ne cours pas le risque que ma femme soit absente à son propre mariage.

— Tu n'as rien à craindre, je t'assure, insista Thea. J'ai déjà fait l'objet d'un scandale et, même pour te contrarier, je n'exposerai pas ma famille à ce genre de situation.

— Je n'en ai jamais douté, répondit-il d'une voix douce.

— Puis-je savoir quel est l'objet de ta visite ? demanda-t-elle impassible.

— Il y a plusieurs raisons à cela. Outre le fait que j'avais envie, tout à fait égoïstement, de voir ma délicieuse fiancée, je suis venu sur l'ordre de ma mère. Elle te prie d'excuser ses méthodes autoritaires, mais elle a pris rendez-vous en ton nom pour essayer ta robe de mariée cet après-midi. Elle compte sur ta compréhension, espérant que cela te conviendra. Je suis venu avec la voiture des Caldecott et peux t'accompagner là-bas.

— Cela ne sera pas nécessaire, répliqua Thea. Je pense que si tu m'indiques le nom et l'adresse de la couturière, Modesty et moi-même n'aurons pas de difficultés à nous y rendre.

— En réalité, je crois qu'il vaudrait mieux que Patrick t'accompagne chez la couturière, répondit Modesty.

Elle avait en tête la menace de chantage et elle se méfiait de la résolution de Thea à ce sujet.

— Et pendant ton absence, j'irai rendre visite à lady Caldecott pour voir comment avance l'organisation de la cérémonie.

Patrick la regarda, l'air farceur.

— Alors, chère mademoiselle Bradford, toujours en train de conspirer ?

Modesty, troublée, ne put s'empêcher de rougir, mais elle soutint son regard et demanda :

— Conspirer, moi ? Je ne vois pas ce que vous voulez dire, monsieur.

Elle retint son souffle en attendant la réponse, espérant qu'il ne lui en voulait pas. Elle respira quand il rit, fit une courbette extravagante et répondit :

— Je crois que vous avez remporté la manche, mademoiselle Bradford.

Modesty baissa les yeux, un petit sourire au coin des lèvres.

— Votre mère m'avait avertie que vous aviez parfois des manières assez curieuses ; je comprends mieux maintenant.

Modesty savait qu'elle avait surpris Thea et elle ne tenait pas à ce qu'elle réfléchisse trop à la question ; elle consulta la pendule de marbre gris posée sur le manteau de la cheminée et se leva.

— Il est temps que tu y ailles. Veux-tu que j'envoie Tillman te chercher ta pelisse en soie rouille ? Ou préfères-tu celle en velours bleu marine ?

Thea était prise de court, mais elle prit la chose de bonne grâce.

— Celle en soie rouille, s'il te plaît.

C'est tout juste si Patrick et Thea échangèrent quelques mots en attendant que Tillman apporte la pelisse, puis en se rendant chez la couturière. Pour Thea, le souvenir de ce qui s'était passé dans cette voiture était si vivace, et la présence de Patrick si troublante qu'elle ne réussit qu'à articuler quelques commentaires anodins. Elle préférait se taire plutôt que de dire des bêtises. Comme aucune conversation ne les occupait, ses pensées firent revivre le souvenir des baisers de Patrick, le contact de sa main sur sa poitrine et les douces caresses de ses doigts sur sa cuisse. Une chaleur intime montait dans son ventre, ses seins étaient gonflés de désir et sa bouche avide des baisers de son fiancé.

Les pensées de Patrick suivaient exactement le même chemin. Il était obsédé par ce qui avait failli se passer la veille au soir. À peine la voiture avait-elle croisé deux rues que son émoi était à son paroxysme. Il tenta de penser à autre chose et, à son grand soulagement, il avait recouvré un certain calme quand ils arrivèrent chez la couturière.

L'établissement de la couturière était l'un des meilleurs de Londres et la clientèle appartenait exclusivement à la haute société. Par son talent et sa maîtrise des formes, des couleurs et des tissus, elle attirait dans son magasin les femmes, les filles et les sœurs des meilleures familles, et c'est grâce à sa discrétion que des messieurs lui amenaient également leurs conquêtes et leurs maîtresses. Les salons d'essayage de Mme De Land avaient la réputation d'être particulièrement discrets et spacieux, meublés de tables et de fauteuils confortables où l'on servait des boissons. Il y avait dans chaque pièce un large canapé moelleux, permettant aux clientes de se reposer entre deux longues séances d'essayage ; ce même canapé permettait également aux messieurs, si le cœur leur en disait, de donner libre cours à leurs ardeurs.

On introduisit et fit patienter Thea dans un salon d'essayage. Mme De Land revint avec des échantillons de tissus et des croquis du modèle retenu par lady Caldecott. Thea avait un air renfrogné et l'impression de plus en plus forte d'être dirigée dans une direction qu'elle n'avait pas choisie. Mais c'était son mariage, et sa robe ! Enfin, une décision qui lui appartenait en propre !

Mme De Land revint avec un rouleau de satin blanc broché tout à fait admirable, et un coupon de tulle d'un rose très pâle pour le boléro. Le ressentiment de Thea s'évapora et elle se rangea alors sans réserve au bon goût de lady Caldecott. Le modèle correspondait exactement à ce qu'elle aurait elle-même choisi : il était sage sans être puéril.

C'était une robe à taille haute composée d'une jupe bouffante et d'un corsage à col carré agrémenté d'un ruban en broderie de Bruxelles ; les petites manches étaient également bouffantes. Le boléro vaporeux de tulle rose pâle donnerait du piquant à l'ensemble et ferait taire les esprits jugeant que Thea ne pouvait se marier en blanc.

L'essayage fut bref : Mme De Land et ses assistantes eurent tôt fait de prendre les mesures et de tailler un patron.

Pendant que l'on s'occupait de Thea, Patrick buvait un verre de porto dans le petit salon, tout en feuilletant le journal des courses ; la pièce où il se trouvait était à l'écart de la partie centrale du magasin. La discrétion de Mme De Land était sans défaut. Jamais une cliente ne risquait de tomber sur son mari... déjà là avec sa maîtresse.

La visite de Thea fut de courte durée. Une fois les mesures prises, elle approuva le choix des tissus et du modèle et n'avait plus rien à faire sur place. Mme De Land laissa à Thea une cuvette d'eau chaude pour faire, si elle le souhaitait, une petite toilette, puis, quand Thea lui dit qu'elle n'avait plus besoin de rien, elle se retira. Restée seule, Thea ne se rhabilla pas tout de suite. Elle ne portait que sa chemise sous un peignoir de soie jaune pâle qu'on lui avait procuré. Elle se versa un verre de citronnade. Elle était un peu perdue. Elle se sentait à la fois prise au piège et grisée. Elle allait épouser Patrick, cela ne faisait guère de doute, mais quelque chose en elle refusait ce mariage. Elle soupira et, pensive, but une gorgée de citronnade.

Ce qu'elle voulait, elle sursauta quand elle le comprit, c'était l'amour de Patrick. Elle savait déjà qu'elle l'aimait, et d'une façon bien différente de Hawley; elle était si loin à présent de l'émotion que Hawley avait suscitée dans son cœur innocent. Pour Hawley, elle n'avait eu qu'un engouement passager alors que, pour Patrick… Patrick avait tout ce dont elle avait rêvé chez un homme; samedi, elle l'épouserait. Mais elle s'inquiétait des motifs qui l'animaient, lui. Il la désirait, elle n'avait pas de doute à ce sujet, mais était-ce suffisant?

Elle se leva et posa son verre. Il faudrait bien que cela suffise. Et au souvenir des instants torrides dans la voiture la veille au soir, son cœur se mit à cogner.

Thea avait à peine dénoué la ceinture de son peignoir lorsqu'on frappa à la porte.

— Oui? répondit-elle. Entrez.

C'était Patrick. Tous deux restèrent cloués sur place à la vue l'un de l'autre: Thea parce qu'elle s'attendait à voir Mme De Land, et Patrick parce que, à la vue de Thea en chemise et peignoir de soie ouvert, fut transpercé de désir.

Ils restèrent ainsi à se regarder, Thea la bouche entrouverte et le souffle de plus en plus court, et Patrick paralysé sur le seuil. Il ne parvenait pas à la quitter des yeux, surtout le mouvement rapide de sa poitrine, et cette gorge offerte entre les revers du peignoir, dans le profond décolleté de la chemise.

Brusquement, la petite pièce intime s'emplit d'émotions étroitement bridées, mais qui cherchaient à se libérer. Dans cette atmosphère de désir brut, Patrick réagit vivement: son érection fut immédiate et brûlante. Thea était quant à elle ensorcelée, sans défense. Elle était dans une attente fébrile, son sang bouillonnait et tout son corps brûlait d'être touché.

Sans réfléchir, Patrick referma la porte à clef derrière lui, Mme De Land avait décidément toutes les prévenances, et s'avança à pas lents vers Thea. Dans ses yeux gris qui la scrutaient, on lisait à la fois une question et une supplique. Thea était incapable de détourner le regard, ni de cacher qu'elle ressentait la même faim.

Il lui posa doucement les mains sur les épaules et les lèvres sur la bouche. Ce contact fit à Thea l'effet d'une torche sur un tas de paille: elle frissonna et tout son corps s'embrasa. Le baiser de Patrick était sans douceur, mais Thea se délectait sous sa pression forte, sous la violence de sa langue qui lui fouillait la bouche. À chaque coup de langue, le contact de ses dents contre sa lèvre inférieure la transperçait d'un désir immense. Oubliant tout, elle se serra contre lui, avide de le sentir en elle.

Elle le prit par le cou et lui rendit son baiser avec la même ardeur. Plus rien ne comptait qu'être dans ses bras et qu'il continue à assouvir avec elle sa passion charnelle. Ils étaient étroitement collés l'un à l'autre, bouche contre bouche, poitrine contre poitrine, cuisse contre cuisse. Thea sentait contre elle chaque muscle de ce corps masculin, et particulièrement le membre qui pressait avec insistance son ventre. Un frisson la parcourut en songeant que, même si rien d'autre ne les réunissait, il y avait au moins cet incroyable sortilège des sens.

Alors que les mains de Patrick glissaient sur les hanches de Thea, il la pressa lentement contre sa virilité; ce rythme les excita tous deux, leur désir atteignant des sommets insupportables. Il se débarrassa comme il put de sa veste, sa cravate de travers et sa chemise à moitié déboutonnée; le peignoir jaune pâle de Thea glissa sous ses doigts impatients et tomba à terre.

Il écarta la chemise et il cueillit comme deux douces pêches mûres dans ses mains en coupe les seins de Thea. Il ne put résister à l'envie de les goûter. Quand leurs bouches se séparèrent, Thea fut d'abord déçue, mais cette déception fut vite oubliée lorsque les lèvres de Patrick se refermèrent autour d'un mamelon déjà dur. Il se mit à sucer et mordiller cette chair si sensible. À présent le plaisir l'obsédait et ce besoin lancinant s'épanouissait entre ses jambes. Elle gémit, laissa sa tête se renverser et s'offrit ainsi à la bouche vorace de son fiancé. Aveuglé de passion, n'obéissant qu'aux exigences brutales de sa virilité, il la renversa doucement en arrière et l'allongea sur le canapé de satin vert. Il se délectait de ses seins, les pétrissait, tirait les mamelons du bout des doigts et revenait dessus avec sa bouche. Sous ses lèvres et sous ses mains, cette poitrine était brûlante comme le feu, douce comme la soie ; sa réaction le grisait et le rendait presque fou du désir de se fondre en elle.

Le sang de Thea bouillonnait dans ses veines, c'était l'état le plus exquis qu'elle ait connu ; elle en voulait davantage. Elle eut ce qu'elle souhaitait quand la main de Patrick remonta le long de sa cuisse et qu'il la toucha, qu'il la toucha vraiment entre les jambes. Elle s'embrasa au doux frôlement de cette main contre ses petites boucles serrées et se mit à trembler sous la violence des émotions qui la tenaillaient. Elle referma les doigts sur la chevelure de Patrick, elle se cambra tandis qu'il lui écartait les cuisses, qu'il caressait et explorait la douce intimité de cette chair sensible. Thea était mouillée, et chaude, et douloureusement prête à ses caresses pénétrantes ; face à cette invasion effrontée, au glissement habile de ses doigts dans sa chair satinée, elle se sentait poussée vers ses limites.

Lui ne pouvait plus attendre. Aussi maladroit qu'un puceau, il ouvrit tant bien que mal son pantalon. Il s'agenouilla entre les cuisses de Thea. De la pointe de son membre, il frôla la toison drue de Thea ; c'était excitant, mais ce n'était rien à côté de la douceur de la pénétration quand il plongea dans son étroit fourreau.

Ils étaient unis ; Thea gisait abandonnée. Elle avait voulu cet instant, mais sa volonté ne l'avait pas préparée à l'extase qui la comblait. Peu lui importait d'être à demi nue, la chemise retroussée jusqu'à la taille comme une servante, les seins à l'air, sur le canapé d'un salon d'essayage. Tout ce qui comptait, c'était Patrick…

Patrick hésita un instant, fiché en elle. Le sexe de Thea l'étreignait de façon si ferme et si étroite qu'il craignit de l'avoir blessée. Avec effort, il détacha sa bouche de la sienne. Plongeant le regard dans ses yeux sombres, il murmura :

— Je t'ai fait mal, chérie ? Je n'ai pas fait exprès.

Thea eut un geste de dénégation, son expression abasourdie le remplit de tendresse. Il l'embrassa avec tant de douceur que Thea crut que son cœur allait éclater.

Patrick n'avait pas besoin d'autre réponse que ce simple signe de tête. Sa bouche emprisonna ses lèvres, ses mains se crispèrent sur les hanches de Thea tandis qu'il prenait sa cadence, enfoncé en elle.

Elle sentait Patrick au plus profond de son corps. Ils étaient dans un monde qui n'appartenait qu'à eux. Thea frémit sous ses assauts, gémit de plaisir quand il lui souleva les hanches afin d'approfondir sa possession. Soudain, elle lui agrippa les épaules. Elle se tordait, cherchant à esquiver cette douleur infiniment douce qui montait en elle. C'était insupportable. Elle voulait que ça dure toujours et, à l'instant précis où elle fut sûre de ne plus pouvoir supporter ce plaisir une seconde de plus, ce fut l'extase. Tout devint flou, seule existait cette incroyable explosion de plaisir qui la brisait en mille morceaux.

12

Il leur fallut un moment avant de revenir à la réalité. Alanguie et abasourdie, Thea gisait sur le canapé vert. Rien – et sûrement pas l'affreuse nuit passée avec Hawley – ne l'avait préparée aux plaisirs de l'amour avec Patrick.

Un choc discret à la porte les ramena à la réalité. Après une seconde d'hésitation, Patrick se leva d'un bond, confus. Il lissa ses mèches bouclées, referma son pantalon, boutonna sa chemise et arrangea comme il put sa cravate. Ces instants suffirent à lui faire prendre conscience de la stupidité de sa conduite.

En entendant frapper, Thea s'assit en sursaut et rajusta sa chemise. Paniquée, elle tentait vaille que vaille de reprendre contenance et d'effacer tout indice de ce qui venait de se passer. C'était impossible car le parfum de l'amour emplissait la pièce. Les cheveux de Thea étaient défaits et sa bouche était rouge et tuméfiée des baisers de Patrick. Il avait enfilé sa veste, mais quelque chose dans sa tenue n'était pas en ordre, chose que Mme De Land repérerait au premier coup d'œil. Thea rougit violemment, humiliée.

Fébrilement, elle reprit ses esprits ; on frappa de nouveau et, après un regard inquiet à Patrick, elle parvint à bredouiller :

— Oui ? Qui est là ?

La voix de Mme De Land leur parvint à travers la porte.

— Est-ce que tout va bien, ma chère ? Avez-vous besoin de quelque chose ?

Étouffant une envie hystérique de rire, Thea répondit :

— Non, non ! Tout va bien. Je serai bientôt prête.

— Très bien, ma chère, répondit Mme De Land. Si vous avez besoin de quelque chose, il y a une sonnette.

Sur ce, Mme De Land se retira et un silence gêné s'installa.

Incapable de regarder Patrick dans les yeux, Thea lui tourna le dos et se drapa étroitement dans son peignoir de soie jaune ; pourtant, le plaisir la berçait toujours, et elle ressentait encore dans son intimité la marque en creux laissée par Patrick. Raide comme la justice, elle lui dit :

— Je te demande de partir. J'aimerais m'habiller avant que Mme De Land ne revienne.

Patrick, contrairement à Thea, en avait vu d'autres et appréciait le comique de la situation. Cela ne l'empêchait pas de se maudire d'avoir été si inconséquent. Il ne s'était pas senti aussi jeune et inexpérimenté, lorsque la couturière avait frappé, depuis longtemps. Et même dans les années de sa folle jeunesse, il ne s'était jamais fait surprendre ainsi avec le pantalon sur les chevilles. Si Thea avait eu moins honte, il aurait ri de ce qui venait de se passer ; mais constatant la raideur du dos de sa future femme, il jugea le moment mal choisi pour faire de l'esprit, sauf à vouloir se faire étriper.

— Thea, mon amour, commença-t-il d'une voix douce, je suis navré de t'avoir mise dans cette position déplaisante. En général, je fais les choses avec moins de précipitation ; là, je n'ai pas réfléchi, j'ai agi étourdiment. J'aurais dû me méfier et je te présente toutes mes excuses.

Il se plaça derrière elle, posa les mains sur ses épaules et l'embrassa dans le cou.

— Ne te fais pas de mauvais sang, ma toute douce ; nous nous marions dans quelques jours et, quoi qu'en disent les hypocrites, nous ne sommes pas les premiers à prendre un peu d'avance sur nos devoirs conjugaux.

Thea pivota.

— Et cela est censé me consoler ?

— Non, c'est juste pour dire que l'intervention de Mme De Land tombait au mauvais moment, mais ce n'est pas une catastrophe ; ce que nous avons fait n'a rien de terrible. C'est entièrement ma faute ; j'aurais dû me méfier, mais je te voulais. Je te voulais si fort que je n'ai pas pu résister. Dès qu'il s'agit de toi, je n'arrive pas à me conduire en gentleman.

— Tu ne t'es jamais conduit en gentleman avec moi, rétorqua Thea en pensant à leur baiser passionné au bal chez les Hilliard et à la mêlée avec l'intrus dans la maison de Curzon Street.

Il sourit, et des pattes-d'oie se dessinèrent au coin de ses paupières.

— C'est vrai, jamais ! En ta présence, j'oublie tout principe. Heureusement que nous nous marions samedi, car de longues fiançailles m'auraient tué.

— Et il n'y a que tes besoins qui comptent, n'est-ce pas ? Tu fais comme Hawley, tu te sers de moi.

— Tu penses vraiment ce que tu dis ? demanda-t-il en changeant de tête. Tu me crois égoïste au point de ne me soucier que de mes propres envies ? Tu me compares à Randall ?

— Et pourquoi pas ? répondit-elle d'un air de défi.

— Dans ce cas, demanda Patrick dont les muscles des mâchoires se serraient, pourquoi m'épouses-tu ?

— Je n'ai pas le choix, proféra-t-elle.

— Ah, je comprends, répondit Patrick cherchant à maîtriser sa colère. Et après ce qui vient de se passer ici, notre sort est scellé, n'est-ce pas ? Tu pourrais bien être enceinte.

Thea resta bouche bée car cette éventualité ne lui était même pas venue à l'esprit. Elle se remémora brusquement son affreuse angoisse, il y a dix ans. Non seulement elle se sentit alors responsable de la mort de deux hommes, mais elle allait peut-être porter un petit bâtard engendré par Hawley. Le fait qu'elle se soit remise dans la même situation la rendit amère. C'est incroyable de se montrer aussi stupide pour la deuxième fois. Avec Hawley, elle n'avait pas eu le choix, il l'avait violée pour ne lui laisser aucune échappatoire et ce qu'elle désirait ne comptait pas.

Elle sursauta et dévisagea Patrick d'un air soupçonneux. Avait-il fait la même chose ? Elle ne pouvait prétendre avoir refusé son consentement ; mais l'assaut charnel de Patrick était-il fondé sur la seule passion ? Ce soupçon était atroce.

— C'est pour cela que tu as fait l'amour avec moi ? demanda-t-elle. Tu as voulu, comme Hawley, me compromettre pour être sûr que je t'épouserai samedi ?

Patrick était à la fois furieux et consterné.

— Tu as de moi une opinion fort flatteuse ! déclara-t-il, étouffant un juron.

Il s'avança d'un pas et, saisissant les revers du peignoir de Thea, il l'attira contre lui d'une secousse.

— Si tu étais un homme et que tu m'aies dit ça, je t'aurais tué. Mais comme tu es la femme avec laquelle je suis condamné à passer le restant de mes jours, je me contente d'un avertissement : n'attaque *jamais* mon honneur !

Il lâcha le mince tissu de soie et, d'un geste presque méprisant, repoussa Thea. Il tourna ensuite les talons et sortit en lançant :

— Je t'attends dans le salon principal.

Sans chercher à se cacher, il claqua la porte et descendit le couloir à grandes enjambées. Il avait les mâchoires crispées et une furieuse envie de casser quelque chose. Dire qu'elle le croyait ignoble à ce point !

Thea considéra plusieurs secondes la porte refermée, stupéfaite de cet éclat à peine maîtrisé de Patrick. Un peu gênée, elle se dit qu'il se comportait comme si elle l'avait insulté. Elle se pinça les lèvres. Il le méritait. « Condamné à passer le restant de ses jours avec elle »...

Les deux fiancés se rendirent ensuite Grosvenor Street, dans une atmosphère de politesse guindée. Patrick l'accompagna dans la maison et prit sèchement congé. Ses épaules raides et sa mâchoire coincée montraient qu'il était hors de lui.

Thea se dit qu'elle n'avait pas à avoir de remords, car s'il trouvait insultant qu'on lui dise la stricte vérité, c'était son problème. Elle était convaincue d'avoir raison.

S'enfermant dans son indignation, elle passa la soirée tranquillement chez elle et Modesty l'informa de l'organisation de la noce. Pourtant, elle n'arriva pas à trouver le sommeil. Le jeudi matin, elle s'éveilla fatiguée et en proie à la migraine. Elle prit un long bain puis un petit-déjeuner léger à base de scones et de confiture et quand elle eut bu plusieurs tasses de café fort, elle se sentit mieux.

Une heure plus tard arriva un billet de Mme De Land, réclamant un essayage d'urgence. Thea et Modesty étaient assises dans le petit salon quand Tillman apporta le mot.

Quand Thea eut terminé de le lire, Modesty haussa les sourcils.

— Juste Ciel, elle a dû faire travailler ses demoiselles toute la nuit !

— Sûrement ! Le mariage est pour samedi, au cas où tu l'aurais oublié, confirma Thea.

Modesty était un peu surprise de son ton.

— Tout va bien, ma chérie ?

Thea fit la grimace et secoua la tête.

— Non. Probablement l'angoisse de la jeune mariée. Heureusement, je ne vais pas devoir la subir longtemps.

Modesty allait répondre quand la porte s'ouvrit précipitamment et Edwina fit irruption dans la pièce. Blême et terrifiée, elle se précipita sur Thea.

Elle se laissa tomber sur le canapé à côté d'elle et s'écria :

— Au secours ! Il faut que tu m'aides. Je ne sais vers qui me tourner !

— Qu'est-ce qui se passe ? demanda Thea, inquiète de son affolement.

Edwina mit un moment avant de reprendre contenance. Elle baissa la tête et serra ses petits poings sur ses genoux.

— C'est cet affreux M. Yates. Il est vraiment terrible. Il a forcé ma porte ce matin et exige dix-sept mille livres sterling ! Il m'a dit qu'Alfred les lui devait et que, s'il n'a pas cette somme lundi avant midi, il prendrait des dispositions.

Sa voix se mua en chuchotement.

— Il a dit qu'Alfred avait intérêt à ne pas différer ce paiement… s'il voulait que sa jolie femme le reste.

Thea enlaça sa sœur par les épaules et la serra contre elle. Elle croisa le regard de Modesty : toutes les deux avaient en mémoire le fait qu'Alfred ait cité la même somme le soir où il avait été assassiné. Au souvenir de son air terrifié, Thea se dit que, pour une fois, Alfred disait peut-être la vérité. Il était bel et bien désespéré, il ne jouait manifestement pas la comédie.

Edwina sanglotait sur l'épaule de Thea qui en avait le cœur serré.

— Chut, ma chérie, chut ! N'aie pas peur : je ne laisserai aucun mal t'arriver. M. Yates aura ses dix-sept mille fichues livres.

Modesty se pinça les lèvres mais se tut.

Edwina leva la tête, souriant entre ses larmes.

— Oh, Thea, j'ai prié pour que tu ne m'abandonnes pas. J'ai eu si peur ; je ne savais vers qui me tourner. Tu es mon dernier espoir.

— Oui, oui ! Je suis sûre que c'est vrai, observa Modesty. Mais et ton mari ?

Comme Edwina n'était pas au courant de la mort de son mari, Modesty voulait savoir si elle avait tenté de le joindre.

— Tu n'as pas songé à lui écrire ce qui s'est passé ? Il s'agit quand même de sa dette et non de celle de ta sœur.

Le sourire d'Edwina s'effaça.

— Non, je ne lui ai pas écrit. D'ailleurs, à quoi bon ? Alfred n'a pas un sou, tu sais bien, il joue.

Thea étreignit Edwina et ajouta :

— Mais il faut que nous parlions avec Alfred, ma chérie. Je ne peux pas continuer à payer ses dettes à chaque fois qu'il traverse une mauvaise passe. Et je supporte mal qu'on te menace de la sorte. Il faut trouver une solution.

— Mais il n'y a pas de solution ! pleurnicha Edwina. Nous ne sommes pas riches comme toi et Alfred restera toujours joueur. Il m'a expliqué que c'est dans son sang, il ne peut pas s'en empêcher. Je ne vois aucune issue si ce n'est que tu continues à nous aider, ou qu'il meure, ou que j'hérite d'une fortune.

Thea se sentit gagnée par un malaise. Pour la première fois, elle regardait Edwina sans une adoration aveugle. Quelle froideur et quel détachement dans la façon dont elle avait dit « ou qu'il meure ou que j'hérite d'une fortune » ! Cela donnait à réfléchir. Edwina ignorait que son mari était déjà mort mais elle avait dû penser que, sauf circonstances anormales, Alfred ne mourrait pas de sitôt, solide comme il était. Est-ce qu'Edwina avait déjà songé à se débarrasser de ce joueur invétéré, de ce bon à rien ? Si sa sœur disparaissait, elle hériterait d'une grosse fortune.

Glacée, Thea lâcha les épaules d'Edwina et se dit : assez de sottises ! Edwina l'aimait ; elle avait beau être gâtée et portée sur l'égoïsme, jamais elle n'aurait souhaité sa mort.

Honteuse de ses pensées, Thea embrassa affectueusement Edwina.

— Eh bien, je crois que tu ferais une superbe veuve, ma chérie ; mais je te déconseille de parier sur ma mort prochaine.

Edwina écarquilla des yeux horrifiés.

— Comme si je pouvais… ? C'est affreux ce que tu dis !

— Mais ce n'est pas irréaliste, insista Modesty d'un ton égal.

Edwina était outrée.

— C'est toi qui as parlé d'hériter d'une fortune et celle de Thea est la seule à laquelle tu puisses prétendre de près ou de loin.

— Euh, oui ! Mais… je ne pensais pas à cette éventualité.

Elle sourit à Thea.

— Jamais je ne te voudrais de mal.

— Je sais, répondit Thea. Mais je crois que nous nous écartons du sujet. Qu'allons-nous faire pour toi une fois que j'aurai remboursé M. Yates lundi ? Si seulement tu *essayais* d'économiser, tu pourrais vivre agréablement de ta propre fortune. Tu sais, ma chérie, il faut vraiment que ce soit la dernière fois que je rembourse les dettes de Hirst. Non seulement parce que je le souhaite, mais surtout parce que je me marie samedi. Dorénavant, mon mari gérera ma fortune. Il faudra que je lui rende compte de mes dépenses ; et Pat... enfin M. Blackburne ne m'a pas l'air disposé à laisser sa belle-famille se servir à ses dépens.

— Mais c'est affreux !

— Peut-être, intervint Modesty, mais c'est fondé.

— Je suis sûre que M. Blackburne ne voudra pas que la sœur de Thea se retrouve en prison pour dettes, insista Edwina de plus en plus nerveuse. Je sais, je suis égoïste ; il faudrait que j'essaie d'être plus économe. Quant à la façon d'empêcher Alfred de jouer... je n'en ai pas la moindre idée.

— Je t'avais proposé une maison à la campagne et une rente pour vous permettre de vivre dans le confort, sinon dans le luxe ; ma proposition tient toujours.

Edwina hésita, prit une profonde inspiration et répondit précipitamment :

— Peut-être le moment est-il venu d'envisager cette solution.

— Oh, ma chérie ! s'exclama Thea, radieuse. Je sais que tu seras heureuse si tu t'installes ainsi. Vivre à la campagne n'est pas aussi passionnant qu'à Londres, mais c'est tellement agréable !

Edwina n'avait pas l'air convaincue mais, pour la première fois, elle semblait prête à y réfléchir sérieusement.

— Peut-être as-tu raison. En tout cas, cela semble la seule solution pour le moment, dit-elle avec un soupir. Comme Londres me manquera ! Les magasins, les soirées, toute cette animation. Et Alfred n'appréciera pas beaucoup la vie à la campagne.

Sachant que les goûts d'Alfred ne risquaient plus de perturber leurs projets, Modesty insista :

— Écoute, je suis sûre qu'il s'adaptera, et comme il n'y aura pas de maisons de jeu à proximité, peut-être changera-t-il.

Edwina n'y croyait manifestement pas, mais elle hocha la tête :

— Sans doute.

Elle se retourna vers Thea.

— As-tu un endroit en tête ?

— Non, pas précisément. Est-ce que tu as visité des lieux qui te plaisent ?

Edwina secoua sa jolie tête blonde.

— Si je ne puis vivre à Londres, peu importe où je m'exile.

— Si j'ai bonne mémoire, suggéra Thea après une brève hésitation, il y a une jolie propriété à vendre pas très loin de mon domaine de Halsted House, dans le Gloucestershire.

Edwina, peu enthousiaste, répliqua :

— Voilà qui plairait à Alfred car il dit que c'est une région très giboyeuse.

— Euh, je suis sûre qu'il s'y plaira beaucoup pendant la saison de chasse, renchérit Thea, prise de remords.

Croisant le regard gêné de Modesty, elle fit la grimace et espéra une fois de plus que la dépouille d'Alfred serait bientôt découverte. Il lui semblait cruel de laisser Edwina dans l'ignorance de la mort de son mari, mais que faire ? C'était un peu difficile de lui dire subitement : « À propos, j'ai appris qu'Alfred était mort assassiné. Hélas, on dirait que son corps a disparu et je n'ai pas la moindre idée de l'endroit où il se trouve. Ni de qui l'a tué. Ni pour quel motif ! »

Elle fut tirée de ses pensées par Modesty qui, ayant consulté la pendule, annonça :

— Bon, je crois que nous avons tout mis en ordre pour le moment. Je suggère que tu fasses avancer la voiture. Il est l'heure d'aller essayer ta robe de mariée chez Mme De Land.

— C'est Mme De Land qui s'occupe de ta robe ? C'est magnifique ! s'exclama Edwina. Moi, je ne peux pas me l'offrir. Tu as beaucoup de chance d'avoir les moyens de le faire.

— En vérité, rétorqua Modesty spontanément, ce n'est pas ta sœur qui la paie. Lady Caldecott a insisté pour faire ce cadeau à sa future belle-fille. Et il ne faut pas faire attendre Mme De Land.

Edwina se leva. Elle était particulièrement ravissante.

— Oh ! demanda-t-elle à Thea, puis-je venir avec toi ? Je n'ai jamais osé entrer chez Mme De Land.

— Mais bien sûr, concéda Thea. Et ensuite pourquoi ne pas revenir ici avec moi ? Nous avons beaucoup de choses à nous dire.

Edwina accepta et, d'un commun accord, les deux sœurs se préparèrent à partir. Modesty les regarda sortir de la pièce et se demanda si Edwina parviendrait à se faire offrir une robe par Thea. Pas pour le mariage samedi, mais peut-être comme consolation, pour s'être montrée si raisonnable ? Oui, voilà ce qu'Edwina cherche à obtenir, jugea Modesty sans grande tendresse. Cette petite est trop gâtée et Thea, avec son grand cœur généreux, n'arrange pas les choses.

*
* *

Au même moment, Patrick était en train de se réveiller dans sa maison de Hamilton Place. Le soir où ses fiançailles avec Thea avaient été annoncées, il avait dit à ses amis son intention de boire jusqu'à rouler sous la table, mais il ne l'avait pas fait, trop grisé qu'il était par la certitude que Thea allait devenir sa femme pour avoir besoin d'autres stimulants. En revanche, la soirée de la veille s'était déroulée de façon différente.

Il avait quitté Thea furieux et gardé une humeur exécrable tout l'après-midi du mercredi. Quand il avait rejoint lord Embry et Adam Paxton pour passer la soirée dans leur salle de jeu préférée, il était encore d'humeur massacrante. On aurait dit qu'il cherchait l'incident pour oublier la réaction désastreuse de Thea dans le salon d'essayage. Ses amis veillèrent à ne pas faire de commentaire déplacé et à remplir son verre à chaque fois qu'il était vide. Au petit matin, ils le raccompagnèrent chez lui pratiquement ivre mort. Quand il s'éveilla, le martèlement étourdissant qui démolissait son crâne montrait que ce genre d'excès n'était plus de son âge. Comme Thea un peu plus tôt, il prit un bain et un repas léger pour revenir à un rythme quelque peu normal.

Sa dispute avec Thea lui occupait toujours l'esprit, mais sa colère s'était calmée. Plus il y repensait et plus il comprenait que la réaction de sa fiancée n'aurait pas dû le surprendre. Ah ! s'il tenait Hawley Randall ! Ce scélérat ne s'était pas contenté d'anéantir la réputation de Thea, son comportement avait détruit chez elle toute confiance en l'homme. Elle ne pouvait que se méfier des motivations de Patrick.

En se versant une sixième tasse de café bien noir, il revivait l'incident et se maudissait pour la centième fois d'être allé la retrouver dans le salon d'essayage. Amer, il reconnaissait son erreur : « Si j'avais attendu dans le salon, comme il convenait, rien ne serait arrivé. » Pourtant, il n'arrivait à se repentir ni de ce moment d'amour avec Thea ni d'avoir pris le plaisir qu'elle lui offrait. Son seul regret était d'avoir mal choisi le lieu et le moment.

Une étrange sensation lui serra l'estomac. La prochaine fois qu'ils s'uniraient, elle serait sa femme. Sa femme ! Un sourire béat lui monta au visage.

— Monsieur ? demanda son maître d'hôtel en entrant dans la pièce où Patrick était assis. Il y a un monsieur qui désire vous voir.

Patrick haussa les sourcils.

Chetham toussota.

— Je crois qu'il s'agit de la personne que vous avez vue il y a quelques jours, ce M. Hackett...

Patrick fronça de nouveau les sourcils, puis la mémoire lui revint.

— Bien sûr ! Faites entrer.

Une expression inquiète se peignit sur les traits austères de Chetham, ce qui fit sourire Patrick. Le maître d'hôtel était beaucoup plus à cheval que lui sur les convenances de la vie mondaine et, à l'évidence, aurait préféré que Patrick ne reçoive pas Hackett dans la pièce où il prenait son petit-déjeuner.

Quelques secondes plus tard, Chetham introduisait un personnage falot à la mise totalement démodée. Hackett avait une mine de chien battu et on avait toujours l'impression qu'il venait d'enterrer son dernier ami.

Un chapeau avachi à la main, il leva sur Patrick un regard piteux.

— Bien le bonjour, messire. J'ai votre renseignement.

Patrick hocha la tête et fit signe à Hackett de s'asseoir et de se servir : les restes de son abondant petit-déjeuner étaient encore sur la table. Le petit homme remplit son assiette à ras bord et engouffra un premier morceau de jambon de pays.

Ravi, il mâcha tranquillement et avala.

— C'est bon, sir ! rudement bon !

— Je me réjouis que cela vous plaise, répondit Patrick amusé. Alors, qu'est-ce que vous avez pour moi ?

Sans perdre un coup de fourchette, l'homme continua à manger jambon, œufs brouillés et rognons en sauce et, ce faisant, il prit dans sa veste un petit paquet et le tendit à Patrick.

La bouche pleine, il lui expliqua :

— Je crois que tout est là. Ce type est net. Mes amis n'ont rien pu prouver contre lui.

Patrick ne s'attendait pas à apprendre le contraire mais il fut quand même soulagé de savoir que son beau-père ne semblait pas avoir de difficultés financières. En lisant le rapport, il hocha la tête avec soulagement. Lord Caldecott n'avait pas besoin d'argent, donc aucune raison de faire chanter sa femme. Il déplorait d'avoir à fouiller dans ses affaires, mais mieux valait en avoir le cœur net.

Relisant la liste des renseignements confidentiels qu'il avait sous les yeux, il observa :

— Je n'aurais jamais cru que ce genre de renseignement soit facile à obtenir. J'imagine que votre employeur a des informateurs un peu partout.

— Que oui, messire ! mâchonna Hackett en grimaçant un sourire. Vous n'imaginez pas ce qu'il réussit à découvrir quand il s'y attaque.

Patrick n'insista pas, car cet homme, un simple messager, ne lui en dirait pas plus long. Il paya Hackett, le congédia et se rendit alors au grand salon avec ses documents.

Un petit feu brûlait dans l'âtre, Patrick jeta dans les flammes le paquet qu'il venait d'acquérir en échange d'une somme rondelette. En regardant les flammes dévorer le papier, il eut le vague sentiment d'expier son indiscrétion.

La journée était bien avancée. Patrick envisagea un moment de rendre visite à Thea, puis y renonça. Il n'avait plus de colère quant à leur dispute de la veille, mais il ignorait son état d'esprit à elle. Mieux valait la laisser tranquille un moment plutôt que prendre le risque de les éloigner. Il ne tenait pas à épouser une femme qui souhaiterait se débarrasser de lui au plus vite. En revanche, il ne désirait pas non plus la laisser ruminer cet incident.

Il prit enfin sa décision, mit son chapeau haut-de-forme et quitta la maison. Il se rendit chez un grand bijoutier de King Street. Au moment d'entrer dans le petit magasin, il fut accueilli par le propriétaire et bijoutier en chef, M. Greenberg.

Ayant expliqué ce qu'il cherchait, il eut tôt fait d'arrêter son choix sur une parure de topazes rehaussée de diamants. Il donna des ordres pour la livraison et quitta le magasin avec le sentiment d'avoir offert à Thea une chance de réconciliation. Désormais, la balle était dans son camp. Soit elle allait jeter son cadeau dans le caniveau, soit elle l'accepterait comme une chance de faire la paix.

Il avait du temps à perdre ; passant devant le Brooks, il entra et trouva une table de joueurs de cartes auxquels il se joignit. D'autres messieurs de sa connaissance arrivèrent et, la nouvelle de son mariage ayant fait le tour de la bonne société, il se trouva au centre de la conversation.

Pendant le reste de l'après-midi et le début de la soirée, on lui porta force toasts. Mais ne souhaitant pas répéter son écart de la veille, il ne goûta à chaque verre que du bout des lèvres. Ainsi, Nigel et Adam le trouvèrent-ils vers minuit encore lucide.

— On t'a cherché partout, lui reprocha Nigel en s'asseyant sur un siège à côté de celui de Patrick. On s'est inquiétés à cause d'hier soir. Ça faisait longtemps qu'on ne t'avait pas vu dans un état pareil et on n'aime pas trop ça. Avant, tu n'étais jamais en reste quand il s'agissait de trinquer mais, depuis quelque temps, cela t'est passé.

Patrick s'était installé dans un coin calme du club pour échapper à la foule des jeunes dandys qui encombraient les pièces. Paxton, toujours tiré à quatre épingles, s'installa dans le profond fauteuil de cuir de l'autre côté de Patrick.

— Il se ronge, expliqua-t-il en souriant, depuis qu'il s'est aperçu que tu étais sorti. Nous t'avons cherché dans tous les lieux de débauche qu'il connaît. Et, crois-moi, il les connaît tous.

— Je sais, confirma Patrick avec ironie, il m'en a fait connaître au moins la moitié.

— Peu importe! coupa Nigel avec impatience. J'ai trouvé un os à te donner à ronger.

Patrick, intéressé, haussa les sourcils.

— Comme tu ne cesses de poser des questions sur Ellsworth, je me suis renseigné. On raconte que son cousin Hirst et lui sont tombés dans les griffes d'un usurier, la pire sangsue de tout ce milieu, un certain Yates.

— Je crois que j'ai rencontré ce monsieur, répondit Patrick en se raidissant, l'autre soir chez Ellsworth.

— Ce n'est pas étonnant, si Ellsworth lui doit de l'argent. Yates est un sinistre individu. Il a des connivences dans le milieu, et c'est tout sauf quelqu'un de respectable. Même les joueurs les plus acharnés l'évitent, sauf s'ils n'ont plus personne vers qui se tourner pour éponger leurs dettes, comme Ellsworth. La différence avec Yates, c'est que si un débiteur a des retards de paiement ou est insolvable, Yates n'hésite pas à menacer la famille et les amis de l'intéressé. Il est allé jusqu'à balafrer la femme ou la fille d'un débiteur, à casser bras et jambes aux hommes de sa parenté, jeunes ou vieux. Pas de scrupules pour Yates. Et si ça ne marche pas…

— Si ça ne marche pas, interrompit Paxton d'un ton lugubre, il peut aller jusqu'au meurtre pour bien se faire comprendre. Or, il y a des gens très haut placés parmi ses débiteurs, il est intouchable. En outre, Yates veille à ne jamais laisser d'indices. Il est à la fois impitoyable et malin ; il se fait toujours rembourser ou bien c'est l'enfer. Ce n'est pas quelqu'un à prendre à la légère.

— Il m'a l'air extrêmement dangereux, répondit Patrick assailli par plusieurs hypothèses.

Était-ce Yates qui avait tué Hirst ? Parce qu'il était insolvable ? Était-ce Yates et non Ellsworth que Thea et lui avaient surpris le fameux soir ? Il fallait y réfléchir, mais cela attendrait. Après le mariage.

— Merci pour le renseignement, se contenta-t-il de dire à ses amis. Je veillerai à ne pas tomber sur M. Yates.

— Je me demande pourquoi, repartit Nigel soupçonneux, je ne te crois pas... D'après moi, tu as encore quelque chose à cacher.

— Rien qui doive t'inquiéter, s'excusa Patrick en haussant les épaules. Maintenant, avec votre permission, je vais rentrer chez moi. Les dernières soirées m'ont épuisé et j'aspire à retrouver mon oreiller.

— Si tu continues sur cette pente, mon ami, avertit Nigel, tu vas devenir quelqu'un de parfaitement respectable.

— C'est mieux qu'un vieux débauché dont tout le monde se moque.

— Excellent ! s'esclaffa Paxton. Touché dans le mille !

— Va te coucher, Patrick, concéda Nigel, piteux. Je méditerai la sagesse de tes préceptes.

Quittant ses amis, Patrick s'éloigna à grands pas vers la porte d'entrée du club. Il souhaita bonne nuit au portier et constata avec surprise qu'il pleuvait. Quand il était sorti de chez lui dans l'après-midi, le soleil brillait, il n'y avait que quelques nuages et il s'était habillé en conséquence. Après son détour par King Street, comme il n'avait pas d'autre destination en vue, il n'avait pas songé à se procurer un véhicule. Il y avait des torches éclairant l'entrée du club et leurs lumières vacillantes jetaient une lueur étrange sur la pluie qui tombait ; Patrick fit la grimace, n'ayant guère envie de rentrer chez lui sous l'averse.

Il finit par se décider et, courbant les épaules, dévala le perron jusqu'à la rue. Il entendit une voiture approcher et leva les bras : c'était un fiacre noir, qui s'arrêta. Patrick cria son adresse au cocher, et bondit à l'intérieur.

13

Deux mains énormes le saisirent à la gorge pour l'étrangler et, dans le même élan, lui frappèrent le crâne contre la cloison arrière de la voiture. À moitié assommé, la tête lui tourna. Il avait la trachée écrasée, il cherchait en vain à respirer. Les doigts de son assaillant s'enfonçaient dans sa gorge et l'asphyxiaient. Près de défaillir, il devait échapper à cet étau s'il voulait survivre. Il n'avait pas peur de mourir, mais l'idée de ne plus revoir Thea à cause de cet inconnu le mit en rage.

Mû par son seul instinct de survie, il lança ses bras en hauteur et les écarta, arrachant les deux mains qui serraient sa gorge. Son soulagement fut immédiat, il remplit d'un coup ses poumons en feu. Son agresseur se jeta sur lui, leur lutte secouant la voiture. De loin en loin, un réverbère donnait à Patrick une vague idée du géant contre lequel il se battait.

La pluie tambourinait sur le toit de la voiture, les roues chuintaient sur les pavés mouillés. Les sabots des chevaux faisaient gicler des jets d'eau. À l'intérieur, une lutte à mort était engagée avec une odeur dangereuse de cuir humide, de vieux parfum et de tabac froid.

Patrick n'arrivait pas à voir son adversaire mais avait l'impression de se mesurer à un colosse meurtrier. Son impression était fondée. Un poing qui lui sembla de la taille d'une tête surgit de l'ombre, le frappa à la tête et le fit basculer. De nouveau, des étincelles explosèrent dans son cerveau, et il secoua la tête pour ne pas perdre connaissance. Son adversaire le frappa encore mais, cette fois, Patrick esquiva et rendit un coup qui porta. Son poing s'écrasa sur un visage et Patrick lança un juron car la douleur du choc lui remonta jusque dans le bras. L'homme cria et retomba sur le siège opposé. Patrick lui administra plusieurs coups de poing bien placés. Sa gorge écrasée et sa tête explosée l'empêchaient de réfléchir.

Mais Patrick avait l'art de retomber sur ses pieds et c'est ce qui se passa. Considérant la taille de l'homme contre lequel il se battait, et l'espace dont il disposait, il n'avait aucune chance de vaincre. En un éclair, l'image de Thea lui vint. Sacrebleu ! jura-t-il. Il n'allait pas finir ainsi. Il allait épouser Thea et personne, pas même le fauve qu'il avait devant lui, ne l'en empêcherait. Il n'aimait pas s'avouer vaincu, même quand la défaite était inévitable. Mais, en l'occurrence, le mieux était d'abandonner le terrain tout de suite.

Son agresseur se jeta de nouveau sur lui et Patrick le cueillit de deux bottes en pleine poitrine et le rejeta en arrière. Sans perdre un instant, il ouvrit violemment la porte de la voiture et sauta dehors. Il atterrit lourdement sur les pavés et fit un roulé-boulé avant de s'arrêter.

Ses muscles endoloris lui arrachèrent un gémissement, mais il se remit debout tant bien que mal, prêt à poursuivre le combat. À son grand soulagement, il était seul, la lanterne du fiacre disparaissant rapidement dans l'obscurité.

Il s'orienta promptement et, redoutant que son assaillant ne revienne à la charge, regagna sans tarder Hamilton Place. Patrick ne rentrait pas chez lui tous les jours en titubant et à ce point débraillé mais, quoi qu'en pensât Chetham, il le garda pour lui. Remarquant à peine que Patrick était trempé et couvert de boue, il murmura juste :

— Un bien sale temps, sir. Puis-je vous préparer un bain ?

Il était tard, et les membres du personnel étaient couchés. Un bain chaud n'aurait pas été désagréable, mais Patrick préféra y renoncer.

— Non. Je vais me débrouiller pour ce soir. Préparez-le plutôt pour demain matin, s'il vous plaît.

Patrick tourna les talons et commença à monter l'escalier. Chetham se racla délicatement la gorge et Patrick se retourna en soupirant vers son maître d'hôtel.

— Oui ? demanda-t-il d'un ton las. Autre chose ?

— Le cuisinier a suspendu un bifteck frais dans le garde-manger pour l'attendrir. Si vous voulez, je peux vous l'apporter.

— Un bifteck ? répéta Patrick.

— Pour votre œil, sir. Sauf erreur de ma part si je puis me permettre, vous aurez demain matin un œil au beurre noir.

Patrick se regarda au passage dans un miroir et convint que Chetham avait raison, il aurait un somptueux coquard. Il ne se souvenait pas précisément du coup mais, après examen de ses autres blessures, il se dit que certaines étaient dues à son saut hors du fiacre. Il avait aussi une longue et large balafre à la joue, qui allait faire concurrence à l'œil concernant la couleur à en juger par la meurtrissure blafarde. Il fit la grimace. Il était censé se marier dans moins de quarante-huit heures. Quel charmant spectacle il allait offrir samedi aux nombreux invités que sa mère avait réunis pour assister à l'échange de leurs consentemcnts ! Il en sourit. La moitié penserait qu'il avait fallu le rosser pour le contraindre à se marier.

Chetham arriva avec le bifteck et Patrick, après avoir renvoyé son maître d'hôtel, se laissa tomber sur son lit, le bifteck frais sur l'œil. Il avait mal partout. Il n'avait plus l'âge de se permettre ce genre d'extravagance.

Il fronça les sourcils. Il n'avait rien fait ce soir pour chercher l'incident ; il avait tout simplement hélé un fiacre parce qu'il pleuvait. Ce n'était pas comme s'il était allé traîner dans de mauvais quartiers, où l'on peut s'attendre à ce genre d'attaque. Le Brooks était un club respectable dans un quartier tout à fait comme il faut, à la différence des louches tripots louches que ses amis et lui fréquentaient il y a dix ans ou plus.

Repensant à cette attaque, Patrick se releva et, posant son bifteck, retira ses vêtements déchirés et trempés. Il les abandonna par terre et entra dans sa garde-robe. Il prit l'aiguière sur la console de toilette en marbre gris et versa de l'eau dans la cuvette en porcelaine ; puis il se lava vigoureusement en faisant la grimace quand il touchait un point sensible. Il remarqua les taches violettes laissées sur sa gorge par son agresseur quand il avait tenté de l'étrangler. Qu'il était séduisant avec ce visage martelé qui tournait rapidement au violet ! Un rêve de mariée... Il enfila une robe de chambre en soie lie-de-vin et retourna dans sa chambre. Il s'allongea de nouveau et se remit le bifteck sur l'œil.

Il était tard et il était fatigué, mais le sommeil ne venait pas. Il ne cessait de penser aux événements de la soirée. Les vols à la tire et les rixes n'étaient pas rares à Londres, mais ce qui s'était passé ce soir était étrange. Il était astucieux de profiter du mauvais temps pour se servir du fiacre comme d'un piège, mais le projet était aléatoire. Patrick imaginait des dizaines de raisons qui auraient pu le faire échouer. D'abord, ce plan ne pouvait concerner qu'un gentleman seul ; or, la plupart des membres du club sortaient par groupes de deux ou plus. Ensuite, il n'y avait pas moyen de prévoir si la victime aurait beaucoup d'argent sur elle ou de nombreux bijoux. Enfin, bien sûr, nul ne pouvait savoir si la victime serait à jeun ou complètement ivre en quittant le club à cette heure de la nuit.

Pourquoi cette attaque était-elle tombée sur lui ? Patrick aurait préféré dire que c'était par hasard, mais il était convaincu que ce n'était pas le cas.

Il se renfrogna. C'était par hasard qu'il avait quitté le club seul et par hasard aussi qu'il n'était pas le moins du monde éméché. En revanche, si ce n'était pas par hasard que l'on s'était attaqué à lui, comment son agresseur avait-il su qu'il serait au Brooks ? Lui-même ne savait pas au juste où il irait quand il était sorti de chez lui dans l'après-midi... ou la veille car c'était déjà vendredi aux petites heures du matin. Il semblait peu probable que le fiacre, son cocher et son passager n'aient attendu que lui ; pourtant, il ne parvenait pas à écarter cette hypothèse. Se montrait-il exagérément soupçonneux ?

C'était possible mais, réfléchissant aux événements de la semaine, il n'arrivait pas à s'en convaincre. Il y avait un maître chanteur qui se déchaînait, et lui s'était interposé. Il n'oubliait pas non plus que, quelques jours plus tôt, il était tombé sur le cadavre de Hirst. En outre, pas très longtemps après, Thea et lui s'étaient affrontés à un mystérieux intrus dans la maison où le meurtre de Hirst avait eu lieu. Et ce Yates, dont parlaient Nigel et Adam ? L'attaque que Patrick venait d'essuyer était clairement une tentative de meurtre. Or, on savait que Yates était en affaires avec Hirst et Ellsworth ; était-il possible que, pour quelque raison, Yates soit désormais mêlé à l'affaire ? C'était une chose à laquelle il fallait réfléchir.

En fait, plus il y réfléchissait, plus il était convaincu que l'incident ne pouvait être une coïncidence. Le maître chanteur avait sans doute cherché à éliminer le principal obstacle entre la fortune de lady Caldecott et lui. Patrick pensait que c'était le maître chanteur qui avait tué Hirst ; si c'était le cas, pourquoi hésiterait-il à tuer de nouveau ?

L'imminence de son mariage avait écarté de ses pensées l'assassinat de Hirst et, dans une moindre mesure, le chantage auquel était soumise sa mère. Hélas, dans les deux cas, il ne voyait pas comment agir d'ici le mariage. Il se rembrunit. Il fallait vérifier si son suspect numéro un, Ellsworth, était en ville. Nigel devait le savoir.

Au matin, Patrick se regarda dans le miroir et jugea qu'il ressemblait moins à un gentleman respectable en visite à Londres qu'aux pirates du Mississippi qui écument le sinistre quartier de Silver Street à Natchez. Même à la pire époque de sa jeunesse, on ne lui avait jamais administré une telle raclée.

Il avait un œil à moitié fermé souligné d'un cerne noir et violet, une vilaine contusion sur la mâchoire et une balafre écarlate lui traversait la joue et lui donnait un air de débauché. Les marques laissées sur sa gorge par les doigts de son agresseur étaient faciles à cacher sous une cravate nouée, comme pour les cicatrices douloureuses occasionnées par son bond désespéré hors du fiacre.

Il était tenté de rester cloîtré pour ne pas montrer son visage défiguré, mais il avait tant à faire ! En premier lieu, demander à Nigel si Ellsworth était de nouveau en ville. Quand Patrick vint lui rendre visite, Nigel fut horrifié du spectacle. Il fallut plusieurs minutes pour que Patrick le convainque que ce n'était que superficiel.

— Par Dieu, bougonna Nigel quand Patrick eut achevé le récit de ses mésaventures, si cela ne te suffit pas comme raison de rester tranquille à boire dans ton club avec tes amis, je me demande ce qu'il te faut !

Patrick sourit douloureusement.

— Pour l'instant, je puis difficilement te contredire.

— Il ne manquerait plus que cela !

Ils étaient installés dans un petit salon jouxtant la chambre à coucher de Nigel qui s'était levé peu de temps avant l'arrivée de son ami. Patrick prit une gorgée de café. Il n'était pas d'humeur à échafauder de grands raisonnements, et cela valait sans doute mieux car Nigel avait l'air tout juste capable de se souvenir de son propre nom.

Posant sa tasse, Patrick demanda :

— Toi qui es au courant de tout, est-ce que tu sais si Ellsworth est de nouveau à Londres ?

Nigel écarquilla les yeux. Il avait beau avoir la gueule de bois, il n'était pas idiot.

— Ne me dis pas que ce qui vient de t'arriver a quelque chose à voir avec Ellsworth ?

— Et pourquoi diable te vient-il une idée pareille ? demanda Patrick en haussant les épaules.

— Parce que tu n'es pas du genre à recevoir une pareille correction sans songer à rendre les coups. Et te voilà tout gaillard à m'interroger sur cette crapule d'Ellsworth. Même un imbécile aurait deviné. Et je ne suis pas un imbécile !

— Et si j'étais d'avis que c'est Ellsworth, murmura Patrick, cela te surprendrait-il ?

— Oui et non… Ellsworth est un sale type, je te l'ai déjà dit. Pire, c'est un lâche. Dans ce qui vient de t'arriver, je verrais plutôt l'œuvre de Yates. En fait, je ne serais pas surpris qu'Ellsworth ait engagé Yates pour s'occuper de tout à sa place. C'est le genre de coup tordu dont il est capable.

— Tu as peut-être raison, acquiesça Patrick. Mais pour engager Yates, il aurait fallu qu'il le voie. Je ne le crois pas assez bête pour formuler ce type de demande par écrit. Alors, sais-tu si Ellsworth est en ville ?

— Pas à ma connaissance. Pourquoi t'intéresses-tu tant à Ellsworth ?

— Comme ça, répondit négligemment Patrick.

— Je me demande pourquoi mais j'ai du mal à te croire, observa Nigel en prenant sa tasse. Tu me caches quelque chose. Je te l'ai déjà dit. Finissons-en !

Patrick soupira. Nigel et lui étaient de vieux amis, il avait toute confiance en lui et lui devait donc quelques explications.

— Je ne puis rien dire, c'est un secret qui ne m'appartient pas.

— Thea ? demanda Nigel au bout de plusieurs secondes. Elle a des ennuis ?

— Non, d'ailleurs cela ne te regarde pas. Par contre, si je pèse bien ce que tu viens de dire, je serais fondé à me formaliser.

— Peu m'importe ! rétorqua Nigel d'un air suffisant en reprenant sa tasse, je ne suis pas disposé à relever un défi de ta part pour nous battre en duel.

— Tant mieux ! s'esclaffa Patrick en se levant. Tu tires presque aussi bien que moi.

Patrick avait le sourire aux lèvres en sortant de chez Nigel sur Albemarle Street. Au pied du perron, il observa la rue dans les deux sens, ne sachant quelle direction prendre. Il devait passer chez sa mère et chez sa fiancée. Il fallait qu'elles aient la primeur de ses ecchymoses avant le mariage.

Gardant ses soupçons pour lui, il expliqua à sa mère qu'il avait été attaqué par des détrousseurs. Elle en fut consternée mais il parvint à la calmer. Elle eut beau poser la question, il fut catégorique : l'affaire n'avait rien à voir avec son maître chanteur.

Avec Thea, ce fut moins simple. Il lui raconta toute l'histoire debout dans le petit salon, où elle le reçut en présence de Modesty assise à côté d'elle sur le canapé.

Elle ne quittait pas des yeux ses ecchymoses et quand il se tut, elle prit une profonde inspiration.

— C'est l'assassin de Hirst, n'est-ce pas ? Il a essayé de te tuer, hein ?

— Bien sûr ! s'écria Modesty. Ce ne peut être que lui.

Patrick fit la grimace. Et dire qu'il avait espéré leur faire prendre tout cela pour une tentative de rapt... Il aurait dû prévoir leur réaction. Thea était loin d'être une cruche.

Il s'assit en face d'elles.

— C'est peut-être lui, je ne peux pas affirmer le contraire. Mais l'important est que je sois sain et sauf.

— Pour cette fois, souligna Thea d'une voix blanche.

— Puis-je parler un moment en tête à tête avec elle ? demanda Patrick en s'adressant à Modesty.

— Mais bien sûr ! répondit-elle, volontiers.

Elle se leva et sortit. Patrick s'assit à côté de Thea sur le canapé et lui prit la main.

— Chérie, rien ne nous prouve que ce qui est arrivé hier soir ait un lien avec l'assassinat de Hirst.

Elle le regarda droit dans les yeux.

— Tu ne crois pas ce que tu dis, tout de même ?

Patrick s'apprêtait à mentir mais, devant l'intelligence qui illuminait son visage, les mots moururent sur ses lèvres.

— Tu n'y crois pas, n'est-ce pas ? répéta-t-elle.

— Effectivement, confirma Patrick d'un air désabusé. Comme toi, je pense que mon assaillant a quelque chose à voir avec l'assassin de Hirst.

Thea retint son souffle et sa main se crispa dans celles de Patrick.

— Avant de poursuivre cette conversation, dit-elle en détournant le visage, j'ai quelque chose à te dire. Depuis ce qui s'est passé entre nous mercredi après-midi chez Mme De Land, je n'arrive plus à penser à autre chose. Cela n'aurait jamais dû se produire mais, cela fait, j'ai eu tort de laisser entendre que tu t'étais conduit de la même manière que lord Randall. C'était méchant et injuste. Je te présente mes excuses.

Tout penaud, Patrick prit le visage de Thea entre ses mains pour le tourner vers lui.

— Chérie, murmura-t-il en la caressant du regard, c'est moi qui te dois des excuses. Tu étais sous ma protection et je suis, j'ai honte de le dire, beaucoup plus expérimenté que tu ne le croirais dans les choses de l'amour. Je n'aurais jamais dû te toucher. C'est moi qui ai commis une faute grave, pas toi. Assurément. Ce que je t'ai dit est la stricte vérité : quand je suis avec toi, je suis incapable de garder mes mains dans mes poches. Sachant cela, je n'aurais pas dû laisser la situation dégénérer. Tout ce qui est arrivé est ma faute.

Thea s'autorisa un sourire.

— Si tu continues à t'excuser de façon si élégante, je finirais par voir en toi un mari tout à fait acceptable.

Que pouvait-il faire après cela, sinon l'attirer contre lui et l'embrasser avec passion ? Elle réagit à ce baiser avec fougue, en refermant ses bras derrière sa nuque. Tout de suite, il sentit la passion monter et, au prix d'un grand effort, il détacha lentement sa bouche de celle de Thea.

Les yeux brillants de désir, il gémit et, de nouveau, l'embrassa avant de l'écarter résolument.

— Si tu continues à me regarder comme cela, bougonna-t-il, je décline toute responsabilité.

Thea, envahie de sensations délicieuses, était à deux pas de jeter les convenances par-dessus bord pour mettre à l'épreuve la résolution de Patrick. Seule l'arrêta la pensée que Modesty allait revenir d'une minute à l'autre.

— Je me demande si tu te montreras aussi réservé après-demain ? demanda-t-elle d'un ton taquin.

Le regard de Patrick s'assombrit et Thea sentit une vague d'excitation s'emparer d'elle. Non : il ne ferait plus preuve de la moindre réserve dès qu'elle serait sa femme !

Elle baissa les yeux sur sa jupe ambre pâle et changea de sujet.

— Ton cadeau est arrivé hier après-midi. Merci.

— Comment ? demanda Patrick avec un sourire. Tu ne vas pas me le jeter à la figure ?

— J'ai envisagé de le faire un moment, avoua-t-elle en riant, mais j'en suis incapable. Modesty a pensé que tu ne l'avais envoyé que parce que nous nous étions disputés. Elle se doutait que ça n'allait pas quand je suis rentrée de chez Mme De Land, mais elle n'avait pas idée de ce qui s'était réellement passé. Elle m'a persuadée que ces joyaux étaient beaucoup trop chers pour que je te les jette au visage. Alors, je les lui ai offerts.

— Tu as fait quoi ? s'étrangla Patrick.

— Enfin, tu ne t'attendais pas à ce que je les garde, tout de même ? J'étais en colère contre toi, s'excusa-t-elle d'un ton si raisonnable qu'il ne put garder son sérieux.

— En effet, ça se défend, reconnut-il en songeant à la petite fortune qu'il avait dépensée pour ces topazes et ces diamants. Mais j'espère qu'à l'avenir, quand je t'offrirai des cadeaux, tu ne les donneras pas à quelqu'un d'autre.

Il lui souleva la main et la baisa.

— Seulement si je suis en colère contre toi, promit-elle, le regard dansant.

Son humeur changea d'un coup et, levant le bras, elle caressa ses ecchymoses au visage.

— Tu ne penses pas que ce qui t'est arrivé hier soir est lié à Hirst ?

— Si, soupira-t-il. Je suis convaincu que mon adversaire dans le fiacre était soit l'assassin de Hirst, soit notre intrus.

— Ne pourrait-il s'agir de la même personne ?

— Si, bien sûr, mais nous ne pouvons pas le savoir. Il est possible, précisa-t-il en songeant au maître chanteur de sa mère, qu'il y ait deux forces différentes en jeu, avec nous, c'est-à-dire moi, au milieu.

— Nous devons découvrir qui manigance tout cela, gronda Thea d'un air féroce.

Un instant, elle envisagea de confier à Patrick le contenu du billet qu'elle avait reçu avant d'aller chez Mme De Land. Le remords la saisit. Avait-elle le droit de lui cacher des choses ? Peut-être devait-elle tout lui avouer…

Elle fut arrachée à ce dilemme par des coups à la

porte. Avant qu'elle n'ait répondu, le battant s'ouvrit et Edwina fit irruption dans la pièce.

Elle était ravissante. Elle portait un petit chapeau à large bord orné de dentelles et de plumes et de jolies anglaises lui frôlaient les joues. Elle avait des gants blancs brodés de délicats boutons de rose et une robe plutôt simple en mousseline bleu marine, dont les broderies soulignaient les formes de son corps potelé. Elle s'avança en souriant, jusqu'à ce qu'elle aperçoive le visage marqué de Patrick. Elle poussa un cri et accéléra le pas.

Patrick se leva en soupirant et se dépêcha d'expliquer qu'il avait eu affaire à des voleurs la veille au soir. Edwina était aussi outrée que fascinée par son récit.

— Il faut, sir, que je vous félicite d'être parvenu à vous échapper. Vous avez vraiment de la chance. Et quel courage d'oser sauter d'un fiacre ! À votre place, j'aurais tout de suite perdu connaissance.

Patrick répondit courtoisement à toutes ses questions, mais fut soulagé quand on changea de sujet. En se tournant vers Thea, Edwina déclara :

— Pardon de vous avoir interrompus. Comme Hirst n'est pas en ville, je me suis sentie seule ce matin et j'ai eu envie de te voir. Mais je vois que tu es occupée et que tu n'as pas besoin de m'avoir près de toi. Je vais m'en aller.

— Oh, adjura Modesty qui arrivait à l'instant, ne joue donc pas la comédie. Assieds-toi et reste-là : c'est bien ce que tu voulais, n'est-ce pas ?

Un instant, on se demanda si Edwina n'allait pas se mettre en colère, mais elle rit et avoua :

— Comme toujours, ma très chère Modesty, tu as entièrement raison.

Elle se tourna vers Thea.

— Vraiment, ça ne t'ennuie pas si je reste ? Je filerai sans demander mon reste si tu as quoi que soit d'important.

— Reste, confirma Thea. Patrick est passé pour nous raconter ses mésaventures d'hier soir.

— Et maintenant que cette corvée est faite, renchérit Patrick debout à côté du canapé, je crois que c'est moi qui vais partir. Je suis sûr que vous avez des tas de choses à vous raconter entre dames. Robe de mariée et tous les chichis.

— Certes ! confirma Edwina. J'ai accompagné Thea hier à son essayage chez Mme De Land et sa robe est somptueuse. Je suis verte de jalousie.

— Tu n'as aucune raison, rétorqua Modesty d'un ton sec. Est-ce que ta sœur n'a pas commandé pour toi une robe de bal à Mme De Land pour plus tard ?

— Si, avoua Edwina en feignant quelque remords. Ma sœur est la plus adorable créature au monde.

Edwina ne s'attarda que quelques minutes. Elle était partie depuis un petit moment quand Tillman entra, l'air gêné.

— Mademoiselle, pardonnez-moi de vous interrompre, mais voici ce qui vient d'arriver. C'est un gamin de la rue qui l'a apporté.

Thea, assaillie de prémonitions sinistres, prit des mains du maître d'hôtel le billet plié et le congédia. Les deux autres ne la quittaient pas des yeux ; elle ouvrit et lut. Tout de suite, elle blêmit. Sans un mot, elle tendit la missive à Patrick. Le visage sombre, il lut :

« *Ce n'était pas malin de ne pas vous présenter à notre rendez-vous mercredi. Un faux pas de plus et votre futur mari ne s'en sortira pas si aisément.* »

14

— Et quel est ce rendez-vous que tu as raté ? demanda Patrick d'un ton égal.

Thea déglutit et regarda Modesty qui tendit la main.

— Puis-je ?

Sans quitter des yeux le visage de Thea, Patrick donna le billet à Modesty.

— Grands dieux ! s'exclama-t-elle après avoir lu. C'est affreux.

Elle regarda Thea avec un air de commisération mêlée de « je te l'avais bien dit ».

— Apparemment, insista Patrick, je suis le seul à ne rien savoir de ce rendez-vous. Auriez-vous l'obligeance de m'éclairer ? Car c'est moi qui ai payé les pots cassés et j'aimerais comprendre pourquoi.

— Modesty voulait que je t'avertisse dès que j'ai reçu le premier mot, mais je… je n'ai pas voulu, répondit Thea, pleine de remords et gênée.

Puis elle resta muette, et Patrick demanda à voir le premier billet. Thea acquiesça et sonna Tillman. Quand le maître d'hôtel arriva, elle le pria de lui faire apporter par un domestique la petite boîte à fleurs en porcelaine posée sur sa coiffeuse.

Ils attendirent tous trois en silence. Quand Tillman revint, il donna la boîte à Thea et se retira. Elle l'ouvrit et tendit à Patrick la feuille de papier pliée.

Inquiètes, Thea et Modesty attendirent sa réaction. Mais il garda le silence un moment, réfléchissant à la situation. Puis il leva les yeux vers Thea et demanda :

— Avais-tu une raison particulière de me cacher l'arrivée du premier billet ? À l'exception du fait que tu t'es conduite comme d'habitude de façon stupide, obstinée et exaspérante ?

Thea, piquée, releva la tête.

— Je ne suis pas allée à ce rendez-vous : en cela au moins je ne me suis pas conduite de façon stupide. Et comme je n'y suis pas allée, je n'avais aucune raison de t'en parler.

Il avait une lueur dans le regard qui augurait mal de la suite. Mais, se forçant à réfléchir, il se détourna et fit les cent pas dans la pièce quelques minutes en s'efforçant de ne pas laisser éclater sa colère. Ce qui le mettait en rage, ce n'était pas tant le fait que le comportement de Thea lui ait attiré la raclée de la veille au soir mais qu'elle ne lui ait pas fait confiance. Il inspira profondément. Mais pourquoi lui ferait-elle confiance ? Elle estimait déjà qu'il l'avait attirée dans le mariage par ruse et n'avait que sa parole pour croire qu'elle n'avait pas tué Hirst. Patrick reconnut en grimaçant qu'il avait refusé d'expliquer à Thea les raisons qu'il avait d'être sur les lieux du meurtre de Hirst. Tout bien pesé, elle avait fait preuve de retenue… et de confiance ! Finalement, à sa place, il n'aurait fait preuve ni de tant de retenue ni de tant de confiance.

Il consulta de nouveau les deux notes qu'il avait à la main et revint vers Thea et Modesty.

— Est-ce que le premier mot vous est parvenu de la même façon que celui-ci ?

— Non, rétorqua Thea. Mercredi matin, les visiteurs sont venus en foule. Tillman n'a trouvé ce billet qu'après le départ des plus nombreux.

— On dirait, soupira Patrick, que le coupable ne nous laisse aucun indice quant à son identité. Inutile de pleurnicher sur ce qui s'est passé. Crois-moi, chérie, je préfère de loin avoir essuyé quelques coups hier soir plutôt que de te savoir au rendez-vous avec cette voiture mercredi après-midi.

— Que veux-tu dire ? demanda Thea, perplexe. Le billet demande de l'argent : je ne courais aucun danger. En outre, je ne me serais pas laissé faire.

— Je n'en doute pas, mais je n'aime pas me faire avoir, que je puisse me le permettre ou pas. De surcroît, j'aime encore moins que ma future femme fasse l'objet d'un chantage… surtout qu'elle ne s'est rendue coupable de rien, si ce n'est d'être imprudente.

— Merci quand même, bougonna Thea qui ne savait si elle devait prendre cela comme un compliment ou comme une insulte.

— Il semble bien, en tout cas, observa Patrick en fronçant les sourcils, que ces deux billets sont de la même main. À part cela, ils ne nous disent pas grand-chose. Quel dommage que tu ne m'aies pas averti tout de suite !

— C'est justement pour cela que je ne voulais pas t'en parler, insista Thea. Si je t'avais prévenu, tu te serais lancé dans je ne sais quelle folie du genre de celle que tu m'accuses d'avoir commise.

— Exact ! reconnut-il.

— Alors, demanda Modesty, que fait-on maintenant ? On paie la prochaine fois ? Nous sommes bien d'accord là-dessus : il y aura d'autres demandes de versement. J'ai l'impression que nous n'avons pas le choix sauf à courir le risque de nouvelles rixes.

Patrick s'assit dans le fauteuil face aux deux dames. Il allongea ses jambes et se frotta le menton.

— Pour le moment, je crois que nous ne pouvons rien faire, si ce n'est attendre le prochain billet et, selon les exigences formulées, nous verrons si nous pouvons démasquer la personne qui manigance cela.

— Je n'aime pas ça, observa Thea, les poings crispés. Je me sens tellement sans défense et en colère !

— Moi aussi, chérie ! affirma Patrick avec douceur. Mais si ces billets ne nous disent rien, ils expliquent au moins ce qui m'est arrivé hier soir.

Pleine de remords, Thea se pencha en avant.

— Oh, Patrick, je suis désolée de ne pas t'avoir averti pour le premier mot. Si je l'avais fait, tu n'aurais pas été attaqué. C'est ma faute !

— Évidemment ! ironisa Modesty. La faute à qui donc ? Certainement pas à l'auteur du billet, ni à celui qui a organisé l'attaque contre Patrick. Celui-là, nous n'avons rien à lui reprocher : tout est ta faute !

— Tu as raison de te moquer de moi, confessa Thea en rougissant, mais je ne puis me défendre de penser que si je n'avais pas commis la sottise de rencontrer Hirst, tout cela ne serait pas arrivé. Donc c'est bel et bien ma faute !

Modesty se radoucit.

— Non, mon poussin, ce n'est pas ta faute. C'est la faute de celui qui a tué Hirst et mis toute cette affaire en branle. Si cela ne te heurte pas, tu dois comprendre que tu n'es qu'un pion dans le jeu d'un d'autre.

— Elle a raison, tu sais, confirma Patrick. La seule chose que l'on puisse te reprocher, c'est ta nature impulsive, et c'est de cela que le coupable profite.

— Bon. Quand vous aurez tous les deux fini de me traiter comme un rouage irréfléchi et irresponsable dans les machinations d'un inconnu, nous pourrons réfléchir à la réaction à adopter au prochain message. Car nous savons que, tôt ou tard, il arrivera.

Ils discutèrent plusieurs minutes sans parvenir à une décision. On convint simplement que, la prochaine fois que Thea recevrait un message exigeant de l'argent ou quoi que ce soit, et Patrick insistait bien sur le « quoi que ce soit », il en serait prévenu immédiatement.

— Évidemment, indiqua Patrick en souriant, il n'est pas indispensable que ce soit par écrit. À partir de demain après-midi, je n'ai guère l'intention de laisser ma femme s'éloigner de moi.

Thea rougit une fois de plus, cette fois pour une raison différente. Elle se voyait au lit avec son mari. Elle avait à peine repris contenance que Patrick se leva et, quelques minutes plus tard, prit congé.

Le reste de l'après-midi et de la soirée passa comme un tourbillon. En fin d'après-midi nombre d'amis vinrent pour présenter leurs vœux de bonheur ; en début de soirée, Thea et Modesty allèrent chez Mme De Land pour le dernier essayage de la robe de mariée. Elles ressortirent avec la promesse solennelle de Mme De Land que la robe serait livrée à Grosvenor Square avant 10 heures le lendemain.

Lady Caldecott avait insisté pour recevoir à dîner chez elle les fiancés et quelques membres de la famille. Après l'essayage, Thea et Modesty se rendirent donc immédiatement, avec Edwina, chez les Caldecott. La soirée fut agréable mais Thea se sentait passablement décalée ; elle n'arrivait pas à croire que, dans vingt-quatre heures à peine, elle serait la femme de Patrick Blackburne.

Plusieurs fois au cours du dîner, son regard se posa sur Patrick. Un étrange frisson la saisissait en observant ses yeux gris. Il se comporta toute la soirée en parfait gentleman. En dépit des horribles teintes de son visage, il était irréprochablement courtois et magnifiquement beau dans sa veste ajustée anthracite et ses hauts-de-chausses en soie noire. Sa chemise en lin d'un blanc éclatant faisait ressortir son teint bronzé. À chaque fois que leurs regards se croisaient, la douce impatience qu'elle sentait au creux du ventre la tenaillait.

Et elle s'arrachait une fois de plus à ce regard et à l'empire qu'il avait sur ses sens, tâchant de s'occuper des autres. C'était difficile, mais elle finit par recouvrer assez de maîtrise pour y parvenir.

Edwina était tout excitée d'être invitée d'honneur chez l'un des membres les plus en vue de la haute société, éblouie d'évoluer en pareille compagnie. À table, elle était placée entre un jeune et beau marquis et une comtesse de grande allure récemment mariée. Après le dîner, la plupart des invités allèrent dans l'élégant salon bleu pour prendre le café et de minuscules petits-fours sucrés. Edwina se joignit à Thea et à Modesty, qui entouraient lady Roland dans un coin de la pièce.

Elle avait les yeux brillants et rayonnait. À la vue de ces personnalités de l'aristocratie dans ce cadre magnifique, elle soupira.

— Oh, Thea, quelle chance tu as ! Tu vas me trouver méchante si je te dis que je t'envie ? Ce soir, combien je regrette de ne pas vous avoir écoutées, Modesty et toi, quand vous m'avez adjurée de ne pas épouser Hirst. Comme ma vie aurait été différente !

— C'est facile de comprendre après coup, rétorqua sèchement Modesty. Ce qui l'est moins, c'est de prévoir.

— Bien sûr, tu as raison, acquiesça Edwina. Je te promets de changer ma façon de faire dorénavant.

Modesty eut l'air sceptique.

— N'ai-je pas accepté le conseil de Thea de me retirer à la campagne ? Cela ne prouve-t-il pas que je me comporte à présent de façon responsable ?

— Mais si, répondit Thea avec un sourire chaleureux. En quittant Londres, tu fais un premier pas pour récupérer ta fortune.

Thea songea aux effets qu'aurait sur la vie d'Edwina le meurtre de Hirst quand elle l'apprendrait.

— Parfois, l'avenir a l'air bouché mais un jour tout finit par s'arranger. Si tu te laisses guider par nous qui t'aimons, je te promets que tu seras heureuse.

— J'en ai bien l'intention, confirma Edwina dont le frais minois se rembrunit.

Patrick survint, plus beau que jamais, mais passablement désenchanté. Il prit la main de Thea et s'excusa.

— Je suis navré, mesdames ; ma mère insiste pour que nous portions des toasts avant la fin de la soirée.

Une fois les toasts portés, les invités commencèrent à partir et Thea ne fut pas fâchée de s'en aller. Patrick raccompagna les dames chez elles ; comme Edwina était arrivée avec Thea et Modesty, ce fut elle que l'on raccompagna en premier. En arrivant à Grosvenor Square, Patrick escorta Thea et Modesty à l'intérieur.

Modesty souhaita bonne nuit aux deux fiancés et les laissa dans le petit salon pour ce qui devait être leur dernier tête-à-tête avant le mariage le lendemain.

Patrick eut un tendre sourire pour Thea.

— À cette heure-ci demain, tout sera terminé : nous serons mari et femme et, j'espère, nous cesserons d'être le point de mire de tout le monde. Je ne sais pas comment cela s'est passé pour toi ce soir mais, personnellement, j'ai eu l'impression d'être une attraction. Cela n'a pas été trop dur pour toi, ma chérie ?

Thea rit. Elle était très séduisante dans sa robe décolletée en soie ambre pâle.

— Tu oublies que j'ai l'habitude que l'on me regarde, en général d'un mauvais œil. Le fait d'être l'objet de tant de vœux et de regards approbateurs a quelque chose de nouveau pour moi. J'ai presque aimé ça.

— Et j'espère que tu aimeras être ma femme, répondit-il avec un baiser très doux.

Il voulait être tendre et il tenait à maîtriser la passion. L'heure était au salut bref pour se souhaiter bonne nuit, rien de plus. Peu importait que, toute la soirée, il ait été tourmenté par le parfum de Thea, par la certitude que, dans moins de vingt-quatre heures, elle serait sa femme. Il s'était juré que l'incident survenu chez Mme De Land ne se reproduirait pas. Mais elle était si tendre, si chaleureuse et tentante ! En la tenant dans ses bras, il se prit à la désirer si violemment que toutes ses pieuses intentions s'envolèrent.

De toute la soirée, il n'avait attendu que ça : attirer contre lui le corps mince de Thea. Un gémissement étouffé lui échappa tandis qu'il se repaissait de sa bouche, et que sa langue la pénétrait fébrilement. Une brusque flambée de passion surgit en lui et, grisé et aveuglé par l'urgence de son désir, il faillit la plaquer contre le mur et la prendre sur place.

Thea ne se doutait pas que le désir puisse l'embraser si vite, qu'un simple baiser dérape vers quelque chose de beaucoup plus fort. Pas une seconde elle ne songea à le repousser ; d'autant que son cœur et son corps clamaient un besoin urgent. Étroitement collée contre Patrick, dont la voracité virile était évidente, elle serra les bras autour de son cou et lui rendit son baiser avec la même ferveur.

La main de Patrick empoigna le tissu soyeux de sa robe sur la hanche de Thea et la troussa. Quand sa main toucha la peau si douce de sa cuisse, il gémit de nouveau et, sans cesser ses pressantes caresses, la fit reculer pas à pas jusqu'au mur.

Le dos bien calé contre le mur, elle frissonna quand, ayant fouillé entre les jupons, il parvint à la caresser entre les jambes. Ses doigts trouvèrent immédiatement le point central et presque douloureux de son plaisir. Thea gémit, des vagues de plaisir la submergeaient tandis que Patrick frottait et titillait cette chair si tendre. Son baiser se fit plus dur, plus impérieux.

Il était fou d'elle; son désir de se perdre dans ses tendres profondeurs lui faisait tout oublier si ce n'est le besoin frénétique de la posséder. Il souleva une cuisse de Thea et lui replia la jambe autour de sa hanche; d'une main, il ouvrit brusquement son pantalon. Il fallait qu'il la possède, rien ne l'arrêterait. Au diable la moindre retenue!

Cette pensée le conduisit à un éclair de bon sens qui lui fit l'effet d'une douche froide; étouffant de frustration, il domina ses mouvements et son baiser devint plus tendre. Ils restèrent longtemps enlacés, résistant aux exigences de leur propre corps. Thea était excitée et prête; jugeant que l'un d'eux au moins avait droit au plaisir, il se laissa tomber à genoux. La cuisse de Thea sur l'épaule, il déposa des baisers sur son intimité; de la langue et des lèvres, il la goûtait. Tout en la gardant plaquée au mur, il continuait à la torturer des doigts et de la langue; il la sentait crispée et frémissante, sa tension disait plus fort que les mots qu'elle était au bord de l'orgasme.

Thea était assaillie d'émotions choquantes, impensables, à chaque poussée des doigts de Patrick; chaque passage de sa langue l'enlevait vers de nouveaux niveaux de plaisir; elle ne pensait plus à rien. L'insupportable douceur de ce qu'elle ressentait était si puissante qu'elle était certaine de ne pas pouvoir l'endurer un instant de plus. Elle avait cru que l'épisode chez Mme De Land l'avait préparée aux joies de la chair mais elle découvrait qu'il y avait plaisir et plaisir. Soudain, son corps se contracta, convulsé en une exquise, indicible agonie. L'instant d'après, l'extase explosait en elle.

Stupéfiée, elle s'abandonna contre la paroi : seule la poigne de Patrick l'empêcha de tomber. Il baisa cette chair frissonnante une dernière fois, et un étrange sourire satisfait se dessina sur sa bouche ; il se leva et la robe froissée retomba à sa place.

Son désir à lui était intact, mais le fait de savoir que Thea trouverait le sommeil ce soir rendait cette morsure presque supportable.

Tournée vers Patrick mais les yeux dans le vide, Thea sentait encore son corps se crisper et se relâcher de façon rythmée, petits spasmes de plaisir réverbérant en elle. Patrick lui effleura la joue du bout des doigts et la fit revenir progressivement à la réalité. Elle avait des yeux immenses, ses traits n'étaient que douceur ; jamais Patrick n'avait vu quelqu'un de si charmant, de si excitant. Cette expression, se dit-il, il espérait la revoir fréquemment à l'avenir. Simplement, la prochaine fois, lui aussi aurait ce visage.

Avec un sourire en biais, il s'excusa :

— Je n'avais pas l'intention d'aller si loin… mais je t'avais prévenue.

— Prévenue ? répéta Thea d'une voix rauque, incapable d'idées cohérentes.

— Que je ne pouvais pas garder les mains dans les poches.

— Ah, ça ! bredouilla-t-elle en rougissant.

— Oui, ça ! s'esclaffa Patrick. Et j'ai bien l'intention que nous fassions *ça* plus souvent.

Il s'assura qu'ils avaient tous les deux leurs vêtements en ordre, puis l'embrassa de nouveau.

— Il vaut mieux que je file avant que tu ne te montres de nouveau trop tentante. J'ai assez fait d'entorses à mes engagements pour le moment.

Thea monta à l'étage et se retira dans sa chambre sans savoir comment. Sur un petit nuage, comblée et tout amollie, elle se déshabilla tant bien que mal et mit une chemise légère comme un souffle. La journée avait été éprouvante. Agréable parfois, ô combien agréable même, jugea-t-elle en rougissant ! Mais au-delà des sourires et des apparences, des tensions ne la lâchaient pas. Heureuse de se coucher, elle pensait se laisser vite gagner par le sommeil.

Elle se tourna et se retourna dans son lit, écoutant avec consternation les heures qui s'égrenaient au carillon de la pendule du hall. Une heure, deux heures du matin. Quand la pendule sonna trois heures, elle ne dormait toujours pas. Elle rejeta ses couvertures et se leva.

Ne sachant que faire pour dormir, elle se mit à errer dans la pièce. Peut-être un verre de lait chaud l'endormirait-il. Mais elle y renonça : il lui coûtait trop de descendre à la cuisine, de ranimer le feu du fourneau et de réchauffer son lait. Cela achèverait de la réveiller.

Elle s'avança jusqu'aux hautes fenêtres donnant sur le petit jardin à l'arrière de la maison. Elle écarta les rideaux et resta là, les yeux dans le vague, songeant à Patrick et à leur mariage imminent. En bas, le jardin était plein de coins d'ombre, à peine éclairés par les rayons argentés de la lune à son dernier quartier.

L'avenir la fascinait et l'inquiétait. Elle avait tant de choses à apprendre sur son futur mari ! Leurs fiançailles imprévues l'avaient plongée dans le désarroi et pourtant… Et pourtant, elle allait l'épouser et de bon cœur. De bon cœur, certes, mais non sans prudence.

Elle fut tirée de sa rêverie par un grincement discret : quelqu'un ouvrait délicatement la porte de sa chambre. Stupéfaite, elle se tourna à demi dans cette direction. C'est à peine si la lune éclairait la pièce et elle distingua vaguement la silhouette noire d'une personne qui entrait. Elle avait l'impression qu'il s'agissait d'un homme. Il referma soigneusement la porte avant de s'avancer vers le lit. Thea hésitait à crier, à demander qui était là ; soudain, elle eut la langue collée au palais. L'intrus se déplaçait de façon si furtive, sournoise et inquiétante que la peur la saisit : elle renonça à tout mouvement susceptible de trahir l'endroit où elle se trouvait.

Debout près de la fenêtre, à moitié cachée par les rideaux, elle entendait la respiration lourde de l'individu qui approchait du lit à pas de loup. Retenant son souffle, elle écarquillait les yeux pour scruter l'obscurité, son cœur battait la chamade.

Il était clair que l'intrus lui voulait du mal et elle était convaincue que sa vie était en danger. Craignant de se trahir, elle restait pétrifiée, l'esprit en ébullition.

Il était impensable que ce soit un domestique. Tous étaient de vieux serviteurs de la famille, aucun n'aurait eu l'idée de mal se comporter. Pourtant, quelqu'un approchait de son lit. Qu'y était-ce ?

L'assassin de Hirst ? La bouche de Thea s'assécha d'un coup. Le reste n'était pas clair, mais ceci était une certitude : il était venu la tuer. Une autre pensée lui vint qui augmenta sa peur : comment savait-il dans quelle chambre elle se trouvait ? Était-ce une personne de sa connaissance ? Familière de son logis ?

À la peur succéda la colère. Comment cette personne osait-elle entrer chez elle par effraction pour la terroriser ? Elle serra les poings. À toute allure, elle passait en revue des dizaines d'idées pour en finir avec cette atroce attente, et mettre le tueur en fuite.

Les domestiques dormaient tous à l'étage supérieur ; Modesty sommeillait à côté mais Thea se dit que son intervention ne pèserait pas lourd tout en la mettant en danger. Thea songea alors à hurler : mais qu'allait-elle gagner sinon se ridiculiser ? Quand la maisonnée s'éveillerait et que l'on se porterait à son secours, elle serait déjà morte. Paralysée et impuissante, elle sentit la rage remplacer peu à peu la peur et elle se demandait comment prendre l'avantage sur l'intrus. Une idée lui vint : le pistolet de duel qu'elle avait emporté dans la maison de Curzon Street. Tout à fait par hasard, elle l'avait là dans sa chambre, dans le tiroir de la table de chevet.

Soudain, un rayon de lune fit étinceler l'objet que l'intrus avait à la main : une dague ! Thea eut un hoquet de terreur.

À ce bruit, l'intrus se retourna avec la vivacité d'un serpent et se précipita vers elle. Elle n'avait plus le temps de réfléchir ; poussée par son seul instinct de survie, elle quitta d'un bond sa cachette pour saisir un candélabre d'argent sur le secrétaire près de la fenêtre.

Son geste surprit l'individu qui hésita. Thea mit à profit ce très bref répit. Elle empoigna solidement le lourd socle du candélabre et, avec un cri féroce, se retourna vers son assaillant.

Son hurlement les stupéfia tous deux. L'individu fut pétrifié, et Thea ahurie du son qu'elle avait proféré. Elle se remit la première et bondit à l'attaque brandissant le lourd candélabre comme une massue.

— Me voilà, misérable, espèce d'ordure ! Montre-moi ton courage !

L'effet conjugué de la fureur et de la peur décuplait l'audace et les forces de Thea. Frappant de toute son énergie, elle eut un éclair de jubilation quand le candélabre heurta l'homme à l'épaule. Ce n'est pas ce qu'elle visait, mais elle sut qu'elle l'avait touché rudement.

Il grogna et tituba d'un pas en arrière ; Thea hurla de nouveau, son appel résonna dans la pièce comme un coup de clairon. Au mépris du danger, elle redoubla le coup, hurlant à pleins poumons.

L'effet de surprise était passé, l'intrus bondit sur elle en lâchant un juron. Avec une facilité évidente, il arracha le candélabre des mains de Thea. Perdant l'équilibre, elle recula ; tout de suite il fut sur elle et tous deux roulèrent par terre.

Le sachant armé, Thea se tortillait comme une anguille, hurlant de toutes ses forces. Plusieurs fois, elle évita la lame d'un rien. C'était une lutte désespérée, toutes les chances étaient du côté de l'assaillant. Il était plus grand et plus fort, mais Thea avait pour elle la colère et la terreur et luttait avec acharnement. Plusieurs fois elle le griffa au visage, le frappa des pieds et des genoux. Il la dominait par la taille et elle n'avait pas seulement la dague à esquiver, mais également ses poings qu'il n'hésitait pas à utiliser comme elle le sentit douloureusement. Mais c'est la lame qu'elle craignait le plus ; elle fut touchée à l'épaule, à la base du cou puis au poignet. Si elle survivait à ce combat, ce ne serait pas sans traces. Il lui fallait une arme.

Ses doigts se refermèrent sur le candélabre à terre et, avec une ardeur renouvelée, elle frappa l'homme à la tête. Avec un nouveau juron, il lui arracha encore l'objet des mains. La terreur de Thea touchait au désespoir. Elle saisit la main qui tenait la dague, la mordit, et faillit s'étouffer au goût salé du sang sur sa langue.

Avec un hurlement de rage, il lui prit la chevelure à pleines mains et lui tira la tête vers l'arrière. Elle lâcha prise, mais réussit à le frapper à la gorge du tranchant de la main. L'homme suffoqua et lâcha tout, oubliant un instant son attaque.

Elle n'avait pas besoin de plus de temps. Animée par la peur, elle le repoussa violemment et se remit debout tant bien que mal. Mi-courant, mi-trébuchant, hors d'haleine, elle se précipita vers la table de chevet, ouvrit le tiroir et sentit sous sa main le froid rassurant du pistolet.

Il était chargé et armé, elle le braqua sur l'assaillant. Remis de son coup à la gorge, il était debout à moins de deux mètres de Thea ; elle ne voyait de lui qu'une silhouette noire dans l'obscurité de la chambre.

— Pas un geste ! hurla-t-elle, ou je tire.

La porte s'ouvrit à la volée et unc douce lumière dorée y pénétra. Modesty était sur le seuil en peignoir, une longue tresse sur l'épaule ; elle tenait à la main un candélabre brillamment éclairé.

— Juste Ciel ! s'exclama-t-elle. Que se passe-t-il ? Ces cris, ces hurlements ! Ô mon Dieu !

Sans se laisser distraire, l'intrus bondit sur Thea sans un regard en arrière, brandissant sa dague. Le temps d'un éclair, elle distingua une grimace hideuse, des lèvres retroussées sur un grondement de fauve, et la dague pointée sur son cœur. D'instinct, elle appuya sur la détente. Le coup de feu explosa dans la pièce. Thea eut les oreilles qui tintaient et les yeux qui piquaient à cause de la fumée. L'odeur puissante de la poudre noire envahit la pièce.

Modesty hurla. L'assaillant tituba en arrière avec une expression de totale stupéfaction ; il se prit le torse à deux mains, une tache de sang s'y dessina soudain. Horrifiée, Thea le vit s'effondrer devant elle, la dague toujours à la main. Il eut un spasme, un grognement et ne bougea plus.

Bouleversée jusqu'à la nausée, secouée de sanglots inattendus, Thea se laissa tomber sur le bord de son lit. Modesty regardait abasourdie le corps au sol et Thea alternativement.

Sans un mot, elle saisit le cordon de sonnette et tira fermement plusieurs fois. Tant pis pour le sommeil des domestiques, si tant est qu'un seul fût encore au lit après la détonation.

Modesty remit le candélabre sur une table puis vint à Thea. Avec douceur, elle examina les blessures et les ecchymoses dont elle était couverte. Toutes les deux gardaient le silence mais Thea trouvait réconfortant ce toucher compatissant. Essuyant les larmes de Thea avec le pan de son peignoir, elle murmura :

— Chut, mon poussin. C'est fini. Plus personne ne peut te faire de mal maintenant. Tu es en sécurité.

Deux exclamations horrifiées retentirent sur le seuil : c'était Tillman accompagné d'un robuste valet de pied. Modesty releva la tête :

— Il nous faudrait de l'eau tiède et du vin chaud. Et puis sortez-moi ça de la maison, ordonna-t-elle en désignant le cadavre. Pour le moment, mettez-le dans le jardin ; ne laissez pas les autres domestiques voir ce que vous faites. Et après ça, envoyez Eldon chez M. Blackburne en lui demandant de venir sans délai. Et pas un mot à quiconque. Dites aux autres que Mlle Garrett a eu un cauchemar, et qu'elle est tombée de son lit. Si quelqu'un prétend avoir entendu un coup de feu, dites que c'est une sottise. Vous me comprenez ?

Tillman, le visage fermé, acquiesça et, comme par miracle, disparut avec Eldon, en ayant refermé la porte derrière eux.

Modesty s'assit sur le lit à côté de Thea et lui caressa le dos d'un geste de réconfort.

Les sanglots de Thea se calmaient ; elle eut à travers ses larmes un sourire tremblant.

— Est-ce qu'on ne t'a jamais dit que tu ferais un bon général ?

Modesty était toute fière.

— Tu sais que tu m'as rarement dit quelque chose d'aussi gentil ?

Elle regarda de nouveau Thea avec attention ; elle avait le visage et le corps couverts d'ecchymoses que l'on voyait de mieux en mieux. Les bleus passeraient, les coupures à l'épaule, au cou et au poignet étaient superficielles. Avec des gants et autres foulards judicieusement placés, les coups de couteau pourraient rester cachés jusqu'à cicatrisation. Mais le visage, c'était autre chose.

— Il y a une chose dont nous pouvons nous réjouir, à mon avis, déclara Modesty.

— Et c'est quoi ?

— Toi et ton fiancé, répondit Modesty en tapotant la main de Thea, aurez chacun votre œil au beurre noir le jour de votre mariage.

15

Quand Patrick arriva, on avait déjà retiré le corps. Thea et Modesty, toutes deux en peignoir, l'accueillirent dans le petit salon. Les plaies de Thea étaient pansées, et elle s'était calmée en buvant une tasse de vin chaud.

Patrick entra dans la maison comme un ouragan, passant devant Tillman comme s'il n'existait pas.

— Où est-elle ? demanda-t-il sans s'arrêter.

Tillman lui répondit et il lui suffit de quelques enjambées pour rejoindre Thea. Le visage tendu et les traits durcis, il fonça dans la pièce et ne ralentit qu'en voyant Thea, dans son déshabillé rose, blottie sur un petit canapé. Qu'elle avait l'air petite et fragile assise là, les mains croisées sur les genoux, ses grands yeux sombres pleins de terreur rétrospective ! Grâce à Dieu, elle était saine et sauve. Plus jamais Patrick ne voulait revivre la terreur qui l'avait étreint quand on lui avait annoncé la présence au pied de sa maison d'un domestique exigeant qu'il vienne immédiatement la rejoindre. Jamais la distance séparant leurs maisons ne lui avait semblé si grande et il avait eu le temps d'imaginer les pires hypothèses.

Patrick prit une profonde inspiration et tenta de recouvrer son flegme. Elle était vivante ! Et, à quelques bleus près, apparemment saine et sauve. Mais les ecchymoses qu'elle portait au visage glacèrent le cœur de Patrick ; quelque chose de dangereusement hostile passa dans son regard. Il traversa la pièce et mit un genou à terre devant Thea, puis lui prit les mains entre les siennes. Qu'elle était pâle !

— Que s'est-il passé ? Ton domestique ne voulait rien dire, si ce n'est qu'il fallait que je vienne tout de suite. J'ai failli l'étrangler sur place.

— Je crois que notre adversaire de Curzon Street, répondit Thea avec un sourire vacillant, est venu me rendre visite.

Elle déglutit et serra ses petits doigts glacés dans les solides mains chaudes de Patrick.

— Je l'ai abattu d'un coup de pistolet.

— Tant mieux ! répondit-il sans se troubler. Cela me fait du travail en moins.

Il l'observa de la tête aux pieds, dénombrant les blessures, et grimaça quand il remarqua le pansement qui lui entourait le poignet droit. Avec des gestes précis, il défit le joli bandage de Modesty. Ses mâchoires se serrèrent quand il vit la mince ligne rouge balafrant la peau blanche de Thea. Avec tendresse, il déposa un baiser sur la coupure écarlate. S'il ne l'avait pas perdue cette nuit, c'était par pure chance. Cette évidence lui broyait le cœur. Bouillonnant de rage contre l'homme qui avait porté la main sur Thea, il poursuivit attentivement son examen.

— Ce n'est rien, insista-t-elle. Il m'a attaquée avec une arme blanche et je n'ai que quelques coupures, rien de bien grave.

— Tu es sûre ? s'obstina Patrick en écartant d'une main souple le col du peignoir.

Une boule se formait dans sa gorge tandis qu'il examinait ses coupures au cou et à l'épaule.

Troublée par son calme et gênée par la familiarité avec laquelle ses mains couraient sur elle, Thea se rebiffa.

— Je vais bien, je t'assure. Je te l'ai dit : je n'ai pas grand mal. Demande à Modesty, elle m'a examinée de la tête aux pieds.

Patrick interrogea du regard Modesty qui confirma d'un signe de tête rapide.

— Oui, comme vous, renchérit-elle. J'ai voulu me rendre compte par moi-même qu'elle était bien saine et sauve. Je vous assure, cher monsieur, à l'exception de quelques bleus et de trois coupures, elle n'a rien qui puisse vous inquiéter. Elle survivra : mais ce n'est pas grâce à notre intrus.

— Ah, oui ! L'intrus… répéta Patrick en s'asseyant sur ses talons. Et où est… sa dépouille ?

— J'ai demandé aux domestiques de descendre le corps dans le jardin. Désirez-vous le voir ? demanda Modesty.

Patrick acquiesça. Modesty se leva et s'adressa à Thea :

— Nous revenons dans un instant, mon poussin.

Mais Thea n'avait aucune intention de se laisser dorloter davantage. Ses yeux lui mangeaient toujours le visage, mais elle se leva et répondit d'un ton ferme :

— Je viens.

Patrick et Modesty échangèrent un regard. Modesty fit la moue et haussa les épaules. Patrick regarda un long moment Thea et hocha la tête. Il se dit qu'au fond, il serait plus facile d'avoir Thea avec lui que de la laisser seule.

Dans le jardin, il faisait frais et humide ; le brouillard enveloppait les buissons taillés avec soin et les bordures proprettes. Le corps était étendu sur la pelouse juste derrière la maison. Eldon le veillait, une bougie à la main.

Patrick et Modesty portaient chacun un chandelier à deux branches et ils examinèrent le corps grâce à cette lumière. Le mort gisait sur le ventre mais Patrick, rien qu'à voir la qualité et la coupe de son habit et des pantalons, sut qu'il ne s'agissait pas d'un cambrioleur ordinaire. Les bottes étaient en cuir fin et, même à la lueur des bougies, elles semblaient bien cirées.

Impassible, Patrick retourna le cadavre du bout du pied. Thea et Modesty reculèrent toutes les deux d'un pas en voyant la hideuse blessure qui l'avait tué. Le valet de pied, verdâtre, se détourna.

Patrick observa la blessure, puis le visage du mort. Il ne le reconnaissait pas, mais il pensait connaître son nom.

— Avez-vous averti les autorités compétentes ? demanda-t-il à Modesty.

— Non, répondit-elle. Je voulais d'abord faire le point de la situation.

— Vous réfléchissez vite. Tous mes compliments! Savons-nous comment il est entré?

— Oui, j'ai demandé à Tillman, pendant que nous attendions votre arrivée, de vérifier toutes les issues: la porte de l'entrée de service a été forcée. Elle était entrebâillée quand Tillman a fait le tour de la maison: nous supposons qu'il est entré par là.

— Y a-t-il le moindre indice de cambriolage? demanda Patrick à Thea.

— Non, répondit de nouveau Modesty. Pour autant que nous pouvons en juger, il est entré par effraction par l'entrée de service et s'est rendu tout droit à la chambre de Thea. Aucune autre pièce de la maison ne semble avoir été touchée. J'ai demandé à Tillman de faire le tour.

— Il n'est venu que pour me tuer, n'est-ce pas? demanda Thea.

Il était inutile de lui cacher la vérité.

— D'après tout ce que nous savons, répondit Patrick, c'est bien ce que l'on peut conclure, ma chérie. Et toi, ma petite futée, tu t'es débrouillée pour le battre à son propre jeu.

Le sourire chaleureux de Patrick rassura Thea qui, en dépit des circonstances, se sentit protégée. Elle frissonna.

— C'est par pur hasard que je suis encore vivante et pas lui. Si j'avais été endormie... ou si je n'avais pas eu un pistolet dans mon tiroir...

Elle ne put finir sa phrase, les horreurs de la nuit étaient trop pour elle.

Les bras solides de Patrick l'étreignirent, tandis qu'il enfouit ses lèvres dans la chevelure soyeuse de Thea.

— N'y pense plus, supplia-t-il. C'est fini. Tu es en sécurité. Et nous veillerons à ce que tu le demeures. Je te le jure sur la lune que tu vois ici.

Modesty se racla la gorge et tous deux la regardèrent.

— Pour l'instant, les seules personnes au courant à part nous sont Eldon, le domestique qui est venu vous chercher, et Tillman. Tous les deux sont discrets et d'une loyauté à toute épreuve envers la famille et Thea particulièrement. Eldon est le neveu de Tillman qui est lui-même au service des Garrett depuis sa jeunesse, et son père avant lui. Ils ne diront rien. Toutefois, si vous pensez qu'il vaut mieux avertir les autorités, j'envoie Eldon.

Patrick, qui avait passé son bras autour des épaules de Thea, eut un geste de dénégation.

— Pas encore, je vous prie. Je désire le faire identifier, et je sais à qui je vais m'adresser pour cela.

Si Nigel fut surpris qu'on le sorte de son lit pour le faire courir toutes affaires cessantes à Grosvenor Square, cela ne se voyait pas sur son visage quand il retrouva Patrick dans le vestibule de la maison de Thea. Il haussa légèrement les sourcils au spectacle des deux femmes en peignoir, mais ce fut là sa seule réaction. Impeccable en habit bleu nuit, pantalon chamois et cravate irréprochable, il semblait prêt à aller faire du lèche-vitrines sur St James' Street, alors qu'il n'était pas encore 5 heures du matin et qu'il se trouvait chez la tristement célèbre Thea Garrett.

Patrick l'entraîna tout de suite vers l'arrière de la maison, et Nigel lui glissa :

— J'espère que tu as une bonne raison pour m'arracher de mon lit à une heure pareille.

— Ne me dis pas que tu étais couché ! repartit Patrick d'un ton taquin.

— Depuis une heure à peine, précisa Nigel qui tenait à sa réputation de joyeux drille.

— Donc, tu ne devais pas dormir bien profondément, n'est-ce pas ? conclut Patrick en introduisant son ami dans le jardin.

À la vue du cadavre, Nigel se figea. Il écarquilla les yeux et son visage changea.

— Dieu du Ciel ! s'exclama-t-il. Que se passe-t-il donc ici ?

— Oh, pas grand-chose, expliqua Patrick d'un ton traînant. Une simple tentative de meurtre, que Thea a contrée d'une balle de pistolet bien placée.

— Ma parole, ma parole ! bégaya Nigel en faisant le tour du corps, toujours étalé par terre.

Il observa quelques instants le visage à la lumière dansante des bougies et se tourna vers Patrick.

— On ne te l'a jamais présenté, n'est-ce pas ? C'est bien ce que je pensais. Dans ce cas, permets-moi de te présenter feu M. Thomas Ellsworth.

— Je pensais bien que c'était lui, confirma Patrick.

Nigel remarqua Eldon pas loin. Faisant signe à Patrick de le suivre, il s'écarta de quelques pas.

— Combien de personnes sont au courant ? demanda Nigel à mi-voix.

— Les dames, le maître d'hôtel, son neveu que voici, toi et moi.

— Six en tout, compta Nigel contrarié. C'est beaucoup pour garder un secret... surtout un secret comme celui-ci !

— Modesty m'a assuré que Tillman et Eldon, son neveu, sont depuis toujours au service de la famille : ils ne diront rien.

Au regard de soulagement que lança Nigel, Patrick précisa :

— Mais toute la maison sait que quelque chose est arrivé cette nuit. Tillman les a renvoyés se coucher en leur expliquant que Thea avait été réveillée par un cauchemar ; désorientée, elle était tombée dans sa chambre, renversant plusieurs objets. Ils ne le croiront sans doute pas – il ne faut pas oublier qu'un coup de feu a été tiré – mais ils ne sauraient traiter Tillman de menteur. Ils auront beau échafauder des hypothèses, nous devrions nous en sortir avec un minimum de ragots si nous présentons un front uni.

— Enfer et damnation ! Dans une heure, tout Londres sera au courant. Tu sais comment le personnel jase, même si personne ne sait au juste ce qui s'est passé.

— Dès que nous aurons averti les autorités, les racontars des domestiques seront sans importance, répondit Patrick.

— Tu sais bien, rétorqua Nigel avec un regard courroucé, que nous n'allons rien signaler du tout. Ou plutôt il nous faut réfléchir à tous les aspects de la question avant de faire une bêtise.

— Que suggères-tu ? demanda Patrick conforté par la position de Nigel.

— Rien pour le moment, esquiva Nigel. Mais une chose est claire : aucun d'entre nous n'a besoin d'un cadavre sur les bras. Surtout pas Thea ! Nous savons qu'elle est innocente mais que va penser le tout Londres ? Vos fiançailles inattendues, votre mariage en catastrophe font déjà assez jaser. En plus de la raclée que tu as reçue l'autre soir ! Il ne vous manquait, à tous les deux, qu'un mort pour faire bonne mesure !

— Oui, acquiesça Patrick, je suis d'accord. Le personnel se taira, Mlle Bradford l'a confirmé.

Il se mit à réfléchir à toute vitesse.

— Tu es venu en voiture ?

Nigel acquiesça d'un signe de tête.

— Dans ce cas, sauf s'il faut se méfier de ton cocher, je propose que tu fasses reculer la voiture à l'arrière de la maison, que l'on y charge Ellsworth et qu'on le dépose à Hounslow Heath. Ellsworth sera officiellement mort victime d'un bandit de grand chemin.

— Mon cocher se tiendra coi, garantit Nigel, vexé que Patrick ait pu en douter. Ça ira. L'important, c'est que l'on ne trouve pas le cadavre ici.

Revenant vers les deux dames, Patrick leur communiqua l'identité du mort, et ce que Nigel et lui avaient l'intention d'en faire.

— Mais pourquoi ne pas faire simplement une déclaration à Bow Street ? insista Thea. C'est moi qui l'ai *tué*, cet homme.

Patrick soupira et croisa le regard de Modesty. Ils étaient tous les trois dans le petit salon : Nigel, Tillman et Eldon, à l'arrière de la maison, hissaient la dépouille d'Ellsworth dans la voiture de Nigel.

Modesty comprenait parfaitement Patrick.

— C'est vrai, ma chérie, rétorqua-t-elle. Mais as-tu réfléchi à ce que cela impliquerait ? Tu as abattu un homme dans ta chambre la veille de ton mariage avec Patrick :

pour tout le monde, il sera évident qu'il s'agissait d'un rendez-vous galant qui a mal tourné. Le scandale étouffera complètement la vérité. Tous tes actes seront mal interprétés. Et, bien sûr, ce sera pire pour Patrick : il lui faudra sans doute livrer une demi-douzaine de duels pour défendre ton honneur dans les deux premières semaines de votre mariage. Le pauvre ! Si tu exiges de mettre Bow Street au courant, il nous faut vraiment espérer que ton futur mari est aussi fin tireur, à l'épée et au pistolet, que sa réputation le dit.

Patrick eut beau déplorer le procédé utilisé par Modesty, il s'avéra efficace. Thea était dans les bras de Patrick et, aux derniers mots de Modesty, elle frémit comme transpercée d'une flèche. Il savait qu'elle se remémorait un autre duel, le fameux livré dix ans auparavant et qui avait coûté la vie à son frère.

— Modesty n'enjolive pas les choses, souffla-t-il, mais ses paroles ne sont pas dénuées de vérité. Il vaudrait mieux pour tout le monde que le cadavre d'Ellsworth soit découvert ailleurs.

Thea acquiesça, toute pugnacité l'avait abandonnée à l'idée de Patrick sur un terrain de duel. Ses doigts se crispaient sur sa veste, chiffonnant le revers soigneusement repassé.

— Tu vas faire attention ?

— Crois-moi, chérie, promit-il avec une étincelle dans les yeux, rien ne m'empêchera de t'épouser cet après-midi même.

— Ce n'est pas de cela que je voulais parler ! expliqua-t-elle. Cet Ellsworth a essayé de me tuer. Je... je ne voudrais pas qu'il t'arrive quelque chose.

— Nigel m'accompagne ; il n'y a personne au monde que je préférerais avoir à mes côtés en cas de danger. Rien ne m'arrivera, chérie.

Sous le regard intéressé de Modesty, il embrassa posément Thea sur le front et non sur cette bouche tentante qu'elle lui offrait.

— Va te recoucher. Tâche de dormir : je sais que ce ne sera pas facile. Mais tu devrais trouver le repos. Maintenant tu sais que c'est certainement Ellsworth qui a tué Hirst et caché son corps. Et je suis certain que c'est à Ellsworth que nous avons eu affaire le soir du bal chez les Hilliard. C'est fini, chérie. L'énigme est résolue. Nous ne saurons peut-être jamais pourquoi Hirst et Ellsworth se sont disputés, mais je suis convaincu que c'est ce qui est arrivé. Ils ont dû se quereller une fois Hirst revenu à lui, longtemps après ton départ de la maison. Ellsworth a tué Hirst, ce n'est pas plus difficile que ça. Naturellement, nous sommes toujours les seuls à savoir que Hirst est mort. Et malheureusement, nous ne pouvons dire ce que nous savons sans nous accuser nous-mêmes, surtout si nous maquillons la mort d'Ellsworth comme si elle était l'œuvre d'un bandit de grand chemin.

Comme Thea voulait protester, il lui posa le doigt sur les lèvres avant de poursuivre :

— Je comprends qu'il faille annoncer rapidement la mort de Hirst – ne serait-ce que dans l'intérêt de ta sœur –, mais écoute-moi jusqu'au bout. Dès que cela sera possible après notre mariage, nous encouragerons vivement Edwina à se renseigner sur les faits et gestes de son mari. Je pense même que Modesty pourrait commencer tout de suite. Dès que ta sœur cherchera à le localiser, on s'apercevra vite qu'il n'a jamais quitté Londres – de son vivant en tout cas. On entreprendra des fouilles et je suis sûr que cela les conduira à étudier de près les relations de Hirst et d'Ellsworth. Ce sera risqué, mais Nigel et moi devrions parvenir à... disons, orienter l'enquête dans la direction que nous voulons.

Voyant l'inquiétude de Thea, il ne put s'empêcher de déposer un baiser rapide sur ses lèvres.

— Efface de ton esprit ce qui s'est passé : c'est aujourd'hui que nous nous marions, et je ne veux pas d'une mariée aux yeux battus ! Dès que Nigel et moi serons débarrassés du corps, nous rentrerons chez nous pour dormir.

Il suffisait de regarder Thea pour comprendre qu'elle conservait des réserves quant à toute cette affaire.

— Bien sûr, vous avez raison, soupira-t-elle. Je n'aime pas ça mais comme tout le monde a l'air d'accord, je n'ai pas le choix : il faut que j'entre dans vos vues. Néanmoins, j'aimerais te poser une question : tu es sûr que Nigel saura se taire ? Il ne t'a pas échappé que c'est une véritable commère.

— Seulement quand ça l'amuse, précisa Patrick d'un ton égal. Il lui plaît d'entretenir cette réputation mais, quand c'est nécessaire, il est parfaitement capable de garder un secret. En outre, il est compromis jusqu'au cou dans nos projets ; cela aura beau le démanger, il ne voudra pour rien au monde que l'on sache la part qu'il a prise à nos aventures de cette nuit.

— Admettons. Mais je voudrais en avoir le cœur net : tu vas tout lui dire ?

Patrick cessa de rire. Les yeux dans les yeux, il déclara à Thea :

— Je ne lui dirai que ce que tu m'autoriseras à lui faire connaître.

— Tu es sûr que l'on peut avoir confiance en lui ? insista Thea en se mordant la lèvre.

À l'acquiescement de Patrick, elle continua :

— Alors dis-lui ce qu'à ton avis il a besoin de savoir ; il mérite de connaître la vérité : il se conduit en véritable ami en prenant des risques pour nous aider.

Un peu plus tard, Patrick et Nigel s'élançaient dans les rues de Londres à bord de l'élégante voiture de ce dernier, avec un cadavre sur le même siège qu'eux. Beaucoup d'impondérables pouvaient faire échouer leur projet et tous les deux déploraient qu'il faille se fier à la discrétion de tant de personnes. Il suffisait qu'un seul laisse échapper la vérité… Patrick s'interdit d'en mesurer les conséquences. Personne ne parlerait : personne n'avait la moindre raison de le faire mais, si cela arrivait, cela coûterait cher. Comme lisant dans les pensées de Patrick, Nigel déclara à brûle-pourpoint :

— Mon cocher est muet comme une tombe et les gens de Thea sont d'un dévouement absolu, il n'y a aucun risque qu'ils parlent. Mais si le pire arrive et que quelqu'un vend la mèche, il nous faudra faire bloc et tout nier. Nous nous en sortirons comme ça. Que diable! Je suis comte, tout de même: personne n'osera m'accuser de mensonge.

Ils arrivèrent en rase campagne et continuèrent leur chemin en silence; l'aurore était là, le jour n'allait pas tarder à poindre. Ils arrivèrent dans un endroit désert et, en quelques instants, déchargèrent le corps d'Ellsworth à proximité d'un taillis d'arbres touffus. Quelques minutes plus tard, ils revenaient vers Londres.

— Ceux qui nous verront rentrer, estima Nigel, penseront que nous avons enterré ensemble ta vie de garçon.

— Il aurait mieux valu qu'on le fasse effectivement! observa Patrick en étouffant un énorme bâillement.

— Qu'est-ce que Thea a dit du fait de déplacer le corps? demanda Nigel.

— Elle n'était pas tellement d'accord, mais Modesty et moi-même avons fait valoir que c'était une solution raisonnable.

Nigel se tut encore un moment, puis se frotta le nez et dit:

— Je... je ne voudrais surtout pas me montrer indiscret, mon cher, mais tu ne crois pas le moment venu de me dire ce qui se passe?

Patrick soupira, observant impassible le paysage qui défilait. Thea avait raison, Nigel avait droit à quelque explication; il avait espéré échapper à ce pénible devoir. Mais Nigel était immédiatement accouru et les avait aidés sans poser de questions, même en présence d'un cadavre. Patrick lui narra tout sauf les raisons personnelles qu'il avait de se trouver dans la maison de Curzon Street lors de la funeste soirée.

Quand il en eut fini, Nigel le dévisagea plusieurs minutes.

— Drôle d'histoire! trancha-t-il enfin. D'autant que tu ne me dis pas, mon ami, ce que tu faisais toi-même là ce fameux soir!

— Nigel, grogna Patrick, mes raisons n'ont aucun rapport avec ce qui s'est passé.

— Tu exagères ! affirma Nigel. Hirst et Ellsworth étaient une paire de larrons louches et mal intentionnés : une demi-douzaine de personnes pourraient en attester. Et tu veux me faire croire que tu t'es trouvé là par hasard ? À d'autres !

— Peut-être, s'excusa Patrick avec un sourire. Mais je ne t'en apprendrai pas plus long, Nigel : j'ai donné ma parole.

— Ah, une question d'honneur ?

— Oui.

Aussitôt Nigel abandonna le sujet, d'ailleurs ils arrivaient dans les faubourgs. Le soleil était levé quand Patrick se fit déposer devant chez lui.

— Belle journée pour un mariage, observa Nigel comme Patrick s'apprêtait à refermer la porte de la voiture.

— Certes, acquiesça Patrick, et des heures mémorables pour fêter ma dernière nuit de garçon.

— Le pire, renchérit Nigel en éclatant d'un rire tonitruant, c'est que nous ne pouvons en parler à personne. Et dire que je pourrais faire jaser pendant un an avec ce qui s'est passé cette nuit...

— Mais tu ne le feras pas, n'est-ce pas ? demanda Patrick avec un regard trompeusement calme.

— Écoute : ne fais pas l'imbécile ! Si tu m'avais cru capable de pérorer, tu ne m'aurais pas fait chercher. Bonne journée, mon ami !

Le mariage avait lieu dans moins de huit heures. Patrick était sûr qu'il ne parviendrait pas à trouver le sommeil, ne serait-ce que quelques heures. Pourtant, à peine avait-il posé la tête sur l'oreiller qu'il dormait.

*
* *

Thea ne trouva pas le sommeil aussi facilement, mais après s'être tournée et retournée un moment, elle finit aussi par s'endormir. Toutefois, elle fit des cauchemars affreux.

Elle fut réveillée par le tintement de la vaisselle; les yeux rouges, elle s'assit dans son lit. Modesty entrait dans la pièce avec un plateau.

— Bravo! Tu es réveillée, s'exclama Modesty en posant le plateau sur la coiffeuse.

La gaieté de Modesty était presque choquante.

— Tu voudrais que je fasse comme toi, que je joue vaille que vaille à la servante? bougonna Thea en rejetant ses couvertures pour se lever.

Elle s'étira et gémit: ses muscles et ses nombreux bleus lui faisaient mal.

Modesty ne se formalisa pas de l'humeur de Thea.

— Bien, mon poussin, roucoula-t-elle en emplissant une tasse de café. Prends donc un bon café bien chaud, tu te sentiras mieux.

Modesty avait raison; quelques minutes plus tard, Thea avait recouvré le sourire.

— As-tu donc toujours raison?

— Le plus souvent, confessa Modesty en lui pinçant le menton. Allez, viens: je t'ai fait préparer un bain. Mme De Land sera ici dans moins d'une heure pour le dernier essayage. Elle a prévenu qu'elle ferait les dernières retouches ici.

Le temps manquait pour bavarder et les heures qui suivirent passèrent rapidement. Chaque tic-tac de la pendule la faisait approcher du moment où elle deviendrait la femme de Patrick Blackburne. Thea essayait d'écarter le frisson de panique qui la secouait chaque fois qu'elle songeait à cet instant: elle était partagée entre la peur et l'enthousiasme. La matinée passa et elle se demandait si elle était folle. Avait-elle véritablement donné son accord pour épouser un inconnu? La réponse était claire si l'on observait le va-et-vient et l'activité fébrile de Modesty, de Maggie, de Mme De Land et des différentes soubrettes qui veillaient à chaque détail de sa robe, de sa coiffure et de son visage.

Ce dernier leur donna beaucoup de travail. L'œil au beurre noir annoncé la veille par Modesty était là ainsi qu'une ecchymose sombre sur la joue. Mais cela aurait pu être plus grave. Avec de la poudre de riz, on parvint à cacher le pire. Quant aux cernes sous les yeux, on les mettrait sur le compte des états d'âme d'une jeune mariée.

Mme De Land resta interdite quand on lui parla d'un cauchemar et de cette chute fatale qui avait laissé tant de traces violettes et vertes sur Thea. Quant aux coupures de dague, on les passa sous silence…

Mme De Land se montra à la hauteur de sa réputation de discrétion et ne fit pas un mot de commentaire mais, ayant traversé la pièce, elle prit un coupon du tissu soyeux dont elle avait fait la doublure de la robe. Elle arracha sans broncher les petites manches bouffantes et, sous les yeux stupéfaits des personnes présentes, confectionna comme par miracle une paire de longues manches plissées qui couvraient en totalité les bras marqués de Thea et la coupure à son poignet. Ayant cousu le dernier point, Mme De Land recula d'un pas et observa son œuvre.

Ces manches longues, jugea-t-elle, étaient géniales. Elles étaient encore plus élégantes que les manches courtes bouffantes initiales. Quant à l'encolure, lady Caldecott serait fâchée si la femme que son fils épousait remontait l'allée centrale et que chacun n'avait d'yeux que pour des détails gênants : au cou un coup de couteau, sur sa gorge blanche des contusions marbrées… En outre, Mme De Land estima qu'il ne faisait aucun doute que lady Caldecott ne discuterait pas un supplément substantiel à la facture déjà exorbitante qu'elle lui préparait, dès lors qu'elle la justifierait au vu des circonstances. Justification présentée, comme il se doit, avec la plus exquise délicatesse.

Le temps manquait ; ayant consulté la pendule dorée sur le manteau de la cheminée, Mme De Land prit sur le lit une longue pièce de dentelle de Bruxelles. Avec un art consommé, elle rajouta quelques rangées de dentelle à celles qui ornaient déjà le décolleté carré de la robe. Quand elle en eut terminé, la dentelle couvrait plus de la moitié de la poitrine de Thea, cachant toute lésion suspecte.

— Une mariée, confia Mme De Land à Modesty, se doit d'être pudique, n'est-ce pas ?

— Assurément, confirma Modesty qui appréciait les modifications, car elles restaient dans l'esprit du dessin initial.

En vérité, ces ajouts étaient extrêmement réussis. Restait l'estafilade au cou. Tous ces efforts ne serviraient à rien si l'on ne dissimulait pas cette longue et hideuse coupure rouge.

Mme De Land se montra à la hauteur. Elle se fit apporter un dernier morceau de tissu et, en deux temps trois mouvements, confectionna de ses mains une rosette en tulle rose qu'elle monta sur le col de la robe de Thea.

Quand on permit enfin à la mariée de se regarder dans sa psyché, elle fut émerveillée d'y voir une véritable créature de rêve. Sa chevelure noire avait été arrangée en une masse savante de boucles folles, dont quelques mèches descendaient devant les oreilles. Les manches longues et l'encolure plus haute donnaient à la robe un je-ne-sais-quoi de médiéval, tandis que l'élégant nœud fixé sur le côté du col était une trouvaille géniale. Un léger sourire aux lèvres, elle toucha le nœud... qui sait si elle n'allait pas lancer une nouvelle mode ?

La voiture qui devait la conduire chez les Caldecott attendait devant la maison. Thea mit la dernière touche à sa parure de mariage : une paire de boucles d'oreilles en perles. Mme De Land et les autres étaient déjà parties, il ne restait que Modesty, fort élégante dans sa nouvelle robe de soie à rayures grises.

— Es-tu heureuse, ma chérie ? demanda-t-elle à Thea. Je sais que tes fiançailles ont été peu conventionnelles, mais cela te ressemble, n'est-ce pas ?

— Après ce qui m'est arrivé, soupira Thea dont les yeux brillaient, je ne pensais pas me marier un jour.

Elle effleura sa robe d'une caresse incrédule et, radieuse, regarda Modesty.

— Si je suis heureuse ? Oh, oui !

La porte de la pièce s'ouvrit brusquement et Edwina entra dans un tourbillon de boucles blondes. Elle portait une création vaporeuse de dentelle et de soie bleu ciel ; elle marqua un léger arrêt sur le seuil.

En voyant Thea, elle n'en crut pas ses yeux.

— Oh, Thea ! finit-elle par dire avec un sourire sur sa bouche en bouton de rose, que tu es belle !

Thea rit et fit une courbette moqueuse.

— Merci, ma chère.

— Tu fais le trajet avec nous ? demanda Modesty. Je me suis dit que tu avais prévu de te rendre directement chez les Caldecott depuis chez toi.

Edwina traversa la pièce et prit le bras de Thea.

— Bien sûr, c'est ce que j'avais prévu, mais en fait je préférerais arriver avec ma sœur. Nous sommes de la même famille, après tout.

Modesty fit signe aux deux jeunes femmes de quitter la pièce et de se diriger vers l'escalier. Elle ne put retenir un commentaire :

— Et on dirait que cela te revient seulement quand ça t'arrange.

Edwina fit une moue charmante. Thea ne pouvait laisser passer cela.

— Mesdames, fit-elle observer, je me marie aujourd'hui. Faites cela pour moi : soyez gentilles l'une pour l'autre. Et soyez heureuses avec moi.

Confuse, Modesty prit Thea dans ses bras, et pour ne pas être en reste, Edwina fit de même. Toutes deux promirent de laisser leurs différends de côté.

Thea descendit l'escalier avec Edwina d'un côté et Modesty de l'autre ; quand elle reviendrait dans cette maison, elle serait Mme Patrick Blackburne. Cette pensée l'excitait et la terrorisait à la fois.

16

Lady Caldecott avait été formelle : le mariage aurait lieu à Caldecott House, dans la grande salle de bal. Elle avait harcelé toutes les personnes de sa connaissance, plus quelques autres, propriétaires de serres, afin de se faire livrer les fleurs les plus belles de la région. Grâce à ces mains expertes, la salle de bal était devenue un paradis de verdure. D'immenses plantes étaient suspendues à l'imposant plafond et des guirlandes de lis et de roses décoraient les murs. Des palmiers en pots et des arbustes dans des tonneaux dorés et argentés étaient disposés le long des murs. Une charmille argentée couverte de lis roses et blancs formait une voûte au-dessus de la vaste estrade.

Patrick, debout sous cette arche, était superbe avec son habit et son haut-de-chausses bleu nuit. Les hématomes qui marquaient son visage déjà viril lui donnaient une allure menaçante. Nigel était à ses côtés, comme il revient au garçon d'honneur. Derrière eux, sur l'estrade, le prêtre attendait les mains croisées.

Les deux rangées de bancs installés pour la cérémonie étaient ornées de nœuds en satin vert et blanc. Les personnalités de la haute société y siégeaient avec des toilettes magnifiques, attendant la mariée. Modesty, Edwina et les autres membres de la famille de Thea étaient assis au premier rang ; sur l'autre, la famille et les amis de Patrick. Dans sa robe puce et sa parure de perles, lady Caldecott était altière comme une reine, ses cheveux argentés étaient arrangés et bouclés à la perfection. Lord Caldecott était assis à ses côtés et portait un habit et des pantalons d'une couleur proche de celle de la robe de sa femme. L'orchestre réunit pour l'occasion jouait une musique douce qui emplissait la pièce. Tout était en place. Le moment était venu.

Thea n'avait pu choisir lequel de ses deux oncles lui donnerait le bras pour la conduire à l'autel, aussi, quand les doubles portes s'ouvrirent toutes grandes et qu'elle s'avança, elle le fit avec lord Hazlett d'un côté et lord Garrett de l'autre. Les deux hommes avaient le même sourire d'affection, de fierté et de bonheur. La perspective de la salle de bal fit cligner les yeux de Thea. C'était une féerie de rose, de blanc, d'argent et d'or, et une onde de bonheur la submergea. Que c'était beau !

Elle marqua une pause sur le seuil, prise d'une soudaine hésitation. Puis son regard croisa celui de Patrick, qui lui sourit. Et tout disparut pour Thea – le monde extérieur, ses oncles à ses côtés, les regards scrutateurs des invités –, seul Patrick comptait. D'un pied léger, elle s'avança le sourire aux lèvres, sourire qui avait plus d'éclat que mille bougies. Elle avait à peine l'impression de toucher le sol tellement elle était heureuse d'épouser ce grand homme imposant qui l'avait choisie.

En la regardant venir, Patrick sentit sa gorge se serrer. Elle le fascinait de façon extraordinaire, à un point qu'il venait tout juste de mesurer. En tenue de mariée, les yeux brillants comme des opales, elle était belle à couper le souffle et son sourire étincelait. Mais ce n'était pas seulement son attrait physique qui le touchait, ce n'était pas uniquement ce corps mince et ce visage intelligent ; ce qui faisait battre son cœur d'une façon qu'il ne reconnaissait pas, c'était tout bonnement elle. Avec sa passion de vivre, son intrépidité, ses fossettes et l'éclat de ses yeux sombres, grâce à elle, il ne douterait plus jamais que l'amour existe.

La cérémonie fut simple. Patrick répéta haut et clair son serment ; Thea le fit d'une voix plus douce, mais toute l'assistance l'entendit distinctement. C'était fait : ils étaient mariés.

Du reste de la journée, Thea ne garda qu'un souvenir flou. On proposa aux invités de sortir un moment dans le jardin, pendant que les bancs disparaissaient comme par enchantement pour être remplacés par des tables chargées de boissons. Autour de Patrick et de Thea, les félicitations et les exclamations fusaient. On dansa, on but, on mangea et on rit, mais tout cela avait quelque chose d'un rêve. La réalité, elle, se résumait à Patrick. Son mari. Au fil de l'après-midi, elle avait une conscience si aiguë de la présence à ses côtés de ce grand corps robuste qu'elle n'arrivait pas à se concentrer sur ce qui se disait autour d'elle. Conversations, commentaires, questions innocentes ou insidieuses, tout lui passait au-dessus de la tête. Ses seules perceptions nettes venaient toutes de Patrick : ce fourmillement de la peau quand ils se frôlaient, ce coup au cœur quand leurs regards se croisaient. Elle avait un besoin impérieux de se retrouver seule avec lui. Qu'il lui refasse toutes ces choses qu'il lui avait déjà faites. Elle en frémissait de la tête aux pieds.

Elle évoquait de façon très vive la soirée de la veille, quand elle avait le dos plaqué au mur et sa robe par-dessus les épaules de Patrick ; le moment qu'il avait passé à se repaître entre ses cuisses ! Ce simple souvenir la faisait rougir. Brusquement, elle était gênée de la moiteur qui s'épanouissait entre ses jambes. Quelle petite dévergondée elle faisait ! Mais elle s'en moquait. Tout ce qui comptait, c'est que Patrick soit son mari et que, cette nuit, elle soit entre ses bras.

Comme le mariage s'était organisé dans la précipitation, aucun projet n'avait été échafaudé pour leur lune de miel. Patrick avait suggéré à Thea de passer d'abord quelques nuits dans sa maison de Londres. Au début de la semaine, ils décideraient de l'endroit où ils partiraient se cacher car, à Londres, on ne les laisserait jamais tranquilles. Thea avait accepté cette proposition.

Naturellement, elle avait elle-même une bonne raison de ne pas vouloir quitter la ville trop vite : elle avait promis de rencontrer lundi M. Yates, l'homme qui terrifiait Edwina. Elle avait beau s'appeler désormais Mme Patrick

Blackburne, M. Yates constituait un dernier détail qu'elle avait l'intention de régler seule. Elle avait d'ailleurs déjà retiré la somme exigée. Tout ce qui lui restait à faire était d'échapper lundi à son mari pendant un petit moment.

Thea était disposée à donner à M. Yates l'argent mais elle avait la ferme intention de lui dire que ce serait la dernière fois. Plus un sou à l'avenir ! Modesty l'avait conjurée de parler à Patrick de cette rencontre mais Thea n'avait rien voulu entendre. Patrick pouvait en effet soit accepter de payer, conformément à la décision de Thea... soit refuser. Si elle s'en remettait à lui et qu'il ne voulait pas éponger la dette de Hirst, elle n'aurait rien à dire : en qualité de mari, c'est lui qui gérait la fortune de sa femme. Si donc Patrick ne payait pas M. Yates, Edwina devrait se débrouiller toute seule, traquée et harcelée par un individu qui manifestement la terrorisait. Une fois Patrick détenteur des cordons de la bourse, Thea serait dans l'incapacité d'aider sa sœur. Non qu'elle pense que Patrick serait méchant ou déraisonnable, mais elle préférait ne pas prendre de risques. Mieux valait qu'elle traite l'affaire elle-même en s'inquiétant des conséquences quand son mari l'apprendrait, ce qui arriverait tôt ou tard, plutôt que laisser Edwina assumer seule les conséquences des vices de Hirst.

Thea n'avait pas vraiment le sentiment de cacher à Patrick ce qu'elle avait l'intention de faire ; elle voyait plutôt cela comme une histoire ancienne à laquelle elle devait mettre un point final. C'était son problème. En attendant, elle ne songeait guère à M. Yates ou à son rendez-vous lundi. Toutes ses pensées étaient occupées par Patrick et le moment où ils pourraient partir et se retrouver seuls. Un soupçon de remords la pinça. Lady Caldecott s'était donné tout le mal possible pour que la journée soit parfaite et Thea ne songeait qu'à filer.

Pour Patrick, cet instant du départ ne viendrait jamais assez tôt. Mais il restait d'une politesse irréprochable et personne n'aurait deviné qu'il était impatient d'être seul avec sa femme. Patrick avait une conscience aussi aiguë de la présence de Thea qu'elle de lui ; il était pratiquement en érection depuis l'échange des consentements. Avec des pantalons si ajustés, il était passablement mal à l'aise. Tandis qu'il se déplaçait dans la foule, il était fréquemment obligé de cacher derrière la robe de Thea la partie inférieure de son anatomie, maudissant sa virilité débridée. C'était la faute de Thea, elle était décidément trop séduisante. Patrick n'avait nulle envie de rester là avec des inconnus à échanger sourires et menus bavardages. Tout ce qu'il voulait, c'était se retrouver seul avec sa femme.

Bien que continuellement sollicités par des gens qui leur présentaient leurs vœux, les sens de Patrick étaient totalement concentrés sur Thea. La simple vue de sa svelte silhouette lui accélérait le pouls et l'odeur d'épice que dégageait son corps lui tenait l'odorat en éveil. Tout en acceptant les compliments des invités, il était obsédé par la douceur soyeuse de sa main et par le contact de son bras sous ses doigts ; il ne pouvait s'empêcher de caresser cette peau si tendre. La voix légèrement enrouée et si séduisante de sa femme l'enveloppait, le charmait et l'excitait. Au bout de plusieurs heures, le goût de leur baiser nuptial était toujours sur ses lèvres ; il avait faim de goûter à nouveau la douceur de cette bouche.

Son membre viril réagissait aux images qui se bousculaient dans sa tête. Enfin, étouffant un juron, il attira Thea à l'écart du dernier groupe d'invités et la supplia :

— Cela fait des heures que nous sommes là ; il est temps que nous partions. Sinon, je te préviens, je risque de faire quelque chose de choquant.

Debout à l'autre extrémité de la pièce, lady Caldecott les voyait faire, elle sourit en elle-même. Elle n'avait pas entendu son fils, mais le sens de ses propos ne lui avait pas échappé. Elle avait beau être la mère de Patrick, elle était bien placée pour connaître le caractère impérieux du désir.

Lord Caldecott sourit et toucha la main de sa femme, leurs regards se croisèrent. Il porta à ses lèvres sa main parfumée et l'effleura d'un baiser.

— Mes compliments, ma chère, pour ce travail bien fait.

Il observa la foule qui allait et venait autour d'eux.

— Je ne pensais pas que cela soit possible en si peu de temps mais, grâce à toi, le mariage de ton fils est l'événement de la saison. Il y aura des pleurs et des grincements de dents de la part de ceux qui n'ont pas pu venir... ou qui n'ont pas été invités.

— Oui, je sais, répondit-elle, amusée. C'est ce qui est drôle.

Elle regarda de nouveau Thea et Patrick.

— Tu crois qu'ils seront heureux ?

— Peut-être, esquiva-t-il en haussant les épaules. Mais s'ils ne le sont pas, ce ne sera pas ta faute. Évidemment, ta décision a été si rapide que tu ne lui as pas laissé la possibilité de choisir quelqu'un d'autre.

— Certes, concéda lady Caldecott. Mais je crois qu'au fond j'ai eu raison. Qui sait ce que ces deux-là auraient trouvé moyen de faire, sans une inclination dans la bonne direction. Devenir sa maîtresse ! Tu te rends compte à quoi elle songeait ?

— Je ne pense pas que l'on puisse considérer comme une enfant une femme de vingt-sept ans. Cela aurait pu être intéressant de voir comment il s'y serait pris pour lui faire la cour. On se serait certainement bien amusés.

— À condition de ne pas avoir peur du scandale !

— Un scandale, ma chère, observa-t-il en lui décochant un regard faussement endormi, est parfois bien utile.

Elle posa les doigts sur le collier de perles qui ornait sa gorge.

— Peut-être, mais je ne voulais pas que mon fils et sa future femme soient la proie de toutes les mauvaises langues de Londres. Connaissant la réputation de Patrick – un débauché sur le retour – et de Thea – avec le passé que tu sais – la bonne société leur serait tombée dessus comme une meute de loups affamés. Cela aurait pu tourner mal. Suffisamment pour détruire toute l'histoire. Elle est la première femme à lui toucher véritablement le cœur, et d'après ce que Modesty m'a dit, je pense qu'il est également le premier à l'avoir profondément conquise. Je n'ai pas voulu laisser les circonstances se liguer contre eux. Aussi n'ai-je aucun regret.

— Tant mieux ! Il n'y aurait pas lieu d'en avoir, mon chou. Seuls les imbéciles n'assument jamais leurs décisions.

De nouveau, il remarqua qu'elle tripotait nerveusement les rangées de lourdes perles qu'elle avait au cou.

— Je croyais que tu porterais tes diamants aujourd'hui.

Elle sursauta et ôta sa main.

— Oui, j'ai failli les mettre mais je me suis dit que c'était trop habillé pour un mariage dans l'après-midi. Il valait mieux les perles. En outre, c'est toi qui me les as offertes.

— Rappelle-moi, répondit-il en lui baisant la main, de t'acheter la broche qui va avec.

— Tu me gâtes trop, observa-t-elle.

— Mais oui, répondit-il avec bonne humeur en la caressant de ses yeux bleu pâle.

En dépit de son âge, lady Caldecott rougit devant la chaleur de ce regard. Sous sa robe, son cœur se mit à palpiter et elle se demanda d'où lui venait sa chance d'être, si tard dans la vie, si follement amoureuse… et aimée en retour. Son regard se durcit : elle n'allait pas laisser son passé détruire son avenir. De nouveau, elle se remit à tripoter ses perles. Au diable ces lettres ! Et foin de l'individu qui menaçait son bonheur !

Pendant les heures qui suivirent, lady Caldecott n'accorda pas une pensée à ses ennuis. De l'autre côté de la pièce, Patrick lui fit signe qu'ils n'allaient pas tarder à partir et elle alla les rejoindre. Elle embrassa chaleureusement Thea.

— Sois heureuse, ma chérie.

Et quand elle se tourna vers son grand fils, un nœud lui serra la gorge. Dominant l'émotion qui montait en elle, elle lui donna une tendre tape sur la joue.

— Et si tu n'es pas heureux, tu ne pourras t'en prendre qu'à toi.

Patrick lui répondit d'un large sourire.

Enfin, dans une envolée de rires et de plaisanteries grivoises, Patrick et Thea s'enfuirent au pas de course jusque devant la maison. Et partirent vers une longue et heureuse vie commune, souhaita lady Caldecott avec ferveur.

*
* *

Après le départ des jeunes mariés, l'atmosphère festive se calma et, une heure plus tard environ, les derniers invités prenaient congé de lord et lady Caldecott. Dix minutes encore et, ayant donné ses ordres au maître d'hôtel et à la gouvernante, lady Caldecott était dans sa chambre à l'étage prête à passer une soirée tranquille avec son mari.

Ayant ôté sa tenue d'apparat pour endosser un élégant négligé de soie bleu marine orné de dentelle blonde, elle dit à sa servante qu'elle pouvait disposer de sa soirée. Seule dans sa chambre, elle se brossait les cheveux, songeant que son mari n'allait pas tarder à la rejoindre. Son regard tomba alors sur un petit plateau d'argent posé sur le coin de sa coiffeuse. Une enveloppe était posée dessus. Lâchant sa brosse, elle fixa la lettre plusieurs minutes, essayant de se convaincre qu'il s'agissait d'un message innocent : un ami déplorant de ne pouvoir être présent au mariage, ou la réponse anodine à une note écrite quelques jours auparavant. Rien à voir avec son maître chanteur ! Mais au fond de son cœur, elle savait que c'était faux.

Toute la journée, une foule d'étrangers était passée chez elle. Il y avait eu des invités, des livreurs et même des extras recrutés pour aider le personnel. Toute la maisonnée bourdonnait d'activité depuis le matin de bonne heure ; si quelqu'un avait eu envie de lui laisser un billet anonyme, le jour était bien choisi. Elle hésita à sonner Grimes pour lui demander où et quand il avait trouvé ce mot. Mais elle savait que c'était inutile, la personne qui avait déposé cela avait choisi l'endroit et le moment. Il était probable que Grimes ou l'un de ses subordonnés l'avait trouvé en évidence quelque part après l'arrivée des premiers invités. Comme elle était occupée et accaparée par mille choses, Grimes avait sans doute fait monter le billet dans sa chambre pour qu'elle en prenne connaissance ultérieurement. Nul n'y avait prêté attention.

Elle tendit la main comme si elle allait saisir une vipère et ouvrit l'enveloppe. Comme elle le craignait, c'était bien son maître chanteur.

« Mon besoin est pressant et je ne puis attendre davantage. Il faut me verser avant dimanche midi la somme de dix mille livres sterling. Vous savez où les déposer. »

Elle ne savait pas exactement, mais pensa que le billet se référait à la maison de Curzon Street. Posant la missive, elle resta les yeux dans le vague. Étant donné les circonstances – elle supposa que son maître chanteur avait tenu compte de cela dans ses projets – elle ne pouvait demander à Patrick de se rendre auprès de cette insupportable crapule. Elle pouvait prendre l'argent et aller le déposer en personne dans la maison de Curzon Street, mais quelque chose en elle se rebellait à l'idée de verser docilement une somme pareille.

En y réfléchissant, ce n'était pas tant le fait de payer qui la hérissait, mais celui de se faire plumer sans broncher. Elle ne doutait pas que, si elle cédait cette fois-ci, il y en aurait d'autres. Et puis, raison de plus de ne pas suivre les ordres du maître chanteur : si elle s'était déjà conduite de façon légère, elle avait passé l'âge où l'on agit sans réfléchir. Elle n'avait pas l'intention de se rendre seule dans cette maison en pleine nuit. Surtout avec dix mille livres sterling ! Évidemment, elle pouvait se faire accompagner d'un domestique, mais cela pouvait les mettre tous les deux en danger. Que faire alors ? Il n'y avait qu'une solution, et c'est par là qu'elle aurait dû commencer.

Le visage fermé, elle prit le billet et se leva. Elle traversa la pièce d'un pas décidé, frappa à la porte de la chambre de son mari et entra.

La chambre à coucher de lord Caldecott était vide et sombre mais une lueur provenait du petit salon voisin. Elle s'avança vers la lumière sans hésiter, le cœur battant.

Les lettres compromettantes avaient été écrites depuis si longtemps qu'elles n'auraient plus dû avoir d'importance, mais ce n'était pas le cas. Elles avaient un poids terrible car elles prouvaient que lady Caldecott n'avait pas été toute sa vie la femme vertueuse qu'elle était devenue. Les lettres révélaient qu'elle avait été passionnée, impudique et adultère. Elle n'avait pas honte de la passion qu'elle avait vécue, mais elle redoutait ce que son mari en penserait. Elle n'en sortirait pas grandie à ses yeux et il risquait même de la mépriser.

Avant leur mariage, lord Caldecott était considéré comme un débauché fameux et elle était un modèle de vertu. Leur mariage avait surpris les gens comme il faut en ce qu'ils étaient issus de deux milieux très différents de la haute société. Ils avaient tous deux de la fortune et de la naissance, mais elle était le symbole d'une certaine bienséance en vogue, tandis qu'il ne fréquentait qu'ivrognes, joueurs et coureurs de jupon. Ils n'avaient jamais parlé de leurs passés respectifs, la puissance stupéfiante de leur amour ayant balayé tous les obstacles susceptibles de les séparer.

Lady Caldecott connaissait alors la réputation de son mari, et bien que sûre de l'amour qu'il lui portait, elle ne pouvait s'empêcher de croire qu'une partie de son attrait résidait dans sa respectabilité. Or, un gentleman pouvait avoir toutes les maîtresses qu'il voulait mais, pour une dame de son rang, s'être lancée dans une liaison torride avec un homme marié était impardonnable. Son mari la croyait au-dessus de tout reproche, et elle ne tenait pas à le décevoir et craignait de le dégoûter. Si lord Caldecott s'apercevait que sa femme n'était pas si pure, cela pouvait s'avérer fatal pour leur couple. Bref, c'était plus fort qu'elle, mais lady Caldecott se tourmentait comme une jeune fille.

En entrant dans cet agréable salon aux tons bleu et crème, elle le trouva assis sur un canapé, un verre de cognac à la main. Il portait une robe de chambre en soie bleu saphir.

À la vue de sa femme, il posa son verre, se leva, s'avança vers elle et l'embrassa sur la joue.

— Ah, mon amour, ta beauté réjouit le cœur. Et de ton mari en particulier. Est-ce que tu boirais quelque chose ? Un verre de vin ? fit-il en désignant le buffet en bois de sapin contre le mur du fond.

— Un cognac fera l'affaire, répondit-elle après avoir pris une profonde inspiration. Un double cognac.

Il haussa les sourcils mais s'abstint de tout commentaire et alla au buffet lui emplir un verre.

— Après la journée que tu as eue, tu as envie de quelque chose d'un peu fort ?

— Ce n'est pas à cause d'auj… jourd'hui, bafouilla-t-elle.

Tenant le verre entre ses mains, elle huma l'arôme boisé. Elle prit une gorgée et toussa sous la force de l'alcool.

Il se rassit face à elle, inquiet. Il leva son verre et but lui aussi.

— Eh bien, qu'est-ce qui te fait renoncer à tes boissons habituelles de dame ?

— Tu m'aimes ? demanda-t-elle tout à coup, les doigts crispés sur son verre.

Honteuse de s'être exprimée ainsi, elle baissa les yeux. Quelle sotte ! Qu'allait-il penser d'elle ? Qu'il avait épousé une gourde ?

Il eut l'air abasourdi, posa son verre et vint s'asseoir sur le canapé à côté d'elle. Il lui prit le verre des mains, le posa par terre et l'enlaça.

— Et si tu me disais ce qui te tracasse ? Car oui, murmura-t-il en l'embrassant tendrement sur la tempe, je t'aime. N'en doute pas.

Lady Caldecott ne savait par où commencer; puis, les yeux fixés sur le tapis, elle lui déballa l'affaire. D'un bout à l'autre. Il ne l'interrompit pas et, quand elle eut fini, il y eut un bref silence.

— Eh bien, dit-il enfin, voilà qui explique les innombrables visites de ton fils. Je t'avoue qu'elles me surprenaient. Il ne m'avait jamais donné l'impression d'un jeune homme heureux que sa mère le convoque à tout bout de champ.

Il se tourna vers elle avec un éclair dans les yeux.

— En vérité, je me retrouve assez bien en lui, c'est-à-dire tel que j'étais avant de te rencontrer et d'adopter un style de vie plus respectable.

Lady Caldecott rougit et détourna le visage. D'un doigt tendre, il l'obligea à le regarder.

— Ne crois pas que je veuille me moquer de toi, mon amour. Seulement je suis devant une sorte de dilemme. Je n'avais pas prévu que les choses se déroulent de la sorte. Tu m'as donc surpris; et de façon agréable, je dois te dire.

Stupéfaite, elle le regardait sans comprendre. Elle trouvait l'expression de son mari bizarre.

— Tu n'es pas la seule à avoir à faire un aveu. Attends, j'ai quelque chose à te montrer.

La laissant sur le canapé, il disparut dans sa chambre. Il revint presque tout de suite et lui tendit un petit paquet de lettres.

Elle défit le ruban jaune et, d'une main tremblante, ouvrit la première et lut. Le cœur lui manqua: c'étaient ses lettres. Elle ne savait que penser. Était-ce son mari qui la faisait chanter? C'était à n'y rien comprendre.

— Pourquoi?

— Je voulais que tu me fasses confiance, lui répondit-il en s'asseyant à côté d'elle.

— Que je te fasse confiance? répéta-t-elle en haussant le ton, incrédule. Et c'est pour cela que tu m'as fait chanter?

— Euh, disons, ton maître chanteur initial était cet Ellsworth. Je lui ai, euh, volé les lettres.

Lady Caldecott, ahurie, n'y comprenait goutte. Elle fixa les yeux calmes de son mari et lui demanda de s'expliquer.

— Mon rôle est plutôt embarrassant dans cette affaire, commença-t-il un peu décontenancé. Quelles sottises fait un homme de mon âge quand il tombe amoureux pour la première fois !

Il lui prit la main et embrassa ses doigts.

— Je t'aime, vois-tu ! Je t'aime au-delà de toute raison : dès qu'il s'agit de toi, je suis aussi vulnérable et stupide que le premier homme venu. La fréquence des visites de Patrick a éveillé mes soupçons. Je n'étais pas jaloux de lui ; mais je me suis dit que ce n'était peut-être pas par pure affection qu'il venait te voir si souvent. Ton comportement confirmait mes soupçons : tu ne t'en rends pas compte mais, depuis quelque temps, tu étais inquiète et distraite. Je savais que quelque chose te perturbait. J'espérais que tu te confierais à moi. Je t'ai tendu la perche plus d'une fois, mais tu t'es détournée de moi pour faire appel à ton fils. Tu voulais que ton chevalier servant ne soit pas ton mari mais Patrick. Cela m'a *vraiment* rendu jaloux.

— Il n'y avait pas lieu, s'excusa-t-elle d'un ton rauque, c'est juste que…

— C'est juste que tu ne voulais pas que je sache, trancha-t-il. As-tu si peu confiance en moi ?

— Mais cela n'avait rien à voir ! J'avais peur que, apprenant que je n'avais pas toujours été irréprochable, tes sentiments à mon égard ne changent.

— Ne sois pas sotte ! s'exclama-t-il. Avec mon passé ? Comment cela aurait-il pu te diminuer à mes yeux ? Tu as entendu ce que je t'ai dit ? Je t'adore ! Que peuvent me faire quelques lettres que tu as écrites il y a des années ?

Le cœur de lady Caldecott s'allégea d'un poids considérable. Les yeux brillants comme une jeune fille, elle demanda dans un souffle :

— Vraiment ?

— Vraiment ! confirma-t-il en la prenant dans ses bras pour l'embrasser.

L'esprit en déroute, elle posa la tête sur son épaule et demanda de nouveau :

— Explique-moi tout !

— Il n'y a pas grand-chose à raconter. Dès que j'ai compris que quelque chose n'allait pas, je me suis mis à écouter et, d'après les éléments obtenus, je suis parvenu à reconstituer plus ou moins l'affaire. Sachant que l'on te faisait chanter et que ce chantage provenait d'une maison sur Curzon Street, je me suis embusqué des nuits entières dans le quartier. J'ai observé qui allait et venait. J'ai même pénétré dans le bâtiment par effraction, et je n'y ai rien trouvé qui oriente mes recherches. Il fallait que je me contente de miettes de renseignements, espérant que la chance tournerait en ma faveur.

« Et une nuit, j'ai eu beaucoup, beaucoup de chance. Comme ton fils, j'avais découvert que le coupable était probablement Thomas Ellsworth. J'étais en train de me demander comment l'attraper sans tomber sur ton fils, et figure-toi qu'à ma grande joie, c'est Ellsworth qui s'est pratiquement jeté dans mes bras. Sur le moment, j'ignorais que c'était lui : j'étais caché dans un coin très sombre mais, quand je me suis trouvé nez à nez avec un rôdeur, j'ai deviné de qui il s'agissait. Heureusement, je n'ai pas eu à recourir à la violence car ce nigaud s'est assommé tout seul ; j'ai donc pu le fouiller à mon aise. Un peu plus tôt, je l'avais vu rentrer dans la maison, suivi de Patrick et de Thea. J'étais à peu près sûr de l'identité de mon visiteur inattendu ; en le fouillant, j'ai pu m'assurer qu'il s'agissait de lui, et je suis tombé sur un paquet intéressant. Je n'étais même pas sûr de ce que j'avais trouvé, mais je n'ai pas osé m'attarder, de crainte que Patrick et Thea ne tombent sur moi en se lançant à la poursuite d'Ellsworth. C'est une fois à la maison, quand j'ai ouvert le paquet, que tout s'est expliqué. Je dois reconnaître que j'ai eu beaucoup de chance : Ellsworth avait les lettres sur lui quand il s'est fourvoyé dans la ruelle où j'étais moi-même caché.

— Pourquoi ne m'as-tu rien dit ? demanda-t-elle.

— Eh bien, vois-tu, j'avais l'espoir ridicule que tu te

tournes vers moi et que tu me racontes toute l'histoire, quelle qu'elle soit. Je voulais que tu aies assez confiance en moi pour me révéler tes difficultés. Hélas, je n'avais pas prévu suffisamment à l'avance et c'est une fois en possession de ce fichu paquet que j'ai compris ce qui se passait, mais je ne savais que faire.

— Tu aurais pu les faire disparaître. Mon maître chanteur aurait tout bonnement disparu et aurait cessé de me harceler.

— Non, il fallait que tu saches qu'il n'existait plus et que le chantage était définitivement terminé.

— Alors tu as décidé de me faire chanter toi-même ?

— Pas exactement. J'espérais toujours que tu te tournerais vers moi. Mais si tu ne l'avais pas fait, j'aurais abandonné les lettres dans la maison pour que tu les trouves demain soir.

— Et l'argent ?

— Eh bien, je pense que dans les prochains mois, suggéra-t-il avec un regard malicieux, tu aurais reçu de moi un certain nombre de cadeaux extravagants.

— Payés avec mon argent ? demanda-t-elle d'un ton onctueux.

— Qu'aurais-je pu faire d'autre ? dit-il avec un grand sourire. Je n'en ai certes pas besoin… comme ton fils l'a appris en enquêtant sur ma fortune.

— Il a pris des renseignements sur toi ? demanda lady Caldecott qui tombait des nues.

— Tu ne savais pas ?

Elle eut un geste de dénégation véhément qui effaça les dernières inquiétudes de lord Caldecott.

— Tant mieux, je dois t'avouer que ça me soulage. Je me demandais s'il t'avait informée de ce projet, et si tu étais arrivée comme lui à la conclusion que j'étais peut-être le maître chanteur.

— Il ne m'en a rien dit. Le petit misérable ! J'aurai deux mots à lui dire la prochaine fois que je le verrai. Comment as-tu su qu'il s'était informé ?

— Ton fils, ma chère, connaît beaucoup de monde en ville, mais n'oublie pas que j'y suis depuis plus longtemps que lui. J'ai mes sources, moi aussi, et quand on a commencé à se renseigner discrètement sur mon patrimoine, je l'ai appris.

— Je vois. Tu es fâché de son effronterie ?

— Non. Et je ne voudrais pas que tu le sois. Il t'aime et avait décidé de ne rien laisser au hasard ; il a tout fait pour t'aider.

— Et tu penses que j'aurais été heureuse d'apprendre que mon propre mari me faisait chanter ?

— J'espère bien que non ! Mais comme c'est une question sensible, je te propose de ne pas l'approfondir. Je suggère que tu ne réprimandes pas ton fils d'avoir fait ce que tu lui as demandé : démasquer ton maître chanteur.

— Tu as sans doute raison, mais que lui dire à présent ? Sans les lettres, Ellsworth ne peut rien contre moi et il n'y a pas de raison pour que Patrick poursuive ses efforts en ce sens. Il a maintenant une femme qui a des droits sur son emploi du temps. Cela t'ennuierait-il que je lui raconte ce qui s'est passé ? Que je lui dise que tu es en possession des lettres ?

— Eh bien, je préférerais tout lui expliquer moi-même. Car je suis ton mari et, en cette qualité, j'aurais dû être le premier vers lequel tu aurais dû te tourner. Laisse-moi le plaisir de mettre un point final à cette affaire. C'est un grand honneur pour moi de te servir, si tu le veux bien.

— Oh, mon chéri ! Je regrette vraiment de ne pas l'avoir fait. Toute cette histoire représente pour moi tant de honte et d'embarras... Songer qu'à mon âge et dans ma position, on me faisait chanter ! Et tout cela pour quelques lettres enflammées que je croyais détruites depuis longtemps ! C'était si laid que je n'ai su me convaincre de te confier toute l'histoire. Je craignais que tu n'apprennes combien je suis sotte !

Il lui vint une pensée qui la fit rougir.

— Et... tu les as lues ?

— Juste une, et juste assez pour comprendre ce qui t'avait tant alarmée. Cela ne m'amuse pas d'écouter aux portes, et encore moins de lire des phrases adressées à un autre.

Il baissa les yeux et glissa à sa femme un regard provocant.

— Je t'avouerais qu'à te lire, je me suis convaincu que je manquais d'audace au lit avec toi.

— Vraiment ? demanda-t-elle en l'enlaçant. Peut-être as-tu envie de m'expliquer ce que tu entends par là ?

Il l'enlaça à son tour et l'embrassa.

— Excellente idée !

Et il joignit le geste à la parole.

17

Lorsqu'elle s'enfuit avec Patrick, échappant à leurs amis et se réfugiant dans l'intimité de la voiture, Thea fut stupéfaite de constater que c'était déjà le crépuscule. Les allumeurs de réverbères parcouraient lentement les rues. Mais elle n'eut pas le loisir de penser longtemps à quoi que ce soit : le cocher avait à peine fouetté ses bêtes que Patrick la prenait fébrilement dans ses bras pour l'embrasser.

Quand il releva la tête, ils avaient tous les deux le souffle court, et il reposa délicatement Thea sur le siège de velours en face du sien.

Émerveillée et excitée, Thea avait l'impression qu'une douce flamme avait léché chaque pore de sa peau. Elle restait assise sans bouger, les yeux fixés sur son mari. Ses seins la picotaient jusqu'au bout des mamelons, sa peau était échauffée et, entre ses jambes, quelque chose palpitait presque douloureusement. Les yeux écarquillés, elle n'arrivait pas à arracher son regard de Patrick dans la pénombre de la voiture ; ses lèvres entrouvertes étaient rouges et tuméfiées par leur baiser.

— Ne me regarde pas comme cela, mon amour, murmura-t-il. Sinon, je finis tout de suite ce que nous venons de commencer.

— Mais... nous sommes mariés, rétorqua-t-elle, mi-taquine, mi-câline.

— Ensorceleuse ! bougonna Patrick, une lueur de désir sensuel dans les yeux. Ne va pas me tenter à l'excès ! Je me comporte avec une retenue louable et la seule chose qui te protège d'un rapt en bonne et due forme, c'est que nous ne sommes qu'à quelques minutes de la maison.

Le trajet fut court, mais quand ils arrivèrent à Hamilton Place, l'atmosphère de désir était presque palpable dans la voiture. Patrick aida sa femme à descendre et l'escorta pour gravir le perron.

À l'intérieur, Chetham les salua et, après que Patrick lui eut présenté sa femme, le maître d'hôtel s'inclina très bas. Lui, toujours si impassible, se fendit d'un aimable sourire.

— C'est un plaisir, madame, de vous accueillir. Je suis sûr que vous serez heureuse ici, et satisfaite du personnel. Dès que vous le souhaiterez, l'intendant et le cuisinier seront ravis de vous présenter leurs hommages. Ils désireront également discuter avec vous des changements que vous souhaiterez introduire. C'était ici une maison de célibataire et nous serons heureux des améliorations apportées par une maîtresse de maison. Nous nous efforcerons de vous servir de notre mieux ; tous vos désirs seront des ordres.

— Eh bien, merci ! répondit Thea, charmée.

— Ne te laisse pas prendre à ses grâces. C'est un vieux tyran qui me gouverne d'une main de fer. Il ne fera de toi qu'une bouchée si tu ne te méfies pas.

Patrick rit en voyant la mine de Chetham se figer.

— Naturellement, il préférerait mourir plutôt qu'avouer qu'il m'adore.

Chetham se redressa et, se tournant vers Patrick d'un air dédaigneux, continua :

— Si vous voulez bien me suivre, sir. Le cuisinier a préparé un dîner fin pour vous et votre femme (il toussa en mettant la main devant sa bouche) dans vos chambres, au premier.

Patrick se disposait à le taquiner encore, mais Thea l'arrêta d'un coup de coude, accompagné d'un signe impérieux de la tête. Patrick sourit et, docile, suivit à l'étage sa femme et son maître d'hôtel.

Après une nouvelle courbette, Chetham les laissa à la porte de la chambre de Patrick. Celui-ci ouvrit la porte.

— Veuillez entrer, madame Blackburne.

Il lui embrassa la nuque et continua à mi-voix :

— Et je préfère vous prévenir que votre mari a bien l'intention de poursuivre là où il vous avait laissée dans la voiture.

Thea allait rire, mais elle surprit dans les yeux de son mari une telle détermination qu'elle resta sans voix. Patrick ne lui laissa pas le temps de réfléchir. Il la prit dans ses bras et entra à grands pas dans la chambre, claquant la porte derrière eux d'un coup d'épaule.

La pièce n'était éclairée que par quelques bougies. Le lit, avec son baldaquin couleur mûre et argent, était dans la pénombre face à la cheminée de marbre. Les fenêtres étaient étroites, fermées par des draperies de même couleur que celles du lit ; un épais tapis aux nuances entremêlées de gris et de bordeaux recouvrait le sol. Une petite table couverte d'une nappe blanche était dressée dans un angle, avec juste à côté une desserte avec des plateaux en argent chargés de plusieurs plats. À côté de la table de service se trouvait un tabouret, avec trois bouteilles de vin et une de cognac. Dans toute la pièce, il y avait des bouquets de roses et de lis.

— Ces bouquets, ils sont assurément de la main de ma mère, dit Patrick en voyant les fleurs.

— Comme c'est gentil ! observa Thea en posant sa tête sur l'épaule de Patrick.

Il la déposa doucement sur ses pieds à côté du grand lit.

— Quel effort inutile !

Il tendit le bras et libéra une boucle de l'élégante coiffure de Thea. Ses yeux s'assombrirent, et sa voix se fit plus grave.

— Nous pourrions être dans un berceau de verdure avec les fleurs les plus exotiques au monde, je n'aurais pas un regard pour elles.

Il attira Thea contre lui et leurs bouches s'unirent. Il promena ses lèvres sur les siennes, grignotant sa lèvre inférieure avec ses dents de façon sensuelle. Thea frémit et lui ouvrit sa bouche. Tout de suite, le goût qu'elle connaissait l'emplit, tandis que la langue de Patrick se perdait dans les profondeurs qu'elle lui offrait. Lentement, il explora de la langue toute la bouche de Thea, attisant le feu qui déjà brûlait en elle. Quand finalement leurs lèvres se quittèrent, il avait le souffle court.

— Une seule fleur m'est particulièrement chère et précieuse, une seule retient mon regard : c'est toi, ma douce, toi seule !

Il l'embrassa de nouveau et la renversa sur le lit. Une à une, il retira la somptueuse parure de mariage, libérant un corps de plus en plus brûlant. Ses mains d'abord, puis sa bouche se mirent à courir sur elle, mordillant, goûtant et excitant sa peau. Leurs vêtements s'amoncelèrent pêle-mêle sur le tapis. Quand il ne leur en resta plus, Thea était en proie aux tourments du désir, comme une douleur à laquelle il n'y avait qu'un seul remède.

Patrick était dans les mêmes dispositions. Lui qui avait passé l'après-midi dans un état d'excitation pratiquement permanente tenait enfin le corps svelte de Thea ; seule la violence qu'il se faisait pour se dominer l'empêchait de la posséder avec trop de sauvagerie. Il se mit à prendre dans sa bouche les doux seins pâles ; il gémit quand son membre viril fièrement dressé effleura la cuisse mince de Thea. Il était en proie à l'aphrodisiaque le plus puissant du monde : sa femme, son épouse ! Attiré par des besoins vieux comme l'homme, il toucha les boucles noires un peu rêches entre les jambes de Thea, cherchant la chair tendre qu'elles couvraient. Il trouva et glissa le doigt dans cette chair chaude et mouillée ; il l'enfonça en caressant, imitant le rythme du coït.

À cette première pénétration, Thea laissa échapper un gémissement, et bascula les hanches pour l'encourager. Elle s'agrippait du bout des doigts aux épaules nues de Patrick. Entre la bouche qui lui tourmentait les seins, la douce pression de ce corps musclé sur elle et le rythme lancinant de cette main à la jonction de ses cuisses, elle atteignit brusquement un sommet. La sensation qui déferla sur elle était si intense, si puissante, que son corps se cambra comme un arc. En pleine extase, elle cria de plaisir. Sidérée par la violence et la douceur de cette libération, elle retomba sans forces sur le lit comme si chaque partie de son corps s'était liquéfiée.

Patrick se détacha de sa poitrine, un fin sourire éclairant son beau visage. Il lui effleura la bouche d'un baiser.

— Et ce n'est qu'un début, ma douce.

De nouveau, il l'embrassa, ses lèvres étaient fermes ; il lui saisit fermement les hanches, glissa de côté et s'installa entre ses jambes. Il reposa comme cela quelques secondes, avec un léger balancement, son membre rigide glissait de façon affriolante dans l'épaisse touffe de bouclettes.

Thea glissa les bras autour de son cou ; de douces vagues de plaisir envahissaient encore tout son corps, mais elle souhaitait qu'il la possède totalement. Elle resserra son étreinte, leurs jambes s'entremêlèrent, leurs corps de plus en plus près approchaient de l'alignement qui leur offrirait le plus grand plaisir. Les baisers de Patrick devinrent plus fébriles, presque brutaux ; sa poigne sur les hanches de Thea se fit plus impérieuse : il la plaça exactement comme il le souhaitait et, d'un élan rapide et sûr, s'enfonça en elle.

Thea se raidit ; la sensation d'être possédée par un mâle déchaîné la surprenait et l'intimidait. Un bref instant, elle se sentit vulnérable et sans défense ; puis Patrick commença son mouvement en elle de façon si douce, si tendre que le plaisir s'épanouit, laissant la place au seul émerveillement exquis de l'amour.

Patrick avait perçu l'hésitation de Thea et en avait deviné la cause. De toutes ses forces, il résista aux exigences de son propre corps et la traita avec toute la retenue dont il était capable ; mais elle était si étroite, si chaude et glissante… s'il continuait ses poussées paresseuses, il mourrait de plaisir. Ses reins exigeaient d'aller plus vite. L'impérieux besoin de l'extase n'allait pas tarder à le submerger.

Thea eut un spasme timide de la langue dans la bouche de Patrick, et elle resserra ses cuisses autour de ses hanches, et cela pulvérisa la maîtrise fragile qu'il avait de son corps. Avec un gémissement étouffé, il s'abandonna à une série de spasmes puissants, son membre gonflé s'enfonçait plus profond à chaque mouvement.

Thea le tenait étroitement serré et la poussée brutale de Patrick en elle l'emmenait vers un plaisir plus fort encore. En cet instant, plus rien au monde ne comptait sinon lui ; elle oubliait tout hormis l'union de leurs corps, la pression exquise de cette invasion totale et le besoin vorace, pressant, de son baiser. L'intensité frénétique de leur union ne pouvait pas durer et soudain le grand corps de Patrick fut secoué d'un violent frisson qui déboucha dans ce nirvana connu des amants.

Thea, emportée dans un tourbillon de plaisir, s'accrochait à Patrick de toute sa féminité, dont chaque spasme le faisait frémir, comme pour échapper à son étreinte trop étroite. Elle lutta pour prolonger cet éphémère moment de félicité, son corps svelte se tortillait, implorant. Mais en vain : inondée de sensations si exquises, si perçantes qu'elle pouvait à peine les supporter, elle atteignit inévitablement le pic du plaisir, qui l'abandonna inerte et rassasiée dans les bras de son mari.

Aussi rassasié que Thea, Patrick se laissa glisser sur le côté. Il avait l'impression de ne plus avoir de squelette. La volupté exquise de leur union dépassait tout ce qu'il connaissait. Il se souleva sur un coude pour regarder Thea, qui avait encore le rouge aux joues ; sa joie de la voir ainsi fut telle que le cœur faillit lui manquer.

Tout échevelée, dans un fouillis de boucles noires et soyeuses ressortant sur la blancheur éclatante des draps, elle le regardait de ses grands yeux noirs ; la dilatation des iris prouvait l'abîme de plaisir dans lequel il l'avait plongée. Sa fierté virile se complaisait dans le fait que sa femme ait partagé avec lui l'intensité de ces moments ; il s'émerveillait de la façon dont elle avait transformé sa vie.

Lui, Patrick Blackburne, qui naguère raillait et méprisait la notion même d'amour, était à présent follement, sauvagement amoureux de cette beauté abandonnée, aux grands yeux sombres. Tendrement, il glissa le doigt le long du nez de Thea, s'attarda sur l'arc de ses lèvres.

Quelle chance il avait! Qu'il n'oublie pas de remercier les deux complices à qui il devait son bonheur. Il sourit en lui-même. Il fallait qu'il songe à un cadeau élégant pour sa mère et pour Modesty.

Lisant les émotions qui passaient sur le visage de Patrick, Thea lui demanda d'un ton somnolent:

— À quoi penses-tu?

— À toi, répondit-il simplement en l'embrassant sur le nez.

Elle s'étira voluptueusement et sourit.

— C'est bien ce que j'espérais.

Patrick rit et, retombant sur le dos, il l'attira contre lui et lui cala la tête dans le creux de son épaule. D'une main, il lui caressa paresseusement le bras.

— As-tu songé à notre lune de miel? Y a-t-il un endroit où tu aimerais aller?

Thea se pelotonna plus près de lui encore, émerveillée du naturel avec lequel ce geste lui venait. Elle était agréablement fatiguée, elle se sentait alanguie.

— Je ne vois pas la nécessité d'aller où que ce soit, bredouilla-t-elle tandis que ses paupières se fermaient toutes seules. Nous partons bientôt, je crois, pour ton domaine de Natchez. Le voyage en mer fera office de lune de miel.

Patrick fronça les sourcils. Dans la hâte de préparer le mariage, il y avait des tas de sujets dont Thea et lui n'avaient pas parlé, comme la date de leur départ pour Natchez. À l'évidence, elle s'imaginait que leur mariage avait été imposé par l'imminence de son retour en Amérique. Ce qui n'était guère conforme à la vérité puisqu'il n'avait pas prévu de quitter l'Angleterre avant le printemps. Et, pendant leurs brèves fiançailles, il n'avait pas songé un instant à prendre des dispositions pour leur voyage en couple. D'ailleurs, il ne le désirait pas. On ne traverse pas un océan sur un coup de tête; à présent que Thea était sa femme, il devenait inutile de s'accrocher à ce prétexte.

— Euh... Tu serais déçue si nous différions notre départ pour Natchez jusque... disons, jusqu'au printemps ? Figure-toi que je n'ai plus hâte de quitter l'Angleterre comme il y a quelques semaines.

Thea menait une lutte contre le sommeil qui la gagnait.

— Que veux-tu dire ? Est-ce que notre mariage n'a pas été décidé si vite à cause de l'imminence de ton départ ?

— Bof, tout ça, ce sont des idées de ma mère… répondit Patrick en toute sincérité.

Thea se redressa et se renfrogna.

— Les idées de ta mère ? Qu'est-ce que tu racontes ? Est-ce que nous ne partons pas pour Natchez d'un jour à l'autre ?

— Non, sauf si tu le désires.

Stupéfaite de la réponse de Patrick, Thea était à présent éveillée.

— J'ai eu l'impression, expliqua-t-elle avec lenteur, que la seule raison pour laquelle tu m'as précipitée dans le mariage était ton projet de repartir à Natchez.

Il lui frôla le visage d'un doigt léger.

— Les projets changent, ma chérie. Nous n'avons plus de raison impérieuse de quitter l'Angleterre, sauf si c'est ton vœu.

Elle écarta brusquement sa main, gagnée par des soupçons.

— Si tes projets sont si faciles à changer, pourquoi ne les as-tu pas modifiés avant de me traîner devant l'autel ?

— Eh bien, tu comprends, commença-t-il avec douceur, tu aurais pu trouver un moyen de t'esquiver, de ne pas m'épouser ; c'est pour cela que je t'ai, comme tu dis, traînée devant l'autel.

— Mais alors, tout n'était que mensonge ? demanda-t-elle en écarquillant les yeux. Un piège ?

Lisant du remords sur le visage de Patrick, elle haussa le ton :

— Je le savais ! Tu m'as menti ! Et ta mère était du complot ! Mais pourquoi ? Pourquoi imaginer des stratagèmes pareils ?

— Sans ce stratagème, m'aurais-tu épousé ? demanda Patrick en soutenant son regard.

— Bien sûr que non ! Je le savais : un gentleman dans son bon sens ne pouvait souhaiter m'épouser. Et tout ça, parce que j'ai changé d'avis et refusé de devenir ta maîtresse ! J'ai dit à Modesty que je le soupçonnais. Avais-je raison ?

— Non, adorable fofolle, rétorqua Patrick. Cela n'a rien à voir avec ton refus de devenir ma maîtresse, et à voir au contraire avec mon désir ardent de t'épouser. Si tu as bonne mémoire, c'est toi qui as eu cette idée de maîtresse, pas moi ! Dans mon cœur, j'avais un tout autre projet : faire de toi ma femme.

Thea resta bouche bée.

— Ta femme ! Et pourquoi ? gémit-elle. Mais il est impensable que tu aies voulu m'épouser ! À cause de ma réputation. Tu oublies que j'ai causé la mort de deux hommes ? Tout le monde sait que je suis une fille perdue : pourquoi diable aurais-tu voulu m'épouser ?

Patrick s'assit à son tour et appuya ses épaules contre la tête du lit. Il prit une main de Thea, et considéra pensivement les frêles doigts nerveux qu'il tenait.

— Tu sais que je suis un peu las de t'entendre rabâcher toujours le même scandale ? Cela s'est passé dans ton extrême jeunesse, tu es aujourd'hui une femme. Je crois que tu te complais à te flageller alors que, aux yeux de la plupart des gens, tu as été davantage victime que coupable.

Thea, outrée, tenta de retirer sa main. Elle y renonça quand elle vit que Patrick n'avait pas l'intention de la laisser partir. Elle le foudroya du regard, les yeux étincelant de colère.

— Tu oses ! À t'entendre, je serais une sorte de fillette larmoyante… Cela me navre que tu me trouves si sotte, poursuivit-elle avec raideur.

— Non, pas sotte, rétorqua-t-il doucement. Tu as simplement pris l'habitude, chérie, de brandir ton passé comme un bouclier. Tu te réfugies derrière chaque fois qu'un homme est susceptible de penser que, scandale mis à part, tu es une jeune femme hautement désirable… Une très, très charmante et désirable jeune femme, qu'il pourrait avoir très envie d'épouser.

— Bien sûr, concéda-t-elle sèchement. Et c'est pourquoi j'ai eu tant de prétendants toutes ces années et que cette pauvre Modesty a dû les refouler quand ils se pressaient à ma porte.

— Si tu avais abaissé ton bouclier, ne serait-ce qu'un moment, insista Patrick avec un petit sourire, cela aurait été le cas. Et d'ailleurs je m'en réjouis, car dans le cas contraire, je n'aurais pas eu la chance d'obtenir ta main.

— Tu n'as pas obtenu ma main, grommela-t-elle, tu l'as dérobée ! Je sais qui je suis et ce que je vaux. Je ne suis pas – et ne serai jamais – le plus beau parti du moment. Aussi, pourquoi as-tu choisi de m'épouser ?

— Parce que je t'aime, espèce de petite idiote !

Thea resta une fois de plus bouche bée. Ses sublimes yeux sombres cillèrent plusieurs fois. À l'évidence, cette idée ne l'avait jamais effleurée. Incapable de prononcer un mot, elle dévisagea ces traits si familiers et chéris, dont elle s'était entichée si vite qu'elle ne s'en était pas aperçue. Il l'aimait ! Était-ce possible ? Pouvait-il avoir raison de dire que c'est elle qui faisait fuir les prétendants ? Utilisait-elle ce scandale ancien pour se protéger ? Elle baissa les yeux. Après le désastre ayant entraîné la mort de son frère et de Hawley, elle s'était retrouvée dévorée d'angoisse. Sur ce point-là, elle reconnut à contrecœur que Patrick avait peut-être raison. Il était possible qu'elle se soit drapée dans ce scandale pour instaurer une barrière impénétrable la protégeant de tous et de sa souillure. Soudain tout s'éclaira : elle s'était conduite ainsi parce qu'elle avait peur de laisser s'exprimer de nouveau son cœur. Elle était terrorisée à l'idée que le prochain homme capable de susciter son affection ne se révèle aussi ignoble que Randall. Nul ne devait passer outre ce scandale et oser l'approcher. Plus jamais un homme ne devait avoir la moindre chance de l'atteindre. Elle soupira. Mais cela n'avait servi à rien parce que Patrick, presque un inconnu, avait tourné sa garde et s'était débrouillé pour qu'elle tombe amoureuse de lui. Si à présent elle était capable de balayer le passé et de croire en lui, elle avait la chance inouïe qu'il l'aime.

Un sursaut d'espoir frémit dans sa poitrine. Se pouvait-il qu'il l'aime ? Il l'avait dit. Oserait-elle saisir sa chance et croire en lui ? Lui faire confiance ? En proie à une foule de questions, elle scrutait ce beau visage sombre et calme. D'un ton presque suppliant, elle demanda :

— Est-ce que tu m'aimes ? Est-ce que tu m'aimes vraiment ?

— Mais je t'adore ! lui répondit-il en la serrant lui. Avec le mal que je me suis donné pour te lier à moi...

Il tourna vers lui le visage de Thea et, les yeux dans les yeux, murmura :

— Thea, mon adorable Thea, je t'aime plus que la vie. Et c'est *ça* la raison, la seule raison, pour laquelle je t'ai épousée.

— Oh ! soupira-t-elle faiblement.

Quel chaos dans les pensées de Thea ! Patrick l'aimait ! Il l'avait épousée parce qu'il l'aimait. Un frisson de ravissement la traversa tout entière. Il l'aimait !

Il fit la moue en la voyant changer de visage.

— Un petit peu plus d'enthousiasme, non ? Je viens de te déclarer ma flamme, ma chérie. J'ai eu le courage de déposer à tes pieds mon cœur tout chaviré, lui dit-il en l'embrassant avec tendresse.

« Un signe d'encouragement me réconforterait, figure-toi. Le bon usage voudrait, précisa-t-il avec une petite bourrade affectueuse, que dans ces circonstances, l'objet de la flamme confirme que les sentiments sont partagés.

Écartant ses doutes, Thea se résolut à se fier à l'amour brûlant qu'elle ressentait et lançant les bras autour du cou de Patrick, collant son corps svelte contre le sien, elle lui déclara fermement :

— Oh, moi aussi je t'aime ! Moi aussi, c'est pour cela que je t'ai épousé. Mais tu sais, j'aurais pu prendre mes jambes à mon cou.

— Dieu merci, tu ne l'as pas fait, observa-t-il avant de l'embrasser. Cela ne m'aurait rien dit de battre toute l'Angleterre à ta recherche.

Il l'embrassa longuement : tout son amour et les sentiments qui le poussaient vers elle tenaient dans ce baiser. Quand il releva la tête, ses yeux brillaient.

— Et je l'aurais fait, tu sais. J'aurais fouillé l'Angleterre et bien plus encore à ta recherche. Je n'aurais eu de cesse de te trouver. Où que tu te sois cachée, je t'aurais dénichée. Ne t'inquiète pas : je t'aime et n'aime que toi. Je te jure que je t'aime plus que la vie. Aussi vite ou aussi loin que tu aurais fui, tu aurais fini dans mes bras et à mon bras.

— Oh, Patrick ! Que j'ai été sotte, tu ne trouves pas ?

— Si, mais tellement adorable ! murmura-t-il avec une lueur taquine dans le regard.

De nouveau, il l'embrassa, attirant contre lui le corps nu de Thea. Le baiser se prolongea, la passion brûlait et ils s'unirent.

Les émotions profondes qui avaient abouti à ce don des corps étaient aussi fortes et délicieuses que la première fois mais, désormais, la certitude qu'ils avaient d'aimer et d'être aimés en retour rendait leur union encore plus exquise, encore plus forte.

Ils restèrent enlacés étroitement longtemps après que leur désir fut assouvi. Leurs corps nus reposaient l'un contre l'autre en toute confiance. Échangeant de tendres murmures, ils se réjouissaient d'être ensemble, d'avoir ainsi toute la vie devant eux, avec comme unique avenir la promesse d'une joie immense.

Ce ne fut qu'au bout de plusieurs heures qu'ils parvinrent à s'arracher aux plaisirs du lit conjugal pour goûter les mets préparés à leur intention. Les différents plats de viande leur semblèrent succulents, mais, sans tarder, le désir qu'ils avaient l'un de l'autre reprit le dessus. Comme des affamés, ils se jetèrent de nouveau l'un sur l'autre, leurs corps s'abandonnant sans retenue au plaisir.

Encore palpitante des assauts de Patrick à leur troisième étreinte, Thea reposait la tête sur son épaule, une jambe en travers des siennes. Distraitement, le bout de ses doigts courait dans la toison de son torse. Elle était heureuse, plus que jamais. Elle était mariée. Elle avait épousé Patrick Blackburne et, mieux, il l'aimait !

Inévitablement, il lui vint la question que posent tous les amants.

— Quand l'as-tu su ?

— Que je t'aimais ? demanda Patrick avec un sourire paresseux.

Il la sentit acquiescer d'un hochement de tête contre son épaule.

— Ce n'est pas la première fois que je t'ai vue dans le parc, ni la deuxième fois, quand tu m'as pratiquement sauté dans les bras. Non, je n'étais pas amoureux de toi à ce moment-là...

Il déposa un baiser sur ses cheveux sombres avant de poursuivre :

— Ce fut la troisième fois, le soir où je suis venu te dire que tu n'avais pas assassiné ton beau-frère : c'est cette fois-là que mon cœur a battu pour toi.

Thea ouvrit des yeux tout ronds et s'assit, tirant, pudique, le drap contre elle, mais un joli sein en forme de poire laissait pointer un mamelon indiscret.

— Si vite ? Et tu t'en es rendu compte tout de suite ?

— Mmm ! confirma Patrick dont les traits rayonnaient de satisfaction et d'amour. Je ne m'en suis pas aperçu sur le moment mais, quand je me remémore notre histoire, je m'aperçois que tu m'as ensorcelé la première fois que je t'ai parlé. J'étais venu chez toi en m'attendant à tomber sur une harpie vulgaire et, au lieu de ça... j'ai trouvé l'amour de ma vie !

— Oh, Patrick ! s'écria Thea, confuse. Mais moi je ne suis tombée amoureuse de toi que beaucoup plus tard... tout au moins c'est ce que je croyais.

Il sourit et la serra contre lui.

— L'important est que tu m'aimes maintenant. Car toi tu m'aimes, non ?

— Oh, oui, de tout mon cœur, murmura-t-elle contre sa bouche goulue.

Et dans les minutes qui suivirent, elle s'appliqua à lui démontrer l'intensité de cet amour.

*

* *

Quand Thea s'éveilla le lendemain matin, elle fut un moment désorientée, mais la chaleur du corps de Patrick serré contre le sien et le spectacle de sa tenue de mariage en désordre sur le tapis lui rappelèrent en foule les événements de la veille. Elle était mariée avec Patrick. Et il l'aimait ! Un sourire de joie sans mélange lui vint et elle s'étira voluptueusement en grimaçant car certaines parties de son corps n'étaient pas habituées à pareil surmenage.

Patrick s'était éveillé quelques instants plus tôt. Il surprit sa grimace et eut un instant honte de lui. La veille au soir, il n'avait pas été capable de la laisser tranquille et, si elle était courbatue, c'était bien sa faute.

Il se promit de se montrer plus réservé le prochain soir, il lui embrassa l'épaule et murmura :

— Bonjour, ma douce ! Qu'aimerais-tu faire aujourd'hui ?

— Un bain serait le bienvenu, répondit-elle. Et un bon repas. Figure-toi que je meurs de faim... Je me demande bien pourquoi.

— Je crois au contraire que tu sais pourquoi tu as faim, petite coquine insatiable. Mais, j'en conviens, un bain et de quoi manger seraient les bienvenus.

Laissant à Thea la plus grande des deux chambres à coucher de la maison, Patrick alla dans la pièce à côté et sonna Chetham.

Une heure plus tard, les jeunes mariés ayant pris leur bain et s'étant habillés, vinrent prendre un imposant petit-déjeuner dans la salle à manger. En dépit de la grandeur de la pièce, de ses hauts plafonds sculptés et de sa taille imposante, il y avait entre les deux époux quelque chose d'intime. Contrairement aux usages, ils firent mettre leurs couverts à la même extrémité de l'immense table d'acajou et passèrent la majorité du repas inclinés l'un vers l'autre, se faisant goûter le contenu de leurs assiettes et faisant des projets d'avenir.

Plusieurs décisions furent prises dans la foulée. Ils passeraient leur lune de miel dans le domaine de Thea à la campagne, à la maison de Halsted, dont Patrick était juridiquement le propriétaire. N'oubliant pas son rendez-vous lundi avec Yates, Thea suggéra de différer à mardi matin leur départ pour Cheltenham et Halsted. Elle trouva à cela d'excellentes raisons et fut saisie d'un sentiment de remords en constatant la facilité avec laquelle Patrick entra dans ses vues sans se douter de rien.

Ayant pris les décisions les plus urgentes, ils se retirèrent dans une pièce agréable à l'arrière de la maison. Elle donnait sur un jardin très étendu, qui était plus beau en d'autres saisons, mais offrait néanmoins un spectacle agréable. Quelques roses tardives ajoutaient çà et là des taches de couleur. Ils s'installèrent sur des chaises cannelées recouvertes de satin doré. Leur tasse de café à la main, ils discutèrent en détail la date de leur voyage à Natchez.

— C'est à toi de décider, chérie, expliqua Patrick avec un sourire malicieux. Pour moi, peu importe où je suis... à condition de t'avoir près de moi.

Thea le regardait de ses beaux yeux brillants pardessus sa tasse. Elle résistait à l'envic de se pincer pour vérifier qu'elle ne rêvait pas. Ses doutes par rapport à Patrick avaient été balayés par sa déclaration d'amour et la tendresse avec laquelle il avait fait d'elle sa femme. Elle ne voulait pas revenir sur des sujets douloureux, mais il lui était impossible de ne pas se réjouir du contraste qu'il y avait entre sa joie en cet instant et la douleur qui l'accablait lors de ce matin terrible entre tous une décennie plus tôt. Ce jour-là, elle était terrassée par le remords. Ah, comme elle aurait voulu que Tom soit vivant pour la voir heureuse et mariée avec un homme qu'elle aimait. Il aurait apprécié Patrick, Thea en était sûre, et aurait été heureux et fier de lui accorder la main de sa sœur.

Voyant une ombre passer dans les grands yeux expressifs de Thea, Patrick se pencha vers elle.

— Qu'y a-t-il, douce ? Tu as l'air triste.

Elle sourit, songeuse.

— Je pensais à mon frère Tom et combien il t'aurait aimé et aurait été fier de me donner le bras pour remonter l'allée centrale hier.

— Tu l'aimais beaucoup, n'est-ce pas ?

— Oui, je l'aimais. Et il continue à me manquer terriblement. Je crois que cela durera toujours.

Patrick lui prit la main et l'embrassa.

— Tu sais, je crois que nous pourrions donner son nom à notre premier fils. Cela ne le ressuscitera pas, mais cela me ferait plaisir.

— Et à moi donc ! s'exclama Thea avec un sourire si éblouissant que Patrick en fut ému.

— Peut-être devrions-nous monter dans la chambre pour entreprendre ce projet ? murmura-t-il avec un sourire significatif qui incurva sa lèvre inférieure bien ourlée.

Thea rougit pudiquement, mais ses yeux doux brillaient d'amour. Elle se pencha en avant et frôla de ses lèvres la bouche de Patrick.

— Tu sais, je n'arrive pas à imaginer quelque chose qui me fasse davantage plaisir.

Patrick la mit debout et lui donna le bras pour sortir de la pièce.

— Eh bien, on ne dira pas que je suis un mari tyrannique. Qu'il en soit selon ton souhait !

Thea pouffa, elle avait l'impression que son cœur allait éclater tant il contenait d'amour.

— Oh, Patrick, je t'aime ! murmura-t-elle.

Et ses sentiments se lisaient clairement sur son visage.

Sur le seuil, il s'arrêta et l'attira à lui. Ses yeux gris en général plutôt froids se firent doux et caressants, il déclara d'une voix enrouée :

— Mais, ma chérie, pas autant que je t'aime, moi. Souviens-toi : je te l'ai juré au clair de lune.

18

Le lundi matin arriva trop tôt au goût de Thea. Elle avait tant apprécié les premières heures en couple avec Patrick que pas une fois elle n'avait songé au rendez-vous qui l'attendait chez Edwina.

Onze heures sonnèrent. Thea savait que, dans moins d'une heure, elle affronterait cette brute de Yates, individu on ne peut plus déplaisant. Elle avait deux raisons de redouter ce moment : l'entretien serait certainement sordide et, surtout, il lui fallait mentir à Patrick. Une fois de plus, elle envisagea de tout lui dire et de le laisser résoudre le problème. Elle faisait les cent pas dans le petit salon à l'arrière de la maison, et son nez se fronça de dégoût à l'idée d'une telle lâcheté. Non, la solution consistant à faire peser cette affaire sur les épaules de Patrick était inadmissible. Le moment lui semblait mal choisi pour s'ouvrir à son mari des menaces de Yates et des ennuis d'Edwina. Non seulement ils étaient mariés mais en plus, merveille des merveilles, ils s'aimaient... Ils ne se connaissaient pas depuis longtemps et elle n'avait aucun moyen de prévoir la façon dont son mari réagirait en la circonstance. Il valait mieux qu'elle s'en tienne à son projet initial ; elle aurait le temps de s'expliquer par la suite.

Thea avait déjà retiré les dix-sept mille livres sterling qu'elle devait payer à Yates avant son mariage, c'est-à-dire quand elle était encore gestionnaire de sa propre fortune. L'argent était empaqueté dans le plus grand de ses sacs à main, prêt à être remis entre les mains de Yates.

Encore quelques minutes, songea-t-elle, morose, et elle devrait trouver une excuse pour quitter la maison seule. Ce n'était pas gagné d'avance car elle avait beau imaginer mille courses à faire, Patrick suggérerait à chaque fois qu'elle envoie un domestique à sa place ou qu'ils y aillent ensemble.

Mais la chance vint d'un message de lady Caldecott. Patrick entra, un billet à la main et la mine renfrognée. Se tournant vers elle, il commença :

— Je t'annonce la nouvelle la plus terrible qui soit : ma mère désire me parler tout de suite. Elle me prie de l'excuser de me déranger à un moment pareil, mais elle désire m'entretenir d'un sujet ne souffrant aucun délai. M'autorises-tu à t'abandonner un moment ? Je devrais être de retour dans une heure à peine.

Thea prit la chose avec bonne humeur.

— Mais comment donc ! En fait, cela me donnera l'occasion d'aller rendre visite à Modesty et de voir comment elle se débrouille de mes bagages.

Patrick se détendit. Il redoutait la façon dont sa femme allait prendre ce départ et fut content de constater qu'elle se montre si compréhensive. Il ne l'aurait pas blâmée de faire une scène : la laisser seule après moins de quarante-huit heures de mariage ! Et pour voir sa mère, de surcroît !

— Je te rejoins là-bas quand j'aurai fini ?

— Oh, non ! s'exclama-t-elle, horrifiée. Je veux dire : ce n'est pas nécessaire. Je ne sais pas pour combien de temps j'en ai, et quel ennui pour toi de me regarder trier des colifichets. Tu n'y trouverais aucun intérêt. Non. Prends ton temps avec ta mère et je t'attends ici, disons, un peu après 13 heures ?

Il vint lui embrasser le bout du nez.

— J'ai de la chance d'avoir une femme si compréhensive et attentionnée. T'ai-je dit que tu faisais une moitié exemplaire ?

Oubliant tout remords, elle passa ses bras autour de son cou et frôla sa bouche de ses lèvres.

— Voyons… Je n'ai pas souvenir de t'avoir entendu prononcer ces termes exacts, mais je crois que tu m'as indiqué hier soir de la façon la plus adroite à quel point je te donne satisfaction.

La voix de Patrick devint rauque.

— C'est bien vrai, mon amour. C'était si agréable que j'ai hâte, grand-hâte de te le montrer de nouveau.

Le billet tomba par terre à leur insu quand il la prit dans ses bras pour l'embrasser voracement.

Thea, grisée, se laissa complètement aller contre lui en lui rendant son baiser. Le désir et la passion s'embrasèrent immédiatement. Pendant un temps interminable, ils restèrent étroitement enlacés et le monde ne compta plus pour eux.

Enfin, au prix d'un grand effort, Patrick écarta ses lèvres de celles de Thea. Il y avait une lueur fébrile dans ses yeux.

— Ensorceleuse ! Il faut que je te quitte maintenant mais, à mon retour, tu verras…

Le ton était lourd de promesses et de menaces, et Thea frémit par anticipation. Oh, que ne lui ferait-il pas ! rit-elle, excitée.

Elle prit congé de son mari et il n'était pas absent depuis un quart d'heure qu'elle partait chez Edwina. Elle avait laissé Chetham l'escorter courtoisement jusqu'à la voiture et dire au cocher où elle souhaitait se rendre. Il lui avait suffi, un moment plus tard, de donner un contrordre en indiquant l'adresse d'Edwina.

En arrivant devant chez sa sœur, une maison au pignon étroit, elle ordonna au valet de pied qui l'aida à descendre :

— Revenez à 13 heures, je vous prie.

Le jeune homme en livrée verte s'inclina et rejoignit le cocher. Thea, soucieuse, observa la rue dans les deux sens. L'adresse était acceptable, mais la rue avait quelque chose d'un peu minable. Thea était d'autant plus décidée à faire quitter cet endroit à sa sœur. Il faudrait attendre qu'Edwina apprenne son veuvage et, entre-temps, s'occuper de Yates. Les épaules bien droites sous sa pelisse violette, elle se calma en inspirant profondément et gravit les marches du perron. Elle n'allait pas mâcher ses mots à Yates et, avant que quiconque puisse savoir qu'elle était passée chez sa sœur, elle serait de retour chez elle dans les bras de son mari. Alors elle lui raconterait tout. Fermement déterminée, elle frappa énergiquement à la porte.

En croyant que personne, à l'exception de Modesty, ne savait qu'elle allait chez sa sœur, Thea se trompait. Au moment où la porte d'Edwina s'ouvrit et où elle disparut à l'intérieur de la maison, un autre témoin l'observait.

Au même instant, dans la même rue, John Hazlett descendait d'un fiacre deux maisons plus bas. Thea ! Que diable faisait-elle là ? Cela ne changeait rien, il devait faire son travail. Thea représentait seulement une complication imprévue qu'il avait espéré éviter. Il s'était dit que son mariage avec Blackburne l'écarterait un moment d'Edwina. À l'évidence, il s'était trompé. Pendant plusieurs minutes, il resta à réfléchir, sourcils froncés, incapable de savoir si la présence de Thea chez sa sœur était une bonne chose ou pas. Finalement, il hocha la tête et héla un fiacre qui arrivait. De toute façon, il n'avait qu'une chose à faire. « On peut toujours se fier à Thea pour faire échouer le projet le mieux préparé », songea-t-il en montant dans le véhicule.

Ignorant qu'elle avait été repérée par son cousin, Thea pénétra par l'entrée principale dans la maison d'Edwina et Hirst. Elle fut stupéfaite de constater que sa sœur vint lui ouvrir en personne.

— Edwina ! s'exclama-t-elle. Pourquoi viens-tu ouvrir toi-même ? Où est ton maître d'hôtel ?

— Je t'ai dit que nous étions dans la gêne, confirma Edwina avec un faible sourire ; nous n'avons pas de domestiques, sauf quand Alfred gagne au jeu. Alors nous en recrutons à foison et les gardons tant que dure l'argent. Ici, c'est tout ou rien. En général rien, d'ailleurs. La dernière fois, je me suis débrouillée pour mettre de côté de quoi payer une femme de ménage deux fois par semaine, et une cuisinière presque tous les soirs. De là à avoir un maître d'hôtel… Ce genre de salaire a été dilapidé par mon cher mari sur les tables de jeu.

Thea ne savait quoi répondre. Elle pouvait difficilement consoler Edwina en lui disant de ne plus craindre que son mari gaspille de l'argent puisqu'il était mort. Mais elle était atterrée de voir jusqu'où sa sœur était descendue. Modesty allait avoir des remords d'avoir prétendu qu'Edwina exagérait la gravité de sa situation. Au contraire, elle avait plutôt sous-estimé l'abîme dans lequel son mari l'avait plongée.

Edwina avait beau prétendre qu'une femme de ménage venait deux fois par semaine, Thea trouva la maison mal tenue. Elle ne remarqua rien de précis, les sols n'étant ni sales ni poussiéreux, mais l'impression générale était douteuse.

Sans s'attarder sur ces impressions, Thea arbora un sourire engageant.

— Es-tu prête à rencontrer Yates ? Quand nous en aurons fini avec lui, je suis sûre que tu te sentiras mieux. Et peut-être pourrai-je te prêter assez d'argent pour te soulager.

Edwina entraîna Thea à l'arrière de la maison en parlant par-dessus son épaule.

— Tu crois ? Je me demande si ton mari sera d'accord pour entretenir la femme d'un autre.

Thea se mordit la lèvre car elle n'avait pas abordé le sujet avec Patrick. Elle ne voulait pas donner à Edwina de faux espoir, ni prendre des engagements qu'elle ne tiendrait pas. Un peu soucieuse, elle se dit que Patrick pourrait se montrer aussi charmant sur les questions d'argent que sur le reste. Comment serait-elle tombée amoureuse d'un tyran grippe-sou ? Son mari se montrerait sûrement généreux vis-à-vis d'Edwina.

Quelque part à l'intérieur de la maison, une pendule sonna. Thea s'aperçut qu'il était déjà 11 h 45.

— Où allons-nous ? Nous n'attendons pas Yates ? N'est-il pas censé venir à midi ?

— Ne t'en fais pas pour lui, répondit Edwina en haussant les épaules. L'important c'est, est-ce que tu as l'argent avec toi ?

— Oui, il est dans mon sac à main. Je serais heureuse d'en être débarrassée, car même en plein jour et dans ma voiture, j'avais peur de me faire attaquer ou que quelque chose de grave ne se produise.

Edwina introduisit Thea dans une petite pièce à l'arrière de la maison qui sentait le renfermé.

— Avec la fortune que tu possèdes, tu n'es pas à ça près, si ?

— En effet, répondit Thea, prise de court. Mais dix-sept mille livres sterling représentent une jolie somme : bien des gens ne gagnent pas ça en une vie. Mon banquier s'est fait tirer l'oreille. J'ai dû insister pour pouvoir faire ce retrait et je suis sûre qu'il craint le pire.

— Bien sûr, tu as raison. Mais il est arrivé à Hirst de perdre davantage en une nuit. Une fois, il a perdu cinquante mille livres. À force, on perd la notion de l'argent.

— Cinquante mille livres ! s'étouffa Thea, outrée que l'on puisse dilapider une fortune pareille.

Edwina prit place derrière un petit bureau et dévisagea sa sœur.

— Je ne vois pas pourquoi tu es si choquée ; tu savais qu'il était joueur avant que je l'épouse.

Thea s'enfonça dans un fauteuil à dossier capitonné, couvert d'une tapisserie dorée très passée.

— Je ne t'ai rien laissée faire du tout, tu étais décidée à te marier.

Toujours jolie avec ses boucles blondes autour de son charmant minois, Edwina fixait sa sœur de ses grands yeux bleus. Avec une moue entêtée, elle insista.

— N'était-ce pas ton devoir de me protéger des coureurs de dot comme Hirst ?

— Edwina ! protesta Thea, j'ai fait tout ce qui était en mon pouvoir pour t'empêcher de l'épouser. Mais ta détermination l'a emporté et tu t'es enfuie avec lui !

Thea, fort gênée, rougit jusqu'aux oreilles et continua d'une voix grave.

— D'ailleurs, tant mieux si tu l'as épousé, car nul ne voulait que ce qui m'est arrivé se reproduise.

— Tu en reviens toujours à toi-même, hein ? ronchonna Edwina. Toute ma vie, j'ai dû vivre dans ton ombre, avec la conscience douloureuse que ta fortune était plus importante que la mienne et que notre famille volerait toujours au secours de cette « pauvre Thea », même quand j'avais besoin d'aide. Ils s'inquiètent tant pour toi, tous autant qu'ils sont, que nul ne broncherait si je disparaissais de la surface de la terre. Il n'y en a que pour Thea, Thea, Thea ! J'en ai assez ! Sans toi, j'aurais pu faire le grand mariage que je méritais. Par ta faute, je dois me contenter d'un mari débauché, et j'en suis réduite à me terrer chez moi pour éviter d'être harcelée par mes créanciers.

Thea tombait des nues. Elle ne savait pas à quel point Edwina lui en voulait et lui imputait toutes ses infortunes. Peut-être que Modesty avait raison, et peut-être qu'elle s'était comportée de façon trop indulgente vis-à-vis d'elle. Thea passait en permanence l'éponge sur les caprices de sa sœur, car elle s'accusait des malheurs l'accablant. Face au regard accusateur d'Edwina, Thea garda son calme.

— Je suis navrée que tu en souffres. Je ne puis refaire le passé mais, avant de quitter l'Angleterre avec Patrick, je ferai de mon mieux pour régler tes difficultés. Peut-être vaut-il mieux mettre un océan entre nous : quand je ne serai plus là pour te créer des ennuis, peut-être assumeras-tu tes responsabilités. Quand le malheur te frappera, tu ne m'en imputeras plus la faute.

Edwina sursauta ; elle n'aurait pas eu l'air plus surprise si Thea l'avait mordue.

Celle-ci se leva comme si de rien n'était et se mit à faire les cent pas dans la petite pièce. La maison déserte était silencieuse mais, soudain, Thea entendit du bruit du côté de la rue. Elle se tourna vers Edwina.

— Tu as entendu ? On aurait dit la porte d'entrée. Est-ce Yates ?

Edwina tendit l'oreille elle aussi, mais le silence était absolu.

— Tu t'es trompée, constata Edwina d'un air maussade. D'ailleurs, j'ai dit à Yates d'arriver par l'entrée de service, derrière la maison.

Thea écouta attentivement plusieurs minutes mais, n'ayant rien entendu, elle reprit ses va-et-vient dans la pièce. Elle passa le doigt sur une étagère et le retira poussiéreux. Elle constata à une petite pendule dorée au milieu de la bibliothèque que midi était passé de plusieurs minutes. Elle fronça les sourcils et se retourna vers Edwina.

— Est-ce que Yates ne devrait pas être là ?

Edwina consulta elle aussi la pendule et acquiesça.

— Oui, il devrait. Je me demande ce qu'il fabrique...

*
* *

Yates n'était pas le seul à briller par son absence à cet instant. Patrick, de fort bonne humeur, quittait en sifflotant la maison de sa mère ; lady Caldecott lui avait annoncé une excellente nouvelle. Ses menaces de chantage étaient terminées, et les lettres lui avaient été rendues par – qui l'eût cru – son propre mari ! Patrick s'était fort amusé au récit des aventures qu'avait affrontées lord Caldecott pour gagner le cœur de sa bien-aimée. Il essayait de se représenter l'élégant lord Caldecott vilement accroupi dans une ruelle sombre : « Pauvres hommes que nous sommes, se dit-il piteusement, que ne ferions-nous pas par amour ! »

L'entrevue avec sa mère n'avait guère duré et l'idée lui prit brusquement, en dépit des souhaits de sa femme, d'aller la retrouver chez Modesty. Là, il fut reçu avec une nouvelle qui le laissa perplexe.

— Comment cela, demanda-t-il à Tillman, Mlle Bradford n'est pas là ? Mais ma femme devait venir la voir.

Tillman ne parvint pas à cacher sa surprise.

— Je ne sais pas, sir. Je puis seulement vous dire que Mlle Bradford est sortie faire des courses il y a une demi-heure. Elle ne m'a pas dit où elle allait ni quand elle rentrait. Quant à Mlle Th... euh, Mme Blackburne, veux-je dire, elle n'est pas passée aujourd'hui. Euh, peut-être cela vous éclairera-t-il si je vous dis que M. John Hazlett est passé moins de cinq minutes après le départ de Mlle Bradford. Il a semblé passablement interloqué de ne pas la trouver chez elle.

Patrick le remercia pour ce renseignement et, sans montrer son malaise, rentra chez lui. Il n'avait aucune raison de s'inquiéter, se dit-il. Nul n'avait la moindre intention de faire du mal à sa femme. Hirst était mort; Ellsworth aussi. Le chantage était terminé. Il n'avait donc aucune raison d'être paniqué de la sorte simplement parce que Thea n'était pas là où elle aurait dû être. Elle avait certainement changé d'avis et l'attendait à la maison. Son nœud à l'estomac se dénoua: la réponse était là. Ayant retrouvé sa bonne humeur, il se hâta de rentrer. Pourtant, quand il arriva dans sa demeure de Hamilton Place, sa femme n'était pas à la maison. Elle était partie peu après lui pour se rendre chez Mlle Bradford. Très soucieux, Patrick scruta le visage de Chetham.

Ce dernier toussota et avertit Patrick:

— Un monsieur est là, sir. Dans la bibliothèque. Il était déçu de ne pas vous trouver. Je crois qu'il est en train de vous écrire un mot. Un certain John Hazlett.

Patrick remercia Chetham avec désinvolture et fila à la bibliothèque. En entrant, il trouva effectivement John Hazlett en train d'écrire.

Les formules de politesse furent abrégées. John se leva en disant:

— Je suis heureux que vous soyez rentré. J'ai une mauvaise nouvelle, dans le genre de celle que l'on n'aime guère laisser par écrit.

— Qu'y a-t-il? demanda-t-il saisi d'une panique irraisonnée. Quelque chose est-il arrivé à Thea?

— Non, Seigneur! répondit John atterré. C'est Hirst, le mari d'Edwina. Il est mort assassiné. Son corps a été trouvé caché dans un vieux coffre, abandonné dans un petit hameau non loin de Cheltenham. Nous ne sommes au courant que depuis hier soir. C'est une personne du village qui l'aurait reconnu, tout au moins ce qu'il restait de lui. Il fait plutôt frais en ce moment, mais le corps avait commencé à se décomposer. L'odeur était caractéristique et c'est à cause d'elle que le cadavre a été découvert. Il a été identifié sans doute possible par les cartes de visite dans son gilet. Mon père a été le premier à apprendre la nouvelle. Pendant que nous parlons, on est en train d'informer de cette tragédie les autres membres de la famille. Étant donné que vous venez de vous marier, mon père ne voulait pas vous entraîner là-dedans, Thea et vous, avant quelques jours au moins. Il préférait, et je l'approuve, vous laisser un peu de temps pour vous. J'avais d'abord initialement prévu d'aller chez Mlle Bradford, mais j'ai jugé sage de m'assurer qu'Edwina était chez elle avant. Comme nous ne souhaitions pas que Thea soit tout de suite au courant, il valait mieux que Mlle Bradford soit aux côtés d'Edwina dans un moment pareil. Une fois Mlle Bradford aux côtés d'Edwina, on lui aurait annoncé la mort de Hirst et j'étais chargé de l'emmener dans notre domaine familial pour qu'elle jouisse de l'isolement et du confort qu'il offre. La présence de Thea chez Edwina a mis mes projets à terre. Espérant que Thea serait repartie quand je reviendrais avec Mlle Bradford, je me suis dépêché de m'en aller mais, quand je suis passé chez Mlle Bradford, je l'ai ratée de justesse : elle était sortie faire une course. C'en était trop. Comme je n'arrivais pas à mettre la main sur Mlle Bradford, j'ai décidé de vous mettre au courant, et de m'en remettre à vous pour décider quand il fallait que Thea apprenne cette tragédie. Elle n'aimait guère Hirst mais de là à vouloir sa mort… il y a un pas. Et ne parlons pas de l'assassinat ! Ce qui s'est passé est on ne peut plus choquant. Nul ne s'attend à avoir un parent – même par alliance – assassiné.

Patrick revint sur le seul détail qui l'intéressait.

— Vous avez vu Thea chez Edwina ce matin ?

— Eh bien, oui ! répondit lentement John, un peu froissé par sa brusquerie. Je venais d'arriver devant la maison d'Edwina quand je l'ai vue entrer. Quelque chose ne va pas ?

Patrick se détendit, comprenant ce qui avait dû se passer :

— Juste un petit malentendu, répondit-il d'un ton léger. Thea m'avait dit qu'elle rendrait visite à Modesty ce matin pendant que je sortais pour une course urgente. Mais j'ai mis moins longtemps que prévu et ai décidé de la rejoindre ; c'est là que je me suis aperçu, comme vous, que Mlle Bradford n'était pas chez elle. J'ai pensé que Thea avait décidé de rendre visite à Edwina.

Tout en parlant, Patrick s'aperçut que quelque chose n'allait pas dans ses conclusions. Tillman lui avait déclaré de la façon la plus claire que Thea ne s'était pas montrée de la matinée. Dans ce cas, comment aurait-elle su que Modesty n'était pas chez elle ?

— Maintenant que vous savez que Hirst est mort, reprit John en interrompant Patrick dans ses pensées, que désirez-vous faire ? Cacher la vérité à Thea quelques jours, ou la lui dire ?

Patrick fit la moue. Il ne pouvait guère annoncer à John que Thea savait depuis longtemps que Hirst était mort. Mais il se dit qu'il valait mieux que la mort de Hirst soit annoncée officiellement : Thea n'aurait plus à s'inquiéter de savoir où et quand le corps serait retrouvé. Pour Patrick, la sanction était amère : adieu sa lune de miel ! Thea exigerait de tenir compagnie à sa sœur et il ne pourrait le lui reprocher. Mais il valait mieux que Thea « apprenne » tout de suite la nouvelle de la mort de Hirst et puisse réconforter Edwina. Ils auraient tout le temps plus tard pour leur lune de miel et Thea en profiterait mieux une fois la page tournée sur ces horreurs.

— Accompagnez-moi chez ma belle-sœur, demanda Patrick à John. Je pense qu'il vaut mieux que Thea soit à ses côtés dans un moment pareil. Ma femme est solide. Je crois qu'elle préférera être mise au courant.

— Vous connaissez bien ma cousine, confirma John. Même en présence de Mlle Bradford, je n'aimais guère annoncer à Edwina la nouvelle concernant Hirst ; elle a un côté hystérique, vous savez. Je sais que cela doit perturber vos projets, mais je serais heureux que Thea et vous-même m'accompagniez.

Patrick acquiesça et ils gagnèrent la porte.

— Est-ce que les autorités ont des soupçons concernant le meurtre de Hirst ? demanda-t-il avec l'air de ne pas y toucher.

— Non, répondit catégoriquement John. Mais à bien y réfléchir, ce n'est pas si surprenant, quand on connaît le personnage. C'était un joueur de la pire espèce et sa réputation était plus que douteuse. Nul d'entre nous n'avait prévu qu'il lui arrive une chose aussi épouvantable mais, à certains égards, quand on connaissait son style de vie et ses fréquentations, ce n'est pas étonnant. Toutefois, il y a une coïncidence qui me frappe… Savez-vous que le corps de son cousin, Thomas Ellsworth, a été découvert le jour de votre mariage ? Lui aussi a été assassiné, tué par balle. On se demande s'ils n'étaient pas tous les deux associés dans quelque entreprise crapuleuse, n'est-ce pas ?

— Euh, esquiva Patrick, c'est de l'ordre du possible.

— C'est malheureux à dire mais je ne crois pas que Hirst ni Ellsworth soient pleurés par grand monde. Je sais que dans ma famille on ne déplorera pas qu'Edwina soit libérée de Hirst. Plusieurs d'entre nous ont été à deux doigts de le provoquer en duel depuis quelques mois. Thea le haïssait.

Quand ils arrivèrent dans l'imposant hall d'entrée de la maison, Patrick sonna Chetham et lui demanda de faire avancer la voiture. Chetham s'inclina et obéit.

Les deux messieurs décidèrent de sortir pour attendre le véhicule. Leur conversation était polie, mais le ton distrait ; tous deux regardaient la circulation, absorbés dans leurs pensées respectives. Ni l'un ni l'autre ne se réjouissaient de la tâche qui les attendait, même si Patrick avait moins de sujets d'inquiétude que John. La nouvelle de la mort de Hirst n'allait pas surprendre Thea et au contraire allait la soulager. Leur voiture avait juste tourné le coin de la maison quand une jolie calèche tirée par une paire de chevaux gris survint. À la surprise de Patrick, Nigel en sortit et se tourna pour aider sa passagère, Mlle Bradford, à en descendre. L'instant d'après, ils escaladaient le perron.

Patrick eut juste le temps d'apercevoir le visage de Modesty et fit signe à son cocher qui s'était rangé derrière la calèche d'attendre.

— Qu'y a-t-il ? demanda-t-il, troublé par les pires prémonitions.

— Demande à Mlle Bradford, répondit Nigel en faisant la moue. Je ne fais que l'accompagner jusque chez toi.

Quand Patrick croisa le regard de Modesty, elle ne lui laissa pas le temps de parler.

— Pas ici. Entrons !

Une fois dans la bibliothèque, les trois hommes attendirent que Modesty parle. Elle soupira.

— J'avais espéré éviter ce genre de scène, mais Thea ne me laisse pas le choix. Est-ce qu'elle vous a parlé d'Edwina et de M. Yates ?

— Yates ? coupa John Hazlett, interloqué. Qu'est-ce qu'il a à faire avec Edwina ?

— Rien avec Edwina. Mais je soupçonne son mari de lui devoir beaucoup d'argent. Et cet argent, il essaie de l'arracher à Edwina. Thea était censée rencontrer Yates ce matin à 12 heures chez Edwina pour lui remettre dix-sept mille livres sterling.

Voyant la tête de Patrick, elle se défendit tout de suite :

— Je lui avais dit de vous en parler, mais elle n'en fait qu'à sa tête.

— Vous n'avez pas jugé opportun de m'avertir par écrit ?

— J'avais le sentiment, confessa Modesty en rougissant, de m'être suffisamment mêlée de vos affaires. J'espérais que Thea vous informerait sans que j'aie besoin d'intervenir.

— Mais voici que vous le faites : qu'est-ce qui vous a fait changer d'avis ?

— J'avais peur que Thea fasse ce qu'elle vient de faire : se rendre à un rendez-vous à votre insu. Je pensais m'être lavé les mains de toute cette histoire mais, ce matin, ne sachant pas ce que Thea avait décidé, j'ai résolu de me rendre au rendez-vous moi-même. Je suis donc allée chez Edwina et j'ai frappé à la porte, en vain. Je ne savais pas quoi faire. Thea devait être là, mais l'endroit semblait désert. En tout cas, personne n'a répondu aux coups que j'ai frappés.

Patrick se tourna vers Nigel et lui demanda doucement.

— Est-ce que tu joues un rôle dans cette comédie ?

— De grâce, ne le morigénez pas ! interrompit Modesty. J'avais niaisement renvoyé mon fiacre et j'étais en train de repartir de la maison d'Edwina quand il est arrivé. Il s'est arrêté pour me saluer et, quand je lui ai expliqué mon dilemme, il m'a offert de me raccompagner.

— Merci, chère madame, de prendre ma défense. Quand Patrick a ce regard endormi, c'est là qu'il devient dangereux. À l'évidence, Thea a tenu à régler ses affaires elle-même. Le fait que Yates fasse son apparition change le sens de cette simple visite entre sœurs. Je crois que nous devrions voler au secours de ta femme, non ?

— Si Yates est dans le coup, elle a certainement besoin de secours, bougonna John.

— Je suis d'accord, confirma Nigel en croisant le regard de Patrick. Le pire arrive aux malheureux qui indisposent Yates. C'est quelqu'un de dangereux.

Patrick serra les mâchoires et étouffa un juron. Il aurait dû se douter que cette histoire ne s'achèverait pas si facilement, surtout avec Thea ! Sa téméraire bien-aimée avait rendez-vous avec l'un des pires truands de Londres et était sûre d'avoir la situation parfaitement en main. En réalité, sa vie était sans doute menacée : sinon par Yates, au moins par son mari dévoué. Quand il retrouverait la trace de sa femme, il s'assurerait d'abord qu'elle était saine et sauve puis il aurait certainement la tentation de l'étrangler.

Modesty, blême d'horreur, dévisageait Nigel.

— Dieu du Ciel ! Je ne me doutais pas qu'il avait pareille réputation ! Tout ce que je savais, c'est qu'il avait menacé Edwina et exigeait son argent. Je pensais qu'elle exagérait, comme à son habitude. Thea avait l'intention de le payer et de porter plainte s'il osait faire de nouvelles pressions sur Edwina.

Patrick, avec son faux air de grand félin endormi, ronronna :

— Dans ce cas, je crois que je dois être aux côtés de ma femme quand elle affrontera cette brute. Cela rendra sa menace plus crédible.

Il consulta Nigel du regard.

— Tu ne crois pas ?

— Oh, que si, mon cher ami ! Que si !

*

* *

En cet instant, Thea consultait de nouveau la pendule sur la bibliothèque. La grande aiguille avait dépassé la demie depuis plusieurs minutes et Yates n'avait toujours pas donné signe de vie. Thea se leva et fit quelques pas.

— Mais c'est ridicule ! observa-t-elle enfin. Où est-il ?

— Oh, il ne tardera pas, annonça Edwina. Tu n'as pas de souci à te faire : dix-sept mille livres sterling valent le déplacement.

Elle parlait encore quand un bruit de pas se fit entendre. Les deux femmes se raidirent et se regardèrent.

— Ce doit être lui ! siffla Thea. Comment diable est-il entré ?

Les grands yeux d'Edwina lui mangeaient tout le visage, elle bégaya :

— Il... il m'avait dit de ne pas verrouiller l'entrée de service et je... je l'ai fait, avoua-t-elle à Thea qui n'en croyait pas ses oreilles. Il me fait peur. Je n'ai pas osé lui désobéir.

Thea eut un geste d'agacement mais, prête à l'affrontement, ramassa par terre le sac à main qu'elle avait posé à côté de sa chaise. Levant la tête, redressant les épaules, elle se tourna vers la porte, le cœur battant.

19

L'homme ouvrit la porte d'une poussée et entra. Pour Thea, c'était un inconnu. Après la description d'Edwina, Thea fut soulagée de ne pas le trouver plus menaçant. Il était grand et solidement bâti, certes, mais il avait les yeux bleus les plus charmants qui soient. Il était vêtu avec goût, son manteau bleu nuit et ses pantalons chamois sortaient de chez un bon faiseur ; ses bottes étincelaient, sa cravate était propre et joliment nouée. Il sourit sur le seuil et referma la porte derrière lui. Thea respira mieux.

— Mesdames, commença-t-il d'un ton courtois, vous me voyez navré de mon retard.

Il vint vers Thea et s'inclina avec la grâce d'un homme bien né.

— Permettez-moi de me présenter : je m'appelle Asher Yates. Vous êtes, je crois, Mme Blackburne ? Votre sœur m'a souvent parlé de vous.

— Ah bon ? bafouilla Thea qui avait du mal à faire le lien entre ce gentleman et l'ogre d'Edwina.

— Assez de simagrées ! coupa Edwina toujours embusquée derrière son bureau. Prenez l'argent et faites ce pour quoi je vous ai payé.

Sans relever la stupéfaction de Thea, Yates se tourna vers Edwina.

— Vous n'avez pas changé d'avis ?

Sans croiser le regard de Thea, Edwina secoua la tête.

— Non !

Yates se retourna vers Thea, toujours souriant. Soudain, elle se sentit en danger. Il tendit la main vers le sac qu'elle serrait contre elle.

— Je vais prendre ceci, madame. Je pense que cela m'appartient.

— Je n'en suis pas si sûre, rétorqua Thea en reculant d'un pas.

Elle cherchait à gagner du temps car elle devait élucider l'attitude d'Edwina. Elle décida d'aborder Yates de front.

— Vous et moi, déclara-t-elle, avons plusieurs points à régler avant que je ne vous abandonne ce sac.

— Nous n'avons rien à régler, madame. C'est avec votre sœur que j'ai un accord.

— Et quelle est la nature de cet accord ?

Il grimaça et son regard devint glacé et calculateur. Thea se demanda comment elle avait pu trouver ce sourire agréable et ces yeux gais.

— Elle m'a commandité pour vous tuer et transporter votre corps loin d'ici. Cela aura l'air d'un déplorable accident, je pense. Peut-être serez-vous jetée d'une voiture en marche, et vous vous romprez le cou.

Thea observait tour à tour ses deux interlocuteurs, réfléchissant à toute vitesse. Il semblait peu probable qu'Edwina ait pu imaginer cela, mais il était évident qu'elle avait bel et bien choisi ce tueur à gages pour l'assassiner. Thea était surprise de la facilité avec laquelle elle acceptait qu'Edwina soit capable d'un tel acte.

Edwina évitait de la regarder en face. Elle était rouge de honte et faisait une vilaine moue. Thea, parfaitement détachée, lui trouva l'air d'une gamine prise en faute, mais pas décontenancée.

Thea ne doutait pas que Yates dise la vérité. Mais elle souhaitait entendre ces mots de la bouche d'Edwina.

— C'est vrai ? Tu l'as chargé de me tuer ?

Edwina croisa le regard de sa sœur un instant seulement.

— Ce n'est pas ma faute, esquiva-t-elle.

— Mais pourquoi ?

— Qu'est-ce que ça peut faire ? Pourquoi devrais-je me justifier ?

— Du moment que je dois mourir… et à cause de toi

en plus, je trouve que ce serait normal de comprendre pourquoi.

Comme Edwina gardait le silence, Thea insista.

— Je vais payer de ma vie ce renseignement que seul Yates et toi pouvez me donner. N'es-tu pas prête à m'accorder cette dernière volonté ? Tu n'as rien à perdre : de toute façon, je vais mourir, donc je n'irai pas le raconter.

— Cette dame est convaincante, fit observer Yates. Pourquoi ne pas l'éclairer... vous montrer à elle telle que vous êtes ?

— Taisez-vous ! hurla Edwina se tournant vers Thea. Tu m'as l'air bien calme dans cette histoire.

— Je ne vois pas ce que j'aurais à gagner avec une crise d'hystérie.

Elle continuait à vouloir gagner du temps mais, en dépit des circonstances, elle brûlait d'avoir une explication. De nouveau, elle demanda :

— Alors, dis-moi : pourquoi as-tu commandité ce monsieur pour m'assassiner ?

— Ce n'est pas ma faute, répéta Edwina dont la résistance baissait. Je n'avais pas le choix.

— Comment, « je n'avais pas le choix » ? s'exclama Thea.

Edwina lui lança un regard noir.

— J'étais là le fameux soir. J'ai entendu ce que Hirst t'a dit. Il voulait m'abandonner pour de l'argent ! Il était évident qu'il ne m'avait jamais aimée, la seule raison pour laquelle il m'avait épousée, c'était pour faire main basse sur ta fortune.

— Tu étais là ? Mais comment avais-tu su ? C'était censé être secret.

Cette révélation surprenait Thea, mais expliquait bien des choses. D'autant que Thea connaissait la détestable habitude qu'avait Edwina d'écouter aux portes. Ce fameux soir, elle avait eu le sentiment d'être épiée.

Edwina rit de manière hideuse.

— De la même façon que j'ai appris les jeux de Hirst et d'Ellsworth, en écoutant aux portes. Ellsworth est venu nous voir et Hirst l'a averti du rendez-vous avec toi. Je savais depuis quelques jours qu'ils faisaient du chantage à lady Caldecott, et que la maison de Curzon Street leur servait de repaire: ce n'était pas difficile de sortir de chez moi avant mon mari et d'arriver avant vous. Là, j'ai trouvé un endroit bien placé pour tout entendre. Je vous ai bien eus, car vous ne vous êtes doutés de rien.

Thea réussit à cacher sa surprise en apprenant que Hirst et Ellsworth faisaient du chantage à lady Caldecott. Cela expliquait enfin la présence de Patrick dans la maison de Curzon Street ce maudit soir. Pas étonnant qu'il n'ait jamais avoué la chose à Thea!

— Effectivement... confirma Thea sans conviction.

Elle se demandait quel rôle Yates avait joué cette nuit-là. Quelqu'un avait terrorisé Hirst, l'avait acculé, à tel point qu'il lui fallait absolument prendre de l'argent à Thea. Yates l'avait-il tué parce qu'il n'avait pas pu payer?

Comme lisant dans son esprit, Yates la détrompa.

— Non, madame, ce n'est pas moi qui lui ai planté les ciseaux dans la gorge. C'est sa chère et tendre femme. Je me suis contenté d'enlever le corps pour le compte de votre sœur et de ce poltron d'Ellsworth.

Thea était horrifiée. C'était donc Edwina qui l'avait assassiné de façon si abominable! La colère la saisit. La chère, douce et innocente Edwina... Thea la regardait, stupéfaite.

— C'est toi qui l'as tué?

— Je n'ai pas fait exprès. J'étais en colère et choquée. Il faut que tu comprennes: j'apprenais que mon mari ne m'avait jamais aimée et que seul l'argent l'avait attiré vers moi. Hors de moi, j'ai descendu l'escalier pour voir à quel point tu l'avais affaibli et, à cet instant, un inconnu arrivait juste derrière toi. J'étais horrifiée et n'ai songé qu'à m'enfuir. Mais il m'a entendue remonter l'escalier et m'a suivie. J'ai pris le butoir de porte en fer pour me défendre et je me suis cachée dans une grande armoire. Que j'avais peur, blottie dans le noir en l'entendant fouiller la pièce! Quand il a ouvert la porte de l'armoire, je n'ai pas réfléchi, je l'ai frappé. Je ne l'ai même pas regardé et me suis sauvée. Quand je suis revenue plus tard, j'ai été soulagée de voir qu'il était parti. Il y avait quelqu'un, j'ignore qui c'était, que j'avais dû assommer.

— Madame a bon cœur quand il s'agit de tuer des inconnus, interrompit Yates.

Edwina lui lança un regard haineux.

— Hirst a eu ce qu'il méritait. S'il s'était comporté en bon époux, je n'aurais pas été là ce soir-là, je ne me serais pas battue avec lui, et ne l'aurais pas transpercé avec ces ciseaux.

— C'est donc ainsi que c'est arrivé ? demanda doucement Thea, dégoûtée.

Elle en oubliait provisoirement le danger qui la menaçait.

— Quand je suis redescendue au rez-de-chaussée, confirma Edwina, Hirst était debout et se tenait la tête à deux mains. Il s'est mis en colère en me voyant et a commencé à hurler des malédictions. J'ai perdu patience et l'ai affronté. Nous nous sommes battus avec fureur. Je ne savais même pas ce que je faisais ; j'ai simplement attrapé les ciseaux sur le bureau et… et je l'ai frappé. C'était affreux.

Edwina prit son visage dans ses mains. Thea ne savait pas quoi dire. Elle l'avait tué, personne n'y pouvait rien changer.

— Et alors ? demanda Thea d'une voix douce. Tu as pris contact avec Yates ?

— Oh non, s'exclama Edwina en relevant la tête. C'est Ellsworth. Quand j'ai compris ce que j'avais fait, je me suis enfuie à la maison et il attendait pour connaître l'issue de ton entretien avec Hirst… et pour me voir. Lui et moi étions très proches.

— Je vois… Ellsworth et toi étiez amants. Et c'est Ellsworth, poursuivit-elle en se tournant vers Yates, qui a pris contact avec vous ?

— Oui, madame, confirma-t-il en s'inclinant. C'est lui. Je fournis maintes prestations à mes clients.

Thea haussa les sourcils.

— C'est donc vous qui avez attaqué mon mari dans le fiacre ?

— Deux hommes de main à moi, expliqua-t-il avec une nouvelle courbette et son charmant sourire trompeur. Votre sœur et Ellsworth ne voulaient pas que vous vous mariiez. Ils avaient l'œil sur votre fortune.

— C'est faux ! bondit Edwina. C'est vous qui avez eu cette idée, pas nous.

Sans faire attention à sa sœur, Thea ne quittait pas des yeux Yates.

— Monsieur Yates, j'ai l'impression que vous en savez long sur cette affaire.

— Assurément. Je porte un vif intérêt à mes clients, reconnut-il avec un air modeste. Mais c'est fort simple. Hirst et Ellsworth me devaient tous les deux de fortes sommes. Pour me rembourser, ils se sont lancés dans ce chantage auprès de lady Caldecott. Ellsworth avait déniché dans les affaires d'une vieille tante quelques lettres compromettantes. Il s'est dit qu'il pourrait en tirer des sommes rondelettes. Ils ne se sont pas doutés que j'étais moi-même prêt à annuler leurs dettes en échange de ces lettres. En effet, ces lettres m'auraient rapporté beaucoup d'argent, vous comprenez ?

Yates soupira en regrettant cette belle occasion gâchée.

— Mais cela ne s'est pas produit. Au contraire, Ellsworth est allé trouver Hirst avec les lettres, car ils étaient apparentés et Hirst avait davantage de relations dans la haute société. Je n'ai appris cette histoire que quand Ellsworth a fait appel à moi pour le débarrasser d'urgence du cadavre de Hirst. C'est alors qu'il m'a informé du chantage et du projet qu'avait Hirst de vous extorquer quelque menue monnaie. Mais moi, je suis un homme d'affaires et je fais payer mes services. Or, Hirst et Ellsworth me devaient déjà une coquette somme. Je n'allais pas débarrasser Ellsworth d'un cadavre si je n'avais pas la certitude que je serais payé, et bien payé. C'est là qu'Ellsworth m'a parlé de votre fortune. Hirst mort, je pouvais quand même rentrer dans mes fonds, donc j'ai prêté l'oreille à son plan. J'étais même disposé à les aider, d'où l'attaque contre Blackburne.

— Oh ! s'écria Edwina, espèce de menteur. Ce ne sont que des mensonges : ne l'écoute pas, Thea, il essaie de te dresser contre moi.

— Oh, la paix ! coupa Thea. Je crois que je n'ai pas bien saisi la raison de cette attaque contre Patrick. Si c'est à ma fortune que vous en aviez, à quoi bon s'en prendre à lui ?

Elle se tut, puis comprit soudain.

— Mais oui, que je suis bête ! Vous aviez l'intention de le tuer, n'est-ce pas ? Une fois mort, il ne pouvait plus m'épouser, c'est ça ? Et ma fortune était saine et sauve.

Sans détourner le regard, elle s'adressa à Edwina.

— C'est pourquoi Ellsworth est venu dans ma chambre la nuit avant mon mariage. N'ayant pu tuer Patrick, tu as eu l'idée de me frapper avant que je me marie.

— C'est à cause de lui ! hurla Edwina en tendant un doigt accusateur vers Yates. Il exigeait qu'on le paie, et pas seulement les dix-sept mille livres sterling que lui devait Hirst mais neuf mille de plus pour débarrasser le cadavre et pour... s'occuper de Blackburne. Vingt-six mille livres ! Thea, c'était un cauchemar. Nous ne savions vers qui nous tourner. Yates ne nous a même pas laissé le temps de réfléchir. Hirst à peine mort, il exigeait qu'Ellsworth lui donne en garantie sa maison de Londres. Cette nuit même, il lui a affirmé qu'il ne bougerait pas le corps de Hirst d'un pouce tant qu'Ellsworth n'aurait pas payé. Il a pris tous mes bijoux et toute l'argenterie que j'avais à la maison. Il nous a dit que comme nous nous étions montrés raisonnables, il acceptait de patienter un moment pour le reste. C'est là que j'ai écrit ce billet demandant neuf mille livres, pour rembourser tout ce qu'il avait pris. Il fallait que nous mettions la main sur ta fortune, et pour cela il fallait nous assurer que tu n'épouserais pas Blackburne. Quand il s'en est tiré, il nous a fallu frapper vite. Nous ne pouvions laisser ce mariage avoir lieu.

— Est-ce que ton ami Yates rembourse quand il échoue ? demanda Thea comme si elle se passionnait pour les conditions commerciales du meurtre à gages. J'ai l'impression qu'il n'a pas offert la prestation promise, tu aurais dû te faire rembourser.

— Ce n'est pas drôle ! grinça Edwina.

— Sois sûre, insista Thea en toute sincérité, que je ne trouve rien de drôle dans tout cela. Et je me demande pourquoi c'est Ellsworth qui m'a attaquée. Pourquoi n'as-tu pas engagé Yates pour me tuer cette nuit-là ?

Après quelques minutes de silence Thea reprit.

— Oh, mais que je suis bête ! s'exclama-t-elle. Évidemment, tu essayais de faire des économies en exécutant le travail toi-même. C'est ça ?

Avant qu'Edwina ait le temps de répondre, il y eut un énorme vacarme devant la maison. Ils retinrent leur souffle, tendant l'oreille. Le cœur de Thea bondit quand elle crut reconnaître la voix de Patrick. Mais le silence retomba sur la maison déserte. Le faible espoir d'un miracle s'évanouit. Ils restèrent plusieurs minutes cloués sur place avant que Yates ne se détende et n'observe :

— J'ignore qui c'était, mais il est parti.

— Certainement un créancier venu exiger son argent, bougonna Edwina, amère.

— Tu n'as pas répondu à ma question, reprit Thea reprenant la conversation là où elle avait été interrompue. Est-ce par mesure d'économie qu'Ellsworth est venu dans ma chambre cette nuit-là ?

— Mais oui, bon sang ! siffla Edwina. Yates nous saignait à mort et nous ne savions pas quoi faire. Nous ne voulions pas alourdir encore nos dettes vis-à-vis de lui. Pour satisfaire les exigences de Yates, Ellsworth lui avait déjà abandonné par donation tout ce sur quoi il avait pu mettre la main. Hirst avait anéanti ma fortune et Yates me harcelait pour que je paie les dettes de mon mari. Nous n'avions pas le choix ! Ta fortune était la seule issue pour nous sauver de la ruine. Il faut que tu le comprennes, je ne veux pas que tu meures, pas vraiment… mais il *me* faut ta fortune.

— Et pourquoi n'es-tu pas simplement venue me demander de l'argent ?

Les épaules d'Edwina tombèrent et elle détourna la tête.

— Eh bien oui, j'aurais pu. Au moins pour les dettes de jeu de Hirst, surtout après t'avoir parlé de Yates… Je savais que tu me sauverais. Mais, vois-tu, quand j'ai tué Hirst, tout a changé. Je ne voulais pas être pendue ! Il fallait qu'on cache le corps et Yates était la seule personne capable de faire ça pour nous. Et quand il vous tient, il ne lâche plus. Si nous avions caché ce cadavre nous-mêmes, nous n'en serions peut-être pas venus là. Nous étions égarés. Sans prendre le temps de réfléchir, Ellsworth a cédé à la panique et fait intervenir Yates. Ce qui a tout changé ; c'est lui qui a eu l'idée de t'assassiner pour prendre ta fortune. C'était la solution définitive à tous nos problèmes, et nous avions trop peur de lui pour résister.

— Je ne sais pas si tu te rends compte, fit calmement observer Thea, qu'une fois débarrassée de moi, tes ennuis ne seront pas terminés. Il reste Patrick, et tu as compris que si tu continues à t'incliner devant Yates, tu lui donnes une arme redoutable.

Thea l'observa un instant : toujours debout au centre de la pièce, il semblait parfaitement à l'aise et maître de la situation.

— Tu ne sortiras jamais de ses griffes, prédit Thea agressive. Il te fera chanter, il te fera payer pour le reste de tes jours. N'est-ce pas, monsieur Yates ?

— Eh bien, ce n'est pas exactement en ces termes que je me représente les choses, répondit Yates. Mais j'imagine qu'à l'occasion, je ne serais pas fâché d'accepter une petite gratification en numéraire de la part de madame. Pour services rendus, vous comprenez ?

Edwina regardait Yates, horrifiée, comprenant que Thea disait la vérité.

— Ah, Dieu ! Qu'ai-je fait ? Mon mari est mort, mon amant aussi. Et tout cela en vain !

— Allons, allons, madame Hirst ! l'exhorta Yates d'un ton consolateur. Quand je vous aurai débarrassée de votre sœur, vous pourrez réconforter son mari et, après avoir observé le deuil qui convient, vous pourrez l'épouser et aurez ainsi accès à sa fortune et à celle de votre sœur. Exactement comme nous l'avons dit, vous vous rappelez ?

Thea hésitait entre le tragique et le comique de la situation. Elle se demanda si ce dernier projet était une idée de Yates ou d'Edwina. En tout cas, la première étape de ses projets glorieux était qu'elle disparaisse. Edwina éprouverait peut-être quelque remords à la mort de Thea, mais elle laisserait Yates l'assassiner.

Un bruit étouffé résonna dans la maison, faisant sursauter Edwina.

— Qu'est-ce ? demanda-t-elle, effrayée.

Le doigt sur les lèvres, Yates se coula jusqu'à la porte. Un pistolet soudain au poing, il ouvrit la porte avec précaution. Lentement, soigneusement, il scruta la sombre entrée de l'autre côté du chambranle.

Comme elle n'avait rien à perdre et espérait que Patrick était venu à son secours, Thea prit une profonde inspiration et hurla :

— Au secours, au secours ! Ils vont me tuer !

Yates se retourna en souriant. Thea crut défaillir. À l'évidence, Yates n'avait rien vu d'inquiétant pour lui.

Il referma la porte et revint au centre de la pièce.

— Allons, allons, madame ! Sont-ce des manières ? Nul ne peut vous entendre et, si vous faites des difficultés, je vais devoir vous faire taire de façon peu agréable…

Thea observa Yates en coin, se demandant si elle n'avait pas moyen de l'immobiliser, ne serait-ce qu'une seconde. Si elle arrivait à l'éloigner de la porte et à le contourner… Il y avait bien Edwina, mais elle parviendrait peut-être à la distraire, Yates non. Il était venu dans le but de la tuer et ce serait difficile de changer ses plans. Un sauvetage de dernière minute semblait peu probable. Seule Modesty savait où elle était, et elle n'avait pas caché qu'elle se désintéressait de toute cette histoire. Thea fronça le nez. « C'est ce que j'aurais dû faire, songea-t-elle, amère. Oh, Patrick ! Comme je regrette. J'aurais dû tout te dire. »

— Le fait de me tuer, objecta Thea d'un ton égal en dépit de son cœur qui battait la chamade, ne vous garantit pas le succès. Mon mari ne souhaitera peut-être pas épouser Edwina. Vous y avez pensé ?

— Oh, que cela ne vous tourmente pas ! rassura Yates dont les yeux bleus étaient de plus en plus gais. Ces choses-là s'arrangent : figurez-vous que je suis l'homme de la situation ! J'ai une solution simple et n'ai qu'à claquer dans mes doigts. Quelqu'un de ma connaissance peut célébrer le mariage même si le marié est à l'agonie. Et une fois l'affaire faite...

Thea se mordit la lèvre, jetant des regards dans tous les coins de la petite pièce sordide. « Oh, Patrick ! Qu'ai-je fait ? Ce n'est pas seulement ma vie qui est en jeu, mais la tienne aussi. » Le remords la saisit en voyant où les avait entraînés son obstination. « Mais je ne vais pas les laisser faire, jura-t-elle avec une fureur soudaine. Comment osent-ils détruire ainsi nos vies ? »

Elle releva la tête et déclara froidement :

— Eh bien, vous avez vraiment pensé à tout, n'est-ce pas ?

Yates feignit la modestie, et Thea eut une moue méprisante. De nouveau, elle chercha du regard une échappatoire. Son cerveau était en ébullition. Yates avait déjà suggéré la façon dont elle allait mourir : on allait la jeter d'une voiture, après lui avoir brisé la nuque. Elle déglutit et, observant les poings énormes de Yates, imagina qu'ils se refermaient sur son cou. Un instant lui vint à l'esprit le visage de Patrick, son regard tendre et ses yeux gris. Dieu du Ciel ! Elle avait tant à vivre, elle ne voulait pas mourir !

Mais comment s'échapper ? Elle n'avait que ce gros sac à main bourré d'argent sous la main...

Yates ne vit pas venir le coup. Il était devant Thea et elle s'avança d'un pas vers lui et le frappa en plein visage. La peur et la colère électrisaient son corps, lui donnant une force inouïe. Yates tituba, abasourdi.

Lâchant son sac comme s'il brûlait, Thea prit ses jambes à son cou et fonça vers la porte.

— Ça, non ! gronda Edwina.

Elle bondit de derrière son bureau et attrapa Thea par la taille. Toutes deux perdirent l'équilibre et roulèrent à terre dans un froufrou de jupons.

Thea se remit la première, s'arracha à la poigne d'Edwina et lui décocha un direct au visage. Edwina cria, le nez en sang. Thea s'élança alors sans hésiter vers la sortie.

Mais l'intervention d'Edwina l'avait retardée. Yates était vaguement remis et, avec un grognement, saisit Thea par les cheveux au moment où elle attrapait le bouton de la porte. Brusquement, il la tira contre lui et lui appuya le canon du pistolet sur la mâchoire.

— Recommencez ça, madame, et je ne me soucierai pas de maquiller votre mort en accident, menaça Yates.

Edwina, la main sur le nez, s'appuya contre le bureau et foudroya Thea du regard.

— Merci, ma sœur chérie, balbutia-t-elle. Comme ça, je ne te regretterai pas.

Il y eut un léger glissement, la porte s'ouvrit et Thea sentit son cœur bondir. C'était Patrick, plus beau et plus adorable que jamais. Son bronzage ressortait sur sa cravate blanche et ses larges épaules étaient bien mises en valeur dans un élégant manteau bleu nuit. Il comprit immédiatement la situation. Il y avait danger, mais l'angoisse qui le tenaillait s'apaisa.

Il observa Thea ; elle était un peu échevelée, mais apparemment indemne. Il se dit qu'il laisserait peut-être à Yates la vie sauve.

Avec un sourire, Patrick entra tranquillement dans la pièce, balançant négligemment sa canne d'ébène et d'ivoire.

— Ah, te voilà, ma chérie, commença-t-il. J'espère que cela ne te dérange pas si je te raccompagne chez nous ?

Thea lui adressa un sourire si éblouissant, qu'il faillit lui couper le souffle. Jamais il ne l'avait aimée à ce point, jamais l'enjeu n'avait été si grave. Nigel, Hazlett, Modesty et lui avaient échafaudé un scénario assez répugnant et ils n'étaient, semble-t-il, pas loin de la vérité.

Une évidence les avait frappés : en toute hypothèse, Edwina était compromise dans cette affaire. Modesty avait même reconnu qu'elle aidait probablement Yates, par intérêt ou sous la pression d'un chantage.

Patrick se moquait des états d'âme d'Edwina et de l'argent que Thea était censée remettre à Yates. Il voulait qu'on lui rende sa femme tout de suite.

L'effroi s'empara de lui en voyant le pistolet contre la mâchoire de Thea. Il s'était rendu compte qu'il y avait danger quand personne n'avait répondu à la porte d'entrée chez Edwina. Dieu sait qu'ils avaient fait assez de bruit pour réveiller un mort ! Il avait eu l'intuition que la situation était très grave et aurait volontiers rasé la maison brique par brique. Nigel lui avait suggéré une façon plus discrète d'entrer, plutôt que d'enfoncer la porte de devant.

Sans quitter des yeux le pistolet qui menaçait la mâchoire de Thea, Patrick constata avec satisfaction que, cette fois non plus, son intuition ne l'avait pas trahi.

Après un instant de stupeur à l'arrivée de Patrick, Yates devint menaçant.

— Plus un geste ! Comme vous le voyez, madame sera retardée.

— Provisoirement, j'espère, souhaita Patrick avec un sourire délicieux.

Yates rit très fort.

— Je reconnais, mon brave, que vous avez du culot. Mais à mon avis, vous n'avez gagné qu'un rendez-vous anticipé avec la camarde !

— Je suis navré de vous contredire, rétorqua Patrick, mais je n'ai pas du tout l'intention de mourir. Je viens à peine d'épouser la charmante beauté que vous détenez en ce moment, et je compte vivre avec elle. Nous avons des projets, elle et moi.

— Oh, assez ! interrompit Edwina d'une voix étouffée par le mouchoir sanglant qu'elle tenait sous son nez. On est bien avancés maintenant. On ne peut pas le laisser filer et, si on les tue tous les deux, je n'hériterai de rien.

— Ah, nous y voilà ! releva Patrick, fort intéressé. Vous vouliez hériter ?

— Parfaitement, confirma Edwina qui se demandait comment elle avait jamais pu trouver du charme à son beau-frère. Et vous avez tout gâché.

Elle s'adressa de nouveau à Yates :

— Alors ? Qu'est-ce qu'on fait maintenant ?

— D'abord, répondit-il, pensif, ferme cette porte à clef. J'en ai assez qu'on entre ici comme dans un moulin.

Sans quitter Patrick des yeux, Edwina se glissa de derrière le bureau et verrouilla la porte avant de retourner rapidement à sa place.

— Après tout, continua Yates, peut-être allons-nous tous y trouver notre compte. Je ne pense pas que ta sœur ait fait un nouveau testament : elle vient à peine de se marier. Si son mari n'est plus là pour contester le testament, tu devrais hériter de la part qui te serait échue si ta sœur n'était pas mariée. Vrai ou faux ?

— Je ne suis pas juriste, esquiva Patrick en haussant les épaules. Mais vous avez l'air d'oublier que je ne suis pas venu seul.

— Fort bien, sir ! s'esclaffa Yates, j'admire les gens qui ont de la verve et du toupet, mais je ne suis pas né d'hier.

— Oh, Patrick ! Je suis tellement navrée de t'avoir attiré dans tout ça, s'écria Thea manifestement consternée. C'est une horrible aventure. Edwina a tué Hirst, elle l'a reconnu. Ellsworth était son amant, et ils ont fait appel à ce Yates pour cacher le corps.

— Quelle jeune femme entreprenante ! déclara Patrick à Edwina. Modesty a toujours dit que vous saviez veiller à vos propres intérêts.

— Et vous, répliqua Edwina, vous auriez dû mieux veiller sur les vôtres !

— Je l'admets, reconnut Patrick en toute sérénité. Mais depuis que je dois également veiller sur la femme que j'aime, vous comprendrez que j'hésite à rester les bras croisés, au risque qu'elle tombe entre vos tendres griffes. Car enfin, elle a pas mal tenu le choc, vous ne trouvez pas ? Que diable, découvrir que sa sœur est une meurtrière et se faire agresser par un goujat comme Yates, il y aurait de quoi se pâmer.

— Ce n'est pas le genre de Thea, expliqua Edwina. Elle est trop solide pour cela...

— Vous avez tout à fait raison, même si cela avait été

pratique, fit observer Patrick en fixant le regard de Thea.

Celle-ci sourit, les larmes aux yeux.

— Oh, je t'aime, Patrick Blackburne. Quoi qu'il arrive. Tu es tellement intelligent !

— Merci, ma chérie, ton avis me tient à cœur.

— Tellement intelligent, ricana Yates. Ça lui fait une belle jambe !

Yates tenait fermement le corps svelte de Thea quand, brusquement, elle perdit connaissance, et Yates n'eut plus entre les bras qu'une poupée de son. Patrick n'attendait que cette distraction.

La canne d'ébène et d'ivoire que tenait Patrick étant en réalité une canne-épée, il dégaina en un éclair et transperça la main de Yates qui tenait le pistolet.

Yates poussa un hurlement de douleur et laissa tomber son arme. Thea, revenue à elle comme par magie, lui attrapa l'autre poignet et le mordit avec la conviction d'un bouledogue saisissant un os. Avant que Yates n'ait le temps de réagir, Thea rejoignait son mari, tandis qu'il pressait la pointe de son épée contre la gorge de Yates.

À peine essoufflé, Patrick gardait une voix veloutée.

— Tellement intelligent, d'accord ?

— Pas tant que ça, rétorqua Edwina.

Sans bouger son épée, Patrick regarda une seconde sa belle-sœur. Edwina, debout derrière le bureau, pointait de façon très menaçante un petit pistolet de dame sur le cœur de Thea.

— Voilà qui rétablit l'équilibre, reconnut Patrick. Nous sommes dans une impasse. Je vous propose de transiger : vous nous laissez partir et rien ne s'est passé ce matin.

— Ah ! répondit Edwina avec un rire mauvais. Vous m'abandonnez aux bons soins de Yates ? Non, merci.

Avant que quiconque ait pu prévenir son geste, elle pivota et, froidement, abattit Yates. Le coup de feu tonna dans la pièce qui fut tout de suite envahie par la fumée grise et l'odeur de la poudre noire. La balle avait traversé d'une tempe à l'autre le crâne de Yates qui glissa à terre sans un bruit.

— Je n'ai jamais aimé cet individu, avoua Edwina. Tout est sa faute. Il méritait la mort.

Patrick avait brusquement mis Thea derrière lui. Edwina venait de prouver qu'elle savait se servir d'une arme à feu et Patrick n'avait pas envie d'une nouvelle démonstration contre lui ou contre Thea.

Des coups furieux retentirent contre la porte : c'était Nigel.

— Patrick, pour l'amour du Ciel ! Ouvre ! Que se passe-t-il là-dedans ?

Toujours flegmatique, Patrick insista auprès d'Edwina.

— Mon offre tient toujours. Laissez-moi partir avec Thea et nous oublions ce qui vient de se passer. On a découvert le corps de votre mari. John Hazlett venait vous avertir quand il a vu Thea entrer chez vous. Il est dans le hall avec lord Embry, nous sommes arrivés ensemble. Modesty sait elle aussi où nous sommes. Il ne vous reste qu'une balle à tirer. Vous ne pouvez pas nous massacrer tous. La partie est donc terminée et vous l'avez perdue. Donnez-moi ce pistolet.

Edwina sembla comprendre qu'elle n'avait d'autre issue que celle-là. Elle aurait la vie sauve, sans plus. La famille resserrerait les rangs derrière elle, mais chacun connaîtrait ses crimes. Sa fortune avait disparu, son amant était mort. Plus jamais elle ne pourrait recourir à l'aide de Thea. Sa vie était gâchée. Elle n'avait plus la moindre raison de vivre. Devant elle s'annonçaient de longues et sinistres années : elle serait toujours la parente pauvre qui fait pitié.

— Edwina, Patrick a raison, insista calmement Thea. C'est fini. Tu as échoué. Donne-lui le pistolet et finissons-en.

— Jamais ! hurla Edwina.

Et sous leurs yeux horrifiés, elle appuya le canon du pistolet contre sa tempe et appuya sur la détente.

20

La pleine lune d'avril brillait dans un firmament splendide. Par cette belle soirée, Thea et Patrick venaient de dîner en plein air dans les charmants jardins de Halsted House. Modesty séjournait chez eux depuis la fin du mois de février et avait dîné ce soir-là chez lord et lady Garrett, au manoir de Garrett.

Près de sept mois s'étaient écoulés depuis ce jour maudit de lundi de septembre, mais Thea était encore hantée par la mort d'Edwina. Elle n'avait rien pu faire pour l'empêcher de se donner la mort et se reprochait encore ce drame.

— Si seulement je l'avais moins protégée, répétait-elle. Ah, si j'avais écouté Modesty et le reste de la famille ! Si j'avais été plus sévère avec elle, elle n'aurait pas pris ce mauvais chemin.

Dans ces occasions, Patrick la prenait dans ses bras, tout contre lui.

— Tout cela n'est pas ta faute. Ne te reproche pas ce qu'a commis Edwina. Il est inutile de spéculer sur le genre de personne qu'elle serait devenue si tu l'avais traitée différemment. Dis-toi que tu as fait de ton mieux. Et n'oublie pas qu'Edwina a pris ses responsabilités. Dans le cas de son mariage, tu lui avais formellement déconseillé Hirst, mais elle est passée outre. Et tu n'y peux rien.

Si Thea protestait, il la faisait taire d'un baiser.

— Tu sais que j'ai raison, chérie. Elle a pris elle-même ses décisions, y compris celle de se tuer. La seule chose que tu puisses te reprocher, c'est d'avoir un cœur aimant et généreux, et il n'y a rien de mal à ça.

À court d'arguments, Thea posait la joue contre le torse de Patrick et, pendant un moment, se sentait consolée. Au fil des mois, ses remords s'apaisèrent ; désormais, elle citait rarement le nom d'Edwina.

Naturellement, un scandale épouvantable avait éclaté à la découverte des corps ; la famille serra les rangs comme dix ans plus tôt et chacun fit de son mieux pour étouffer l'histoire. Edwina à peine morte, Patrick avait emmené Thea à Hamilton Place, où Modesty se rongeait les sangs. Patrick laissa Nigel et Hazlett veiller les corps.

Les trois gentlemen décidèrent ensuite que la façon la plus simple de traiter l'affaire était de ne pas s'en occuper. À l'exception d'eux-mêmes et de leurs fidèles cochers, nul ne connaissait la présence de Thea dans cette maison, nul n'allait donc la révéler. Quant à leur présence à eux trois, elle aurait été plus difficile à expliquer, mais ils avaient la certitude que leur premier assaut contre la porte d'entrée des Hirst était passé inaperçu malgré le vacarme fait par Patrick. Quant à leur véritable entrée dans la maison par la même porte que Yates, elle avait été des plus discrètes. De même que nul n'avait remarqué la présence de Thea, il était très probable que la leur n'avait été remarquée par personne.

Après une courte discussion, ils convinrent que mieux valait qu'ils s'éclipsent avant qu'on ne les trouve avec deux morts. Ces derniers portant des blessures révélatrices, ils décidèrent de les laisser tels quels ; au crépuscule, John Hazlett viendrait officiellement annoncer à Edwina l'assassinat de son mari, et il affirmerait avoir trouvé les corps à ce moment.

Tout se déroula comme prévu. Hazlett demanda la présence d'un gardien de la paix pour pénétrer dans la maison par effraction, ses appels frénétiques à la porte de sa cousine étant restés sans réponse. Ensemble, ils firent donc la macabre découverte dans la petite pièce à l'arrière de la maison.

La famille tenta de garder secrètes les circonstances de la mort d'Edwina mais c'était impossible. Le fait qu'elle se soit suicidée en compagnie de celui que l'on pouvait croire son amant, l'infâme Yates, suffit à alimenter les ragots de la bonne société. Le meurtre de Hirst ne fit que les attiser. On oublia le mariage précipité de Patrick et de Thea et, tout l'automne, on ne parla que des morts choquantes de Hirst et de Yates.

Comme convenu, Patrick et Thea prirent la direction d'Halsted l'après-midi même, avant la découverte du corps d'Edwina. Patrick avait expliqué à Nigel :

— Je veux que Thea soit à l'écart de tout cela, et la seule façon de le garantir est qu'elle quitte Londres immédiatement. Nul ne s'en étonnera ; nous avions prévu de partir dès demain à la campagne, rien d'extraordinaire à ce que nous avancions notre départ de quelques heures. Elle peut aussi bien apprendre la mort de sa sœur à Halsted qu'ici. Là-bas, nous pourrons vivre en reclus sans être dérangés. Elle a déjà assez de choses à supporter sans être soumise à des regards indiscrets et à des commérages.

Thea était sidérée et horrifiée par ce qui venait de se passer : elle se montra d'une docilité totale, n'élevant pas la moindre objection au plan de Patrick. Comme une poupée fragile, elle resta blottie dans les bras de son mari, tandis que leur voiture quittait Londres en cahotant. Toutes ses pensées étaient sombres et douloureuses.

Ils ne connaîtraient probablement jamais le détail des événements entourant ce drame. Yates avait-il eu le premier l'idée d'arracher sa fortune à Thea, ou était-ce Edwina ? Nul ne le saurait. Modesty, qui ne se faisait pas d'illusions sur le compte d'Edwina, était d'avis qu'elle convoitait la fortune de Thea, mais ne serait jamais passée à l'acte sans les encouragements de Yates. Patrick jugeait les choses différemment depuis qu'il avait vu Edwina abattre un homme de sang-froid.

Plusieurs fois, Thea et Patrick avaient évoqué le retour d'Ellsworth dans la maison de Curzon Street la nuit après le meurtre.

— Nous savons à présent que c'était pour récupérer les lettres de ta mère. Mais pourquoi ne les avait-il pas emportées le soir où Hirst a été assassiné ? Pourquoi les avoir laissées ?

— Il est probable, expliqua Patrick, qu'il ne voulait pas que Yates et Edwina sachent où elles étaient. Avec tout ce qui s'est passé le soir du meurtre, je dirais qu'il s'est laissé emporté par la panique, il n'y a pas pensé. Avec Yates et Edwina rôdant dans la maison, il n'avait pas la moindre chance de les récupérer ; il a donc préféré attendre vingt-quatre heures.

Tout cela remontait à des mois : les premiers temps, ils s'étaient perdus en conjectures puis, peu à peu, leur intérêt avait faibli. Par cette délicieuse soirée d'avril, ils n'y songeaient plus. Le disque d'argent de la pleine lune dominait le firmament et le parfum des premières roses embaumait.

Tendrement enlacés, Patrick et Thea descendaient l'allée qui serpentait dans le jardin au clair de lune. Patrick était aussi heureux qu'un homme peut l'être quand il est profondément amoureux et voit un avenir serein s'ouvrir devant lui. Il ne pouvait désormais imaginer la vie sans Thea, une journée sans voir ses beaux yeux, une nuit sans la chaleur de son corps. Il eût bien sûr préféré que Thea ne se soit jamais mise en danger, que les événements ne se soient pas conclus de façon si tragique ; mais il ne regretterait jamais les circonstances peu agréables qui avaient conduit à leur rencontre. Sans le chantage visant sa mère et la tentative de Hirst pour extorquer de l'argent à Thea, leurs chemins ne se seraient pas croisés. Et, par un beau soir d'avril, il n'aurait pas déambulé à pas lents avec la seule femme au monde qui compte à ses yeux. Déjà, la silhouette de Thea s'arrondissait, accueillant une vie nouvelle. Le bébé était attendu pour octobre et tous deux étaient très émus à cette perspective.

Songeant à l'heureux événement, il déposa un baiser sur la chevelure de sa femme.

Thea leva le visage vers lui et lui fit un de ses sourires étincelants qui lui coupaient le souffle.

— Pourquoi ce baiser ? demanda-t-elle.

— Parce que je t'aime, répondit-il.

Ses yeux gris rayonnaient d'amour. Sa main glissa sur le ventre un peu rond, qu'il caressa.

— Et le bébé aussi. Je suis tellement amoureux qu'en cet instant, il n'y a rien que je puisse te refuser.

— Cela doit être vrai, répondit-elle en pouffant. Je ne connais pas beaucoup de nouveaux mariés qui accepteraient d'accueillir Modesty chez eux. Vraiment, cela ne t'ennuie pas qu'elle s'installe chez nous ?

— Non, confirma Patrick. Halsted est grand, et du moment que je peux te faire ce que je veux quand je veux, tu peux inviter la moitié de Londres si cela te dit.

— Tu crois que Modesty aimera Natchez ? J'ai été étonnée que tu lui proposes de prendre la mer avec nous le mois prochain et qu'elle ait accepté. J'étais sûre qu'elle souhaiterait rester auprès de moi après la naissance, mais je n'en reviens pas qu'elle ait accepté ta proposition de vivre avec nous. Elle a toujours trouvé la campagne trop calme et c'est une des raisons pour lesquelles j'ai acheté ma maison de Londres. Si elle s'ennuie, elle va tourner en rond.

— Le plus important, mon amour, est de savoir si tu penses que toi tu vas aimer Natchez.

— Oh, mais c'est sûr ! affirma Thea dont le visage s'éclaira. Je le sais. J'ai tellement hâte de voir ta maison, de faire la connaissance de tes amis et de tes voisins. Ce sera une aventure !

— Le fait d'être marié avec toi me suffit en fait d'aventure !

— Méchant ! riposta-t-elle.

Elle baissa les yeux vers l'enfant qu'elle portait.

— Tu entends, Tom ? D'après ton père, nous sommes trop passionnants pour lui.

— Oui, renchérit Patrick, le mot « passionnant » est bien choisi pour te décrire. On pourrait aussi ajouter mignonne, charmante... têtue également et effrayante, exaspérante !

Thea ouvrait la bouche pour protester, il la lui cloua d'un baiser.

— Et surtout, absolument adorable !

Thea ne répondit pas, mais tout en elle disait qu'elle partageait ces merveilleux sentiments. Enlacés, Thea et Patrick firent demi-tour et, à pas lents, revinrent vers la maison. Très haut dans le ciel, la lune leur montrait le chemin avec ses rayons argentés.

Découvrez les prochaines nouveautés
de la collection

Aventures et Passions

Le 4 juillet

Le pionnier et la citadine de Susan Kay Law (n° 6658)

1899. Emily en a assez d'être à la charge de sa sœur : elle quitte le foyer pour voler de ses propres ailes. Direction le Montana, où des terres sont cédées pour une somme minime aux pionniers désireux de s'y installer. Satisfaite, Emily s'est vu attribuer une parcelle comprenant une cabane déjà construite. Mais, peu de temps après son installation, débarque un homme aux manières peu civilisées qui prétend être le propriétaire de cette parcelle. Emily refuse de se retirer aussi facilement. Entre eux, le climat est électrique !

Le 11 juillet

Les sortilèges de la passion de Lisa Cach (n° 6657)

Angleterre, 1737. Orpheline, Valérie est recueillie par sa tante, Theresa, une guérisseuse qui passe presque pour une sorcière. Elle a hérité de ses talents et, au village, on les respecte tout en les craignant. Lorsque le baron Nathaniel Warrington, qui a hérité du manoir de son oncle et qui est contraint à l'exil par sa famille, arrive sur ces terres, il est tout de suite intrigué par cette ravissante jeune femme au sourire étrange et par le « corbeau qui parle » perché sur son épaule...

Soudain, un inconnu... de Lael St. James (n° 6659)

Meg Redcliffe, orpheline recueillie avec sa sœur Elizabeth dans une abbaye, découvre un chevalier blessé devant la grille de la bâtisse, inconscient et amnésique. Grâce aux soins prodigués sans relâche par la jeune femme, l'homme retrouve peu à peu la mémoire : son nom est Gresham Sedgewick. Meg, impressionnée par la mâle prestance de l'inconnu et désireuse de ne pas le laisser partir, lui demande de l'aider à retrouver sa troisième sœur, disparue en Cornouailles...

Ce mois-ci, retrouvez également les titres de la collection

Amour et Destin

Des histoires d'amour riches en émotions déclinées en trois genres :

Intrigue ***Romance d'aujourd'hui*** ***Comédie***

Le 4 juin *Intrigue*

Au cœur du mensonge de Meagan McKinney (n° 6641)

Son doctorat en poche, Stella revient à Shadow Oaks pour sauver la plantation familiale, qui croule sous les dettes depuis la mort de ses parents dans un accident de voiture. Un jour, en se promenant dans les champs de canne à sucre, elle découvre qu'il y a un trafic de drogue sur sa propriété. Outrée, elle va se plaindre au chef de la police, Archer, mais il ne lève pas le petit doigt pour l'aider. Garrett, quant à lui, un policier infiltré pour démanteler le réseau, s'inquiète de voir Stella mêlée à une histoire aussi dangereuse…

Le 13 juin *Romance d'aujourd'hui*

Les leçons du cœur de Susan Elizabeth Phillips (n° 6601)

Le Dr Isabel Favor est l'auteur d'une théorie à succès sur les clés de la confiance en soi. Tout lui réussit, jusqu'au moment où son fiancé la laisse tomber. Son comptable part avec son argent, et son dernier livre est un échec. Pour se ressourcer, elle part en Toscane. Elle y rencontre Ren, un célèbre acteur, qui est à Florence pour la même raison ! Attirés l'un par l'autre, ils passent une nuit ensemble. A priori sans lendemain : Isabel le prend pour un *escort boy* !

Le 27 juin *Comédie*

Plats du jour et petites douceurs de Marcia Evanick (n° 6642)

Gwen Fletcher est en passe de devenir la chef-cuisinière la plus célèbre de Misty Harbor, petite ville du Maine. Grâce à elle, la ville, qui était en train de péricliter, bénéficie d'un regain d'intérêt. Il faut bien avouer que le charme de Gwen n'y est pas étranger : tous les hommes célibataires des environs viennent déguster ses plats du jour dans l'espoir de pouvoir la séduire

6643

Composition Chesteroc International Graphics
Achevé d'imprimer en France (La Flèche)
par Brodard et Taupin
le 4 mai 2003. 18574
Dépôt légal mai 2003. ISBN 2-290-32915-0

Éditions J'ai lu
84, rue de Grenelle, 75007 Paris
Diffusion France et étranger : Flammarion